강의실에서 소설읽기

이 도서의 국립중앙도서관 출판시 도서목록(CIP)은 e-CIP 홈페이지(http://www.nl.go.kr/cip.php)에
서 이용하실 수 있습니다. (CIP제어번호 : CIP2010001083)

강의실에서 소설읽기

장현숙 엮음

■ 책머리에

한국의 근현대소설은 한국사회의 역사적 · 시대적 상황에 유기적으로 반응하면서 형성된 삶과 경험들의 집적물이다. 따라서 각 시대의 특징을 중심으로 시대적 상황과 소설의 대응관계를 고찰하고 올바른 가치관을 정립해 나아가는 작업은 현대를 살아가는 우리들에게 자아의 정체성을 찾아가는 또 다른 방법일 수 있다.

특히 문학을 전공하는 대학생들에게 역사적 · 시대적 상황과 연계하여 각 작품의 주제의식과 미적 구조 및 작가의식을 도출해내는 작업은 문학 해석과 분석의 필수적 요건이 된다. 왜냐하면 소설 작품은 역사적인 상황과 밀접하게 연계되어 있으며 또한 작가의 상상력에 의해 창조된 독자적인 질서의 존재태이므로, 작품의 외현과 내재를 함께 볼 수 있는 유기적인 시각이 필요하기 때문이다.

따라서 이 책은 1920년대부터 1970년대까지 창작된 소설들을 시대순으로 편집하였다. 이 책에 실린 12작품을 중심으로 매주 강의실에서 소설을 읽고 분석하고 토론하는 과정을 거친다면, 문학의 다양한 양식과 특질을 이해할 수 있을 뿐만 아니라 문학비평 방법과 관점도 습득할 수 있을 것이다. 또한 각 시대적 경향과 양상을 포착함으로써 한국 근현대사와 소설사의 흐름도 파악할 수 있을 것이다. 나아가 시대적 상황과 연계한 작품분석을 통하여 좀 더 심화된 작가론에 도달할 수 있으리라 전망한다.

다양하고 자유로운 독법으로 소설읽기를 수행한다면, 총체적인 시각과 사고의 유연성을 키울 수 있을 것이다. 이것 또한 문학도가 마땅히 지향해 나아가야 할 덕목이라고 본다. 왜냐하면 문학에 대한 이해는 바로 우리들 삶과 타인에 대한 이해와 연계되어 있으며, 미래에 대한 통찰력을 제공해주는 힘이 되기 때문이다. 이 점에서 이 책이 현대를 살아가는 우리들에게 삶의 지표를 제시하는 역할을 할 수 있기를 기대한다.

끝으로 이 책을 출간하기까지 수고하신 푸른사상사 여러분과 연구실 제자들에게 고마움을 전한다.

2010년 3월

복정동 연구실에서 장현숙

차례

일러두기

1. 작품 원문은 표준어 쓰기를 원칙으로 하되 작품의 분위기와 특성을 살리는 방언, 속어, 외래어 그리고 대화에 있어서의 문체 등은 그대로 살렸다.
2. 단행본은 『 』, 작품은 「 」, 잡지는 《 》로 구분하여 표기하였다.

감자

김동인

• • • • •

1900년 평양 출생.
「약한 자의 슬픔」을 《창조》에 발표하면서 등단.
단편 「목숨」, 「배따라기」, 「감자」, 「광화사」, 「광염 소나타」 등이 있으며,
장편 『젊은 그들』, 『을지문덕』 등과 평론 「춘원연구」 등이 있음.

감자

싸움, 간통, 살인, 도둑, 징역. 세상의 모든 비극과 활극의 근원지인 칠성문 밖 빈민굴로 오기 전까지는 복녀의 부처는 (사농공상의 제2위에 드는) 농민이었다.

복녀는 원래 가난은 하나마 정직한 농가에서 규칙 있게 자라난 처녀였었다. 예전 선비의 엄한 규율은 농민으로 떨어지자부터 없어졌다 하나, 그러나 어딘지는 모르지만 딴 농민보다는 좀 똑똑하고 엄한 가율이 그의 집에 그냥 남아 있었다. 그 가운데서 자라난 복녀는 물론 다른 집 처녀들 같이 여름에는 벌거벗고 개울에서 멱감고, 바짓바람으로 동네를 돌아다니는 것을 예사로 알기는 알았지만, 그러나 그의 마음속에는 막연하나마 도덕이라는 것에 대한 저품을 가지고 있었다.

그는 열다섯 살 나는 해에 동네 홀아비에게 80원에 팔려서 시집이라는 것을 갔다. 그의 새서방(영감이라는 편이 적당할까)이라는 사람은 그보다 20년이나 위로서, 원래 아버지의 시대에는 상당한 농민으로 밭도 몇 마지기가 있었으나 그의 대로 내려오면서는 하나 둘 줄기 시작하여서 마지막에 복녀를 산 80원이 그의 마지막 재산이었다. 그는 극도로 게으른 사람이었다. 동네 노인의 주선으로 소작 밭깨나 얻어 주면 종자만 뿌려둔 뒤에는 후치질도 안 하고 김도 안 매고 그냥 내버려 두었다가는 가을에 가서는 되는 대로 거둬서 '금년에 흉년입네' 하고 전주집에는 가져도 안 가고 혼자 먹어버리곤 하였다. 그러니까 그는 한 밭을 이태를 연하여 부쳐본 일이 없었다. 이리하여 몇 해를 지내는 동안 그는 그 동네에서는 밥을 못 얻으리만큼 인심과 신용을 잃고 말았다.

복녀가 시집을 간 뒤 한 3, 4년은 장인의 덕으로 이렁저렁 지나갔으나 예전 선비의 꼬리인 장인도 차마 사위를 밉게 보기 시작하였다. 그들은 처가에까지 신용을 잃게 되었다.

그들 부처는 여러 가지로 의논하다가 하릴없이 평양성 안으로 막벌이로 들어왔다. 그러나 게으른 그에게는 막벌이나마 역시 되지 않았다. 하루 종일 지게를 지고 연광정에 가서 대동강만 내려다보고 있으니, 어찌 막벌이인들 될까. 한 서너 달 막벌이를 하다가 그들은 요행 어떤 집 막간(행랑)살이로 들어가게 되었다.

그러나 그 집에서도 얼마 안 되어 쫓겨나왔다. 복녀는 부지런히 주인집 일을 보았지만 남편의 게으름은 어찌할 수가 없었다. 맨날 복녀는 눈에 칼을 세워가지고 남편을 채근하였지만 그의 게으른 버릇은 개를 줄 수는 없었다.

"뱃섬 좀 치워 달라우요."

"남 졸음 오는데, 님자 치우시관."

"내가 치우나요."

"20년이나 밥을 처먹고 그걸 못 치워!"

"에이구, 칵 죽구나 말디."

"이년, 뭘!"

이러한 싸움이 그치지 않다가 마침내 그 집에서도 쫓겨나왔다.

이젠 어디로 가나? 그들은 하릴없이 칠성문 밖 빈민굴로 밀리어 나오게 되었다. 칠성문 밖을 한 부락으로 삼고 그곳에 모여 있는 모든 사람들의 정업은 거러지요, 부업으로는 도둑질과 (자기네끼리의) 매음, 그밖에 이 세상의 모든 무섭고 더러운 죄악이었다. 복녀도 그 정업으로 나섰다.

그러나 열아홉 살의 한창 좋은 나이의 여편네에게는 누가 밥인들 잘 줄까.

"젊은 거이 거랑질은 왜."

그런 소리를 들을 때마다 그는 여러 가지 말로 남편이 병으로 죽어가거니 어쩌거니 핑계는 대었지만, 그런 핑계에는 단련된 평양 시민의 동정은 역시 살 수가 없었다. 그들은 이 칠성문 밖에서도 가장 가난한 사람 가운데 드는 편이었다. 그 가운데서 잘 수입되는 사람은 하루에 5리짜리 돈푼으로 1원 7, 80전의 현금을 쥐고 돌아오는 사람까지 있었다. 극단으로 나가서는 밤에 돈벌이를 나갔던 사람은 그날 밤 40원을 벌어가지고 그 근처에서 담배장사를 하기 시작한 사람까지 있었다.

복녀는 열아홉 살이었다. 얼굴도 그만하면 빤빤하였다. 그 동네 여인들의 보통 하는 일을 본받아서, 그도 돈벌이 좀 잘하는 사람의 집에라도 간간 찾아가면 매일 5, 60전은 벌 수가 있었지만 선비의 집안에서 자라난 그는 그런 일은 할 수가 없었다.

그들 부처는 역시 가난하게 지냈다. 굶는 일도 있었다.

기자묘 솔밭에 송충이가 끓었다. 그때 평양부에서는 그 송충이를 잡는 데 (은혜를 베푸는 뜻으로) 칠성문 밖 빈민굴의 여인들을 인부로 쓰게 되었다.

빈민굴 여인들은 모두가 자원을 하였다. 그러나 뽑힌 것은 겨우 50명쯤이었다. 복녀도 그 뽑힌 사람 가운데 한 사람이었다.

복녀는 열심으로 송충이를 잡았다. 소나무에 사다리를 놓고 올라가서는 송충이를 집게로 집어서 약물에 잡아넣고, 또 그렇게 하고 그의 통은 잠깐 사이에 차곤 하였다. 하루에 32전씩의 품삯이 그의 손에 들어왔다.

그러나 대엿새 하는 동안에 그는 이상한 현상을 하나 발견하였다. 그것은 다른 것이 아니라, 젊은 여인부 한 여남은 사람은 언제든 송충이는 안 잡고 아래서 지절거리며 웃고 날뛰기만 하고 있는 것이었다. 뿐만 아니라 그 놀고 있는 인부의 품삯은 일하는 사람의 삯전보다 8전이나 더 많이 내어주는 것이다. 감독은 한 사람뿐이었는데, 감독도 그들의 놀고 있는 것을 묵인할 뿐 아니라 때때로 자기까지 섞여서 놀고 있었다. 어떤 날 송충이를 잡다가 점심때가 되어서 나무에서 내려와서 점심을 먹고 다시 올라가려 할 때에 감독이 그를 찾았다.

"복네! 얘, 복네!"

"왜 그릅네까?"

"좀 오나라."

그는 말없이 감독 앞에 갔다.

"얘, 너 음…… 데 뒤 좀 가보디 않갔니?"

"뭘 하레요?"

"글쎄, 가야……."

"가디요, 형님!"

그는 돌아서면서 부인들 모여 있는 데로 고함쳤다.

"형님두 갑세다가레."

"싫다 얘, 둘이서 재미나게 가는데 내가 무슨 맛에 가갔니?"

복녀는 얼굴이 새빨갛게 되면서 감독에게로 돌아섰다.

"가보자."

감독은 저편으로 갔다. 복녀는 머리를 숙이고 따라갔다.

"복네 도캈구나."

뒤에서 이런 소리가 들렸다. 복녀의 숙인 얼굴은 더욱 빨갛게 되었다.

그날부터 복녀도 '일 안 하고 품삯 많이 받는 인부'의 한 사람으로 되었다.

복녀의 도덕관 내지 인생관은 그때부터 변하였다.

그는 여태껏 딴 사내와 관계를 한다는 것을 생각하여 본 일도 없었다. 그것은 사람의 일이 아니요 짐승의 하는 것쯤으로만 알고 있었다. 혹은 그런 일을 하면 탁 죽어지는 지도 모를 일로 알았다.

그러나 이런 이상한 일이 다시 있을까. 사람인 자기도 그런 일을 한 것을 보면 그것은 결코 사람으로 못할 일도 아니었다. 게다가 일 안 하고도 돈 더 받고, 신장된 유쾌가 있고 빌어먹는 것보다 점잖고…….

일본말로 하자면 '삼박자三拍子' 같은 좋은 일이 이것뿐이었다. 이것이야말로 삶의 비결이 아닐까. 뿐만이 아니라 이 일이 있은 뒤부터 그는 처음으로 한 개 사람이 된 것 같은 자신까지 얻었다.

그 뒤부터는 그의 얼굴에 조금씩 분도 발리게 되었다.

1년이 지났다.

그의 처세의 비결은 더욱더 순탄히 진척되었다. 그의 부처는 인제는 그리 궁하게 지내지는 않게 되었다.

그의 남편은 이것이 결국 좋은 일이라는 듯이 아랫목에 누워서 벌신벌신 웃고 있었다.

복녀의 얼굴은 더욱 이뻐졌다.

"여보, 아즈바니. 오늘은 얼마나 벌었소?"

복녀는 돈 좀 많이 벌은 듯한 거지를 보면 이렇게 찾는다.

"오늘은 많이 못 벌었쉐다."

"얼마?"

"도무지 열서너 냥."

"많이 벌었쉐다가레. 한 댓 냥 꽤주소고래."

"오늘은 내가……."

어쩌고어쩌고 하면 복녀는 곧 뛰어가서 그의 팔에 늘어진다.

"나한테 들킨 댐에는 꿔구야 말아요."

"난, 원, 이 아즈마니 만나문 야단이더라. 자 꽤주디. 그 대신 응? 알아 있디?"

"난 몰라요, 해해해해."

"모르문, 안 줄 테야."

"글쎄, 알았대두 그른다."

그의 성격은 이만큼 진보되었다.

가을이 되었다.

칠성문 밖 빈민굴의 여인들은 가을이 되면 칠성문 밖에 있는 중국인의 채마밭에 감자(고구마)며 배추를 도둑질하러 밤에 바구니를 가지고 간다. 복녀도 감자깨나 도둑질하여 왔다.

어떤 날 밤 그는 감자를 한 바구니 잘 도둑질하여 가지고 이젠 돌아가려고 일어설 때에, 그의 뒤에 시커먼 그림자가 서서 그를 꽉 붙들었다. 보니 그것은 그 밭의 주인인 중국인 왕서방이었다. 복녀는 말도 못하고 멀찐멀찐 발아래만 내려다보고 있었다.

"우리 집에 가!"

왕서방은 이렇게 말하였다.

"가재문 가디. 원, 것도 못 갈까."

복녀는 엉덩이를 한 번 휙 두른 뒤에 머리를 젖히고 바구니를 저으면서 왕서방을 따라갔다.

1시간쯤 뒤에 그는 왕서방의 집에서 나왔다. 그가 밭고랑에서 길로 들어서려 할 때에 문득 뒤에서 누가 그를 찾았다.

"복네 아니야?"

복녀는 홱 돌아서 보았다. 거기는 자기 곁집 여편네가 바구니를 끼고 어두운 밭고랑을 더듬더듬 나오고 있었다.

"형님이댔쉐까? 형님도 들어갔댔쉐까?"

"님자두 들어갔댔나?"

"형님은 뉘 집에?"

"나? 눅(陸)서방네 집에, 님자는?"

"난 왕서방네……. 형님 얼마 받았소?"

"눅서방 그 깍쟁이놈, 배추 세 페기……."

"난 3원 받았다."

복녀는 자랑스러운 듯이 대답하였다.

10분쯤 뒤에 그는 자기 남편과 그 앞에 돈 3원을 내놓은 뒤에 아까 그 왕서방의 이야기를 하면서 웃고 있었다.

그 뒤부터 왕서방은 무시로 복녀를 찾아왔다.

한참 왕서방이 눈만 멀찐멀찐 앉아 있으면, 복녀의 남편은 눈치를 채고 밖으로 나간다. 왕서방이 돌아간 뒤에는 그들 부처는 1원 혹은 2원을 가운데 놓고 기뻐하곤 하였다.

복녀는 차차 동네 거지들한테 애교를 파는 것을 중지하였다. 왕서방이 분주하여 못 올 때가 있으면 복녀는 스스로 왕서방의 집까지 찾아갈 때도 있었다.

복녀의 부처는 이젠 이 빈민굴의 한 부자였다.

그 겨울도 가고 봄이 이르렀다.

그때 왕서방은 돈 100원으로 어떤 처녀 하나 마누라로 사오게 되었다.

"흥."

복녀는 다만 코웃음만 쳤다.

"복녀, 강짜하갔구만."

동네 여편네들이 이런 말을 하면 복녀는 '흥' 하고 코웃음을 웃곤 하였다.

내가 강짜를 해? 그는 늘 힘있게 부인하고 하였다. 그러나 그의 마음에 생기는 검은 그림자는 어찌할 수가 없었다.

"이놈 왕서방, 네 두고 보자."

왕서방이 색시를 데려오는 날이 가까웠다. 왕서방은 여태껏 자랑하던 기다란 머리를 깎았다. 동시에 그것은 새색시의 의견이라는 소문이 퍼졌다.

"흥."

복녀는 역시 코웃음만 쳤다.

마침내 새색시가 오는 날이 이르렀다. 칠보단장에 사인교를 탄 색시가 칠성문 밖 채마밭 가운데 있는 왕서방의 집에 이르렀다. 밤이 깊도록 왕서방의 집에는 중국인들이 모여서 별한 악기를 뜯으며 별한 곡조로 노래하며 야단하였다.

복녀는 집 모퉁이에 숨어 서서 눈에 살기를 띠고 방 안의 동정을 듣고 있었다.

다른 중국인들은 새벽 2시쯤 하여 돌아갔다. 그 돌아가는 것을 보면서 복녀는 왕서방의 집안에 들어갔다. 복녀의 얼굴에는 분이 하얗게 발리어 있었다.

신랑 신부는 놀라서 그를 쳐다보았다. 그것을 무서운 눈으로 흘겨보면서 그는 왕서방에게 가서 팔을 잡고 늘어졌다. 그의 입에서는 이상한 웃음이 흘렀다.

"자, 우리 집으로 가요."

왕서방은 아무 말도 못하였다. 눈만 정처 없이 두룩두룩하였다. 복녀는 다시 한 번 왕서방을 흔들었다.

"자, 어서."

"우리, 오늘은 일이 있어 못 가."

"일은 밤중에 무슨 일."

"그래두 우리 일이……."

복녀의 입에 여태껏 떠돌던 이상한 웃음은 문득 없어졌다.

"이까짓 것!"

그는 발을 들어서 치장한 신부의 머리를 찼다.

"자, 가자우, 가자우."

왕서방은 와들와들 떨었다. 왕서방은 복녀의 손을 뿌리쳤다.

복녀는 쓰러졌다. 그러나 곧 일어섰다. 그가 다시 일어설 때는 그의 손에 얼른얼른하는 낫이 한 자루 들리어 있었다.

"이 되놈, 죽어라. 이놈, 나 때렸디! 이놈아, 아이구, 사람 죽이누나."

그는 목을 놓고 처울면서 낫을 휘둘렀다. 칠성문 밖 외따른 밭 가운데 홀로 서 있는 왕서방의 집에서는 일장의 활극이 일어났다. 그러나 그 활극도 곧 잠잠하게 되었다. 복녀의 손에 들리어 있던 낫은 어느덧 왕서방의 손으로 넘어가고 복녀는 목으로 피를 쏟으며 그 자리에 고꾸라져 있었다.

복녀의 송장은 사흘이 지나도록 무덤으로 못 갔다. 왕서방은 몇 번을 복녀의 남편을 찾아갔다. 복녀의 남편도 때때로 왕서방을 찾아갔다. 둘의 사이에는 무슨 교섭하는 일이 있었다.

사흘이 지났다.

밤중에 복녀의 시체는 왕서방의 집에서 남편의 집으로 옮겨졌다. 그리고 시체에는 세 사람이 둘러앉았다. 한 사람은 복녀의 남편, 한 사람은 왕서방, 또 한 사람은 어떤 한방의사. 왕서방은 말없이 돈주머니를 꺼내어 10원짜리 지폐 석 장을 복녀의 남편에게 주었다. 한방의사의 손에도 10원짜리 두 장이 갔다.

이튿날 복녀는 뇌일혈로 죽었다는 한방의의 진단으로 공동묘지로 실려갔다.

《조선문단》, 1925년 1월호

물레방아

나도향

• • • • •

1902년 서울 출생.
「젊은이의 시절」을 《백조》에 발표하면서 등단.
단편 「물레방아」, 「뽕」, 「벙어리 삼룡이」, 「별을 안거든 울지나 말걸」 등이 있으며,
장편 『환희』 등이 있음.

물레방아

1

덜컹덜컹 홈통에 들었다가 다시 쏟아져 흐르는 물이 육중한 물레방아를 번쩍 쳐들었다가 쿵 하고 확 속으로 내던질 제 머슴들의 콧소리는 허연 겻가루가 켜켜 앉은 방앗간 속에서 청승스럽게 들려나온다.

솰 솰 솰, 구슬이 되었다가 은가루가 되고 댓줄기같이 뻗치었다가 다시 쾅쾅 쏟아져 청룡이 되고 백룡이 되어 용솟음쳐 흐르는 물이 저쪽 산모퉁이를 십 리나 두고 돌고, 다시 이쪽 들 복판을 5리쯤 꿰뚫은 뒤에 이방원李芳源이가 사는 동네 앞 기슭을 스쳐 지나가는데 그 위에 물레방아 하나가 놓여 있다.

물레방아에서 들여다보면 동북간으로 큼직한 마을이 있으니 이 마을에 가장 부자요, 가장 세력이 있는 사람으로 이름은 신치규申治圭라고 부른다. 이방원이라는 사람은 그 집의 막실幕室살이를 하여 가며 그의 땅을 경작하여 자기 아내와 두 사람이 그날그날을 지내 간다.

어떠한 가을 밤 유난히 밝은 달이 고요한 이 촌을 한적하게 비칠 때 그 물레방앗간 옆에 어떠한 여자 하나와 어떤 남자 하나가 서서 이야기를 하는 소리가 들리었다. 그 여자는 방원의 아내로 지금 나이가 스물두 살, 한참 정열에 타는 가슴으로 가장 행복스러울 나이의 젊은 여자요, 그 남자는 오십이 반이 넘어 인생으로서 살아올 길을 다 살고서 거의 거의 쇠멸의 구렁텅이를 향하여 가는 늙은이다. 그의 말소리는 마치 그 여자를 달래는 것 같이,

"얘, 내 말이 조금도 그를 것이 없지? 쉰네 할멈에게도 자세한 말을 들었을 터이지마는 너 생각해보아라. 네가 허락만 하면 무엇이든지 네가 허구 싶다는 것을 내가 전부 해줄 터이란 말야. 그까짓 방원이 녀석하고 네가 몇 백 년을 살아야 언제든지 막실 구석을 면하지 못할 터이니……. 허허, 사람이란 젊어서 호강해보지 못하면 평생 한번 하여보지 못하고 죽을 것이 아니냐. 내가 말하는 것이 조금도 잘못한 것이 없느니라! 대강 네 말을 쉰네 할멈에게 듣기는 들었으나 그래도 너에게 한번 바로 대고 듣는 것만 못해서 이리로 만나자고 한 것이다. 너의 마음은 어떠냐? 허허, 내 앞이라고 조금도 어떻게 알지 말고 이야기해봐, 응?"

이 늙은이는 두말할 것 없이 신치규다. 그는 탐욕스러운 눈으로 방원의 계집을 들여다보며 한 손으로 등을 두드린다. 새침한 얼굴이 파르족족하고 기다란 눈썹과 검푸른 두 눈 가장자리에 예쁜 입, 뾰로통한 뺨이며 콧날이 오똑한 데다가 후리후리한 키에 떡 벌어진 엉덩이가 아무리 보더라도 무섭게 이지적理智的인 동시에 또는 창부형娼婦型으로 생긴 것이다.

계집은 아무 말 없이 서서 짐짓 부끄러운 태를 지으며 매혹적인 웃음을 생긋 웃고는 고개를 돌렸다. 그 웃음이 얼마나 짐승 같은 신치규의 만족을 사게 되었으며 또한 마음을 충족시켰는지 희끗희끗한 수염이 거의 계집의 뺨에 닿도록 더 가까이 와서,

"응? 왜 대답이 없니? 부끄러워서 그러니? 그렇게 부끄러워할 일은

아닌데."

하고 계집의 손을 잡으며,

"손도 이렇게 예쁜 줄은 이제까지 몰랐구나. 참 분결같다. 이렇게 얌전히 생긴 애가 방원 같은 천한 놈의 계집이 되어 일평생을 그대로 썩는다는 것은 너무 가엽고 아깝지 않느냐? 얘."

계집은 몸을 돌리려고 하지도 않고 영감이 하는 대로 내버려두며 눈으로 땅만 내려다보고 섰다가 가까스로 입을 떼는 듯하더니,

"제 말야 모두 쉰네 할멈이 여쭈었지요. 저에게는 너무 분수에 과한 말씀이니까요."

"온, 천만에 소리를 다 하는구나. 그게 무슨 소리냐. 너도 아다시피 내가 너를 장난삼아 그러는 것도 아니겠고 후사後嗣가 없어 그러는 것이니까 네가 내 아들이나 하나 나 주렴. 그러면 내 것이 모두 네 것이 되지 않겠니? 자아, 그러지 말고 오늘 허락을 하렴. 그러면 내일이라도 방원이란 놈을 내쫓고 너를 불러들일 터이니."

"어떻게 내쫓을 수가 있에요?"

"허어 그것이 그리 어려울 것이 무엇 있니. 내가 나가라는데 제가 나가지 않고 배길 줄 아니?"

"그렇지만 너무 과하지 않을까요?"

"무엇, 저런 생각을 하니까 네가 이 모양으로 이때까지 있었지. 어떻단 말이냐? 그런 것은 조금도 염려하지 말구. 자아, 또 네 서방에게 들킬라, 어서 들어가자."

"먼저 들어가세요."

"왜?"

"남이 보면 수상히 알게요."

"무얼 나하고 가는데 수상히 알 게 무어야…… 어서 가자."

계집은 천천히 두어 걸음을 따라가다가,

"영감!"

하고 머춤하고 서 있다.

"왜 그러니?"

계집은 다시 말이 없이 서 있다가,

"아니에요."

하고,

"먼저 들어가세요."

하며 돌아선다. 영감이 간이 달아서 계집의 손을 잡으며,

"가자, 집으로 들어가자."

그의 가슴은 두근거리는지·숨소리가 잦아진다. 계집은 손을 빼려고 하며,

"점잖으신 어른이 이게 무슨 짓이에요."

하면서도 그의 몸짓에는 모든 것을 허락한다는 뜻이 보였다. 영감은 계집의 몸을 끌어안더니 방앗간 뒤로 돌아섰다. 계집은 영감 가슴에 안겨서 정욕이 가득찬 눈으로 그를 보면서,

"영감."

말 한 번 하고 침 한 번 삼키었다.

"영감이 거짓말은 안 하시지요?"

"아니."

그의 말은 떨리었다. 계집은 영감의 팔을 한 손으로 잡고 또 한 손으로는 방앗간 속을 가리켰다.

"저리로 들어가세요."

영감과 계집은 방앗간에서 이삼십 분 후에 다시 나왔다.

2

사흘이 지난 뒤에 신치규는 방원이를 자기 집 사랑 마당 앞으로 불렀다.

"얘."

방원은 상전이라 고개를 숙이고,

"예."

공손하게 대답을 하였다.

"네가 그간 내 집에서 정성스럽게 일한 것은 고마운 일이지마는……."

점잔과 주짜를 빼면서 신치규는 말을 꺼내었다. 방원의 가슴은 이 '마는' 이라는 말 뒤에 이어질 말을 미리 깨달은 듯이 온몸의 피가 가슴으로 모여 드는 듯하더니 다시 터럭이라는 터럭은 전부 거꾸로 일어서는 듯하였다.

"오늘부터는 우리 집에 사정이 있어 그러니, 내 집에 있지 말고 다른 곳에 좋은 곳을 찾아가 보아라."

아무 조건이 없다. 또한 이곳에서도 할 말이 없다. 죽으라고 하면 죽는 시늉이라도 해야 하는 것이다. 주인은 돈 가지고 사람을 사고 팔 수도 있는 것이다.

방원은 가슴이 답답하였다. 자기 혼자 몸 같으면 어디 가서 어떻게 빌어먹더라도 살 수 있지마는 사랑하는 아내를 구해갈 길이 막연하다. 그는 고개를 굽히고, 허리를 굽히고, 나중에는 마음을 굽히어 사정도 하여 보고 애걸도 하여 보았다. 그러나 그것은 헛된 일이다. 주인의 마음은 쇠나 돌보다도 더 굳었다.

그는 하는 수 없이 자기 아내에게 그 이야기를 하였다. 그리고 아내더러 안주인 마님께 사정을 좀 하여 얼마간이라도 더 있게 하여 달라고 하여 보라고 하였다. 그러나 아내는 방원의 말을 들을 리가 없었다. 도리어,

"그러면 어떻게 한단 말이요. 이제부터는 나를 어떻게 먹여 살릴 터이요?"

"너는 그렇게 먹고 살 수 없을까봐 겁이 나니?"

"겁이 나지 않고. 생각을 해보구려. 인제는 꼼짝할 수 없이 죽지 않았소?"

"죽어?"

"그럼 임자가 나를 데리고 이곳까지 올 때에 무어라고 하였소. 어떻게 해서든지 너 하나야 먹여 살리지 못하겠느냐고 하였지요?"

"그래."

"그래, 얼마나 나를 잘 먹여 살리고 나를 호강시켰소? 이때까지 이태나 되도록 끌고 돌아다닌다는 것이 남의 집 행랑이었지요."

"애, 그것을 내가 모르고 하는 말이냐? 내가 하려고 하지 않아서 그렇게 된 것이냐? 차차 살아가는 동안에 무슨 일이든지 생기겠지. 설마 요대로 늙어 죽기야 하겠니?"

"듣기 싫소! 뿔 떨어지면 구워 먹지 어느 천년에."

방원이는 가뜩이나 내쫓기고 화가 나는데 계집까지 그리하니까 속에서 열화가 치밀어 올라왔다.

"이 육시를 하고도 남을 년! 왜 남의 마음을 글컹거리니?"

"왜 사람에게 욕을 해!"

"이년아 욕 좀 하면 어떠냐?"

"왜 욕을 해!"

계집의 얼굴이 노래지며 대든다.

"이년이 발악인가?"

"누가 발악야. 계집년 하나 건사 못하는 위인이 계집 보고 욕만 하고 한 게 무어야? 그래 은가락지 은비녀나 한 벌 사주어 보았어? 내가 임자 하자고 하는 대로 하지 않은 것은 없지!"

"이년아! 은가락지 은비녀가 그렇게 갖고 싶으냐? 이 더러운 년아."

"무엇이 더러워? 너는 얼마나 정한 놈이냐!"

계집의 입 속에서는 '놈' 소리가 나오기 시작한다.

"이년 보게! 누구더러 놈이래."

하고 손길이 계집의 낭자를 후려잡더니 그대로 집어 들고 주먹으로 등줄기를 우리었다.

"이 주릿대를 안길 년!"

발길이 엉덩이를 두어 번 지르니까 계집은 그대로 거꾸러졌다가 다시 일어났다. 풀어 헤뜨린 머리가 치렁치렁 끌리고 씰룩한 눈에는 독기가 섞이었다.

"왜 사람을 치니? 이놈! 죽여라 죽여, 어디 죽여보아라, 이놈 나 죽고 너 죽자!"

하고 달려드는 계집을 후려쳐서 거꾸러뜨리고서,

"이년이 죽으려고 기를 쓰나!"

방원이가 계집을 치는 것은 그것이 주먹을 가지고 하는 일종의 농담이다. 그는 주먹이나 발길이 계집의 몸에 닿을 때 거기에 얻어맞는 계집의 살이 아픈 것보다 더 찌르르하게 가슴 한복판을 찌르는 아픔을 방원은 깨닫는 것이다. 홧김에 계집을 치는 것이 실상은 자기의 마음을 자기의 이빨로 물어뜯는 것이나 다름이 없는 것이다. 때리는 그에게는 몹시 애처로움이 있고 불쌍함이 있는 것이다. 그러나 자기의 화풀이를 받아주는 사람은 아직까지도 계집밖에는 없었다. 제일 만만하다는 것보다도 가장 마음 놓고 화풀이를 할 수 있음이다. 싸움한 뒤, 하루가 못 되어 두 사람이 베개를 나란히 하고 서로 꼭 끼고 잘 때에는 그렇게 고맙고 그렇게 감격이 일어나는 위안이 또다시 없음이다. 계집을 치고 화풀이를 하고 난 뒤에 다시 가슴을 에는 듯한 후회와 더 뜨거운 포옹으로 위로를 받을 그때에는 두 사람 아니라 방원에게는 그만큼 힘 있고 뜨거운 믿음이 또다시 없는 까닭이다.

계집은 일부러 소리를 높여 꺼이꺼이 운다. 온 마을 사람이 거의 귀를 기울였으나,

"응, 또 사랑싸움을 하는군!"

하고 도리어 그 싸움을 부러워하였다. 옆집 젊은것이 와서 싱글싱글 웃으며 들여다보며,

"인제 고만두라구."

하며, 말리는 시늉을 한다. 동네 아이들만 마당 앞에 죽 늘어서서 눈들이 뚱그레서 구경을 한다.

3

그날 저녁에 방원이는 술이 얼근하여 돌아왔다. 아까 계집을 차던 마음은 어느덧 풀어지고 술로 흥분된 마음에 그는 계집의 품이 몹시 그리워져서 자기 아내에게 사과를 할 마음까지 생기었다. 본시 사람이 좋고 마음이 약하고 다정한 그는 무식하게 자라난 까닭에 무지한 짓을 하기는 하나 그것은 결코 그의 성격을 말하는 무지함이 아니다.

그는 비척거리면서 집으로 향하는 길에 거슴츠레하게 풀린 눈을 스르르 내리 감고 혼잣소리로,

"빌어먹을 놈! 나가라면 나가지 무서운가? 제 집 아니면 살 곳이 없는 줄 아는 게로군! 흥, 되지 않게 다 무엇이냐? 돈만 있으면 제일이냐? 이놈, 네가 그러다가는 이 주먹맛을 언제든지 볼라. 그대로 곱게 뒈질 줄 아니?"

하고, 개천 하나를 건너뛴 후에,

"돈! 돈이 무엇이냐?"

한참 생각하다가,

"에후."

한숨을 쉬고 나서,

"돈이 사람을 죽이는구나! 돈! 돈! 흥, 사람 나고 돈 났지 돈 나고 사람 났니?"

또 징검다리를 비척비척하고 건넌 뒤에,

"고 배라먹을 년이 왜 고렇게 포달을 부려서 장부의 마음을 긁어놓아!"

그의 목소리에는 말할 수 없이 다정한 맛이 있었다. 그는 자기 계집을 생각하면 모든 불평이 스러지는 듯이, 숙였던 고개를 쳐들어 하늘을 보면서,

"허어, 저도 고생은 고생이지."

하고 다시 고개를 숙인 후,

"내가 너무 해. 너무 그럴 게 아닌데."

그는 자기 집에 와서 문고리를 붙잡고 흔들면서,

"애! 자니? 자?"

그러나 대답이 없고 캄캄하다.

"이년이 어디를 갔어!"

그는 문짝을 깨어져라 하고 닫은 후에 다시 길거리로 나와 그 옆집으로 가서,

"여보 아주머니! 우리 집 색시 어디 갔는지 보았소!"

밥들을 먹는 옆엣집 내외는,

"어디서 또 취했소그려! 애 어머니가 아까 머리단장을 하더니 저 방아께로 갑디다."

"방아께로?"

"네."

"빌어먹을 년! 방아께로는 무얼 먹으러 갔누!"

다시 혼자 방아를 향하여 가면서 혼자 중얼거린다. 그는 방앗간을

막 뒤로 돌아서자 신치규와 자기 아내가 방앗간에서 나오는 것을 보았다.

"아!"

그는 너무 뜻밖의 일이므로 아무 말도 하지 못하고 그대로 한참이나 멀거니 서서 보기만 하였다.

그의 눈에서 쌍심지가 거꾸로 섰다. 열이 올라와서 마치 주홍을 칠한 듯이 그의 눈은 붉어지고 번개 같은 광채가 번뜩거리었다. 그는 한참이나 사지를 떨었다. 두 이가 서로 맞춰서 달그락달그락하여졌다. 그의 주먹은 부서질 것같이 단단히 쥐어졌다.

계집과 신치규는 방원이 와 선 것을 보고서 처음에는 조금 간담이 서늘하여졌으나 다시 태연하게 내려앉았다. 일이 이렇게 되었으매 할 대로 하라는 뜻이다.

방원은 달려들어서 계집의 팔목을 잡았다. 그리고 이를 악물고 부르르 떨었다.

"나는 네가 이럴 줄은 몰랐다."

계집은,

"무얼 이럴 줄 몰라?"

하며, 파란 눈을 흘겨보더니,

"나중에는 별꼴을 다 보겠네. 으레히 그럴 줄을 인제 알았나? 놔요! 왜 남의 팔을 잡고 요 모양야. 오늘부터는 나를 당신이 그리 함부로 하지는 못해요! 더러운 녀석 같으니! 계집이 싫다고 그러면 국으로 물러갈 일이지 이게 무슨 사내답지 못한 일야! 놔요!"

팔을 뿌리쳤으나 분노가 전신에 가득 찬 그는 그렇게 쉽게 손을 놓지 않았다.

"애! 네가 이것이 정말이냐?"

"정말이 아니구 비싼 밥 먹고 거짓말 할까?"

"네가 참으로 환장을 하였구나!"

"아니 누구더러 환장을 했대. 온 기가 막혀 죽겠지! 놔요! 놔! 왜 추근추근하게 이 모양야? 놔."

하고서 힘껏 뿌리치는 바람에 계집의 손이 쑥 빠지었다. 계집은 손목을 주무르면서 암상맞게 돌아섰다.

이때까지 이 꼴을 멀찍이 서서 보고 있던 신치규는 두어 발짝 나서더니 기침 한 번을 서투르게 하고서,

"얘! 네가 술이 취하였으면 일찍 들어가 자든지 할 것이지 웬 짓이냐? 네 눈깔에는 아무 것도 보이는 것이 없단 말이냐? 너희 년놈이 싸우는 것은 너희 년놈이 어디 가서 할 일이지 여기 누가 있는지 없는지 눈깔에 보이는 것이 없어?"

"엣, 괘씸한 놈!"

눈깔을 부라리었다. 방원은 한참이나 쳐다보고서 말이 없었다. 생각대로 하면 한 주먹에 때려눕힐 것이지마는 그래도 그의 머릿속에는 아까까지의 상전이라는 관념이 남아 있었다. 번갯불같이 그 관념이 그의 입과 팔을 얽어놓았다. 어려서부터 오늘날까지 남을 섬겨 보기만 한 그의 마음은 상전이라면 모두 두려워하는 성질을 깊이깊이 뿌리박아 놓았다. 그러나 오늘부터는 신치규가 자기의 상전이 아니요, 자기가 신치규의 종도 아니다. 다만 똑같은 사람으로 마주 섰을 뿐이다. 아니다, 지금부터는 신치규도 방원의 원수였다. 그의 간을 씹어먹어도 오히려 나머지 한이 있는 원수다.

신치규는 똑바로 쳐다보는 방원을 마주 쳐다보며,

"똑바루 보면 어쩔 터이냐? 온 세상이 망하려니까 별 해괴한 일이 다 많거든. 어째 이놈아!"

"이놈아?"

방원은 한 걸음 들어섰다. 나무같이 힘센 다리가 성큼하고 나설 때

신치규는 머리끝이 으쓱하였다. 쇠몽둥이 같은 두 주먹이 쑥 앞으로 닥칠 때 그의 가슴은 덜컥 내려앉았다.

"네 입에서 이놈이라는 소리가 나오지? 이 사지를 찢어 발겨도 오히려 시원치 못할 놈아! 네가 내 계집을 빼앗으려고 오늘 날더러 나가라고 그랬지?"

"어허 이거 그놈이 눈깔이 삐었군. 얘, 나는 먼저 들어가겠다. 너는 네 서방하고 나중 들어오너라!"

신치규는 형세가 위험하니까 슬금슬금 꽁무니를 빼려고 돌아서서 들어가려 하니까 방원은 돌아서는 신치규의 멱살을 잔뜩 쥐어 한 팔로 바싹 치켜들고,

"이놈 어디를 가? 네가 이때까지 맛을 몰랐구나?"
하며, 한 번 집어쳐 땅바닥에다가 태질을 한 뒤에 그대로 타고 앉아서 목줄기를 누르니까, 마치 뱀이 개구리 잡아먹을 적 모양으로 깩깩 소리가 나며 말 한마디도 못한다.

"이놈 너 죽고 나 죽으면 고만 아니냐?"
하고 방원은 주먹으로 사정없이 닥치는 대로 들이댄다. 나중에는 주먹이 부족하여 옆에 있는 모루돌멩이를 집어서 죽어라 하고 내리친다. 그의 팔, 그의 몸에 끓어오르는 분노가 극도에 달하자 사람의 가슴속에 본능적으로 숨어 있는 잔인성이 조금도 남지 않고 그대로 나타났다. 그의 눈은 마치 펄떡펄떡 뛰는 미끼를 가로채고 앉은 승냥이나 이리와 같이 뜨거운 피를 보고야 만족하다는 듯이 무섭게 번쩍거렸다. 그에게는 초자연의 무서운 힘이 그의 팔과 다리에 올라왔다.

이 꼴을 보는 계집은 무서웠다. 끔찍끔찍한 일이 목전에 생길 것이다. 그의 맥이 풀린 다리는 마음대로 놓여지지 아니하였다.

"아! 사람 살류! 사람 살류!"

적적한 밤중에 쓸쓸한 마을에는 처참한 여자 목소리가 으스스하게

울리었다. 이 소리를 들은 방원은 더욱 힘을 주어서 눈을 딱 감고 죽어라 내리 짓찧었다. 뼈가 돌에 맞는 소리가 살이 으크러지는 소리와 함께 퍽퍽하였다. 피 묻은 돌이 여기저기 흩어지고 갈가리 찢긴 옷에는 살점이 묻었다.

동네편 쪽에는 수군수군하더니 구두소리가 나며 칼소리가 덜거덕거리었다. 방원의 머리에는 번갯불같이 무엇이 보이었다. 그는 손에 주먹을 쥔 채 잠깐 정신을 차려 그 쪽으로 귀를 기울였다.

"순검……."

그는 신치규의 배를 타고 앉아서 순검의 구두소리를 듣자 비로소 자기가 무슨 짓을 하였는지 깨달았다.

그는 미친 사람처럼 일어났다. 그리고는 옆에 서서 벌벌 떠는 계집에게로 갔다.

"얘! 가자! 도망가자! 너하고 나하고 같이 가자! 자! 어서, 어서!"

계집은 자기에게 또 무슨 일이 있을까 하여 겁을 내어 도망을 하려 한다. 방원은 계집을 따라가며,

"얘! 얘! 네가 이렇게도 나를 몰라주니! 내가 너를 어떻게 생각하는지 알지를 못하니? 자! 어서, 도망가자, 어서 어서, 뒤에서 순검이 쫓아온다."

계집은 그대로 서서 종종걸음을 치며,

"싫소! 임자나 가구료, 나는 싫어요, 싫어."

"가자! 응! 가!"

그는 미친 사람처럼 계집의 팔을 붙잡고 끌었다. 그때 누구인지 그의 두 팔을 마치 형틀에 매다는 것같이 꽉 뒤로 끼어 안는 사람이 있었다.

"이놈아! 어디를 가?"

그는 뒤를 돌아보지 않고도 그가 누구인지 알았다. 그는 온 전신에

맥이 풀리어 그대로 뒤로 자빠지려 할 때 어느덧 널판 같은 주먹이 그의 뺨을 사정없이 갈겼다.

"정신 차려."

"네."

그는 무의식하게 고개가 숙여지고 말소리가 공손하여졌다.

땅바닥에서는 신치규가 꿈지럭거리며 이리저리 뒹군다. 청승스러운 비명이 들린다. 방원은 포승 지인 채, 계집은 그대로 주재소로 끌려가고 신치규는 머슴들이 업어 들였다.

4

석 달이 지났다. 상해죄로 감옥에서 복역을 하던 방원은 만기가 되어 출옥을 하였다. 그러나 신치규는 아무 일 없이 자기 집에서 치료하고 방원의 계집을 데려다 산다. 신치규는 온 몸이 나은 뒤에 홀로 생각하였다.

—죽는 줄만 알았더니 그래도 이렇게 살아 있으니!

하고, 얼굴에 흠이 진 곳을 만져 보며,

—오히려 그놈이 그렇게 한 것이 나에게는 다행이지, 얼굴이 아프기는 좀 하였으나! 허어.

—어떻게 그놈을 떼어 버릴까 하고 그렇지 않아도 걱정을 하던 차에 잘 되었지. 그놈 한 십 년 감옥에서 콩밥을 먹었으면 좋겠다.

방원은 감옥에서 생각하기를 나가기만 하면 연놈을 죽여버리고 제가 죽든지 요정을 내리라 하였다. 집에서 내어 쫓기고 계집까지 빼앗기고, 그것을 생각하면 이가 갈리고 치가 떨리었다. 그것이 모두 자기의 돈 없는 탓인 것을 생각하며 더욱 분한 생각이 났다.

—에, 더러운 년!

그는 홍바지에 쇠사슬을 차고서 일을 할 때에도 가끔 침을 땅에다

뱉으면서 혼자 중얼거리었다.

—사람이 이러고서야 살아서 무엇하나. 멀쩡한 놈이 계집 빼앗기고 생으로 콩밥까지 먹으니…….

그가 감옥에서 나올 때에는 감옥소를 다시 한 번 돌아보고, 내가 여기서 마지막으로 목숨을 잃어버리든지, 그렇지 않으면 내가 내 손으로 내 목을 찔러 죽든지, 무슨 요절이 날 것을 생각하고, 다시 온몸에 힘을 주고 쓸쓸한 웃음을 웃었다.

그는 이백 리나 되는 길을 걸어서 계집이 사는 촌에를 왔다.

그러나 아무도 그를 아는 체하는 사람이 없었다. 전에 친하게 지내던 사람들도 그를 보고 피해 갔다.

마치 문둥병자나 마찬가지 대우를 하였다. 감옥에서 나온 뒤로부터는 더욱 세상이 차디차졌다. 자기가 상상하던 것보다도 더 무정하여졌다. 그는 하는 수 없이 밤이 될 때까지 그 근처 산속으로 돌아다녔다. 그래서 깊은 밤에 촌으로 내려왔다. 그는 그 방앗간을 다시 지나갔다. 석 달 전 생각이 났다. 자기가 여기서 잡혀 갔다는 것을 생각할 때 더욱 억울하고 분한 생각이 치밀어 올라왔다. 그는 한참이나 거기 서서 그때 일을 생각하고 몸서리를 친 후에 다시 그 전 집을 찾아갔다.

날이 몹시 추워지고 눈이 쌓였다. 옷을 입은 것이 가을에 입고 감옥에 들었던 그것이므로 살을 에이는 듯할 것이로되 그는 분한 생각과 흥분된 마음에 그것도 몰랐다.

—연놈을 모두 처치를 해버려?

혼자 속으로 궁리를 하다가,

—그렇지, 그까짓 것들은 살려 두어 쓸데없는 인생들이야.

하면서 옆구리에 지른 기름한 단도를 다시 만져 보았다. 그는 감격스런 마음으로 그것을 쓰다듬었다. 그는 신치규의 집 울을 넘어 들어갔다. 그의 발은 전에 다닐 적같이 익숙하였다. 그는 사랑을 엿보고 다시 뒤로 돌아서 건넌방 창 밑에 와 섰었다. 귀를 기울였으나 아무 말도 들리지 않았다. 그는 손에 칼을 빼 들었다. 그리고는 일부러 뒤 창문을 달각달각 흔들었다.

"그 뉘?"

하고 계집의 머리가 쑥 나오며 문이 열리었다. 그는 얼른 비켜섰다. 문은 다시 닫혀지고 계집은 들어갔다.

방원의 마음은 이상하게 동요가 되었다. 예쁜 계집의 목소리가 오래간만에 귀에 들릴 때, 마치 자기가 감옥에서 꿈을 꿀 적 모양으로 요염하고도 황홀하게 그의 마음을 꾀는 것 같았다. 그는 꿈속에서 다시 만난 것 같고 오래간만에 그를 만나 보매 모든 결심은 얼음같이 녹는 듯하였다. 그래도 계집이 설마 나를 영영 잊어버리랴 하고 옛날의 정리를 생각할 때 그것이 거짓말이 아니고 무엇이랴는 생각이 났다.

아무리 자기를 감옥에까지 가게 하였다 하더라도 그는 감히 칼을 들어 죽이려는 용기가 단번에 나지 않아서 주저하기 시작하였다.

–아니다, 다시 한 번만 물어보자!

그는 들었던 칼을 다시 집고 생각하였다.

–거짓말이다. 거짓말이다! 그럴 리가 없다.

그는 반신반의하였다.

–그렇다. 한 번만 다시 물어보고 죽이든 살리든 하자!

그는 다시 문을 달각달각하였다. 계집은 이번에 다시 문을 열고 사면을 둘러보더니 헌 짚신짝을 신고 나왔다.

"뉘요?"

그는 방원이 서 있는 집 모퉁이를 돌아서려 할 제,

"내다!"

하고, 입을 틀어막고 칼을 가슴에 대었다.

"떠들면 죽어!"

방원은 계집의 입을 수건으로 틀어막고 결박을 한 후 들쳐 업고서 번개같이 달음질하였다. 그는 어느 결에 계집을 업어다가 물레방아 앞에 내려놓은 후 결박을 풀었다. 그리고 한숨을 쉬었다.

"나를 모르겠니?"

캄캄한 그믐밤에 얼굴을 바짝 계집의 코앞에 들이대었다. 계집은 얼굴을 자세히 보더니,

"아!"

소리를 지르더니 뒤로 물러섰다.

"조금도 놀랄 것이 없다. 오늘 네가 내 말을 들으면 살려줄 것이요 그렇지 않으면 이것이야!"

하고, 시퍼런 칼을 들이대었다. 계집은 다시 태연하게,

"말요? 임자의 말을 들을 것 같으면 벌써 들었지요, 이때까지 있겠소? 임자도 남의 마음을 알지요. 임자와 나와 이 년 전에 이곳으로 도망해올 적에도 전 남편이 나를 죽이겠다고 허리를 찔러 그 흠이 있는 것을 날마다 밤에 당신이 어루만지었지요? 내가 그까짓 칼쯤을 무서워서 나 하고 싶은 것을 못한단 말이요? 힝, 이게 무슨 비겁한 짓이요. 사내자식이, 자! 찌르려거든 찔러보아요. 자, 자."

계집은 두 가슴을 벌리고 대들었다. 방원은 너무 계집의 태도가 대담하므로 들었던 칼이 도리어 뒤로 움찔할 만큼 기가 막혔다. 그는 무의식하게,

"정말이냐?"

하고 한 걸음 더 가까이 나섰다.

"정말이 아니고? 내가 비록 여자지마는 당신같이 겁쟁이는 아니라오! 이것이 도무지 무엇이요?"

계집은 그래도 두려웠던지 방원의 손에 든 칼을 뿌리쳐 땅에 떨어뜨리었다.

이 칼이 땅에 떨어지자 방원은 이때까지 용사와 같이 보이던 계집이 몹시 비겁스럽고 더러워 보이어 다시 칼을 집어 들고 덤비었다.

"에잇! 간사한 년! 어쩔 터이냐? 나하고 당장에 멀리 가지 않을 터이냐? 자아, 가자!"

그는 눈물이 어린 눈으로 타일러 보기도 하고 간청도 하여 보았다.

"자아, 어서 옛날과 같이 나하고 멀리 멀리 도망을 가자! 나는 참으로 나의 칼로 너를 죽일 수는 없다!"

계집의 눈에는 독이 올라왔다. 광채가 어두운 밤에 번개같이 번쩍거리며,

"싫어요. 나는 죽으면 죽었지 가기는 싫어요. 이제 나는 고만 그렇게 구차하고 천한 생활을 다시 하기는 싫어요. 고만 물렸어요."

"너의 입으로 정말 그런 말이 나오느냐? 너는 나를 우리 고향에 다시 돌아가지도 못하게 만들어놓고, 나의 모든 것을 다 잃어버리게 한 후에 또 나중에는 세상에서 지옥이라고 하는 감옥소에까지 가게 하였지! 그러고도 나의 맨 마지막 원을 들어주지 않을 터이냐?"

"나는 언제든지 당신 손에 죽을 것까지도 알고 있소! 자! 오늘 죽으나 내일 죽으나 언제든지 죽기는 일반, 이렇게 된 이상 나를 죽이시오."

"정말이냐? 정말이야?"

"정말요!"

계집은 결심한 뜻을 나타내었다. 방원의 손은 떨리었다. 그리고 그는 눈을 꽉 감고,

"에, 여우같은 년!"

하고 칼끝을 계집의 옆구리를 향하여 힘껏 내밀었다. 계집은 이를

악물고,

"사람 죽인다!"

소리 한 번에 그 자리에 거꾸러졌다. 칼자루를 든 손이 피가 몰리는 바람에 우루루 떨리더니 피가 새어나왔다. 방원은 그 칼을 빼어 들더니 계집 위에 거꾸러져서 가슴을 찌르고 절명하여 버렸다.

《조선문단》, 1925년 9월호

레디메이드 인생

채 만 식

• • • • •

1902년 전북 옥구 출생.
단편 「세 길로」를 《조선문단》에 추천받으면서 등단.
단편 「화물자동차」, 「부촌」, 「레디메이드 인생」, 「인텔리와 빈대떡」, 「치숙」 등이 있으며,
장편 『탁류』 등과 희곡 「사라지는 그림자」, 「가죽버선」 등이 있음.

레디메이드 인생

1

"뭐, 어디 빈자리가 있어야지."

K사장은 안락의자에 폭신 파묻힌 몸을 뒤로 벌떡 젖히며 하품을 하듯이 시원찮게 대답을 한다. 미상불 그는 두 팔을 쭉 내뻗고 기지개라도 한 번 쓰고 싶은 것을 겨우 참는 눈치다.

이 K사장과 둥근 탁자를 사이에 두고 공손히 마주 앉아 얼굴에는 '나는 선배인 선생님을 극히 존경하고 앙모합니다' 하는 비굴한 미소를 띠고 있는 구변 없는 구변을 다하여 직업 동냥의 구걸 문구를 기다랗게 늘어놓던 P……. P는 그러나 취직운동에 백전백패百戰百敗의 노졸老卒인지라 K씨의 힘 아니드는 한마디의 거절에도 새삼스럽게 실망도 아니한다. 대답이 그렇게 나왔으니 인제 더 졸라도 별수가 없는 것이지만 헛일 삼아 한마디 더 해보는 것이다.

"글쎄올시다. 그러시다면 지금 당장 어떻게 해주십사고 무리하게 조를 수야 있겠습니까마는…… 그러면 이담에 결원이 있다든지 하면 그때는 꼭……."

이렇게 말하고 P는 지금까지 외면하였던 얼굴을 돌리어 K사장을 조심성 있게 바라보았다. 그러나 K사장은 위선 고개를 좌우로 두어 번 흔들고는 여전히 하품 섞인 대답을 한다.

"결원이 그렇게 나나 어디…… 그리고 간혹 가다가 결원이 난다더래도 유력한 후보자가 몇 십 명씩 밀려 있어서……."

P는 아무 말도 아니하고 고개를 숙였다. 인제는 영영 틀어진 것이다. '안녕히 계십시오' 하고 일어서는 것밖에는 별수가 없다.

별수가 없이 되었으니 '네, 그렇습니까' 하고 선선히 일어서야 할 것이지만 지금까지의 은근히 모시고 있던 태도에 비하여 그것이 너무 낯간지러운 표변임을 알기 때문에 실망이나 하는 체하고 잠시 더 앉아 있는 것이다.

"거 참 큰일들 났어."

K사장은 P가 낙심해하는 것을 보고 밑천이 들지 아니하는 일이라서 알뜰히 걱정을 나누어준다.

"저렇게 좋은 청년들이 일거리가 없어서 저렇게들 애를 쓰니."

P는 속으로 코똥을 '흥' 하고 뀌었으나 아무 대답도 아니하였다. K사장은 P가 이미 더 조르지 아니하리라고 안심한지라 먼저 하품 섞어 '빈자리가 있어야지'하던 시원찮은 태도는 버리고 그가 늘 흉중에 묻어두었다가 청년들에게 한바탕씩 해 들려주는 훈화를 꺼낸다.

"그렇지만 내가 늘 말하는 것인데…… 저렇게 취직만 하려고 애를 쓸 게 아니야. 도회지에서 월급생활을 하려고 할 것만이 아니라 농촌으로 돌아가서……."

"농촌으로 돌아가서 무얼 합니까?"

P는 말중동을 갈라 불쑥 반문하였다. 그는 기왕 취직운동은 글러진 것이니 속 시원하게 시비라도 해보고 싶은 것이다.

"허! 저게 다 모르는 소리야…… 조선은 농업국이요, 농민이 전 인구의 팔 할이나 되니까 조선 문제는 즉 농촌 문제라고 볼 수 있는데, 아 지금 농촌에서 할 일이 오죽이나 많다구?"

"저는 그 말씀 잘 못 알아듣겠는데요. 저희 같은 사람이 농촌에 가서 할 일이 있을 것 같잖습니다."

"그럴 리가 있나! 가령 응…… 저……."

K사장은 응…… 저…… 하고 더듬으면서 끝내 대답을 하지 못한다. 그것은 무리가 아니다.

그가 구직하러 오는 지식 청년들에게 농촌으로 돌아가 농촌 사업을 하라는 것과 결코 현실에서 출발한 이론적 근거가 있는 것이 아니었다. 그저 지식 계급의 구직꾼이 넘치는 것을 보고 막연히 '농촌으로 돌아가라', '일을 만들어라' 고 해왔을 따름이다. 따라서 거기에 대한 구체적 플랜이 있는 것도 아니었던 것이다. 한편으로는 한 행세거리로 또 한편으로는 구직꾼 격퇴의 수단으로 자룡이 헌 창 쓰듯 썼을 뿐이지…….

그리하여 그동안까지는 대개는 그 막연한 설교를 들은 성 만 성 하고 물러가는 것이 그들의 행투였었는데 오늘 이 P에게만은 그렇지가 아니하여 불가불 구체적 설명을 해주어야 하게 말머리가 돌아선 것이다. 그래서 그는 떠듬떠듬 생각해가면서 생각나는 대로 주워섬기는 것이다.

"가령 응…… 저…… 문맹퇴치운동도 있지. 농민의 구 할은 언문도 모른단 말이야! 그리고 생활개선운동도 좋고…… 헌신적으로."

"헌신적으로요?"

"그렇지…… 할 테면 헌신적으로 해야지."

"무얼 먹고 헌신적으로 그런 사업을 합니까? ……먹을 것이 있어서 그런 농촌사업이라도 할 신세라면 이렇게 취직을 못해서 애를 쓰겠습니까?"

"허! 그게 안 된 생각이야…… 자기가 먹고 살 재산이 있으면서 사회를 위해서 일도 아니하고 번들번들 논다는 것은, 그것은 타락된 생각이야."

P는 K사장이 억단을 내세우는 것을 보고 속으로 싱그레 웃었다.

"그렇지만 지금 조선 농촌에서는 문맹퇴치니 생활개선이니 합네 하고 손끝이 하얀 대학이나 전문학교 졸업생들이 모여오는 것을 그다지 반겨하기는커녕 머릿살을 앓을 것입니다. 농민이 우매하다든지 문화가 뒤떨어졌다든지 또 생활이 비참한 것의 근본 원인이, 기역 니은을 모른다든가 생활개선을 할 줄 몰라서 그런 것이 아니니까요. 그리고 조선의 지식 청년들이 모두 그런 인도주의자가 되어집니까?"

"되면 되지 안 될 건 무어야?"

"그건 인도주의란 그것이 한 개 공상이니까 그렇겠지요."

"허허…… 그러면 P군은 ××주의잔가?"

"되다가 찌부러진 찌스레깁니다. 철저한 ××주의자라면 이렇게 선생님한테 와서 취직운동도 아니합니다."

"못써! 그렇게 과격한 사상으로 기울어서야 쓰나…… 정 농촌으로 돌아가기가 싫거든 서울서라도 몇 사람 맘 맞는 사람이 모여서 무슨 일을—조선에 신문이 모자라니 신문을 하나 경영하든지, 또 조그맣게 하자면 잡지 같은 것도 좋고, 또 영리사업도 좋고…… 그러면 취직운동 하는 것보담 훨씬 낫잖은가?"

"좋을 줄이야 압니다만 누가 돈을 내놉니까?"

"그거야 성의 있게 하면 자연 돈도 생기는 거지."

P는 엉터리없는 수작을 더 하기가 싫어 웬만큼 말을 끊고 일어섰다.

속에 있는 말을 어느 정도까지 활활 해준 것이 시원은 하나 또 취직이 글렀구나 생각하니 입 안에서 쓴 침이 고여 나온다.

복도에서 편집국장 C를 만났다. P는 C와 자별히 사이가 가까운 터이었다.

"사장 만나러 왔소?"

C가 묻는 것이다.

"아니."

P는 거짓말을 하였다. 그는 지금 K사장을 만나 거절당한 이야기를 하기가 어쩐지 창피하기도 할 뿐 아니라, 또 전부터 C더러 K사장에게 자기의 취직운동을 부탁해왔던 터인데, 직접 이렇게 찾아와서 만났다고 하기가 혐의쩍기도 하여 시치미를 뚝 뗀 것이다.

"아주 단념하오."

C는 자기에게 부탁한 취직운동을 단념하란 말이다. 그러면 벌써 C가 K사장에게 이야기를 하였고 그 결과 일이 틀어진 것을 P는 모르고 와서 헛노릇을 한바탕한 것이다. P는 먼저 C를 만나보지 아니하고 K사장을 만난 것을 후회했다. C는 잠깐 멈췄던 말을 계속한다.

"어제 아침에 사장더러 P군의 사정이 퍽 난처하니 어떻게 생각해 봐주면 좋겠다고 여러 말을 했다가 코 떼었소. 신문사가 구제기관이 아닌데 남의 사정이 난처한 것을 어떻게 하라느냐고 그럽디다…… 하기야 그게 옳은 말이지만……."

신문사가 구제기관이 아니라고 한다는 그 말이 P의 머리에는 침 끝으로 찌르는 것같이 정신이 들게 울리었다.

'흥! 망할 자식들!'

P는 혼잣말로 이렇게 투덜거리며 C와 작별도 아니하고 밖으로 나와 버렸다.

2

P는 광화문 네거리의 기념비각紀念碑閣 옆에서 발길을 멈추고 망설였다. 어디로 갈까 하는 것이다.

봄 하늘이 맑게 개었다. 햇볕이 살이 올라 포근히 온몸을 싸고돈다. 덕석 같은 겨울 외투를 벗어버리고 말쑥말쑥하게 새로 지은 경쾌한 춘추복의 젊은이들이 봄볕처럼 명랑하게 오고가고 한다.

멋쟁이로 차린 여자들의 목도리가 나비같이 보드랍게 나부낀다. 그 오동보동한 비단 다리를 바라다보노라니 P는 전에 먹던 치킨까스가 생각이 났다.

창을 활활 열어젖힌 전차 속의 봄 사람들을 보니 P도 전차를 잡아 타고 교외나 나가고 싶었다. 그러나 크림 맛을 못 본 지 몇 달이 된 낡은 구두, 구기적거린 동복바지, 양편 포켓이 오뉴월 쇠불알같이 축 처진 양복저고리, 땟국 묻은 와이셔츠와 배배 꼬인 넥타이, 엿장수가 2전 어치 주마던 낡은 모자, 이렇게 아래로부터 훑어 올려보며 생각하니 교외의 산보는커녕 얼핏 돌아가서 차라리 이불을 뒤쓰고 드러눕고만 싶었다.

마침 기념비각 앞에 자동차 하나가 머물더니 서양사람 내외가 내린다. 그들은 사내가 설명을 하고 여자가 듣고 하면서 기념비각을 앞뒤로 구경한다. 여자는 사진까지 찍는다.

대원군이 만일 이 꼴을 본다면…… 이렇게 생각하매 P는 저절로 미소가 입가에 떠올랐다.

3

대원군은 한말韓末의 '돈키호테'였다. 그는 바가지를 쓰고 벼락을 막으려 하였다. 바가지는 여지없이 부스러졌다. 역사는 조선이라는 조그마한 땅덩이나마 너무 오래 뒤떨어뜨려놓지 아니하였다.

갑신정변甲申政變의 싹이 트기 시작하여가지고 한일합방의 급격한 역사적 변천을 거치어 자유주의의 사조는 기미년에 비로소 확실한 걸음을 내어디디었다.

자유주의의 새로운 깃발을 내어 걸은 '시민市民'의 기세는 등등하였다.

"양반? 흥! 누구는 발이 하나길래 너희만 양발이라느냐?"

"법률의 앞에서는 만인이 평등이다."

"돈…… 돈이 있으면 무어든지 할 수 있다."

신흥 부르주아지는 민주주의의 간판을 이용하여 노동자 농민의 등을 어루만지고 경제적으로 유력한 봉건 귀족과 악수를 하는 동시에 지식 계급을 대량으로 주문하였다.

유자천금이 불여교자 일권서遺子千金不如敎子一券書라는 봉건시대의 진리가 자유주의의 세례를 받아 일단의 더 발전된 얼굴로 민중을 열광시켰다.

"배워라, 글을 배워라…… 지식만 있으면 누구나 양반이 되고 잘살 수가 있다."

이러한 정열의 외침이 방방곡곡에서 소스라쳐 일어났다.

신문과 잡지가 붓이 닳도록 향학열을 고취하고 피가 끓는 지사志士들이 향촌으로 돌아다니며 세치의 혀를 놀리어 권학勸學을 부르짖었다.

"배워라! 배워야 한다. 상놈도 배우면 양반이 된다."

"가르쳐라! 논밭을 팔고 집을 팔아서라도 가르쳐라. 그나마도 못하면 고학이라도 해야 한다."

"공자 왈 맹자 왈은 이미 시대가 늦었다. 상투를 깎고 신학문을 배워라."

"야학을 설치하여라."

재등齋藤 총독이 문화 정치의 간판을 내어걸고 골고루 학교를 증설하였다.

보통학교의 교장이 감발을 하고 촌으로 돌아다니며 입학을 권유하였다. 생도에게는 월사금을 받기는커녕 교과서와 학용품을 대어주었다.

민간의 유지는 돈을 거둬 학교를 세웠다. 민립대학도 생기려다가 말았다. 청년회에서 야학을 설시하였다. '갈돕회' 가 생겨 갈돕만주 외우는 소리가 서울의 신풍경을 이루었고 일반은 고학생을 존경하였다.

여학생이라는 새 숙어가 생기고 신여성이라는 새 여인이 생기어 났다.

이와 같이 조선의 관민이 일치되어 민중의 지식 정도를 높이는 데 진력을 하였다. 즉 그들 관민이 일치하여 계획한 조선의 문화 정도는 급속도로 높아갔다.

그리하여 민중의 지식 보급에 애쓴 보람은 나타났다.

면서기를 공급하고 순사를 공급하고 군청 고원을 공급하고 간이농업학교 출신의 농사개량 기수技手를 공급하였다.

은행원이 생기고 회사 사원이 생겼다. 학교 교원이 생기고 교회의 목사가 생겼다.

신문기자가 생기고 잡지기자가 생겼다. 민중의 지식 정도가 높았으니 신문 잡지 독자가 부쩍 늘고 의사와 변호사의 벌이가 윤택하여졌다.

소설가가 원고료를 얻어먹고 미술가가 그림을 팔아먹고 음악가가 광대의 천호賤號에서 벗어났다.

인쇄소와 책장사가 세월을 만나고 양복점 구둣방이 늘비하여졌다.

연애결혼에 목사님의 부수입이 생기고 문화 주택을 짓느라고 청부업자가 부자가 되었다. 그리하여 부르주아지는 가보를 잡고 공부한 일부의 지식군은 진주를 잡았다.

그러나 노동자와 농민은 무대를 잡았다. 그들에게는 조선문화의 향상이나 민족적 발전이나가 도리어 무거운 짐을 지어 주었을지언정 덜어주지는 아니하였다. 그들은 배[梨] 주고 속 얻어먹은 셈이다.

[20여 자 삭제(일제강점기에 삭제됨)]

인텔리…… 인텔리 중에도 아무런 손끝의 기술이 없이 대학이나 전문학교의 졸업증서 한 장을 또한 조그마한 보통 상식을 가진 직업 없는 인텔리…… 해마다 천여 명씩 늘어가는 인텔리…… 뱀을 본 것은 이들 인텔리다.

부르주아지의 모든 기관이 포화 상태가 되어 더 수요가 아니 느니 그들은 결국 꾀임을 받아 나무에 올라갔다가 흔들리는 셈이다. 개밥의 도토리다.

인텔리가 아니었으면 차라리 [9자 삭제] 노동자가 되었을 것인데 인텔리인지라 그 속에는 들어갔다가도 도로 달아나오는 것이 99퍼센트다. 그 나머지는 모두 어깨가 축 처진 무직 인텔리요, 무기력한 문화 예비군 속에서 푸른 한숨만 쉬는 초상집의 주인 없는 개들이다. 레디메이드 인생이다.

4

"제길!"

P는 혼자 두덜거리며 지금까지 섰던 기념비각 옆을 떠났다.

[6행 삭제]

P는 자기 자신이고 세상의 모든 일이고 모두 짜증이 나고 원수스러웠다.

광화문 큰 거리를 총독부 쪽으로 어실어실 걸어가노라니 그의 그림자가 짤막하게 앞에 누워 간다. P는 그 자기의 그림자를 콱 밟고 싶었다. 그러나 발을 내어디디면 그림자도 그만큼 앞으로 더 나가곤 한다. 이 그림자와 자기 자신에서 그리고 그림자를 밟으려는 자기 자신과 앞으로 달아나는 그림자에서 P는 자기의 이중인격의 모순상을 발견하였다.

동십자각 옆에까지 온 P는 그 건너편 담뱃가게 앞으로 갔다.

"담배 한 갑 주시오."

하고 돈을 꺼내려니까 담뱃가게 주인이,

"네, 마코입니까?"

묻는다.

P는 담뱃가게 주인을 한 번 거들떠보고 다시 자기의 행색을 내려 훑어보다가 심술이 번쩍 났다. 그래서 잔돈으로 꺼내려던 것을 일부러 일원짜리로 꺼내드는데 담뱃가게 주인은 벌써 마코 한 갑 위에다 성냥을 받쳐 내어민다.

"해태 주어요."

P는 돈을 들이밀면서 볼멘소리를 질렀다. 그러나 담뱃가게 주인은 그저 무신경하게

"네에."

하고는 마코를 해태로 바꾸어주고 팔십오 전을 거슬러다 준다.

P는 저편이 무렴해하지 아니하는 것이 더욱 얄미웠다.

그는 해태 한 개를 꺼내어 붙여 물고 다시 전찻길을 건너 개천가로 해서 올라갔다. 인제는 포켓 속에 남은 것이 꼭 삼 원하고 동전 몇 푼이다. 엊그제 겨울 외투를 사 원에 잡혀서 생긴 것이다.

방세와 전깃불 값이 두 달치나 밀리었다. 삼 원은 방세 한 달 치를 주고 일 원에서 전등 삯 한 달치를 주고도 싶었으나 그러고 나면 그 나머지로 설렁탕이나 호떡을 사먹어도 하루밖에는 못 지낸다. 그래 그대로 넣어두고 한 이틀 지내는 동안에 일 원이 거진 달아났던 판인데 공연한 객기를 부리느라고 당치도 아니한 해태를 샀기 때문에 인제는 일 원 돈은 완전히 달아나고 삼 원만 남은 것이다.

P는 포켓 속에 손을 넣고 잔돈과 지폐를 섞어 삼 원 남은 돈을 만지작거렸다. 그러면서 왼편 손으로는 손가락을 꼽아가며 삼 원을 곱쟁이 쳐보았다.

육 원, 십이 원, 이십사 원, 사십팔 원, 구십육 원, 백구십이 원, 팔 원 모자르는 이백 원…… 사백 원, 팔백 원, 일천육백 원, 삼천이백 원, 육천사백 원, 일만 이천팔백 원, 팔백 원은 떼어버리고 이만 사천 원, 사만 팔천 원, 구만 육천 원, 십구만 이천 원, 삼십팔만 사천 원, 칠십육만 팔천 원, 일백오십삼만 육천 원…….

삼 원을 열여덟 번만 곱집으면 일백오십삼만 원이 된다. 일백오십삼만 원, 그놈이 있으면…… 이렇게 생각하매 어깨가 으쓱해졌다.

삼 원의 열여덟 곱쟁이가 일백오십만 원이니 퍽 쉬운 일이다…… 그놈만 있으면 백만 원을 들여서 오십 전짜리 십육 페이지 신문을 하나 했으면 위선 K사장의 엉엉 우는 꼴을 볼 수가 있을 것이다.

그러나 아쉬운 대로 십오만 원만 있어도, 일만 오천 원 아니 일천오백원만 있어도 아니 일백오십 원만 있어도 십오 원만 있어도 우선 방세와 전등 삯을 주고 한 달은 살아가겠다.

P는 한숨을 내쉬었다. 한 달? 한 달만 살고나면 그담은 어떻게 하나?…… 그래도 몇 백 원은 있어야지, 아니 몇 천 원은, 아니 몇 만 원은…….

P는 늘 하는 버릇으로 이런 터무니없는 공상을 되풀이하였다.

그는 최근 이러한 공상을 하면서부터 취직을 시들하게 여겼다.

취직이 된댔자 사오십 원이나 오륙십 원의 월급이다. 그것을 가지고 빠듯빠듯 살아간들 무슨 아기자기한 재미가 있을 턱도 없는 것이다.

가령 근실히 해서 월괘저금月掛貯金 같은 것도 하고 집도 장만하고 여편네도 생기고 사장이나 중역들의 눈에 들어 지위도 부장쯤으로는 올라가고, 그리하여 생활의 근거도 안정이 되고 하면 지금 같은 곤란은 당하지 아니하겠지만, 그러나 P에게는 아직도 젊은 때의 야심이 있어 그러한 고식된 안정이나 명색 없는 생활은 도리어 피하고 싶었던 것이다. 좀 더 남의 눈에 띄며 좀 더 재미있고 그리고 자유로운 생활…….

물론 그는 지금이라도 누가 한 달에 삼십 원만 줄 테니 와서 일을 해달라면 마치 주린 개가 고기를 보고 덤비듯이 덮어놓고 덤벼들 것이다. 그러나 속으로는 그와 딴판으로 배포를 부리고 있는 것이다.

P가 삼청동으로 올라가느라고 건춘문 앞까지 이르렀을 때에 저편에서 말쑥하게 봄 치장을 한 여자 하나가 마주 내려왔다.

역시 삼청동 근처에 사는 여자인지 P와는 가끔 마주치는 여자다.

P는 그 여자와 만날 때마다 일부러 눈여겨보지 아니하는 체는 하면서도 실상은 고비샅샅 관찰을 하였고, 그리고 속으로는 연애라도 좀 했으면 하던 터이었다. 무엇보다도 동그스름한 얼굴에 이목구비가 모두 모지지 아니하고 얼굴의 윤곽이 동글듯이 모가 나지 아니한 것, 그래서 맘자리도 그렇게 동글려니 하는 것이 P의 마음을 끈 것이다.

그 여자는 자주 만나는 이 협수룩한 양복장이－P를 먼빛으로도 알아보았는지 처녀다운 조심스런 몸매로 길을 가로 비켜 가까이 왔다.

P는 고개를 꼿꼿이 쳐들고 앞만 쳐다보면서도 속으로는,

'저 여자가 지금 내 옆으로 다가와서 조그만 소리로 정답게 구애를 한다면? 사뭇 안긴다면…… 어쩔꼬?'

이런 생각을 하면서 히죽이 웃는데 여자는 벌써 지나쳐 버렸다.

'흥! 어쩌긴 무얼 어째? ……이년아, 일없다는데 왜 이래! 하고 발길로 칵 차 내던지지.'

하고 P는 어깨를 으쓱하였다.

삼청동 꼭대기에 있는 집－집이 아니라 사글세로 들은 행랑방－에 돌아왔다. 객지에 혼자 있으니 웬만하면 하숙에 있을 것이로되 밥값이 밀리고 그것에 졸릴 것이 무서워 P는 방을 얻어가지고 있던 것이다.

먹는 것이야 수중에 돈이 있는 때에 따라 호떡도 설렁탕도 백화점

의 런치도, 그렇잖고 몇 끼씩 굶기도 하여 대중이 없었다.

별 구경을 잘 못해서 겨울에도 곰팡이 슬고 이불을 며칠씩 그대로 펴두는 방바닥에서는 먼지가 풀신풀신 올랐다.

하도 어설퍼 앉으려고도 아니하고 방 가운데 우두커니 서서 있노라니까 안방 문 여닫는 소리가 들리며 주인 노파가 나와서 캑 하고 기침을 한다. P는 또 방세 졸릴 일이 아득하였다.

그러나 노파는 방세보다도 우선 편지 한 장을 들이 밀어준다. 고향의 형에게서 온 것이다.

편지를 뜯어 읽고 난 P는 말가웃[一斗半]이나 되게 한숨을 푸 내쉬었다. 그리고는 편지를 박박 찢어버렸다.

5

편지의 요건은 P의 아들에 관한 것이다.

P에게는 연전에 갈린 아내와의 사이에 생긴 창선이라는 아들이 있다. 금년에 아홉 살이다.

아내와 갈릴 때에 저편에서 다만 어린애만이라도 주었으면 그것을 데리고 길러가는 재미로 혼자 사는 세상에 낙을 붙이겠다고 사정하였다. 그리고 적어도 중학까지는 마치게 하겠다는 것이었다.

그렇게 했으면 P도 한짐을 덜었을 것이다. 그러나 그는 듣지 아니하였다.

어릴 적부터 소박데기 어미의 손에서 아비의 원망과 푸념을 들어가면서 자란 자식은 자란 뒤에 그 아비에게 호감을 가지지 못한다. P는 자식을 꼭 찾고 싶은 것은 아니나 아무튼 장성하면 아비라고 찾아올 터인데 그때에 P는 이미 늙고 자식은 팔팔하게 젊은 놈이 옛날에 제 어미를 소박한 아비래서 아니꼽게 군다면 그것은 차마 못 당할 노릇이다.

이러한 생각으로 P는 창선이를 내주지 아니한 것이다. 그러나 빼앗아놓고 보니 인제 겨우 너댓 살밖에 아니 먹은 것을 자기 손으로 어찌할 수가 없다. 그리하여 할 수 없이 어렵사리 지내는 그 형에게 맡기어놓고 다시 서울로 올라온 것이다. 보통학교에 다닐 나이가 되면 서울로 데려오겠다고 해두고.

P의 형은 작년에 조카를 보통학교에 입학시켰다. 그러나 극빈 축에 드는 집안인지라 몇 푼 아니 되는 월사금과 학비를 대지 못하여 중도에 퇴학시켰다. 애초에 입학시킬 상의로 P에게 편지를 했을 때에 P는 공부 같은 것은 시켰자 소용이 없으니 차라리 뼈가 보드라운 때부터 생일[노동]을 시키라고 하였다. P의 형은 그러나 백부伯父의 도리로나 집안의 체면으로나 창선이를 생일을 시킬 수가 없었다. 차라리 자기 손에 두어 헐벗기고 헐입히면서 공부도 시키지 못하느니 제 아비인 P더러 데려가라고 작년부터 편지를 하던 터이다.

금년도 입학 시기가 당함에 P의 형은 P에게 누차 편지를 하였다. 금년에 입학을 시키지 못하면 명년에는 학령이 초과되어 들여주지 아니할 것이니 어서 데려다가 공부를 시키라는 것이다.

"그 어린것이 굶기를 먹듯 하고 재주는 있으면서 남의 집 아이들이 학교에 다니는 것을 부러워하는 꼴은 차마 애처러워 볼 수가 없다. 차라리 이꼴 저꼴 보지 아니하는 것이 속이나 편하겠다."

이번 편지에는 이러한 구절이 있고 끝에 가서,

'여비가 몇 원 변통되면 차를 태우고 전보를 칠 테니 정거장에 나와 데려가거라. 나도 웬만하면 객지에 혼자 있는 너에게 어린 자식을 떠맡기듯이 보내겠느냐마는 잘못하다가 그것을 굶겨 죽이겠기에 생각다 못하여 단행하는 것이다.'

이러한 말이 씌어 있었다.

P는 박박 찢은 편지를 돌돌 뭉쳐 방구석에 내던지고 한숨을 푸 내

쉬었다.

인제는 자식을 데리고 있기가 피할 수 없이 되었는데 어떻게 했으면 좋을까 하는 것이다. 그는 형이 원망스럽고 아니꼬웠다.

굳이 제 아비를 따라 보낸다는 것이 아니라 부둥부둥 공부를 시키라는 것 때문이다. 기왕 서울로 보내나 시골서 데리고 있으나 고생시키기는 일반이니 차라리 시골서 일찍부터 생일이나 시켰으면 P에게는 여러 가지로 좋을 것이었다.

'흥! 체면! 공부! 죽어도 인텔리는 만들잖는다.'

P는 혼자 이렇게 투덜거렸다.

"집에서 온 편지유? 무슨 걱정이 생겼수."

말거리를 찾지 못하여 머뭇거리고 섰던 안방 노인이 동정이나 하는 듯이 이렇게 묻는다.

"아니요."

P는 마지못해 코대답을 하였다.

"필경 무슨 걱정이 생긴 게구려!"

노인은 자기의 말거리를 만들려고 아니라는데도 이렇게 걱정을 내어놓는다.

"그게 모두 가난한 탓이지…… 저렇게 젊고 똑똑한 이가, 저게 모두 가난한 탓이야! 어디 구실[직업]자리 말한다더니 아직 아니 됐수?"

"네, 아직……."

"거 큰일 났구려! 어서 돼야 할 텐데…… 나두 꼭 죽겠수…… 이 늙은 것이! ……돈 좀 마련되잖았수?……."

"네, 아직 좀……."

"저걸 어쩌나! 오늘은 물 값이야 전깃불 값이야 사뭇 받으러 달려들 텐데!"

"며칠만 더 미루십시오. 설마하니 마나님이야 아니 드리겠습니까…….”

“아무렴! 실수야 없을 줄 알지만 내가 하도 옹색하니깐 그러는 거지…….”

P는 노인이 지껄이게 두어두고 혼자 생각하였다. 전에 아는 집에서 셋방을 얻어 들었을 때에는 두 달이고 석 달이고 세가 밀려야 조르는 법이 없었다.

밀려도 조르지 아니하는 아는 집…… 이것이 P는 도리어 미안해서 이곳으로 옮겨온 것이다. 옮겨와 가지고 막상 졸림질을 당하니 미안해도 졸리지는 아니하던 옛집이 그리워지는 것이다.

노인이 문을 가로막고 서서 수다스런 소리로 더 지껄이려고 하는데 마침 P의 동무 M과 H가 찾아왔다.

“어디 나가나?”

M이 그렇잖아도 벌씸한 코를 한 번 더 벌씸하고 사이 벌어진 앞니를 내어보이며 싱끗 웃는다.

몸집은 M과 같이 퉁퉁하지만 키가 작아 M의 뒤에 가려 섰던 H가 옆으로 나서며,

“안녕하시오.”

하고 인사를 한다.

P는 싱끗이 웃었다. 이 M과 H는 같은 하숙에 있는데 두 사람은 곧잘 같이 돌아다닌다. 같이 가는 것을 나란히 세워놓고 보면 하나는 키가 커서 우뚝하고 하나는 키가 작아서 납작 붙어가는 것 같다.

얼굴도 M은 우둘부둘한 게 정객 타입으로 생기었고—잘못하면 복싱 링에 내세워도 좋겠고—H는 안존한 게 사무원 타입이다.

일상의 언행을 보아도 H는 무슨 이야기가 자기 전문인 법률에 관한 것에 다다르면 육법전서의 조목을 따르르 외이면서 이러고저러고 하다고 설명을 하고 M은 동경서 학생 ××에 제휴를 했던 만큼,

그리고 전문이 정경과인만큼 좌익 진영에서 쓰는 어투가 그대로 나온다.

"여전히 모두 동색冬色이 창연하군!"

P는 두 사람의 특특한 겨울 양복을 보고, 그리고 자기의 행색을 내려보며 웃었다.

M이 신을 벗고 들어와 먼지 앉은 책상 위에 걸터앉으며,

"춘래불사춘春來不似春일세."

하고 한마디 윈다. H도 따라 들어와 한편에 앉으며 한마디 한다.

"아직 괜찮아…… 거리에서 보니까 동복 입은 사람이 많데……."

"괜찮기는 무어 괜찮아…… 우리가 길로 돌아다니니까 사방에서 아이구야! 소리가 들리데."

"왜?"

"봄이 발밑에서 짓밟히느라고."

"하하하하."

세 사람은 소리를 내어 웃었다.

"참 시험 본 것 어떻게 되었소?"

P는 H가 일전에 총독부에서 본 고원 채용시험을 생각하고 물어보았다.

"말두 마시우…… 인제는 꼭 들어 앉어 공부나 해가지고 변호사 시험이나 치겠소."

사람이 별로 변통성도 없고 그렇다고 여기저기 발련도 없어 취직이 여의하게 되지 못하는 것을 볼 때에 P는 가엾은 생각이 늘 들곤 하였다.

"가만 있게…… 어서 변호사 시험만 파스하게. 그러면 인제 내가 백만 원짜리 주식회사를 조직해가지고 자네를 법률고문으로 모셔옴세."

이것은 M이 늘 농 삼아 하는 농담이다. M도 일 년 동안이나 취직

운동을 하면서 지냈건만 그는 도리어 배포가 유하다. 조금 더 재빠르게 했으면 M은 벌써 취직이 되었을는지도 모르나 그는 타고난 배포와 그리고 남에게 아유구용을 하기 싫어하는 성질로 말하자면 취직전선의 낙오자다.

별로 만나야 할 일도 없다. 그러나 제가끔 혼자 있으면 우울해지니까 이렇게 서로 찾으며 자주 만나게 된다.

만나 앉아서 이야기라도 지껄이면 그동안만은 명랑하여진다. 지금 서울 안에 P니 M이니 H와 같이 매일 만나 하는 일 없이 돌아다니고 주머니 구석에 돈푼 있으면 서로 털어 선술잔이나 먹고 하는 룸펜의 패가 수없이 많다.

무어나 일을 맡기었으면 불이 번쩍 일게 해낼 팔팔한 젊은 사람들이다. 그렇건만 그들은 몸을 비비 꼬고 있다.

아무데도 용납치 못하는 사람들이다. ××적 ××에서 그들을 불러들이기에는 ××적 ××의 주관적 정세가 너무도 미약하다. 그것은 그들의 몇 부분이 동경서 학생으로 있을 시절에는 그 속에서 활발하게 ××을 계속하던 것이 조선에 나오면서 탈리되는 것으로 보아 그러한 해석을 내리지 아니할 수가 없다.

그렇다고 부르주아지의 기성 문화기관에 들어가자니 그곳에서는 수요를 찾지 아니한다. 레디메이드로 된 존재들이니 아무 때라도 저편에서 필요해야만 몇씩 사들여간다.

M이 마코를 꺼내놓고 붙여 문다. P는 포켓 속에 들어 있는 해태를 차마 내놓기가 낯이 따가워 M의 마코를 집어 당겼다.

[6행 삭제]

P는 설명을 시작한다. P 자신 그러한 장난 비슷한 공상을 하면서 일단 해보라고 하면 주저할 것이지만 어쨌거나 그랬으면 통쾌하리라는 것이다.

"먼첨 경무국에 들어가서 아주 까놓고 이야기를 한단 말이야. 우리가 지금 대상으로 하는 것은 총독부가 아니라 조선의 소위 민간 측 유지들이니까 간섭을 말어 달라고."

"그러면 관허官許 메이데이로구만."

"그래 관허도 좋아…… 그래가지고는 기에다가는 무어라고 쓰느냐 하면 '우리에게 향학열을 고취한 놈이 누구냐?' ……어때?"

"좋지!"

"인텔리에게 직업을 내라…… 이렇게 노래를 지어 부르거든."

[1행 삭제]

"응…… 유지와 명사의 가면을 박탈시키라고…… 한 몇 십 명이 그렇게 데모를 한단 말이야."

"하하하하."

M은 이렇게 웃고 H는 시원찮게 핀잔을 준다.

"듣그럽소, 여보……. 아, 글쎄 멀끔멀끔한 양복쟁이들이 종로 네거리로 기를 받고 그렇게 다녀봐! 애들이 와서 나 광고지 한 장 주, 하잖나."

"하하하하."

"허허허허."

창밖에서 냉이 장수가 싸구려 소리를 외치고 지나간다. M이 그에 응하여,

"이크, 봄을 덤핑하는구나."

"흠, 경제학자라 다르군…… 참 우리 하숙에서는 채소를 좀 먹여 주어야지!"

"밥값을 잘 내보지."

"그도 그렇지만."

"나는 석 달 치 밀렸네."

"나도 그렇게 될 걸."

"그러니까 나처럼 이렇게 아파트 생활을 해요."

이것은 P의 말이다. 아파트라고 말해놓고도 서글퍼서 허허 웃었다.

"조선식 아파트! 그렇지만 우리가 아파트 생활을 했다면 아마 두어 달 전에 굶어 죽었을 걸."

"나는 돈을 보면 초면 인사를 해야 되겠네…… 본 지가 하도 오래서 낯을 잊었어."

"여보게."

하고 M이 의젓하게 H를 달군다.

"돈 구경한 지 오래 됐다지?"

"응."

"존 수가 있네."

"뭣?"

"자네 책 좀 삼사三四 구락부에 보내세."

"싫으이."

"자네 돈 구경하고…… 구경하고 나서 그놈으로 한잔 먹고……."

"한잔 말이 났으니 말이지 요즘 같으면 술이나 실컷 먹고 주정이라도 했으면 속이 시원하겠네."

"그러니까 말이야…… 가세. 가서 다섯 권만 잽혀."

"일없다."

"내가 찾아주지."

"흥."

"정말이야."

"싫여."

6

그날 밤.

P와 M은 H를 졸라 그의 법률책을 잡혀 돈 육 원을 만들어가지고 나섰다.

선술집에 가서 엔간히 취하도록 먹은 뒤에 C라는 카페에 가서 술 두 병을 놓고 자정이 되도록 노닥거렸다.

그곳에서 나올 때는 육 원 돈이 이 원 남았다. 이 원의 처지를 생각하다 세 사람은 일제히 동관으로 가기로 하였다.

세 사람이 모두 다리가 비틀거렸다. 그중에도 P는 더욱 취하였다.

늴리리 가락으로 들어박힌 갈보집.

다 쓰러져가는 초가집을 세 사람이 아는 집 들어서듯이 쑥쑥 들어서니,

"들어오십시오."

"어서 오십시오."

라고 머리 땋은 계집애와 배가 북통 같은 애 밴 계집이 마루로 나선다.

P가 무심결에 해태곽을 꺼내어 붙여 무니까 머리 땋은 계집애가 P의 목을 얼싸안고 볼에다 입을 쪽 맞추더니,

"나도 하나."

하고 손을 벌린다. P는 기가 막혀 담배곽을 내미는데 H와 M은 박수를 하며,

"부라보!"

하고 굉장하게 큰 소리로 외친다.

건넌방에 들어가 앉으니 마루에서 따그락따그락 소리가 난다.

배부른 계집은 푸대접을 받고 머리 땋은 계집애가 H와 M의 손으로 옮아 다니면서 주물린다. 깩깩 소리를 지르며 엄살을 한다. 말을 붙이고 대답을 주고받고 하는 것이 H와 M은 전에 한 번 와본 집인 듯

하다.

술상이 들어왔다.

잔은 사발만한데 술주전자는 눈알만하다. 술을 부어놓으니 M이 척 받아놓고는 노래를 투정한다. 계집애는 그보다 더 약아서 제가 그 술을 쭉 들이마시고는 빈 잔만 M의 입에 대어준다.

P는 개숫물같이 밍밍한 술을 두어 잔 받아먹는 동안에 비위가 콱 거슬려서 진정하느라고 드러누웠다.

H가 계집애를 무릎에 올려놓고 신이 나게 노래를 부른다. 물론 고저도 장단도 맞지 아니하는 노래다.

M이 애 밴 계집을 실컷 시달려주다가 머리 땋은 계집애를 빼앗아 가더니 귀에 대고 무어라고 속삭거린다. 그러면서 둘이서 연해 P를 건너다보며 싱긋벙긋 웃는다.

조금 있다가 계집애가 P에게로 오더니 귀에다 입을 대고 속삭인다.

"저이가 나더러 당신하고 오늘 저녁…… 응, 어때?"

"그래라."

P는 불쑥 성난 것처럼 대답했다.

"아이! 싱거워!"

계집애는 P를 한 번 꼬집어주고 다시 M에게로 달아났다.

M에게로 가서 또 무어라고 속삭거리더니 재차 와가지고는 귓속말을 한다.

"자고 가, 응."

"그래 글쎄."

"꼭."

"응."

"정말."

"응."

술은 네 주전자가 들어왔는데 세 사람 손님은 두서너 잔씩밖에 아니 먹었다. 그 나머지는 다 저희가 먹었다. 계집애가 술이 곤주가 되게 취해가지고 해롱해롱 까분다.

술값을 치르는 것을 보고 P도 따라 일어섰다. M이 몸뚱이로 슬쩍 밀어서 방 안으로 들여보내고 뒤에서 계집애가 양복 뒷깃을 잡아당긴다.

"그래라, 자고 간다."

P는 방 가운데 벌떡 드러누웠다.

"너희 집이 어디냐?"

계집애가 옆에 와서 앉는 것을 보고 P가 물었다.

"××도 ××."

"언제 왔니?"

"작년에."

P는 몸을 일으켰다. 또 속이 왈칵 뒤집혀 좀 더 진정하려고 하는 생각인데 계집애가 콱 밀어뜨린다.

"나이 몇 살이냐?"

"열여덟."

"부모는?"

"부모가 있으면 여기서 이 짓을 해?"

"왜 이 짓이 나쁘냐?"

"흥…… 나도 사람이야."

"에꾸! 나는 네가 신선인 줄 알았더니 인제 보니까 사람이로구나!"

"듣그러!"

계집애는 눈을 쪽 흘기고는 갑자기 웃으면서 P의 목을 끌어안는다.

"자고 가, 응."

"우리 마누라한테 자볼기 맞고 쫓겨난다."

"그러면 내한테 와서 나하고 살지…… 여기 내 빚 팔십 원만 물어주면……."

"팔십 원이냐?"

"응."

"가겠다."

P는 또 일어나려는 것을 계집이 껴안고 놓지 아니한다.

"자고 가…… 내가 반했어."

"아서라"

"정말!"

"놓아."

"아니야, 안 놓아. 자고 가요, 응…… 자고…… 나 돈 좀 주어."

"돈? 내가 돈이 있어 보이니?"

"돈 소리가 절렁절렁 나는데?"

미상불 P의 포켓 속에는 아까부터 잔돈 소리가 가끔 잘랑거렸다.

"자고 나 돈 조끔 주고 가, 응."

"얼마나?"

"암만도 좋아…… 오십 전도, 아니 이십 전도."

계집애의 말이 떨어지기도 전에 P는 불에 데인 것같이 벌떡 일어섰다. 일어서면서 그는 포켓 속에 손을 넣고 있는 대로 돈을 움켜쥐어 방바닥에 홱 내던졌다. 일 원짜리 지전 두 장과 백통전이 방바닥에 요란스럽게 흐트러진다.

"아따, 돈!"

내던지고는 P는 뛰어나왔다. 그의 눈에는 눈물이 고였다.

7

P는 정조貞操적으로 순진한 사나이가 아니다. 열네 살 때에 소꼽질

같은 장가를 갔고 그 뒤 동경 가서 있을 동안에 거기 여자와 살림도 하였다.

조선에 돌아와 직업을 가지고 있는 사이에 기생과 사귀어 한동안 죽을 둥 살 둥 모르게 지내기도 하였다.

그밖에도 정 두어 지낸 여자가 두엇 더 있다. 그러나 삼십이 되도록 지금까지 유곽을 가거나 은근짜 집을 가거나 동관의 색주가 집에 가서 잠자리를 한 일은 없다.

그것은 P의 괴벽이다. 어떠한 여자를 물론하고 그가 정이 들지 아니한 여자이면 절대로 관계를 아니한다는 것이다.

그 대신 한번 P의 눈에 들고 따라서 정이 들면 아무것도 돌아보지 아니하고 심각한 열정에 맡기어 완전히 그 여자를 움켜쥐어 버리며 또한 그 여자에게 전부를 내주어버린다. 그리하여 그는 늘 all or nothing을 말한다.

이것이 처세상 퍽 이롭지 못한 것을 P도 잘 안다. 또 공연한 승벽이요 고집인 줄 알건만 그는 그것을 고치지 못한다.

이날 밤에도 그는 그 계집애를 조금도 어떻게 하겠다는 생각은 나지 아니하였다.

술 취한 끝에 속이 괴로우니까 진정을 하자는 판인데 '오십 전, 아니 이십 전도 좋아' 하는 소리에 버쩍 흥분이 된 것이다.

너무도 인간이 단작스럽고 악착스러운 것 같았다. P가 노상 보고 듣는 세상이 돈을 중간에 놓고 악착스럽게 으르렁으르렁하는 것임을 모르는 바는 아니나 정조 대가로 일금 이십 전을 요구하는 것은 처음 보았다.

P는 그러한 여자가 정조를 파는 데 무신경한 것도 잘 알고 있으며 따라서 그것이 비도덕이니 어쩌니 하는 것도 아니다.

그의 관점과 해석은 그런 것보다 더 나아간 입장에 있었다.

그러나 '이십 전만 주어도' 소리에는 이것저것 생각하고 헤아릴 나위도 없었다. 더럽고 얄미우면서 눈물이 고였다. 삼 원쯤 되는 전 재산을 털어 내던지고 정신없이 뛰어나온 것이다.

술 취한 P를 혼자 남겨둔 H와 M은 골목에 기다리고 서서 있었다. P가 뛰어 나오는 것을 보고 그들은 위선 농을 건넨다.

"한턱 하오."

"장가간 턱 하게."

P는 고개를 흔들었다. 그리고 멍하니 서서 생각을 하였다.

다분의 가면 밑에서 꿈틀거리는 인도주의에 몹시 증오를 느끼는 P는 이날 밤 자기의 행동을 어떻게 해석할지 몰라 괴로워하였다.

내일을 굶어야 할 그 돈이지만 돈이 아까운 것이 아니다. 정조 값으로 이십 전을 주어도 좋다는데 왜 정조는 퇴하고 돈만 있는 대로 다 털어주었는가? 왜 눈에 눈물은 고였는가?

8

P는 머리가 띵하고 속이 뉘엿거리어 정신을 차릴 수가 없었다. 그는 두 친구에게 인사도 변변히 하지 아니하고 코를 베인 듯이 삼청동으로 올라왔다. 어서 바삐 좀 드러눕고만 싶었던 것이다.

아무리 방구들은 차고 지저분하게 늘어놓았어도 제 처소는 반가운 것이다. 더구나 몸이 괴로울 때는—.

P는 누더기 양복이나마 벗으려고도 아니하고 그대로 펴두었던 이부자리 속에 몸을 파묻었다. 드러누우니 취기가 새삼스레 더하여 영영 옷 벗을 생각도 잊어버리고 그대로 잠이 들었다.

얼마를 자고 났는지 괴로워 부대끼다 못하여 잠이 깨었을 때는 목이 타는 듯이 말랐다.

물은 없다. 물이 없어 못 먹느니라 생각하니 목은 더 말랐다.

밤은 어느 때나 되었는지 짐작할 수가 없다. 전등은 그대로 켜져 있다. 밖에서는 사람 지나다니는 발자국소리도 들리지 아니한다. 전차 달리는 소리도 들리지 아니하고 가끔가다가 자동차의 경적이 딴 세상의 소리같이 감감하게 들리어 온다.

밤이 깊지 아니했으면 잠긴 안대문을 두드려 주인 노인에게라도 물을 청하겠지만 이 깊은 밤에 그리하기도 미안하다. 그것도 방세나 여일하게 내었을 제 말이지 얼굴 대하기를 이편에서 피하는 판에 차마 못할 일이다.

물지게 장수의 삐득거리는 소리가 들리나 하고 귀를 기울였으나 감감히 소리가 없다.

목은 더욱더욱 말라 들어온다. 입술이 바싹 마르고 입안이 침기가 없고 목구멍이 바삭바삭 소리가 날 듯이 마르고, 그러고는 창자 속까지 말라 내려가는 듯하다.

방금 미칠 듯하다.

눈앞에 용용하게 흘러가는 푸른 한강이 어릿어릿하고 쏴 쏟아지는 수통 꼭지가 보이는 듯하다.

P는 배고픈 고비는 많이 겪어보았으나 이대도록 목마른 참은 당하기 처음이다.

배는 고프면 기운이 없이 착 가라앉을 뿐이었지만 목이 극도로 마름에는 금시 미치고 후덕후덕 날뛸 것 같다.

일어나서 삼청동 꼭대기로 올라가면 산골짜기의 물도 있고 또 우물도 있기는 하다. 그러나 이 어두운 밤에 어디가 어딘지 보이지 아니할 테고 또 우물에는 두레박도 없을 것이다.

겨우겨우 참아가며 몇 시간을 삐대었다. 실상 한 시간도 못 되는 동안이지만 P에게는 여러 시간인 듯만 싶었다.

그런 뒤에 겨우 물지게 소리를 듣고 그는 수통 있는 곳을 찾아 뛰어

나갔다.

사정 이야기도 변변히 하지 아니하고 쏟아지는 수통 꼭지에 매어달리어 한 동이는 되리만치 냉수를 들이켰다. 물장수가 어이가 없어 물끄러미 치어다보고만 있다가 P의 꾸벅하고 돌아서는 등 뒤에다 혀를 끌끌 찬다.

밥보다도 더 다급하게 그립던 물을 실컷 들이켜고 나니 찌뿌등하게 엉킨 듯 불쾌하던 취기醉氣도 적이 걷히고 정신이 말쑥해졌다.

P는 새삼스레 양복을 벗어 던지고 다시 자리에 파묻혔다. 인제는 잠이 십 리나 달아나고 눈이 초랑초랑하여진다. 그러면서 어젯밤 일이 머리에 떠오른다.

그것은 마치 못 먹을 것을 먹은 것처럼 꺼림칙한 기억이다. 아무렇게나 씻어 넘겨버리재도, 그러나 머리 한구석에 박혀가지고 사라지려 하지 아니하는 어룽(반점)과 같다. 어떻게 해서라도 시원스러운 해석을 내리고라야 마음이 놓일 것 같다.

정조 대가貞操代價로 일금 이십 전을 부르는 여자…….

방금 세상에는 한 번 정조를 빼앗긴 것으로 목숨을 버려 자살하는 여자도 있다. 그러는 한편 '이십 전도 좋소' 하는 여자가 있다.

여자의 정조가 그것을 잃었다고 자살을 하도록 그다지도 고귀한 것이라면 '이십 전에라도 팔겠소' 하는 여자가 눈을 멀끔멀끔 뜨고 살아 있는 사실은 무엇으로 설명할 것인가?

또 정조를 '이십 전에도 팔겠소' 하는 여자가 있도록 그것이 아무렇지도 아니한 것이라면 그것을 한 번 빼앗긴 때문에 생명을 내버리는 여자가 있는 것은 무엇으로 설명할 것인가?

이 두 여자가 모두 건전한 양심의 소유자라고 볼 수는 없다.

그러나 그 가운데 나무라기로 들면 차라리 정조를 빼앗긴 것으로 자살한 여자를 나무랄 것이지 '이십 전에 팔겠소' 하는 여자는 나무랄 수가 없다.

열여섯 살부터 시작하여 이래 삼 년이나 색주가 집으로 굴러다니는 여자다.

언제 누구에게 귀 떨어진 도덕관념이나 정당한 인생관을 얻어들은 적이 없을 것이다.

술잔을 들고 앉아 한 잔이라도 오는 손님에게 더 먹이어 한 푼어치라도 주인의 수입을 도와주면 칭찬이 오니 그만이다.

"고년 어여쁘다. 나하고 ××."

하고 손님이 말하면 그에 좇아 비록 조발早發일지언정 생리적 만족을 얻는 한편 그야말로 단돈 이십 전이라도 벌면 그만이다.

옆에서 그것을 시키기는 할지언정 그것이 나쁘다고 가르쳐주는 사람이 있을 턱이 없는 것이다. 사실 일반 매춘부가 정조적으로 양심을 가진 듯이 보인다는 것은 그 대부분이 도리어 한 가식假飾에 지나지 못하는 것이다.

그것은 그들에게 있어서 일종의 정당성을 가진 노동인 것이다.

그러니까 그것을 보고 불쌍하다고 여기고 동정을 하는 것은 위문의 폐문閉門이다.

지금 세상은 정당한 성도덕性道德이 서 있는 때도 아니다.

그것은 한 세대에 여러 가지의 시대사조가 얼크러져 있는 때문이다. 그러니까 여자의 정조에 대하여도 일률적으로 선악과 시비를 가릴 수는 없는 것이다.

하룻밤 몸값으로다 '이십 전도 좋소' 하는 여자, 그에게는 다른 사람이 갖는 성도덕도 없고 따라서 자신을 타락이래서 슬퍼하지도 아니한다.

그 여자 자신을 나무랄 필요도 없는 것이요 동정할 여지도 없는 것이다. 그 여자 자신은 결코 불쌍한 사람이 아니다.

예수의 사랑(?)도 아무리 그 사랑이 크고 넓다 했을지언정 그것은 '불쌍한 사람', '죄지은 사람'에게 미칠 수 있는 것이다.

'불쌍하지 아니한', '죄짓지 아니한' 동관의 색주가 계집애에게는 누구의 동정이나 사랑도 일없는 것이다.

'뭣? 관념적이라고?'

그렇다. 관념적이라도 할 수 없다. 그러나 그것은 그 여자의 주관을 객관화한 것이다. 그러니까 그것은 한 엄연한 현실이다.

[2행 삭제]

또 그 병적 현실에 메스를 대는 것은 집단의 역사적 문제이지만 룸펜 인텔리의 결벽과 흥분쯤으로는 문제가 되지 아니한다.

다만 취객이 삼 원 각수를 던져주었으므로 해서 그 여자는 감격 없는 기쁨을 맛보았을 뿐일 것이다.

'이게 웬 떡이냐…… 어젯저녁에 꿈이 괜찮더니 이런 땡을 잡을 영으루 그랬구나…… 웬 얼간 망둥이냐.'

그 계집애는 응당 그렇게 밖에는 더 생각되지 아니하였을 것이다. 그것이 결코 무리가 없는 당연한 일이다.

P는 여기까지 생각하고 입맛 쓴 고소를 띠었다.

'흥! 되지 못하게…… 장님이 눈병 앓는 사람더러 불쌍하다고 한 셈인가.'

P는 돌아누우면서 혀를 끌끌 찼다.

9

일천구백삼십사 년의 이 세상에도 기적이 있다.

그것은 P가 굶어 죽지 아니한 것이다. 그는 최근 일주일 동안 돈이 생긴 데가 없다. 잡힐 것도 없었고 어디서 벌이한 적도 없다.

그렇다고 남의 집 문 앞에 가서 밥 한술 주시오 하고 구걸한 일도 없고 남의 것을 훔치지도 아니하였다.

그러나 그동안 굶어 죽지 아니하였다. 야위기는 하였지만 그래도 멀쩡하게 살아 있다. P와 같은 인생이 이 세상에 하나도 없이 싹 치워진다면 근로하는 사람이 조금은 편해질는지도 모른다.

P가 소부르주아지 축에 끼이는 인텔리가 아니요 노동자였더라면 그동안 거지가 되었거나 비상수단을 썼을 것이다. 그러나 그에게는 그러한 용기도 없다. 그러면서도 죽지 아니하고 살아 있다. 그렇지만 죽기보다도 더 귀찮은 일은 그를 잠시도 해방시켜 주지 아니한다.

그의 아들 창선이를 올려 보낸다고 어제 편지가 왔고 오늘은 내일 아침에 경성역에 당도한다는 전보까지 왔다.

오정 때 전보를 받은 P는 갑자기 정신이 난 듯이 쩔쩔매고 돌아다니며 돈 마련을 하였다. 최소한도 이십 원은…… 하고 돌아다닌 것이 석양 때 겨우 십오 원이 변통되었다.

종로에서 풍로니 냄비니 양재기니 숟갈이니 무어니 해서 살림 나부랭이를 간단하게 장만하여 가지고 올라오는 길에 전에 잡지사에 있을 때 알은 ××인쇄소의 문선과장을 찾아갔다.

월급도 일없고 다만 일만 가르쳐주면 그만이니 어린아이 하나를 써 달라고 졸라대었다.

A라는 그 문선과장은 요리조리 칭탈을 하던 끝에—그는 P가 누구 친한 사람의 집 어린애를 천거하는 줄 알았던 것이다—

"보통학교나 마쳤나요?"

하고 물었다.

"아니요."

P는 솔직하게 대답하였다.

"나이 몇인데?"

"아홉 살."

"아홉 살?"

A는 놀래어 반문을 하는 것이다.

"기왕 일을 배울 테면 아주 어려서부터 배워야지요."

"그래도 너무 어려서 원…… 뉘집 애요?"

"내 자식놈이랍니다."

P는 그래도 약간 얼굴이 붉어짐을 깨달았다. A는 이 말에 가장 놀라운 일을 보겠다는 듯이 입만 벌리고 한참이나 P를 물끄러미 바라다본다.

"왜? 내 자식이라고 공장에 못 보내란 법 있답디까?"

"아니, 정말 그래요?"

"정말 아니고?"

"괜히 실없는 소리! ……자제라고 해야 들어줄 테니까 그러시지?"

"아니, 그건 그렇잖어요. 내 자식놈야요."

"그럼 왜 공부를 시키잖구?"

"인쇄소 일 배우는 것도 공부지."

"그건 그렇지만 학교에 보내야지."

"학교에 보낼 처지가 못 되고 또 보낸댔자 사람 구실도 못할 테니까……."

"거 참 모를 일이요. 우리 같은 놈은 이 짓을 해가면서도 자식을 공부시키느라고 애를 쓰는데, 도리어 공부시킬 줄 아는 양반이 보통학교도 아니 마친 자제를 공장엘 보내요?"

"내가 학교 공부를 해본 나머지 그게 못쓰겠으니까 자식은 딴 공부시키겠다는 것이지요."

"글쎄 정 그러시다면 내가 내 자식 진배없이 잘 데리고 있으면서 일이나 착실히 가르쳐드리리다마는…… 원 너무 어린데 애처럽잖어요?"

"애처러운거야 애비 된 내가 더 하지요만 그것이 제게는 약이니까……."

P는 당부와 치하를 하고 인쇄소를 나왔다. 한짐 벗어놓은 것같이 몸이 가뜬하고 마음이 느긋하였다.

그는 집으로 올라가는 길에 싸전에 쌀 한 말을 부탁하고 호배추도 몇 통 사들었다. 그렁저렁 오 원을 썼다.

십 원 남은 중에 주인 노인에게 육 원을 내어주니 입이 귀밑까지 째어진다. 그 끝에 P가 사온 호배추를 내어주며 김치를 담가 달라고 하니 선선히 응낙한다. 그리고 자식을 데리고 자취를 하겠다니까 깍두기야 간장이야 된장 같은 것을 아까운 줄 모르고 날라다주고 한다.

10

이튿날 전에 없이 첫새벽에 일어난 P는 서투른 솜씨로 화로 밥을 지어놓고 정거장으로 나갔다.

그의 형에게서 온 편지에 S라는 고향 사람이 서울 올라오는 길에 따라 보낸다고 했으니까 P는 창선이보다도 더 낯이 익은 S를 찾았다.

과연 차가 식식거리고 들어서매 인간을 뱉어 내놓는 찻간에서 S가 창선이를 데리고 두리번거리며 내려왔다.

어디서 생겼는지 새까만 고꾸라 양복을 입고 이화표 붙은 학생 모자를 쓰고 거기다가 보따리를 하나 지고 무엇 꾸린 것을 손에 들고 차에서 내리는 어린아이…… 저게 내 자식이니라 생각하니 P는 어쩐지 속으로 얼굴이 붉어지며 한편 가엾기도 하였다.

S가 두 손에 짐을 가득 들고 두리번거리다가 가까이 온 P를 보고 반겨 소리를 지른다. 창선이가 모자를 벗고 학교식으로 경례를 한다. 얼굴은 너댓 살 적에 보던 것보다 더한층 저의 외가를 닮았다.

P는 그것이 몹시 불만하였다.

"그새 재미나 좋았나?"

S의 하는 첫인사다.

"뭘 그저 그렇지…… 괜한 산 짐을 지고 오느라고 애썼네."

P는 이렇게 인사 겸 치하를 하였다.

"원 천만에…… 그 애가 나이는 어려도 어떻게 속이 찼는지…… 너의 아버지 알아보겠니?"

S는 창선이를 돌아보며 웃는다. 창선이는 고개를 숙이고 수줍은지 아무 대답도 아니한다.

P는 S와 창선이를 데리고 구름다리로 올라왔다.

"저의 외할머니가 저 양복이야 떡이야 모두 해가지고 자네 댁에까지 오셨더라네…… 오셔서 어제 떠나는데 정거장까지 나오셨는데 여러 가지 신신 당부를 하시데…… 자네에게 전하라고."

S는 P가 그다지 듣고 싶지도 아니한 이야기를 뒤따라오며 늘어놓는다. 그의 가슴에는 옛날의 반감이 솟쳐 올랐다.

"별걱정 다 하던 게로군…… 내 자식 내가 어련히 할까봐 쫓아다니면서 그래……."

"그래도 노인들이라 어디 그런가…… 객지에서 혼자 있는데 데리고 있기 정 불편하거든 당신께로 도루 보내게 하라고 그러시데……."

"그 집에 내 자식이 무슨 상관이 있어서 보내라는 거야?…… 보낼 테면 그때 데려왔을라구……."

P는 그것이 모두 그와 갈린 아내의 조종인 줄 알기 때문에 더구나 심정이 났다. 화가 나는 대로 하면 어린아이가 입고 온 양복도 벗겨 내던지고 싶었으나 꿀꺽 참았다.

11

일찍 맛보아보지 못한 새살림을 P는 시작하였다.

창선이가 도착한 날 밤.

창선이는 아랫목에서 색색 잠을 자고 있다. 외롭게 꿈을 꾸고 있으려니 생각하매 전에 없던 애정이 솟아오르는 듯하였다.

이튿날 아침 일찍 창선이를 데리고 ××인쇄소에 가서 A에게 맡기고 안 내키는 발길을 돌이켜 나오는 P는 혼자 중얼거렸다.

"레디메이드 인생이 비로소 겨우 임자를 만나 팔리었구나."

《신동아》, 1934년 5~7월호

도정道程

지하련

• • • • •

1912년 경남 거창 출생.
단편 「결별」을 《문장》에 추천받으면서 등단.
단편 「체향초」, 「인사」, 「산길」, 「도정」 등이 있으며, 수필 「소감」, 「회갑」 등과
시 「어느 야속한 동포가 있어」 등이 있음.

도정道程

숨이 노닷게 정거장엘 들어서 대뜸 시계부터 바라다보니, 오정이 되기에도 아직 삼십 분이나 남았다. 두 시 오십 분에 떠나는 기차라면 앞으로 느러지게 두 시간은 일즉이 온 셈이다.

밤을 새워 기대려야만 차를 탈 수 있는 요즘 형편으로 본다면 그닥 빨리 온 폭도 아니나, 미리 차표를 부탁해놨을 뿐 아니라, 대단히 늦은 줄로만 알고, 오 분 십 분 이렇게 다름질쳐 왔기 때문에, 그에겐 어처구니없이 일즉 온 편이 되고 말었다.

쏠려지는 시선을 땀띠와 함께 칙면으로 느끼며, 석재碩宰는 제풀에 멀숙해서 밖으로 나왔다.

아카시아나무 밑에 있는, 낡은 벤취에 가 털버덕 자리를 잡고 앉으니까 그제사 홧근하고 더위가 치쳐 오르기 시작하는데, 땀이 퍼붓는 듯, 뚝뚝 떨어진다.

수건으로 훔쳤댔자 소용도 없겠고, 이보다도 가만히 앉아 있으니까, 더 숨이 맥혀서 무턱대고 일어나 서성거려 보기라도 해야 할 것 같었으나, 그는 어데가 몹시 유린되어, 이도 후지부지 결단하지 못한 채 무섭게 느껴지는 더위와 한바탕 지긋이 씨름을 하는 수밖에 도리가 없다. 목덜미가 욱신거리고 손바닥 발바닥이 모도 얼얼하고 야단이다.

이윽고 그는 숨을 도르키며, 한 시간도 뭐헐 텐데 어쩐다고 거진 세 시간이나 헷짚어 이 지경이냐고, 생각을 하니 거반 딱하기도 하고 우습기도 하다.

허긴 여게 이유를 들랴면 근사한 이유가 하나둘이 아니다. 첫째 그가 이 지방으로 '소개' 하여 온 것이 최근이었으므로 길이 초행일 뿐 아니라, 본시 시골길엔 곧잘 지음이 헷갈리는 모양인지 실히 오십 리라는 사람도 있었고, 혹은 칠십 리는 톡톡히 된다는 사람, 심지어는 거진 백 리 길은 되리라는 사람까지 있고 보니 가까우면 놀다갈 셈치고라도 우선 일찌감치 떠나오지 않을 수가 없었다.

어데만치 왔을까, 문득 그는 지금 가방을 들고 길을 걷는 제 채림차림에서 영낙없는 군청 고원을 발견하고, 또 그곳에 방금 퇴직 군수로 있는 장인이 연관되어 생각하자 더욱 억울한 판인데다, 기왕 고원 같을라거든 얌전한 고원으로나 뵈였으면 차라리 좋을 것을, 고원치고는 이건 또 어째 건달 같어 뵈는 고원이다. 가방도 이젠 낡었는지 빠작빠작 가죽이 맞닿는 소리도 없이, 흡사 무슨 보퉁이를 내두르는 느낌이다. 역부러 가슴을 내밀고 팔을 저어 걸으면서, 이래뵈두 이 가방으로 대학을 나왔고, 바로 이 속에 비밀한 출판물을 넣고는 서울을 문턱 같이 다닌 적도 있지 않었드냐고, 우정 농쪼로 은근히 기운을 돋우어보았으나, 그러나 생각이 이런 데로 미치자, 그는 이날도 유쾌하지가 못하였다. 돌아다보면, 지난 육 년 동안을, 아무리 '보석' 으로 나왔다 치구라도, 어쩌면 산 사람으로 그렇게도 죽은 듯 잠잠할 수가 있었든가 싶고, 또 이리되면 그 자신에 대하여 어떤 알 수 없는 염증을 느낀다기보다도 참 용케도 흉물을 피우고 기인 동안을 살아왔다 싶어, 먼저 고소가 날 지경이다.

이어 머릿속엔 강姜이 나타나고 기철基哲이 나타나고, 뒤를 이어 기철과 술을 먹든 날 밤이 떠오르고 한다. 술이 거나하게 취했을 무렵이었다. 석재는 오래 혼자서 울적하든 판이라, 전날 친구를 만나니 좌우간 반가웠다. 그날은 정말이지 광산을 헌다고 돈을 두룸박처럼 차고 내려온 기철에게 무슨 심사가 틀려 그런 것도 아니었고, 광산을 허든 뭘 허든 만나니 그저 반갑고 흡족해서 난생 처음 주정이라도 한번 부려보고 싶도록 마음이 허순해졌든 것이다. 이리하여 남같이 정을 표하는 데 묘한 재주도 없으면서, 그래도 제 깐엔 좋다고 무어라 데숭을 피었든지 기철이도 그저 만족해서,

"자네가 나 같은 부량자를 이렇게 반가이 맞어줄 적도 있었든가? ……아마 퍽은 적적했든가보이."

하고 웃으며 술을 권하였다. 그런데 이 '적적했든가보이' 라는 말을, 그가 어쩐다구 '외로웠든가보이' 로 들었는지는 모르겠으나 아무튼 그에겐 이렇게 들렸기에 느껴졌든 것이고 또 이것은 그에게 꼭 맞은 말이기도 하였든 것이다. 사실 그때 강을 만나 헤어진 후로, 날이 갈수록 그는 커다란 후회와 더불어 어떻다 말할 수도 없는 외로움이, 이젠 폐부에 사모치든 것이었다.

"그래 외로웠네. 무척……."

기철의 말에 그는 무슨 급소를 찔리운 듯, 먼저 이렇게 대거리를 해놓고는 다시 마조 바라다보려는 참인데, 웬일인지 기분은 묘하게 엇나가기 시작하여, 마침내 그는 만만하니 제 자신을 잡고 힐난하기 시작하였다.

친구가 듣다 못하여,

"자네 나한테 투정인가?"

하고 웃으며,

"글세 드러보게나. 자네가 어느 놈의 벼슬을 해먹어 배반자란 말인가? 나처럼 투기장에 놀았단 말인가? 노변에서 술을 팔었으니 파렴치한이란 말인가? 아무튼 어느 모로 보나 자네면은 과히 추하게 살아온 편은 아니니 안심허게나."
하고 말을 가로채는 것이었다. 그런데 또 말이 이렇게 나오고 보면 그로선 투정인지 뭔지, 먼저 당황하지 않을 수가 없었다.

"아냐, 내 말은 그런 말이 아냐. 아무튼 자넨 날 잘 몰라. 자넨 나보단 착허니까. 그렇지 나보다 착하지…… 그러니까 날 잘 모르거든. 누구보다도 나를 잘 보는 눈이 내 마음 어느 구석에 하나 들어 있거든. 특히 '악덕' 한 나를 보는 눈이……."

그는 겁결에 저도 얼른 요령부득인 말로다 먼저 방파맥이를 하며 눈을 크게 떴다. 그러나 친구는 큰 소리로 웃으며,

"관두게나. 자네 이야긴 들으면 들을수록 무슨 삼림 속을 헤매는 것처럼 아득허이."
하고 손을 저었다.

둘이는 다시 잔을 들었다. 그러나 이로부터 그는 웬일인지 점점 마음이 처량해갔다. 아물아물 피어나는 회한의 정이, 그대로 잔 우에 갸울거리는 것 같었다. 어데라 지향없이 미안하고 죄스러워, 그는 소년처럼 자꾸 마음이 슬퍼졌다.

"……난 너무 오랫동안을 나만을 위해 살아왔어. 숨어 다니고 감옥엘 가고 그것 다 꼭 바로 말하면 날 위해서였거든. ……이십대엔 스스로 절 어떤 비범한 특수인간으로 설정하고 싶어서였고, 삼십대에 와서는 모든 신망을 한몸에 모은 가장 양심적인 인간으로 자처하고 싶어서였고…… 그러다가 그만 이젠 제 구멍에 빠져 헤어나질 못허는 시늉이거든."

그는 취하였다. 친구도 취하여, 이미 색시와 희롱을 하는 터이었음

으로 아무도 이애기를 들어주는 사람은 없었으나 그는 중얼대듯 여전 말을 계속하는 것이었다.

"……거년 정월에 강이 왔을 때, 상기도 사오부의 열이 계속된다고 거짓말을 했것다! 일천 원 생긴다구 마눌 사려는 가면서……, 결국 강의 손을 잡고 다시 일을 시작는 게 무서웠거든. 그렇지! 전처럼 어느 신문이 있어 영웅처럼 기사를 취급할 리도 없었고 이젠 한 번만 걸리게 되면 귀신도 모르게 죽는 판이었거든. ……부박한 허영을 가진 자에게 이러한 주검은 개주검과 마찬가질 테니까…… 이 사람!"

그는 소리를 버럭 질렀다. 그의 거짓말을 홈빡 곧이듣고는 아는 친구에게 세상 걱정까지 끼쳐 실로 미안하다는 듯이 바라다보든 그때 강의 얼골이 떠올났든 것이다.

친구가 이리로 왔다. 그는 말을 계속하였다.

"나는 말일세, 난 누구에게라도 좋아, 또 무엇에라도 좋고. 아무튼 '나'를 떠난 정성과 정열을 한 번 바쳐보구 죽고 싶으이. ……웨! 웨 나라고 세상에 낫다가 남 위해 좋은 일 한 번 못허란 법이 있나?"

이리 되면 주정이 아니라, 원정이었다.

"이 사람 취했군. 웨 자네가 남을 위해 일을 안 했어야 말이지……."

친구는 취한 벗을 만유하려 하였으나, 그는 줄곧 외고집을 세웠다.

"아니 난 한 번도 남 위한 적 없어. 인색하기에 난 구두쇠거든. 이를 테면 난 장바닥에서 났단 말야. 땟국에 찌들린 이 읍내기 장사치의 후레자식이거든. ……그래두 자네 같은 사람은 한번 목욕만 잘 허구 나면 과거에서도 살 수 있고 미래에서도 살 수 있을지 몰라. 허지만 나는 말야, 이 못난 것이 말이지, 쓰레기란 쓰레기는 홈빡 다 뒤집어쓰고는 도시 현재에서 옴치고 뛰질 못하는 시늉이거든……."

"글세 이 사람아, 정신적으로 '기성사회'의 폐해를 입긴 너나 할 것이 있겠나. ……아무튼 자네 신경쇠약일세. ……그게 바로 결벽증이란 병일세."

친구는 한 번 더 소리를 내어 웃었다. 석재는 그 후로도 간혹 이날 밤에 주고받은 이얘기가 생각되곤 하였다. 역시 취담이다. 돌처 생각하면 쑥스러웠으나 그러나 취하여 속말을 다 못했을지언정 결코 거짓말은 아니었다.

이와 같이 노상 그가 곤욕을 당하는 곳이 밖에 있는 것이 아니라, 이를테면 안으로 그 암실暗室에 트집을 잡은 것이었기에, 그예 문제는 '인간성' 에 가 부닿고 마는 것이었다. 결국 네가 나쁜 사람이라는, 애매한 자책 아래 서게 되면, 그것이 형태도 죄목도 분명치 않은, 일종의 '윤리적' 인 것이기 때문에 더 한층 그로선 용납할 도리가 없었다. 이번 처가 쪽으로 피난해오는 데도 무턱 '얌치없는 놈! 제 목숨, 계집 자식 죽을까 기급이지……' 이러한 심리적 난관을 적잖이 겪었기에 위선 '우리 집에 내 갈라는데 무슨 참견이냐' 고, 대바질을 하는 아내나 처가로 옮겨준 후, 그는 어차피 서울도 가까워진 판이라, 양동楊洞서 도기공장을 한다는 김金을 찾어갈 심산이었든 것임으로 이리로 온지 스무 날만에 이제 그는 서울을 향하고 떠나는 길이었다.

아름드리 소나무가 좌우로 갈러 선 산모랭이 길을 걸으려니 생각은 다시 그때 학생사건으로 들어와 감옥에서 처음 알게 된, 그 눈이 어글어글하고 몹시 순결한 인상을 주는 김이란 소년이 눈앞에 떠오르곤 한다.

문득 길이 협곡을 끼고 뻗어 올랐다. '영' 이라고 할 것까지는 못 되나 앞으로 퍽 깔프막진 고개를 연상케 하였다. 이따금 다람쥐들이, 소군소군 장송을 타고 오르내리락 장난을 치기에 보니, 곳곳에 나무를 찍어 송유松油를 받는 깡통이 달려 있다. 워낙 나무들이 장대한 체구요 싱싱한 잎들이라 무슨 크게 살어 있는 것이 불의한 고문에나 걸리운 것처럼 야릇하게 안타까운 감정을 가져오기도 한다.

'저게 피라면 아프렸다.'

근자에 와, 한층 더 마음이 여워어 어데라 닿기만 하면 상책이가 나려는지, 그는 침묵한 이 유곡을 향하여 일말의 칙은한 감정을 금할 수가 없었다.

고개를 넘어 노변에 자리를 잡고 그는 잠간 쉬기로 하였다. 얼마를 걸어왔는지 다리도 아프고 몹시 숨이 차고 하다.

담배를 붙여 제법 한가로운 자세로 길게 허공을 향하여 뿜어보다 말고, 그는 문득 당황하였다. 아무리 보아도 해가 서편으로 두 자는 더 기운 것 같다. 몰을 일인 게 그는 지금껏 무슨 생각을 하고 얼마를 걸어왔는지 도무지 아득하다. 고대 막 떠나온 것도 같으고, 까마득히 먼 길을 숱하 한눈을 팔고, 노닥거리며 온 듯도 싶다. 이리되면 장인이 역전 운송부에 부탁하여 차표를 미리 사놓게 한 것쯤 문제가 아니다. 앞으로 길이 얼마가 남었든지간, 우선 뛰는 게 상책이었다.

그는 허둥지둥 담배를 문 채 일어섰든 것이다.

아카시아나무 밑 벤취 우에 얼마를 이러구 앉어 있노라니 별안간 고막이 울리도록 크게 라디오 소리가 들려온다.

저켠 운송부에서 정오 뉴스를 트는 것이었다.

거진 한 달 동안을 라디오는커녕 신문 한 장 똑똑히 읽어보지 못하든 참이라, 그는 '소문'을 들어보구 싶은 유혹이 적잖이 일어났으나, 그러나 몸이 여전 신음하는 자세로 쉽사리 일어서지질 않는다.

뉴스가 끝날 지음해서야 그는 겨우 자리를 떴다. 무엇보다도 차표를 알어봐야 할 필요에서였다.

마악 운송부 앞으로 가, 장인이 일러준 사람을 뻬꿈이, 안으로 향해 찾으려는 판인데 어째 이상하다. 지나치게 사람이 많었다. 많어도 그냥 많은 게 아니라, 서고 앉은 사람들의 이상하게 흥분된 표정은 묻지 말고라도, 그 중 적어도 두어 사람은 머리를 싸고 테불에 업드린 채 그냥 말이 없다. 이리 되면 차표구 머고 물어볼 판국이 아닌 성싶다.

그는 잠간 진퇴가 양난하였다.

이때 웬 소년 하나가 눈물을 뚝뚝 떨어트리며 밖으로 나온다. 그는 한걸음 뒤로 물러서며 얼결에 소년을 잡었다.

소년은 옷깃을 잡히운 채, 힐끗 한 번 치어다볼 뿐, 휙 돌아서 저편으로 갔다. 그는 소년이 다만 흥분해 있을 뿐, 별반 적의가 없음을 알었기에 뒤를 따렀다.

소년은 이제 막 그가 앉아 있든 벤취에 가 앉아서도 순식껀 슬퍼하였다.

“웨 그래 응, 왜?”

보구 있는 동안 이 눈이 몹시 영롱하고, 빛깔이 흰, 소년이 이상하게 정을 끗기도 하였지만, 그는 우정 더 다정한 목소리로 말을 건넸다.

소년은 구태어 그의 말을 대답할 의무에서라기보다도 이젠 웬만큼 그만 울 때가 되었다는 듯이,

“덴노우헤이까가 고상을 했어요.”

하고는 쉽사리 머리를 들었다.

“……?”

그는 가슴이 철석하며 눈앞이 아찔하였다. 일본의 패망, 이것은 간절한 기다림이었기에 노상 목전에 선연했든 것인지도 모른다. (그러나 이렇게도 빨리 올 수가 있었든가?) 순간 생각이라기보다는 거림자와 같은 수천 수백 매딈의 상념想念이 미칠 듯 급한 속도로 팽갭이를 돌리다가 이어 파문처럼 퍼져 침몰하는 상태였다. 그런데 이상한 것은 이것은 극히 순간이였을 뿐, 다음엔 신기할 정도로 평정한 마음이었다. 막연하게 이럴 리가 없다고, 의아해하면 할수록 더욱 아무렇지도 않다. 그러나 이상 더, 이것을 캐어 물을 여유가 그에게 없었든 것을 보면 그는 역시 어떤 싸늘한, 거반 질곡桎梏에 가까운, 맹랑한 흥분

에 사로 잡혀 있었든 것인지도 몰랐다.

"우리 조선도 독립이 된대요. 이제 막 아베 소도꾸가 말했대요."

소년은 부자연할 정도로 눈가에 웃음까지 띠우며 이번엔 말하는 것이었으나, 그러나 발서 별다른 새로운 감동이 오지는 않는다.

'역시 조선 아이였구나.'

하는, 사뭇 객쩍은 것을 느끼며 잠간 그대로 멍청히 앉어 있노라니, 이번엔 고이하게도 방금 목도한 소년의 슬픈 심정에 자꾸 궁금증이 가는 것이다. 그러나 막연하나마 이제 소년의 말에, 무슨 형태로든 먼저 대답이 없이, 이것을 물어볼 염체는 잠간 없었든지 그대로 여전 덤덤이 앉어 있노라니, 이번엔 차츰 소년 자신이 싱거워지는 모양이었다. 그도 그럴 것이, 얼마나 벽력 같은 소식을 전했기에, 이처럼 심심할 수가 있단 말인가?

소년은 좀 이상한 눈으로 그를 바라보며 말을 건넸다.

"기뻐잖어요?"

그는, 이, 약간은 짓궂은 웃음까지 띠우며 말을 묻는 소년이, 금시로 나히 다섯 살쯤 더 먹어뵈는 것 같은, 이러한 것을 느끼며 당황하게 말을 받었다.

"왜? 왜 기뿌지! ……기뿌잖구!"

"……."

"너두 기뿌냐?"

"그러믄요."

"그럼 웨 울었어?"

그는 기어히 묻고 말었다.

소년은 좀 열적은 듯이 머리를 숙이며 대답하였다.

"징 와가 신민 또 도모니, 하는데 그만 눈물이 나서 울었어요. …… 덴노우헤이까가 참 불쌍해요."

"덴노우헤이까는 우리나라를 빼서갔고, 약한 민족을 사십 년 동안이나 괴롭혔는데, 불상허긴 뭐가 불상허지?"

"그래도 고상을 허니까 불쌍해요."

"……."

"……목소리가 아주 가엽서요."

그는 무어라 얼른 대답할 말이 생각나지 않었다. 설사 소년의 보드라운 가슴이 지나치게 '인도적'이라고 해서 이상 더 '미운 자를 미워하라'고 '어른의 진리'를 역설할 수는 없었다. 그는 내가 약한 탓일까, 반성해보는 것이었으나, 역시 '복수'란 어른의 것인 듯싶었다. 착한 소년은 그 스스로가 너무 순수허기 때문에 미처 '미운것'을 가리지 못한다, 느껴졌다.

"……넌 덴노우헤이까보다도 더 훌륭허다."

그는 소년의 머리를 쓰담고 일어섰다.

소년은 칭찬을 해주니까 좋은지,

"그렇지만 우리 회사에 사이상허구 긴상허고 기무라상, 가와지마상 이런 사람들은 주먹을 쥐고 야 야 하면서, 막 내놓구 좋아했어요."
하고, 따라 일어서며

"야 긴상 저기 있다."
하고는 이내 정거장 쪽으로 달아났다.

"……그 사람들은 너보다 더 훌륭하고……."

그는 소년이 이미 있지 않은 곳에 소년의 말의 대답을 혼자 중얼거리며 자기도 정거장을 향하고 걸음을 옮겼다.

역시 아무렇지도 않은데, 다리가 약간 후둘 허는 게 좀 이상하다.

긴상이란 키가 작달막하니 퍽 단단하게 생긴 청년이었다. 방금 무슨 이얘기를 하였는지, 많은 사람들은 입 속에 기이한 외마디소리를 웅얼거릴 뿐, 얼이 빠진 듯 입을 다물지 못한다. 너무 긴장한 나머지의 얼굴이라기보다는 기맥히게 어처구니없는 얼굴들이다.

"이제부터는 모두가 우리의 것이고, 모두가 자유이니 여러분 기뻐하십시오!"

이렇게 거듭 외우쳐 주었으나 장내는 이상하게 잠잠할 뿐이었다.

시간이 되어 차표를 팔고, 석재가 운송부에서 표를 찾어오고 할 때에도 사람들은 별반 말이 없었다. 꼭 바보 같었다.

석재가 김이란 청년을 찾어온 지 사흘째 되는 날이었다.

아츰에 잠을 깨니, 여느 때와 달러 먼저 머리에 떠오르는 건 '공산당共産黨' 소문이었다.

눈을 크게 떠 그놈을 붙잡고는 다시 한 번 느끈거려 가슴 우에 던져보나, 그러나 그저 어안이 벙벙할 뿐, 알 수 없는 피곤으로 하여 다시금 눈이 잠길 따름이다.

그는 허위대듯 기급을 하고, 벌떡 일어 앉었다.

조금 후 그는 몸이 허공에 둥둥 떠 있는 것 같은, 어떤 내부로부터의 심한 '허탈증'을 느끼며,

'나는 타락한 것이 아닌가?'

하고 스스로 물어보는 것이었다.

사실 그는 팔 월 십오 일 후에 생긴 병이 하나 둘이 아니다. 이제 생각하면 병은 그날 그 아카시아나무 밑에서부터 시초였는지도 모르겠으나 아무튼 그가 깨닫기론 김이란 청년을 만나서부터다.

그날 차가 서울 가까이 오자 차츰 바깥 공기만이 아니라 기차 속 공기부터 달러지기 시작한 것이, 그가 역에 내렸을 때는 완연히 충치는 거리의 모습이었다. 세 사람 다섯 사람 스무 사람, 이렇게 둘레를 지어 수군거리는가 하면, 웃통을 풀어헤친 또 한패의 군중이 동떨어진 목소리로 만세를 외쳤다. 그도 덩달아 가슴이 두군거리고 마음이 솟구쳐 얼결에 만세도 한 번 불러볼 뻔하였다. 사뭇 곧은 줄로 빼친, 김

포로 가는 군용도로를, 만양 걸으며, 그는 해방, 자유, 독립, 이런 것을 아무 모책 없이, 천 번도 더 되풀이하면서, 또 일방으론, 열차에서 본 일본 전재민의 참담한 모양을 눈앞에 그리기도 하였다. 그것은 정말 끔직한 것이었다. 뚜껑 없는 화물차에다 여자와 아이들을 칸마다 가득히 실었는데 폭양에 며칠을 굶고 왔는지, 석탄연기로 환을 그린 얼골들이 영락없는 아귀였다. 석박귀우는 열차에 병대들이 팡이랑 과자를 던졌다. 손을 벌리고 넘어지고, 젖먹이 애를 떨어트리고…… 그는 과연 군국주의 '전쟁' 이란 비참한 것이라고 느껴졌다기보다도 그때에서야 비로소 일본이 졌다는 것을 깨닫는 것이었다.

석재가 청년의 집에 당도하기는 밤이 꽤 늦어서였다. 두 달 전에 왕래한 서신도 서신이려니와, 전날 친분으로 보아, 그동안 아무리 거친 세월이 흘렀기로 설마 페로워야 허랴 싶어, 총총히 들어서는데, 과연 청년은 반색을 하고 그를 마저주었다.

"장성했구려. 어룬이 됐구려."

아귀가 버는 손에 다시금 힘을 주며, 그는 대뜸 감개가 무량하였다.

이때, 그의 가냘픈 손을 청년이 두 손으로 움켜 멧 번인지 흔들기만 하다가 끝내 말을 이루지 못하고 그대로 어린애처럼 느껴 우는 것이였다. 앗불싸! 그는 일변 당황하면서, 자기도 눈시울이 뜨끈함을 느끼었으나, 그러나 다음 순간, 그것은 어데까지 그의 눈물이 아니요, 시방 청년이 경험하는 바, 커다란 감동에서 오는, 청년의 눈물인 것을 그는 알었다.

이날 밤 그는 잠을 이루지 못하였다. 무엇인지 초조하여 견딜 수가 없었다. 반드시 울어야만 하는 것은 물론 아니었다. 그러나 아무튼 무슨 감동이든 한 번 감동이 와야만 할 판이었다. 어찌하여 나에겐 이것이 오지 않을까? 언제까지나 오지 않을 것인가? 온다면 언제 무슨 형태로 올 것인가?

이튿날 그는 김을 따라, 마을 청년들의 외침에도 섞여 보고, 태극기를 단 수백 대의 자동차가 끊임없이 왕래하는 서울 거리로 만세를 부르며 군중을 따라보기도 하였다. 그러나 돌아올 땐 또 하나의 벽력 같은 소식에 아연하지 않을 수 없었다. '공산당' 이 생겼다는 소문이었다.

'최고 간부의 한 사람이 기철이라 한다! ……이런 일도 있는가?'

그는 내부의 문제, 외부적인 문제가 일시에 엉컬려 헤어날 길이 없었다.

그러나 언제까지 이러고 앉아서 '나는 타락한 것이 아닌가?' 고 주지박질을 해본댔자 무슨 솟아날 궁기 생길 리도 없어, 석재가 마악 자리를 개키려는데 이때 청년이 들어왔다.

"서울 안 나가시렵니까?"

청년이 그의 상태를 알 리가 없었다. 그저 예나 지금이나 침착한 '동지' 로만 믿는 모양인지, 앞으로의 계획 같은 것을 부단히 의론하였다. 이럴 때마다 그는,

"암, 그래야지. 혼란한 시기라고 해서 수수방관하는 기회주의는 금물이니까. 허다가 힘이 모자라 잘못을 범할 때 범하드래도 우선 일을 해야지."

이렇게 말은 하면서도,

"하로 집에 있으면서 쉬려오."

하고 누어버렸다.

아침을 치르고 청년이 서울로 떠난 후 혼자 누어 있으려니 또 잠이 오기 시작한다. 이 잠 오는 건 어제 들어 새로 생긴 병이다. 무얼 생각하면 할수록 점점 혼란하여, 갈피를 못 잡게 되면, 차츰 머리가 몽롱하여지고, 그만 졸음이 오기 시작하는 것이다.

'바보가 되려나보다.'

그는 걷어차고 밖으로 나왔다.

거기는 옆으로 한강을 낀 펑퍼짐한 마을이었다. 섬같이 생긴 나지막한 산들이 여기저기 놓여 있다.

그는 모르는 결에 나무가 많고, 강물이 가까운 곳으로 가 자리를 잡었다. 멀리 안개 속으로 서울이 신기루와 같이 어른거리고, 철교가 보이고, '외인 묘지'의 푸른 나무들이 보이고, 그리고 한강물이 지척에서 흘러가는 곳이었다.

잠간 시선이 어데가 머물러야 할지 눈앞이 아리송송한 게, 골치가 지끈지끈 아프다. 눈을 감았다. 순간 머릿속에 도깨비처럼 불끈 솟는 '괴물'이 있다. '공산당'이었다. 그는 눈을 번쩍 떴다.

다음 순간 이 괴물은 하늘에, 땅에, 강물에, 그대로 맴을 도는가 하니, 원간 찰거머리처럼 뇌리에 엉겨붙어 도시 떨어지질 않는 것이었다. 생각하면 긴 동안을 그는 이 괴물로 하여 괴로웠고, 노여웠는지도 모른다. 괴물은 무서운 것이었다. 때로 억척같고 잔인하여, 어느 곳에 따뜻한 피가 흘러 숨을 쉬고 사는 것인지 알 수가 없었다. 그러나 귀 막고 눈 감고 그대로 절망하면 그뿐이라고 결심할 때에도 결코 이 괴물로부터 해방될 수는 없었다. 괴물은 칠같이 어두운 밤에서도 환히 밝은 단 하나의 '옳은 것'을 지니고 있다, 그는 믿었다. 옳다는 이 어디까지 정확한 보편적 '진리'는 나쁘다는 어데까지 애매한 윤리적인 가책과 더불어 오랜 동안 그에겐 커다란 한 개 고민이었든 것이다.

차츰 흐려지는 시선을 다시 강물로 던지며 그는 생각하는 것이었다. 김, 이, 박, 서 그 외 또 누구누구…… 질서 없이 머리에 떠오른다. 모두 지하에 있거나 해외로 갔을 투사들이다. 그리고 지금 자기로선 보지도 못하고 이름도 모르는 새로운 용사들의 환영이 눈앞에 떠오르기도 하였다.

그는 불현듯 쓸쓸하였다.

'다들 모였단 말인가?'

그러나, 이제 기철이 최고 간부의 한 사람이라면, 이보다도 우수한 지난날의 당원들이 몇이라도 서울엔 있을 것이다.

'그럼 이 사람들이 당을 맨드렀단 말인가?'

그는 다시금 알 수가 없어진다. 문득 기철이 눈앞에 나타난다. 장대한 체구에 패기만만한 얼굴이다. 돈이 제일일 땐 돈을 모으려 정열을 쏟고, 권력이 제일일 땐 권력을 잡으려 수단을 가리지 않을 사람이다. 어느 사회에 던져두어도 이런 사람이 불행할 리는 없다. 그러나 여기 한 개의 비밀이 있었다. 이런 사람이 영예로워지면 질수록 흉악해지는 비밀이었다. 대체로 '겉'이 그렇게 충실하고야 '속[良心]'이 있을 리가 없고, 속이 없는 사람이란 외곽이 화려하면 할수록 내부가 부패하는 법이었다.

'목욕을 한대도 비누하고 물쯤은 준비해야 하지 않는가?'

다시 눈앞엔 다른 한패의 사람이 나타났다. 어디까지 옹종한 주제에, 그래도 소위 그 '양심'이란 어금길에서 제 깐엔 스스로 고민하는 척 몸짓하며 살아온 사람들이다. 이를테면 석재 자신 비젓한 축들이었다. 이건 더욱 보기 민망하다. 추졸하기 짝이 없다기보다도, 온통 비리비리하고 메식메식해서 더 바라다볼 수가 없다. 아무튼 통틀어 대매에 종아리를 맞고도 남을 사람들이다.

'그래 이 사람들이 모여 '당'을 만들었단 말인가?'

물론 그럴 리는 없다 하였다.

그러나 다음 순간, 그는 얼골이 후끈 달어옴을 깨달었다. 조금 전 기철이 최고 간부라는 데 앙앙하든 마음속엔 '그럼 내라도 될 수 있다'는 엄폐된 자기감정이 숨어 있지 않었든가? 그는 벌컥 팔을 베고, 앙천仰天하여 들어눕고 말었다.

얼마가 지났는지, 아이들 떠드는 소리에 눈을 떴다. 그런데 웬일일까? 하늘이 이마에 와닿어 있다. 실로 청옥같이 푸르고 넓은, 그것은 무한한 것이었다. 그러나 곧 그것은 하늘이 아니라 강물의 착각이었다. 순간 그는 이상한 흥분으로 하여 소리를 버럭 지르고 일어 앉었다.

비로소 조금 전 산비탈에 누워 잠이 든 것을 깨닫는다. 어느 결에 석양이 되었는지 가을 같으다.

그는 다시 한 번 크다랗게 소리를 질러본다. 그러나, 아무 의미도 없고 또한 아무것도 의미하지 않는 비상히 큰 목소리는, 그대로 웅얼웅얼 허공을 돌다가 다시 귓전에 와 떨어진다. 저 아래 기를 든 아히들이 만세를 부르며 놀고 있다.

외로웠다. 사지를 쭉 뻗어 땅을 안고, 잔디를 한 오큼 쥐어보니, 가슴이 메이는 듯 눈물이 쑥 나온다.

'나는 아직 젊다…… 나는 아직 젊다!'

조금 후 그는 연상 무엇인지를 정신없이 헤둥대둥 중얼거리고 있었다.

이튿날 석재는 청년을 따라 일찌감치 집을 나섰다.

어제 그는 꽤 어둑어둑해서야 산에서 내려왔든 것이고, 내려와 보니 어느새 청년이 돌아와, 마치 기다리고나 있은 것처럼,

"어델 갔다 오세요?"

하면서, 그가 '발서 돌아왔드랬오.' 하고 대답할 나위도 없이 대뜸 큰 일이 났다는 것이었다.

그는 이제까지의 자기세계를 떠나, 이 씩씩한 후진에게 성의를 다할 임무가 있음을 깨달으며, 옷깃을 바로하고 정색하여 마조 앉었다. 이얘기는 대략, 방금 일본인 공장주의 부도덕한 의도로 말미암아 모

든 생산물이 홍수와 같이 가두로 쏟아졌다는 것, 이에 흥분한 종업원 내지 일반 시민들은 가장 파괴적인 방법으로 '사리' 만을 도모하여, 영등포 등지 공장지대가 일대 수라장이 되었다는, 이러한 것들인데, 아닌 게 아니라 이얘기를 듣고 보니 난처하였다. 한때의 피치 못할 현상일지는 모르나, 이대로 방임해두었다가는 이른바, 그들의 '개량주의화' 의 위기를 초래하여 올지도 모르는 적잖은 사태였다. 이리 되면 그로서도 피안 화재시하고만 있을 수는 없었다.

"중앙에서 대책이 없읍듸까?"

"책상물림의 젊은이들이 몇 개인의 정열로 활동하는 모양인데, 너나없이 노동자라면 그대로 우상화하는 경향이 있어놔서, 일의 두서를 잡지 못허두군요."

"그래, 김은 어델 관계하고 있는 중이오?"

"조일직물과 123철공장인데 뭣보다도 기계를 뜯어 없애는 데는 참 딱해요. 대뜸, 우리는 제국주의 치하에서 착취를 받었으니 얼마든지 먹어 좋다는 거거든요."

"…… '자계급' 이 승리를 헌 때라야 말이지. 또 승리를 헌 때라두 그렇게 먹는 게 아니고…… 아무튼 큰일났구려. ……그러다간 노동자 출신의 뿌르주아 나리다."

두 사람은 어이없이 웃었으나, 사실은 웃을 일이 아니었다. 뭘루 보나 노동자의 진지한 투쟁은 실로 이제부터라 할 것이었다. 지도자가 맥없이 노동자를 우상화한다거나, 그 경제적 이익을 옹호해야 된다고 해서, 그들의 원시적 요구의 비위만을 맞추어준다는 것은, 노동자 자신의 투쟁력을 상실케 하는 것 이외 아무것도 아니었다.

"자칫하면 앞으로 일하기 무척 힘드리다."

물론 이야기는 이 이상 더 계속되지 않었으나 석재는 청년의 부탁이 아니라도 날이 밝으면 영등포로 나가볼 작정이었든 것이다.

곧장 신길정으로 가는 삼가람 길에서, 먼저 서울엘 들러 오겠다는 청년과 그는 난호였다.

혼자 123철공장을 향하고 걸으려니, 또 뭐가 마음 한 귀퉁에서 뒤각태각을 한다. '네가 이젠 공장엘 다 가는구나? 노동자를 운운허구…… 그렇지! 이젠 잡힐 염려가 없으니까…….' 이렇게 고개를 들고 일어나는 것을, 그대로 욱박질러 쳐넣기도 하고 또 때로는 '암, 가야지. 반성이란 앞날을 위해서만 소용되는 것이니까. 과도한 자책이란 용기를 저상케 하는 것이고, 용기를 잃게 되면, 제이 제삼의 잘못을 또다시 범하게 되는 거니까…….' 이렇게 누구나 다 할 수 있는 말로다 뱃장을 부려 보기도 하는 것이었으나 '용기'란 대목에 와서는 끝내 마음 한 귀퉁에서 '뭐? 용기?' 하고는 방정맞게 깔깔거리는 바람에 그만 그도 따라 허— 웃고 만 셈이다. 인차 길가든 사람이 저를 보는 것 같어서 우정 시침일 떼고 걸으며, 그는 여전 지잖을 자세로, '그래 난 겁쟁이다. 그러나 본시 용기라는 말은 무서운 것이 있기 때문에, 즉 그 무서운 것을 이기는 데로부터 생긴 말이라면, 또 달리는 가장 무서움을 잘 타는 사람이, 가장 용기 있는 사람이 될 수도 있다는 역설이 나올 수도 있지 않은가…… 나도 이제부터 이기면 되잖나? 앞으로도 무서운 것은 얼마든지 있을 것이고, 나는 이겨 나갈 자신이 있다.'

이렇게 콩칠팔새삼륙으로 우겨대며 123철공장으로 들어섰다.

마악 정문으로 들어서려는데 누가,

"김군 아닌가?"

하고 손을 잡는다.

깜짝 놀라 치어다보니 천만 뜻밖에도 그 사람은 민택이었다. 그와 같은 사건으로 들어갔을 뿐 아니라, 단지 친구로서도 퍽 신실한 데가 있는 사람이다.

"……이 사람아!"

그는 이 '이 사람아'를 되풀이할 뿐, 손을 쥔 채 잠간 어쩔 줄을 몰랐다. 이런 순간에 민택이를 만나는 것이 어쩐지 눈물이 나도록 그는 반가웠다.

두 사람은 옆으로 둔대 우에 자리를 잡고 앉었다.

인차 그는 '당'의 구성이 역시 국내 있든 합법 인물 중심이란 것으로부터 방금 석재 자신에게도 전보로 연락을 취하고 있다는 소식까지 듣게 되었다.

지금까지 그럴 리는 없다고 부정은 해오면서도 열에 아홉은 그러려니 했든 것이고, 또 이러함으로 이제 와서 뭘 새로이 놀랄 것까지는 없었으나, 그래도 그는 무엇인지 연상 어이가 없다.

"그래, 이 사람아…… '당'을…… 허, 그 참……."

이렇게 갈팡질팡하는 모양이 딱한지,

"허긴 그래. 허지만 당이 둘 될 리 없고, 당이 됐단 바에야 어떻거나."

하고 민택이가 말을 하는 것이었다.

조금 후 두 사람은 신길정서 서울로 나가는 전차에 올랐다. '공산당'으로 가는 길이었다.

철교를 지나고 경성역을 돌아 차츰 목적한 지점이 가까워 올수록 그는 모르는 결에 가슴이 두근거렸다. 생각하면 일즉이 그 청춘과 더불어 '당'의 이름을 배울 때, 그것은 실로 엄숙한 두려운 것이었다.

그가 전차에서 내려 군데군데 목검을 집고 경계하는 '공산당' 층계를 오르기 시작하였을 제는 오정이 훨씬 지난 때였다. 별안간 좌우에 사람이 물 끓듯 하는데, 이따금 '김동무!' 하고 잡는 더운 손길이 있다. 모도 등꼴에 땀이 사뭇 차 얼골이 붉고 호흡이 가쁘다.

그는 왼몸이 홧근하며, 가슴이 뻐근하였다. 얼마나 욱박질리고, 밟히우든 지낸 날이었든가? '당' 이라니 어느 한 장사가 있어 입 밖엔들 냄즉한 말이었든가?

그는 소년처럼 부푸는 가슴 우에 일찍이 '당' 의 이름 아래 너머진 몇 사람의 친구를 안은 채, 이런 일도 있는가고 이렇게 백주 장안 네 거리에서 '당' 을 들고, 외우 뛰고 모로 뛰어도 아무도 잡어가지 않고, 아무도 죽이지 않는 이런 세상도 있는가고, 사람이든 기생이든 나무 토막이든, 무엇이든 잡고, 팔이 널치가 나도록 흔들며 큰 소리로 외쳐 묻고 싶은 충동을, 순간 그는 어찌할 수가 없었다.

그는 뭐가 무엇인지, 어느 것이 옳고 그른 것인지, 한동안 전연 판단을 잃은 상태였다. 그저 웃는 얼골들이 반가웠고, 손길들이 따뜻할 뿐이었다.

복도를 지나 왼편으로 꺾어진 넓은 방에서, 기철의 손을 잡었을 때에도 그는 전신이 얼얼한 것이 생각이 그저 띵할 뿐이었다. 그러나 '왜 이렇게 늦었나?' '어찌 이리 늦소?' 하는, 똑같은 인사를 한 대여섯 번 받은 후, 그가 열 번이나 스무 번쯤 받었다고 느껴질 때쯤 해서, 그제사 조금 정신이 자리 잽히는 상 부른데, 그런데 이 새로운 정신이 나면서부터 이와 동시에 마음 어느 구석에선지, 핏득,

'내가 무슨 '뻐스' 를 타려다 '참' 이 늦었드랬나?'

하고 딴청을 부리려 드는 맹랑한 심사였다.

이건 도무지 객적은 수작이라고, 허겁지겁 여겨 퇴박을 주었는데도 웬일인지 이후부터는 찬물을 끼언진 듯 점점 냉랭해지는 생각이었다. 그는 난처하였다.

잠간 싱글해서 앉어 있는, 석재를 기철이는 아무도 없는 옆방으로 데리고 갔다.

그를 잘 알고 있는 기철은 먼저 '당' 을 조직하게 된 이유부터 자상히 설명을 하면서,

"자넨 어찌 생각할지 모르나 정치란 다르이. ……지하에나 해외에 있는 동무들을 제쳐두고, 어떻게 함부로 당을 맨드느냐고 할지 모르나, 그러나 이 동무들은 아직 나타나지 않고 일은 해야 되겠고, 어떻건담, 조직을 해야지. 이리하여 일할 토대를 닦고 지반을 맨들어놓는 것이, 그 동무들을 위해서도 우리들의 떳떳한 도리가 아니겠느냐 말일세."

하고 말을 끊었다.

기철은 조금도 꿀릴 데가 없는 얼골이었다.

그는 뭔지 그저 퀭해서 이야기를 듣고 있노라니, 야릇하게도 이 '동무'란 말이 새삼스럽게 비위에 와 부딪친다. 참 희한한 말이었다. 어제까지 고루거각에서 별별짓을 다 허든 사람도 오늘 이 말 한마디만 쓰고, 손을 잡고 보면, 그만 피차간 '일등 공산주의자'가 되고 마는 판이니, 대체 이 말의 조홧속을 알 길이 없다기보다도 십 년, 이십 년, 몽땅 팽개쳤던 이 말을, 이제 신주처럼 들고 나와, 꼭 무슨 흠집에 고약이나 붙이듯 철석 올려붙이고는 용케도 넹큼넹큼 불러대는 그 염치나 뱃심을 도통 칭양할 길이 없었다. 물론 그는 십 년 전에 만나나 십 년 후에 만나나, 비록 말로 표현하지 못할 경우라도 눈이 먼저 만나면 꼭 '동무'라고 부르는 몇 사람의 선배와 친구를 알고 있다. 그러나, 이들이 부르는 '동무'는 조금도 이렇지가 않었다. 그렇기에 열 번 대하면 열 번, 그는 뭔지 가슴이 철석하곤 하였든 것이다.

그는 차츰 긴 말을 짓거리기가 싫어졌다.

"잘 알겠네."

끝내 이렇게 대답하고 말었으나, 사실 기철의 이야기는 옳은 말 같으면서 또한 하나도 옳지 않은 말이기도 하였다. 어덴지 대단히 요긴한 대목에 대단히 불순한 것이 들어 있는 것만 같었다. 그러나, 어떻게 된 '당'이든 당은 당인 거다. 그는 일즉이 이 당의 이름 아래, 충성

되기를 맹세하였든 것이고…… 또 당이 어리면, 힘을 다하여 키워야 하고, 가사 당이 잘못을 범할 때라도 당과 함께 싸우다 죽을지언정, 당을 버리진 못하는 것이라 알고 있다. 이러허기에, 이것을 꼬집어 이제 그로서 '당'을 비난할 수는 도저히 없는 것이었다.

잠간 그대로 앉어 있노라니 별안간, 기철이란 '인간'에 대한 어떤 불신과 염증이 훅 끼쳐온다.

그는 모르는 결에 시선을 돌리고 말었다.

좌우간 이상 더 이얘기가 있을 것이 그는 괴로웠다.

"자네 바뿌지? ……나 내일 또 들림세."

그는 끝내 자리를 일어서려 하였다.

그러나 기철은 황망이 그를 잡었다.

"무슨 말인가? 안 되네! 자네 같은 사람이 이렇거면 '당'이 누구와 잡고 일을 헌단 말인가?"

순간, 그는 가슴이 찌르르 하였다. 생각하면 그동안 부끄러운 세월을 보냈기는 제나 내나 매한가지였다. 가사 살인도모를 하고, 야간도주를 헌대도, 같이 하고 같이 죽을 일이었다. 뿐만 아니라, 이제 기철이 당의 중요인물일진대, 기철을 비난하는 것은 곧 당의 비난이 되는 것이였다.

"앞에도 적敵이요, 뒤에도 적인 오늘, 이것이 허용된단 말인가?"

그는 제 자신에 미운 정이 들었다. 이제 와서 호올로 착한 척 까다로움을 피우는 제 자신이 아니꼬왔다.

그러나, 결국 그는 사람 못 좋은 사람이었다. 조직부에 자리를 비워두었다고, 거듭 붙잡는 것을, 갖은 말로다 물리친 후 우선 '입당'의 수속만을 밟아놓기로 하였다.

그는 기철이 주는 붓을 받어, 먼저 주소와 씨명을 쓴 후, 직업을 썼다. 이젠 '계급'을 쓸 차례였다. 그러나 그는 붓을 멈추고 잠간 망사리지 않을 수가 없다.

투사도 아니요, 혁명가는 더욱 아니었고…… 공산주의자, 사회주의자, 운동자 모두 맞지 않는 이름들이다.

마츰내 그는 '小뿌르주아' 라고 쓰고 붓을 놓았다. 그러고는 기철이 뭐라고 허든 말든 급히 밖으로 나왔다.

거리에 나서니 서늘한 바람이 홋군거리는 얼골을 식혀준다.

그는 급히 정유장 쪽으로 거름을 옮겼다.

노량진행 전차를 타고 섰노라니, 무엇인지 입속에서 뱅뱅 도는 맴쟁이가 있다. 자세히 알어보니 별것이 아니라, 고대 막 좋이 우에 쓰고 나온 '小뿌르주아' 라는 말이다.

'……흠……?'

그는 육 년 징역懲役을 받은 적이 있는 과거의 당원인 자신에 대하여 무슨 보복이나 하듯, 일종의 잔인한 심사로 무심코 피식이 고소를 하는 참인데, 대체나 신기한 말이다. 과시 탄복할 정도로 적절한 말이었다. 지금까지 그는 그 자신을 들어, 뭐니 뭐니 해왔어도 이렇게 몰아 단두대에 올려놓고, 댓바람에 목을 뎅긍 칠 용기는 없었든 것이다. 그러나 이제 막 피식이 고소할 순간까지도, 차마 믿지 못할 이 '심판' 아래 이제 그는 고시라니 항복하는 것이었다.

다음 순간 그는 몸이 허전하도록 마음이 후련함을 깨닫는다. 통쾌하였다.

그러나 이와 동시에 무엇인지 하나 가슴 우에 외쳐, 소생하는 것이었다.

드디어 그는 전후를 잃고, 저도 모를 소리를 정신없이 중얼거렸다.

'나는 나의 방식으로 나의 '소시민小市民' 과 싸우자! 싸움이 끝나는 날 나는 죽고, 나는 다시 탄생할 것이다. ……나는 지금 영등포로 간다, 그렇다! 나의 묘지가 이곳이라면 나의 고향도 이곳이 될 것이

다…….'

별안간 홧홧증이 나도록 전차가 느리다.

그는 환이 뚫어진 영등포로 가는 대한길을 두 활개를 치고 뛰고 싶은 충동에 가만이 눈을 감으며, 쥠대에 기대어 섰다.

《문학》, 1946년 7월호

비 오는 날

손창섭

• • • • •

1922년 평양 출생.
단편 「공휴일」을 《문예》에 추천받으면서 등단.
단편 「사연기」, 「비 오는 날」, 「생활적」, 「잉여인간」 등이 있으며,
장편 『낙서족』, 『부부』, 『인간교실』, 『삼부녀』 등이 있음.
현대문학 신인상, 동인문학상 등 수상.

비 오는 날

이렇게 비 내리는 날이면 원구元求의 마음은 감당할 수 없도록 무거워지는 것이었다. 그것은 동욱東旭 남매의 음산한 생활 풍경이 그의 뇌리를 영사막처럼 흘러가기 때문이었다. 빗소리를 들을 때마다 원구는 으레 동욱과 그의 여동생 동옥東玉이 생각나는 것이었다. 그들의 어두운 방과 쓰러져가는 목조건물이 비의 장막 저편에 우울하게 떠오르는 것이었다. 비록 맑은 날일지라도 동욱 오뉘의 생활을 생각하면, 원구의 귀에는 빗소리가 설레고 그 마음 구석에는 빗물이 스며 흐르는 것 같았다. 원구의 머릿속에 떠오르는 동욱과 동옥은 그 모양으로 언제나 비에 젖어 있는 인생들이었다.

동욱의 거처를 왕방하기 전에 원구는 어느 날 거리에서 동욱을 만나 저녁을 같이한 일이 있었다. 동욱은 밥보다도 먼저 술을 먹고 싶어 했다. 술을 마시는 동욱의 태도는 제법 애주가였다. 잔을 넘어 흘러내리는 한 방울도 아까워서 동욱은 혀끝으로 잔굽을 핥았다. 기독교 가정에서 성장했을 뿐 아니라 몇몇 교회에서 다년 간 찬양대를 지도해 온 동욱의 과거를 원구는 생각하며, 요즈음은 교회에 나가지 않느냐고 물어보았다. 동욱은 멋쩍게 씽긋 웃고 나서 이따금 한 번씩 나가노라고 하고 그런 때는 견딜 수 없는 절망감에 숨이 막힐 것 같은 날이라는 것이었다. 동욱은 소매와 깃이 너슬너슬한 양복저고리에, 교회에서 구제품으로 탄 것이라는, 바둑판처럼 사방으로 검은 줄이 죽죽 간 회색 즈봉을 입고 있었다. 무엇보다도 그의 구두가 아주 명물이었다. 개미허리처럼 중간이 잘룩한 데다가 코숭이만 주먹만큼 뭉툭 솟아오른 검정 단화를 신고 있었다. 그건 꼭 채플린이나 신음직한 괴이한 구두였기 때문에 잔을 주고받으면서도 원구는 몇 번이나 동욱의 발을 내려다보는 것이었다. 그동안 무얼 하며 지냈느냐는 원구의 물음에 동욱은 끼고 온 보자기를 끌고 스크랩북을 펴 보이는 것이었다. 몇 장 벌컥벌컥 뒤는데 보니, 서양 여자랑 아이들의 초상화가 드문드문 붙어 있었다. 그 견본을 가지고 미군부대를 찾아다니며 초상화의 주문을 맡는다는 것이었다. 대학에서 영문과를 전공한 것이 아주 헛일은 아니었다고 하며 동욱은 닝글닝글 웃었다. 동욱의 그 닝글닝글한 웃음을 원구는 이전부터 몹시 꺼렸다. 상대방을 조롱하는 것 같은, 그러면서도 자조적이요, 어쩐지 친애감조차 느껴지는 그 닝글닝글한 웃음은, 원구에게 어떤 운명적인 중압을 암시하여 감당할 수 없이 마음이 무거워지는 것이었다. 대체 그림은 누가 그리느냐니까, 지금 여동생 동옥이와 둘이 지내는데, 동옥은 어려서부터 그림을 좋아하더니 초상화를 곧잘 그린다는 것이다. 동옥이란 원구의 귀에도 익은 이름이었다. 소학교 시절에 동욱이네 집에 놀러 가면 그때 대여섯 살밖에 안 되는 동옥이가 귀찮게 졸졸 따라다니던 기억이 새로웠다. 동옥은 그 당시 아이들 사이에 한창 유행되었던 '중중 때때중 바랑 메고 어디 가나'를 부르고 다녔다. 그 사이 이십 년이라는 세월이 흐르고 보니 동옥의 모습은 전연 기억도 남지 않았다. 동욱의 말에 의하면 지난번 1·4 후퇴 당시 데리고 왔는데, 요새 와서는 짐스러워 후회될 때가 있다는 것이었다. 그의 남편은 못 넘어왔느냐니까, 뭘 입때 처년데, 했다. 지금 몇 살인데 미혼이냐고 묻고 싶었지만, 원구는 혼기가 지난 동욱이나 자기 자신도 아직 독신인 걸 생각하고, 여자도 그럴 수가 있을 거라고 속으로 주억거리며 그는 입을 다물었다. 동옥의 나이가 지금 이십오륙 세가 아닐까 하고 원구는 지나간 세월과 자기 나이에 비추어서 속어림으로 따져보는 것이었다. 술에 취한 동욱은 다자꾸 원구의 어깨를 한 손으로 투덕거리며, 동옥이년이 정말 가엾어, 암만 생각해도 그 총기며 인물이 아까워, 그런 말을 되풀이하는 것이었다. 그리고는 다시 잔을 비우고 나서, 할 수 있나 모두가 운명인 걸 하고 고개를 흔드는 것이었다. 동욱은 머리를 떨어뜨린 채, 내가 자네람 주저없이 동옥이와 결혼할 테야, 암 장담하구말구, 혼잣말처럼 그렇게도 중얼거리는 것이었다. 종잡을 수 없는 동욱의 그런 말에 원구는 무슨 영문인지도 모르면서, 암 그럴 테지, 하며 동욱의 손을 쥐어흔드는 것이었다. 동욱은 음식집을 나와 헤어질 무렵에 두 손을 원구의 양 어깨에 얹고 자기는 꼭 목사가 되겠노라고 했다. 그것이 자기의 갈 길인 것 같다고 하며 이제 새 학기에는 신학교에 들어가겠다는 것이었다. 어깨가 축 늘어져서 걸어가는 동욱의 초라한 뒷모양을 바라보고 서서 원구는 또다시 동욱의 과거와 그 집안을 그려보며, 목사가 되겠노라면서도 술을 사랑하는 동욱을 아껴줘야겠다고 생각하는 것이었다.

그 뒤에 원구가 처음으로 동욱을 찾아간 것은 사십 일이나 계속된 긴 장마가 시작된 어느 날이었다. 동래東萊 종점에서 전차를 내리자, 동욱이가 쪽지에 그려준 약도를 몇 번이나 펴보며 진득진득 걷기 말쨉 비탈길을 원구는 조심히 걸어올라 갔다. 비는 여전히 줄기차게 내리고 있었다. 우산을 받기는 했으나 비가 후려치고 흙탕물이 튀고 해서 정강이 밑으로는 말이 아니었다. 동욱이가 들어있는 집은 인가에서 뚝 떨어져 외따로이 서 있었다. 낡은 목조건물이었다. 한 귀퉁이에 버티고 있는 두 개의 통나무 기둥이 모로 기울어지려는 집을 간신히 지탱하고 있었다. 기와를 얹은 지붕에는 두세 군데 잡초가 반 길이나 무성해 있었다. 나중에 들어 알았지만 왜정 때는 무슨 요양원으로 사용되어 온 건물이라는 것이었다. 전면은 본시 전부가 유리창문이었는데 유리는 한 장도 남아 있지 않았다. 들이치는 비를 막기 위해서 오른편 창문 안에는 가마니때기가 늘이어 있었다. 이 폐가와 같은 집 앞에 우두커니 우산을 받고 선 채, 원구는 한동안 움직이지 않았다. 이런 집에 도대체 사람이 살고 있을까? 아이들 만화책에 나오는 도깨비집이 연상됐다. 금시 대가리에 뿔이 돋은 도깨비들이 방망이를 들고 쏟아져 나올 것만 같았다. 이런 집에 동욱과 동옥이가 살고 있다니. 원구는 다시 한 번 쪽지에 그린 약도를 펴 보았다. 이 집임에 틀림없었다. 개천을 끼고 올라오다가 그 개천을 건너선 왼쪽 산비탈에도 도대체 집이라고는 이 집 한 채뿐이었다. 원구는 몇 걸음 다가서며 말씀 좀 묻겠습니다, 하고 인기척을 냈다. 안에서는 아무런 응답이 없었다. 원구는 같은 말을 또 한 번 되풀이했다. 그래도 잠잠하다. 차차 거세가는 빗소리와 도랑물 소리뿐, 황폐한 건물 자체가 그대로 주검처럼 고요했다. 원구는 좀 더 큰 소리로 안녕하십니까? 하고 불러보았다. 원구는 제 소리에 깜짝 놀랐다. 목에 엉켰던 가래가 풀리며 탁 터져 나오는 음성이 예상외로 컸던 탓인지, 그것은 마치 무슨 비명처럼 들리었기 때문이다. 그러자 문안에 친 거적 귀퉁이가 들썩하며, 백지에 먹으로 그린 초상화 같은 여인의 얼굴이 나타난 것이다. 살결이 유달리 희고 눈썹이 남보다 검은 그 여인은 원구를 내다보며 좀처럼 입을 열지 않았다. 저게 동옥인가보다고 속으로 생각하며, 여기가 김동욱 군의 집이냐는 원구의 물음에, 여인은 말없이 약간 고개를 끄덕여 보였을 뿐이다. 눈썹 하나 까닥하지 않는 그 태도는 거만해 보이는 것이었다. 동욱군 어디 나갔습니까, 하고 재차 묻는 말에도 여인은 먼저처럼 고개만 끄떡했다. 그러고 나서 원구를 노려보듯 하는 그 눈에는 까닭모를 모멸과 일종의 반항적 태도까지 서리어 있는 것이었다. 여인이 혹시 자기를 오해하고 있지 않나 싶어 정원구라는 이름을 밝히고 나서, 동욱과는 소학교에서 대학까지 동창이었다는 것과 특히 소학 시절에는 거의 날마다 자기가 동욱이네 집에 놀러가거나, 동욱이가 자기네 집에 놀러 왔다는 것을 설명해주었다. 그래도 여인의 표정에는 별다른 변화가 없었다. 원구는 한층 더 부드러운 음성으로 혹시 동욱군의 여동생이 아니십니까? 동옥이라구…… 하고 물었다. 여인은 세 번째 고개를 끄덕여 보인 것이다. 그리고 비로소 그 얼굴에 조소를 품은 우울한 미소가 약간 어리는 것이었다. 동욱이 어디 갔느냐니까 그제야, 모르겠는데요, 하고 입을 열었다. 꽤 맑은 음성이었다. 그러면 언제 들어올지 모르겠군요 하니까, 이번에도 동옥은 머리를 끄덕이는 것이었다. 무례한 동옥의 태도에, 불쾌와 후회를 느끼면서 원구는 발길을 돌이키는 수밖에 없었다. 동욱이가 돌아오거든 자기가 다녀갔다는 말을 전해달라고 이르고 돌아서는 원구에게 동옥은 아무런 인사도 하지 않았다. 물탕에 젖어 꿀쩍거리는 신발 속처럼 자기의 머리는 어쩔 수 없는 우울에 잠뿍 젖어 있는 것이라고 공상하며 원구는 호박넝쿨 우거진 최뚝길을 걸어 나갔다. 그 무거운 머리를 지탱하기에는 자기의 목이 지나치게 가는 것같이 여겨졌다. 그것은 불안한 생각이었다. 얼마쯤 가다가 원구는 별생각이 없이 걸음을 멈추고 뒤를 돌아보았다. 안개비 속으로 보이는 창연한 건물은 금방 무서운 비명과 함께 모로 쓰러질 것만 같았다. 자기가 발길을 돌리자 아마 쓰러질지도 모른다는 생각에, 이제나저제나 하고 집을 지켜보고 섰던 원구는 흠칫 놀라듯이 몸을 떨었다. 창문 안에 드리운 거적을 캔버스 삼아 그림처럼 선명히 떠올라 있는 흰 얼굴이 눈에 띄었기 때문이다. 그것은 동옥의 얼굴임에 틀림없었다. 어쩌자고 동옥은 비 뿌리는 창문에 붙어 서서 저렇게 짓궂게 나를 바라보고 있는 것일까? 어려서 들은, 여우가 사람을 홀린다는 이야기가 연상되어 전신에 오한을 느끼며 발길을 돌이키는 원구의 눈앞에 찢어진 지우산을 받고 다가오는 사나이가 있었다. 다행히도 그것은 동욱이었다. 찬거리를 사러 잠깐 나갔다가 오노라는 동욱은, 푸성귀며 생선토막이 들어 있는 저자구럭을 한 손에 들고 있었다. 이 먼델 비 맞고 왔다가 그냥 돌아가는 법이 있느냐고 하며 동욱은 원구의 손을 잡아끄는 것이었다. 말할 기력조차 잃은 사람처럼 원구는 묵묵히 그 뒤를 따라갔다. 좀 전의 동옥의 수수께끼 같은 태도는 더욱 이해할 수 없는 무거운 그림자가 되어 원구의 머리를 뒤집어씌우는 것이었다. 동욱에게 재촉을 받고 방 안에 들어서는 원구를 동옥은 반항적인 태도로 힐끔 쳐다보는 것이었다. 물론 일어서거나 옮겨 앉으려고도 하지 않았다. 비 오는 날인데다가 창문까지 거적때기로 가리어서 방 안은 굴속같이 침침했다. 다다미 여덟 장 깔리는 방 안은 다다미 위에다 시멘트 종이로 장판 바르듯 한 것이었다. 한켠 천장에서는 쉴 사이 없이 빗물이 떨어졌다. 빗물 떨어지는 자리에 바께쓰가 놓여 있었다. 촐랑촐랑 쪼르륵 촐랑, 빗물은 이와 같은 연속적인 음향을 남기며 바께쓰 안에 가 떨어지는 것이었다. 무덤 속 같은 이 방 안의 어둠을 조금이라도 구해주는 것은 그래도 빗물 소리뿐이었다. 그러나 그 빗물 소리마저 바께쓰에 차츰 물이 늘어갈수록 우울한 음향으로 변해가는 것이었다. 동욱은 별로 원구와 동옥을 인사시키거나 소개하려 하지 않았다. 동욱은 젖은 옷을 벗어서 걸고, 런닝과 팬츠 바람으로 식사 준비를 할 터이니 잠깐만 앉아 있으라고 하고 부엌으로 나가는 것이었다. 부엌이라야 따로 있는 것이 아니라 비어 있는 옆방이었다. 다다미는 걷어서 벽 한구석에 기대어놓아, 판장뿐인 실내에는 여기저기 빗물이 오줌발처럼 쏟아졌다. 거기에는 취사도구가 너저분하니 널려 있는 것이었다. 연기가 들어간다고 사잇문을 닫아버리고 나서, 동욱은 풍로에 불을 피우느라고 부채질을 하며 야단이었다. 열 시가 조금 지난 회중시계를 사잇문 틈으로 꺼내 보이며 도대체 조반이냐 점심이냐는 원구의 질문에, 동욱은 닝글닝글하며 자기들에게는 삼시의 구별이 없다고 했다. 언제든 배고프면 밥을 끓여 먹고, 밥 생각이 없는 날은 종일이라도 굶고 지낸다는 것이었다. 동욱이가 부엌에서 혼자 바삐 돌아가는 동안 동옥은 역시 한자리에 앉아 꼼짝도 하지 않았다. 동옥은 가끔 하품을 하며 외국에서 온 낡은 화보를 뒤적이고 있었다. 그러한 동옥이와 마주앉아 자기는 도대체 무엇을 생각해야 하며 또한 어떠한 포즈를 지속해야 하는가? 원구는, 이런 무의미한 대좌를 감당할 수 없어 차라리 부엌에 나가 풍로에 부채질이나마 거들어줄까도 생각해보는 것이었다. 그러나 고만한 행동도 이 상태로는 일종의 비약이라 적지 아니한 용기가 필요했다. 그러는 동안 원구는 별안간 엉덩이가 척척해 들어옴을 의식했다. 바께쓰의 빗물이 넘어서 옆에 앉아 있는 원구의 자리로 흘러내린 것이었다. 원구는 젖은 양복바지 엉덩이를 만지며 일어섰다. 그제서야 동옥도 바께쓰의 물이 넘는 줄을 안 모양이다. 그러나 동옥은 직접 일어나서 제 손으로 치려고 하지도 않았다. 앉은 채 부엌쪽을 향해, 오빠 물 넘어, 했을 뿐이었다. 동욱은 사잇문을 반쯤 열고 들여다보며 이년아, 네가 좀 치지 못해? 하고 목에 핏대를 세웠다. 그러자 자기가 나서기에 절호한 기회라고 생각한 원구는 내가 내다버리지 하고 한 손으로 바께쓰를 들어올렸다. 그러나 한 걸음도 미처 옮겨놓을 사이도 없이 바께쓰는 철그렁 하는 소리와 함께 한옆이 떨어지며 물이 좌르르 쏟아졌다. 손잡이의 한쪽 끝 갈고리가 고리 구멍에서 벗겨진 것이었다. 순식간에 방바닥은 물바다가 되고 말았다. 여지껏 꼼짝도 않고 앉아 있던 동옥도 그제만은 냉큼 일어나 한 걸음 비켜서는 것이었다. 그 순간 동옥의 동작이 예사롭지가 않았다. 원구에게 또 하나 우울의 씨를 뿌려주는 것이었다. 원피스 밑으로 드러난 동옥의 왼쪽 다리가 어린 애의 손목같이 가늘고 짧았기 때문이다. 그러한 다리를 옮겨 디디는 순간, 동옥의 전신은 한쪽으로 쓰러질 듯이 기울어지는 것이었다. 동옥은 다시 한 번 그 가늘고 짧은 다리를 옮겨놓는 일 없이, 젖지 않은 구석 자리에 재빨리 주저앉아버리고 말았다. 그리고는 희다 못해 파랗게 질린 얼굴에 독이 오른 눈초리로 원구를 잡아 먹을 듯이 노려보는 것이었다. 동옥의 시선을 피하여 탁류의 대하 가운데 떠 있는 것 같은 공포에 몸을 떨며 원구는 마지막 기력을 다하여 허위적거리듯 두 발로 물 고인 방을 절벅거려보는 것이었다.

그 뒤로는 비가 와서 가게를 벌일 수 없는 날이면 원구는 자주 동욱이네 집을 찾아가는 것이었다. 불구인 신체와 같이 불구적인 성격으로 대해주는 동옥의 태도가 결코 대견할 리 없으면서도, 어느 얄궂은 힘에 조종당하듯이 원구는 또다시 찾아가지 아니할 수 없는 것이었다. 침침한 방 안에 빗물 떨어지는 소리가 듣고 싶어서일까? 동옥의 가늘고 짧은 한쪽 다리가 지니고 있는 슬픔에 중독된 탓일까? 이도 저도 아니면 찾아갈 적마다 차츰 정상적인 데로 돌아오는 동옥의 태도에 색다른 매력을 발견한 탓일까? 정말 동옥의 태도는 원구가 찾아가는 횟수에 따라 현저히 부드러워지는 것이었다. 두 번째 찾아갔을 때 동옥은 원구를 보자 얼굴을 붉히었다. 그리고는 고개를 숙였다. 세 번째 찾아갔을 때는 원구를 보자 동옥은 해죽이 웃어 보인 것이었다. 그러나 그것은 우울한 미소였다. 찾아갈 때마다 달라지는 동옥의 태도가 원구에게는 꽤 반가운 것이었다. 인사불성에 빠졌던 환자가 제정신으로 돌아온 때처럼 고마웠다. 첫 번째 불렀을 때는 눈을 감은 채 아무런 반응도 없던 환자가, 두 번째 부르자 눈을 간신이 떴고, 세 번째 불렀을 때는 제법 완전히 눈을 떠서 좌우를 둘러보다가, 물 좀 하고 입을 열었을 경우와 같은 반가움을 원구는 동옥에게서 경험하는 것이었다. 두 번째 갔을 때에는 지난번 빗물 쏟아지던 자리에 바께쓰가 놓여 있지 않았다. 그 자리에는 제창 떼꾼히 구멍이 뚫리어 있었다. 주먹이 두어 개나 드나들 만한 그 구멍은 다다미에서부터 그 밑의 널판까지 뚫려 있었다. 천장에서 흘러내리는 빗물은 그 구멍을 통과하여 널판 밑 흙바닥에 둔탁한 음향을 남기며 떨어졌다. 기실 비는 여러 군데서 새는 모양이었다. 널빤지로 된 천장에는 사방에서 빗물 듣는 소리가 났다. 천장에 떨어진 빗물은 약간 경사진 한쪽으로 오다가소 눈깔만한 옹이구멍으로 새어 흐르는 것이었다. 그날만 해도 원구와 동욱이가 주고받는 말에 비교적 냉담한 동옥이었다. 그러나 세 번째 갔을 때부터는 원구와 동욱이가 웃을 때는 함께 따라 웃어주는 것이었다. 간혹 한두 마디씩은 말추렴에도 들었다. 그날은 일찌감치 저녁을 얻어먹고 돌아오려고 하는데 비가 하도 세차게 퍼부어서 자고 오는 수밖에는 없었다. 한 손에 우산을 들고 선 채 회색 장막을 드리운 듯, 비에 뿌예진 창밖을 내다보며 망설이고 있는 원구의 귀에, 고집 피우지 말고 자고 가라는 동욱의 말에 뒤이어, 이런 비에는 앞도랑에 물이 불어서 못 건너십니다, 하는 동옥의 음성이 들린 것이었다. 그날 밤 비로소 원구는 가벼운 기분으로 동옥에게 말을 걸 수가 있었던 것이다. 언제부터 그림 공부를 했느냐니까, 초상화 따위가 뭐 그림인가요, 하고 그 우울한 미소를 지어 보이는 것이었다. 원구는 동옥의 상처를 건드릴 만한 말은 일절 꺼내지 않았다. 어렸을 때 애기가 나와서 어딜 가나 강아지 새끼처럼 쫓아다니는 동옥이가 귀찮았다는 말을 하고 '중중 때때중' 을 자랑스레 부르고 다녔다니까 동옥의 눈이 처음으로 티없이 빛나는 것이었다. 갑자기 동욱이가 '중중 때때중' 하고 부르기 시작하자 동옥도 가느단 소리로 따라 부르는 것이었다. 노랫소리가 그치고 나니 방 안에는 빗물 떨어지는 소리가 유달리 크게 들리었다. 비가 들이치는 바람에 바깥벽 판장 틈으로 스며드는 물은 실내의 벽 한 구석까지 적시기 시작하는 것이었다. 그런데 이상한 것은 동옥을 대하는 동욱의 태도였다. 대수롭지 않은 일에도 이년 저년하고 욕을 퍼붓는 것이다. 부엌에서 들여보내는 음식 그릇을 한 손으로 받는다고 해서, 이년아 한 손으로 그러다가 또 떨어뜨리고 싶으냐, 하고 눈을 흘겼고, 남포에 불을 켜는데 불이 얼른 댕기지 않아 성냥알을 두 가치째 꺼내려니까, 저년은 밥 처먹구 불두 하나 못 켜, 하고 노려보는 것이었다. 그럴 때마다 동옥은 말없이 마주 눈을 흘겼다. 빨래와 바느질만은 동옥의 책임이지만 부엌일은 언제나 동욱이가 맡아 한다는 것이었다. 동옥이가 변소에 간 틈에, 될 수 있는 대로 위로해주지 않고 왜 그리 사납게 구느냐니까, 병신 고운 데 없다고 그년 맘 쓰는 게 모두가 틀렸다는 것이다. 우선 그림 값만 하더라도 얼마 전까지는 받아 오면 반씩 꼭같이 노나 가졌는데, 근자에 와서는 동욱을 신용할 수가 없다고 대소에 따라 한 장에 얼마씩 또박또박 선금을 받고야 그려준다는 것이었다. 생활비도 둘이 꼭같이 절반씩 부담한다는 것이다. 동옥은 자기가 병신이기 때문에 부모 말고는 자기를 거두어 오래 돌봐줄 사람이 없으리라는 것이다. 오빠도 언제든 자기를 버릴 것이 아니겠느냐, 그렇기 때문에 자기는 자기대로 약간이라도 밑천을 장만해두어야 비참한 꼴을 면하지 않겠느냐고 한다는 것이었다. 그러한 동옥의 심중을 생각할 때, 헤어져 있으면 몹시 측은하기도 하지만, 이상하게 낯만 대하면 왜 그런지 안 그러리라 하면서도 동욱은 다자꾸 화가 치민다는 것이다. 동옥은 불을 끄고는 외로워서 잠을 이루지 못한다고 했다. 반대로 동욱은 불을 꺼야만 안심하고 잠을 들 수가 있다는 것이었다. 동욱은 어둠만이 유일한 휴식이노라 했다. 낮에는 아무리 가만하고 앉았거나 누워 뒹굴어도 걸레처럼 전신에 배어 있는 피로가 가시지 않는다는 것이었다. 그러한 동욱은 심지를 낮추어서 희미하게 켜놓은 불빛에도 화를 내어, 이년아 아주 꺼버리지 못해 하고 소리를 질렀다. 동옥은 손을 내밀어 심지를 조금 더 낮추었다. 그리고 나서, 누가 데려 오랬나 차라리 어머니하고 거기 있을 걸 괜히 왔지, 하고 쫑알대는 것이었다. 그러자 동욱은 벌떡 일어나며, 이년 다시 한 번 그 주둥일 놀려봐라 나두 너 같은 년 끌구 오구 싶지 않았다, 어머니가 하두 애원하시듯, 다 버리구 가더래두 네년만은 데리구 가라구 하 조르기에 끌구와 이 꼴이다, 하고 골을 내는 것이었다. 동옥은 말없이 저편으로 돌아누웠다. 어렴풋이 불빛이 있음에도 불구하고 어둠이 가슴을 내리누르는 것 같아서 원구는 오래도록 잠을 이룰 수가 없었다. 동욱도 잠이 안 오는 모양이었다. 동옥 역시 필경 잠이 들지 않았으련만 죽은 듯이 가만하고 있었다. 후두둑 후두둑 유리 없는 창문으로 들이치는 빗소리를 들으며, 사십 주야를 비가 퍼부어서 산꼭대기에다 배를 묶어둔 노아네 가족만이 남고 이 세상이 전멸을 해버렸다는, 구약성경에 나오는 대홍수를 원구는 생각해보는 것이었다. 그러다가 어렴풋이 잠이 들려고 하는 때였다. 커다란 적선으로 생각하고 동옥과 결혼할 용기는 없는가, 하는 동욱의 음성이 잠꼬대같이 원구의 귀를 스쳤다. 원구는 눈을 떴다. 노려보듯이 천장을 바라보며 그는 반듯이 누워 있었다. 동욱의 입에서 다시 무슨 말이 흘러 나올지도 모른다는 긴장을 느끼면서, 그러나 동욱은 아무 말이 없었다. 빗물 떨어지는 소리만이 여전히 계속되고 있을 뿐이었다. 원구가 또다시 간신히 잠이 들락할 때였다. 발치 쪽에서 빠드득 빠드득 하는 이상한 소리가 났다. 원구는 정신을 바짝 차리고 귀를 재었다. 뱀에게 먹히는 개구리 소리 비슷한 그 소리는 뒷벽 쪽에서 들리는 것이었다. 원구는 이번에는 상반신을 일으키고 앉아 귀를 기울이는 것이었다. 그 바람에 동욱이도 눈을 떴다. 저게 무슨 소리냐고 한즉, 뒷방의 계집애가 자면서 이 가는 소리라는 것이었다. 이 뒷방에도 사람이 사느냐니까 육순이 넘은 노파가 열두 살 먹은 손녀를 데리고 산다고 했다. 그 노파가 바로 이 집 주인인데, 전차 종점 나가는 길목에 하꼬방 가게를 내고 담배 · 성냥 · 과일 · 사탕 같은 것들을 팔아서 근근이 생활해가고 있다는 것이었다. 뒷집 소녀는 잠만 들면 반드시 이를 간다는 것이었다. 동욱도 처음 며칠 밤은 그 소리에 골치를 앓았지만 요즘은 습관이 되어 괜찮노라고 했다. 이러한 방에서 빗물 떨어지는 소리와 이 가는 소리를 듣고 지내면 아무래도 신경과민이 될 것이라고 생각하며, 원구는 좀 전에 동욱이가 잠꼬대처럼 한 말의 의미를 되새겨 보는 것이었다.

사오 일 지나서였다. 오래간만에 비가 그치고 제법 날이 훤해져서 잡화를 가득 벌여놓은 리어카를 지키고 섰노라니까, 다 저녁때 원구의 어깨를 치는 사람이 있었다. 동욱이었다. 그는 역시 소매와 깃이 다 처진 저고리와 검은 줄이 간 회색 즈봉을 입고 있었다. 옷이라고는 그것밖에 없는 모양이라 비에 젖은 것을 그냥 짜서 말리곤 해서 여기 저기 구김살이 져 있었다. 그보다도 괴이한 채플린 식의 검정 단화의 주먹 같은 코숭이가 말이 아니었다. 장화 대용으로 진창을 막 밟고 다녀서 온통 흙투성이였다. 그러한 동욱의 꼴에 원구는 이상하게 정이 갔다. 리어카를 주인집에 가져다 맡기고 와서 저녁을 같이 하자고 원구는 동욱의 손을 끌었다. 동욱은 밥보다도 술 생각이 더 간절하다고 했다. 두 가지 다 먹을 수 있는 집으로 원구는 동욱을 안내했다. 술이 몇 잔 들어가 얼근해지자 동욱은 초상화 '주문 도리' 를 폐업했노라고 했다. 요즘은 양키들도 아주 약아져서 까딱하면 돈을 잘리거나 농락당하기가 일쑤라는 것이다. 거기에다 패스 없는 사람의 출입을 각 부대가 엄중히 단속하기 때문에 전처럼 드나들 수가 없다는 것이었다. 며칠 전에는 돈 받으러 몰래 들어갔다가 순찰 장교에게 걸려서 하룻밤 멍키하우스 신세를 지고 나왔다는 것이다. 더구나 요즈음은 국민병 수첩까지 분실했으므로 마음 놓고 거리에 나와 다닐 수도 없다는 것이었다. 분실계를 내고 재교부 신청을 하라니까, 그 때문에 동회로 파출소로 사오 차나 쫓아다녀봤지만, 까다롭게만 굴고 잘 들어주지 않는다는 것이다. 까짓거 나중에는 삼수갑산엘 갈망정 내버려둘 테라고 했다. 그래 차라리 군에라도 들어가 버릴까 싶어, 마침 통역장교를 모집하기에 그 원서를 타러 나왔던 길이노라고 했다. 어디 원서를 좀 구경하자니까 동욱은 능글능글 웃으며, 수속이 하두 복잡하고 번거로워 아예 단념하고 말았다는 것이다. 동욱은 한동안 말이 없이 술잔을 빨고 앉았다가, 가끔 찾아와서 동옥을 좀 위로해주라는 것이었다. 세상 사람들이 모두 자기를 조소하고 멸시한다고만 생각하고 있는 동옥은, 맑은 날일지라도 일절 바깥 출입을 않고 두더지처럼 방에만 처박혀 산다는 것이다. 그리고 모든 사람에게 반감을 품고 있다는 것이다. 그러한 동옥도 원구만은 자기를 업신여기지 않고 자연스레 대하여 준다고 해서 자주 찾아와 주기를 여간 기다리지 않는다고 했다. 초상화가 팔리지 않게 된 다음부터의 동옥은 초조와 불안 속에서 한층 더 자신의 고독을 주체하지 못해 쩔쩔맨다는 것이었다. 동욱은 그러한 동옥이가 측은해 못 견디겠노라 했다. 언젠가처럼, 내가 자네람 동옥이와 결혼할 테야, 암 하구 말구, 하고 동욱은 고개를 주억거리는 것이었다. 술집을 나와 동욱은 이번에도 원구의 손을 꼭 쥐고 자기는 기어코 목사가 되겠노라고 했다. 동옥을 위해서나 자기 자신을 위해서나 그것만이 이 무거운 짐을 조금이라도 덜 수 있는 유일한 길인 것 같다는 것이었다.

그 뒤에 한 번은 딴 볼일로 동래까지 갔던 길에 동욱이네 집에 잠깐 들른 일이 있었다. 역시 그날도 장맛비는 구질구질 계속되고 있었다. 우산을 접으며 마루에 올라서도 동욱만이 머리를 내밀고 맞아줄 뿐 동옥의 기척이 없었다. 방에 들어가 보니 동옥은 담요로 머리까지 푹 뒤집어쓰고 죽은 사람처럼 누워 있었다. 이틀째나 저러고 자빠져 있다고 하며 동욱은 그 까닭을 설명했다. 동옥은 뒷방에 살고 있는 주인 노파에게 동욱이도 모르게 이만 환이나 빚을 주고 있었는데, 노파는 이 집까지도 팔아먹고 귀신같이 도주해버렸다는 것이다. 어제 아침에 집을 산 사람이 갑자기 이사를 왔기 때문에 그 사실을 알았는데, 이게 또한 어지간히 감때 사나운 자여서 당장 방을 비워 내라고 위협하듯 한다는 것이다. 말을 마치고 난 동욱은, 요 맹꽁이 같은 년아, 글쎄 이게 집이라구 믿고 돈을 줘, 하고 발길로 동옥의 옆구리를 걷어찼다. 이년아, 이만 환이면 구화로 얼만 줄 아니, 이백만 환이다, 이백만 환이야, 내 돈을 내가 떼였는데 오빠가 무슨 상관이냐구, 그래 내가 없으면 네년이 굶어 죽지 않구 살 테냐? 너 같은 병신이 단 한 달을 독력으로 살아? 동욱은 다시 생각해도 악이 받치는 모양이었다. 원구를 위해 동욱은 초밥을 만든다고 분주히 부엌으로 들락날락 했으나 원구는 초밥을 얻어먹자고 그러고 앉아 견딜 수는 없었다. 그보다도 동옥이 이틀 동안이나 아무 것도 먹지 않고 저러고 누워있다고 하니, 혹시 동욱이가 잠든 틈에라도 몰래 일어나 수면제 같은 것을 먹고 죽어 있지나 않는가 싶어 불안한 생각이 솟았다. 원구는 조금이라도 더 앉아 견디기가 답답해서 자리를 일어서며, 아무래도 방을 비워 주어야 하겠거든 자기도 어디 구해보겠노라고 하니까, 동옥이가 인가 많은데를 싫어하기 때문에 이 근처에다 외딴집을 구하는 수밖에 없다는 동욱의 대답이었다.

그 뒤로는 원구도 생활에 위협을 느끼기 시작했다. 한 달 가까이나 장마로 놀고 보니 자연 시원치 않은 장사 밑천을 그럭저럭 축나게 된 것이다. 원구가 얻어 있는 방도 지리한 비에 습기로 눅눅해졌다. 벗어 놓은 옷가지며 이부자리에까지도 곰팡이가 끼었다. 그의 마음속까지 곰팡이가 스는 것 같았다. 이런 날 이런 음산한 방에 처박혀 있자니, 동욱과 동옥의 일이 자연 무겁고 우울하게 떠오르는 것이었다. 점심

때가 거진 되어서 원구는 퍼붓는 비를 무릅쓰고 집을 나섰다. 오늘은 동욱이와 마주 앉아 곰팡이 슨 속을 씻어내리며, 동옥이도 위로해줘야겠다고 생각하고 원구는 술과 통조림을 사들고 찾아갔다. 낡은 목조건물은 전과 마찬가지로 금방 쓰러질 듯 빗속에 서 있었다. 유리 없는 창문에는 거적도 그대로 드리워 있었다. 그러나, 동욱이, 하고 원구가 불렀을 때, 곰처럼 마루로 기어나오는 사나이는 동욱이가 아니었다. 이 집에 살던 젊은 남녀는 어디 갔느냐는 원구의 물음에, 우락부락하게는 생겼으되 맺힌 데가 없이 어딘가 허술해 보이는 사십 전후의 그 사나이는, 아하 당신이 정T 뭐라는 사람이냐고 하고 대답 대신 혼자 머리를 끄덕끄덕하는 것이었다. 원구가 재차 묻는 말에 사나이는 자기가 이 집주인이노라 하고 나서, 동욱은 외출한 채 소식 없이 돌아오지 않게 되었고, 그 뒤 동옥 역시 어디로 가버렸는지 모르겠다는 것이었다. 동욱이가 안 돌아오는 지는 열흘이나 되었고 동옥은 바로 이삼 일 전에 나갔다는 것이다. 원구는 더 무슨 말이 없이 서 있었다. 한 손에 보자기 꾸러미를 들고 한 손으로는 우산을 받고 선 채, 원구는 사나이의 얼굴만 멍하니 바라보는 것이었다. 원구는 그대로 발길을 돌려 몇 걸음 걸어나가다가 되돌아와 보자기에 싼 물건을 끌러 주인 사나이에게 주었다. 이거 원, 이거 원, 하며 주인 사나이는 대뜸 입이 헤벌어졌다. 그러고는 자기 여편네와 아이들이 장사 나갔기 때문에 점심 한 그릇 대접할 수는 없으나, 좀 올라와 담배라도 피우고 가라고 권하는 것이었다. 무슨 재미로 쉬어 가겠느냐고 하며 원구가 돌아서려니까, 주인은, 잠깐만 하고 불러 세우고 나서, 대단히 죄송하게 되었노라고 하며 사실은 동옥이가 정 누구라고 하는 분이 찾아오면 전해달라고 편지를 맡기고 갔는데, 그만 간수를 잘못해서 아이들이 찢어 없앴다는 것이다. 그래도 아무 말을 않고 멍청히 서 있는 원구를 주인 사나이는 무안한 눈길로 바라보며, 동욱은 아마 십중팔구 군대에 끌려 나갔을 거라고 하고, 동옥은 아이들처럼 어머니를 부르며 가끔 밤중에 울기에 뭐라고 좀 나무랐더니, 그 다음날 저녁에 어디론가 나가버리었다는 것이다. 죽지나 않았을까, 자살을 하든, 굶어 죽든…… 하고 혼잣말처럼 중얼거리며 돌아서는 원구의 등에다 대고, 중요한 옷가지랑은 꾸려 가지고 간 모양이니 자살할 의사는 없었음이 분명하고, 한편 병신이긴 하지만 얼굴이 고만큼 반반하고서야 어디 가 몸을 판들 굶어죽기야 하겠느냐고 주인 사나이는 지껄이는 것이었다. 얼굴이 고만큼 반반하고서야 어디 가 몸을 판들 굶어 죽기야 하겠느냐는 말에, 이상하게 원구는 정신이 펄쩍 들어, 이놈 네가 동옥을 팔아먹었구나, 하고 대들 듯한 격분을 마음속 한구석에 의식하면서도, 천 근의 무게로 내리누르는 듯한 육체의 중량을 감당할 수 없어 그는 말없이 발길을 돌이키었다. 이놈, 네가 동옥을 팔아먹었구나, 하는 흥분한 소리가 까마득히 먼 곳에서 자기를 향하고 날아오는 것 같은 착각에 오한을 느끼며 원구는 호박넝쿨 우거진 밭두둑 길을, 앓고 난 사람 모양 허전거리는 다리로 걸어 나가는 것이었다.

《문예》, 1953년 11월호

차나 한잔

김승옥

• • • • •

1941년 일본 오사카 출생.
단편 「생명연습」이 《한국일보》 신춘문예에 당선되면서 등단.
단편 「환상수첩」, 「건」, 「누이를 이해하기 위하여」,
「무진기행」, 「서울, 1964년 겨울」 등이 있다.
동인문학상, 이상문학상 등 수상.

차나 한잔

오늘 아침에도 그는 설사기 때문에 일찍 잠이 깨었다. 자리에서 일어나기가 싫어서 참을 수 있는 데까지 참아 보려고 했다. 그러나 배가 뒤끓으면서 벌써 항문이 옴찔거려서 견디어낼 수가 없었다. 휴지를 챙겨들고 변소로 갔다. 어제 저녁에 먹은 구아니딘이 별로 효과를 내지 못한 모양이다. 변소에 쭈그리고 앉아서 그는 자기의 배앓이에 대해서 생각해보았다. 과식을 했다거나 기름진 것을 먹은 적도 요 며칠 안엔 없었다. 있었다면 좀 심한 심리의 긴장상태뿐이었다. 신문에서 자기의 연재만화가 요 며칠 동안 이따금씩 빠져 있었기 때문에 그는 나쁜 예감으로 불안해 있었던 것이다. 재미가 없었던 것일까, 하고 생각하며, 그래도 여전히 그날분의 만화를 그려서 가지고 가면, 문화부장은 여느 때와 똑같은 태도로 만화를 받아서 여느 때와 똑같이 그것을 보고 나서 여느 때와 똑같이 아주 우스워서 못 견디겠다는 듯이 오랫동안 고개를 끄덕이며 낄낄거리고 나서,

"좋습니다. 아주 걸작입니다."

라고 말하는 것이었다. 그러면 그는, 문화부장의 태도에 다분히 과장

이 섞인 것을 보면서도, 역시 겨우 안심을 하고 묻는 것이었다.

"오늘치는 빠졌더군요."

그러면 문화부장은 안경을 벗어서 양복 깃에 닦으면서,

"아, 기사 폭주 관계입니다."

라고 간신히 대답하는 것이었다. 그 이상 더 물을 수가 없어서 그는 자신을 안심시켜가며 데스크 위에 흐트러져 있는 경쟁지들과 일본에서 온 신문들 그리고 통신사에서 배달된 유인물을 대강 훑어보고 나서 나오는 것이었고 그 다음날 아침 신문을 보면 또 만화가 빠뜨려진 채 배달되곤 했다. 오늘도 기사 폭주 때문일까, 하고 문화면을 살펴보는 것이지만 썩 대단한 기사들이 실린 것도 아닌데다가, '그렇다면, 그 전, 만화가 꼬박꼬박 나올 때엔 한 번도 기사 폭주가 없었단 말인가?' 하는 의혹이 생기는 것이었다.

그런 이유로 그는 며칠 전부터 긴장되어 있었는데, 어제 새벽부터는 설사가 시작되었다. 그는 자기의 배앓이가 낭패해가고 있는 자기의 심리상태에서 결과된 것이라고 믿게 되었다.

그는 똥이 더 나올 듯한 개운치 않음을 느끼며 방으로 돌아와서 이불 속으로 들어가서 아직도 잠들어 있는 아내와 나란히 누웠다. 그는 머리맡에 풀어놓은 팔목시계를 누운 채, 한 손만 뻗쳐 더듬어 집었다. 그리고 미닫이의 방문을 비추고 있는 새벽의 희미한 빛에 시계를 비추어 보았다. 여섯 시가 좀 지나고 있었다. 시계를 다시 머리맡에 놓고 그는 이불을 턱 밑까지 끌어올려 덮고 왼손을 아내의 사타구니에 밀어 넣었다. 그리고 천장을 올려다보며 오늘분의 만화를 구상하기 시작했다.

그러나 얼른 얘깃거리가 생기지 않는다. 삼분폭리三粉暴利를 깔까? 한일회담을 취급하자. 아니 그건 지난번에도 그려가지고 갔었다. 신문엔 나지 않고 말았지만. 평범한 가정물로 하나 생각해보자. 그러나 얼른 얘깃거리가 생기지 않는다. 대통령으로 약속하는 검정 안경을 쓰고 볼이 홀쭉한 인물과 '아톰 X군'의 얼굴만이 그의 눈앞에 어른거렸다.

'아톰 X군'은 어린이를 상대로 하는 어느 주간신문에 그가 연재하고 있는 우주의 용사였다. 꼭대기에 안테나가 달린 산소투구를 머리에 쓰고 등에는 산소탱크와 연료탱크를 짊어지고 만능의 고주파총을 들고 눈알이 동글동글하고, 화성인을 상대로 용감무쌍하게 투쟁하는 소년 용사였다. 검정 안경을 쓴 대통령 각하와 탱크를 둘씩이나 짊어진 아톰 X군 그리고 어쩌다 생각난 듯이 청탁이 들어오는 몇 군데 잡지의 만화가 그와 그의 아내에게 밥을 먹여주고 있는 것이었다. 주 수입은 아무래도 대통령이 많이 나오는 신문의 연재만화 쪽이었다. 그러나 주 수입이라고 해도, 끼니를 제외하고 담배와 차를 마시고 가끔 당구장엘 드나들고 나면 이따금 아내와 함께 영화를 보러갈 수 있을 정도였다. 그렇지만 그 수입 원천이 흔들리는 불안을 그는 느끼게 된 것이었다. 설사가 나올 만도 하지, 라고 스스로 꼬집어 생각하자 잠깐 웃음이 나왔다가 사그라졌다.

그는 어쩌다가 내가 만화를 그리기 시작했나 하고 자신의 이력을 검토해보기 시작했다. 이른바 일류대학을 지망했다가 실패하자 '나만 열심히 하면 어느 대학이고 어떠랴' 하고 들어간 정원 미달의 어느 삼류대학 사회학과를 마치고, 입대하여 훈련을 마치자 어쩌다가 떨어진 게 정훈政訓이었고 정훈에서 어쩌다가 맡은 게 군내 신문 편집이었고 그리고 어쩌다가 보니까 거기에서 만화를 그리고 있었고 제대하여 취직할 데를 찾던 중 어느 회사의 굉장한 경쟁률의 입사 시험에 응시했다가 떨어지고 그러나 거기에서 함께 응시했다가 함께 미역국을 먹은 여자와 사랑하게 되어 사랑하는 이를 위해서는 모험이라도 불사하겠다는 각오로 군대에 있을 때의 어설픈 경험으로써 대학 동창 하나가

기자로 들어가 있는 신문에 그 친구의 소개로 만화를 연재하게 되었고, 밥값이 생기자 그 여자와 결혼식은 빼어버린 부부가 되어, 한 지붕 밑에 여러 세대가 살고 있는 이 집의 방 한 칸을 세내어 들고 오늘에 이르렀음.

그야말로 '어쩌다가'의 연속이었다. 그는 자기가 지난날 우연 속에 자신을 맡겨버린 것이 갑자기 역겨워졌다. '거지 같은 자식이었다' 하고 그는 자신을 욕했다. 손톱만큼이라도 좋으니 나의 주장이 있어야 할 게 아닌가. 그러나 다시 한 번 자기의 이력을 검토해보면 그 망할 놈의 군대생활이 끼어 있었기 때문에 사실 어쩔 도리가 없었다고 생각하게 되었다. 군대 속에서 어떻게 자기의 희망대로 생활할 수 있단 말인가. '좌향 앞으로 갓!' 하면 왼쪽으로 돌아야 되고 '포복!' 하면 엎드려서 기어야 했었다. 마치 그의 만화 속의 인물들이 자기들의 표정과 운명을 그의 펜 끝에 맡겨버릴 수밖에 없듯이. 우연 속에 자신을 맡겨 버리는 습관을 가르쳐 준 게 그놈의 군대였었다. 그런데, 하고 그는 생각했다. 하긴 그것이 평안했어. 적어도 신경쇠약에 걸릴 염려는 없었거든. 그는 여전히 천장을 올려다보며 생각했다. 이제 와서 대학에서 배운 것을 팔아먹고 싶다고 앙탈하지는 않겠다. 만화일만이라도 계속할 수 있어야겠다.

그는 잡념을 없애기 위해서 베개에서 머리를 약간 위로 들어 머리를 몇 번 흔들었다. 오늘분의 만화를 구상해야 했다. 엊저녁에 그려놓았어야 하는 건데, 아니 구상만이라도 해놓았어야 하는 건데, 하고 그는 자신을 나무랐다. 엊저녁엔 도대체 무얼 했었나? 그제야 그는 엊저녁에 자기가 술을 마시고 들어왔던 것을 기억해내었다. 선배 만화가 한 분에게 끌려가서 마신 게 퍽 취했었나보다. 몇 시쯤 집에 돌아왔는 지가 생각나지 않을 정도니까. 퍽 취했던 셈치고는 잠을 깨고 나도 머릿속이 맑다. 좋은 술이었던 모양이지. 그러나 그는 자기의 긴

장상태 때문이라고 할 수 없이 생각했다. 이렇게 배가 곯고 거기에다가 만취 후인데도 머리가 무겁지 않을 수 있는 것은 그런 이유가 아니면 무엇일까. 그건 그렇고 그는 오늘분의 만화를 구상해야 하는 것이었다. 담배가 피우고 싶어졌다. 자유로운 한쪽 손으로 머리맡을 더듬어 담배를 한 대 빼서 입에 물고 성냥을 집어 들었다.

그런데 담배의 매운 연기가 잠들어 있는 아내의 코로 스미면 아내의 잠을 깨게 하리라. 그는 단잠을 자고 있는 아내를 깨우고 싶지가 않았다. 도로 담배를 머리맡으로 던져두고 시선을 아내의 얼굴로 돌렸다. 언제 보아도 귀여운 얼굴이었다. 이렇게 옆으로 누워서 보면 마치 전연 알지 못하는 사람의 얼굴처럼 보이는데 그것이 그에게는 꽤 재미있었고 야릇한 흥분조차 느끼게 하는 것이었다. 그는 이른 아침의 희미한 빛 속에서 엷은 명암을 지닌, 전연 알지 못하는 사람의 얼굴 같은 아내의 얼굴을 시선으로써 찬찬히 더듬기 시작했다. 그러자 아무래도 알지 못하는 사람의 얼굴 같았다. 그리고 여느 때와 달라서 오늘은 그 전연 남의 얼굴 같은 아내의 얼굴이 그에게 야릇한 흥분을 일으켜주는 것이 아니었다. 오히려 그는 문득 조바심이 나고 불안해져서 고개를 들고 아내의 얼굴 바로 위에서 정면으로 아내를 내려다보았다. 틀림없는 자기의 아내였다.

속눈썹이 가늘게 떨고 있는 걸 보아서 아내는 잠이 깨어 있었던 모양이다. 남편이 만화 구상을 하고 있는 태도일 때면 아내는 언제나 없는 듯이 침묵을 지켜주었다. 낮일지라도 흔히 잠자고 있는 시늉을 해버리는 것이었다.

그는 천천히 고개를 숙여서 아내의 입술에 가벼운 키스를 했다. 그제야 아내는 눈을 뜨고 눈으로 웃음을 지어 보였다.

"일찍 깨셨군요."

아내가 속삭이듯이 말했다.

그는 미소를 띤 채 고개를 끄덕이고 나서, 아내의 사타구니에서 자기의 왼손을 빼내어 아내의 팔베개로 해줬다. 그러자 그는 좀 전에 느꼈던 조바심과 불안이 가셔지는 것을 느꼈다.

"엊저녁에 나 늦게 들어왔지?"

그도 속삭이듯이 말했다.

"별루요. 여덟 시 반쯤 들어오셨어요."

아내는 방긋 웃고 나서,

"굉장히 취하셨댔어요. 주정도 하시구……."

"주정? 어떻게 했지?"

"사람이란 시새움이 많아야 잘 사는 법야 하셨죠. 그 말만 자꾸 하셨어요. 천장을 보시면서요. 천장에 그 말을 박아놓을 듯이 말예요."

아내는 그에게 엊저녁의 그를 일러놓고 나서 소리를 죽여서 키득키득 웃었다.

그는 자기가 왜 그런 주정을 했을까, 알 수 없었다. 평소에 맘에 먹고 있던 말도 아니었다. 아마 우연히 한마디 했는데 그게 마음에 들어서 자꾸 반복했었던 것이겠지.

"내가 엉뚱한 주정을 했던 모양이군."

그가 쑥스러워 피시시 웃었다.

갑자기 아내가 그의 입을 자기의 손가락으로 막고 고갯짓으로 옆방을 가리켰다. 옆방과 이 방을 가르는 벽이 옆방에 사는 아주머니와 아저씨의 높은 숨소리를 이쪽으로 통과시키면서 규칙적으로 그리고 조용히 흔들리고 있었다.

"난 또 뭐라고."

하며 그는 장난꾸러기 같은 웃음을 눈에 담고 있는 아내를 내려다보며 또 한 번 피시시 웃었다.

"엊저녁에도 한바탕 싸워서 아주머니는 울고불고 야단했었는데…… 부부싸움이란 정말 칼로 물 베기인가봐.”

아내는 여전히 장난스런 눈을 하고 속삭였다.

“또 싸웠어? 난 잠들어서 몰랐었는데…… 그리고는 재봉틀을 돌렸겠지.”

“그럼요. 한바탕 싸우고 나서도 다시 재봉틀을 돌렸어요. 제가 잠들 때까지 재봉틀 소리를 들었으니까요. 하여튼 지독한 아주머니예요.”

“저 아저씨도 나쁜 사람은 아닌데…….”

“그러게요. 술만 안 마시면 좀 얌전한 분이에요?”

“허긴 흔히 아주머니가 먼저 시비를 걸더군. 며칠 전에 저 아저씨가 날더러 그러더군. 술을 마시고 들어가면 아내가 앙탈을 하는데 말야, 사실 염치도 없고 그래서 별수 없이 주먹질을 한다는 거야.”

“그렇긴 해요. 그렇지만 아주머니도 그럴 만하잖아요? 부인이 팔이 빠지도록 밤 열두 시가 넘도록 재봉틀을 돌려서 번 돈으로 술을 마시면 어떡해요. 애들이 넷이나 있는데 벌어오진 못할망정 말예요.”

“뭐 가끔이던데.”

“하여튼 지독한 아주머니예요. 전 이젠 달달거리는 재봉틀 소리 땜에 미칠 것 같아요.”

“정말이야.”

사실 옆방 아주머니의 삯바느질 재봉틀 소리는 좀 과장하면 이쪽을 비웃는다고 할 정도로 밤낮없이 달달거렸다. 제법, 제법이 아니라 진짜로, 진짜 정도가 아니라 무지무지하게 생활을 아끼며 순종하고 있다는 듯했다. 그 재봉틀 소리가 그들의 안면을 유난히 방해하는 저녁이면 때때로 그들은 이불 속에서 입을 삐쭉거리며 속삭이곤 했다.

“어지간히 성실하게 사는 척하지?”

“정말예요.”

아내는 잽싸게 대답하며 키득거리곤 했다.

"그래도 별수 없는 셋방살인데요, 네?"

저 정도 열심으로써라면, 하고 그는 이따금 생각하는 것이었다. 다른 일을, 말하자면 시장에 가서 장사라도 한다면 수입이 더 나을 텐데.

"오늘치, 다 생각하셨어요?"

아내가 걱정스러운 표정으로 그에게 물었다.

"아니, 아직……."

"아이! 그럼 어서 생각하세요."

아내는 자기가 베개 삼아 베고 있던 그의 팔을 자기의 손으로 빼내고 나서 그를 살짝 밀면서 말했다.

"저 조용히 하고 있을게요."

아내는 반듯이 누워서 눈을 감았다가 다시 떠서 그의 쪽으로 얼굴을 돌리고,

"담배 피우세요."

라고 말하고 나서 다시 고개를 반듯이 하고 눈을 감았다.

그는 아까 던져두었던 담배를 집어서 입에 물었다. 막 성냥을 켜려고 할 때 그는 대문께에서 들려오는 배달원의 '신문이요오' 하는 소리와 신문이 땅에 떨어지는 찰싹 소리를 들었다. 아내도 들었는 모양인지 자리에서 일어났다.

대문간에 배달된 신문을 가지러 가는 일은 항상 아내가 해왔었다.

"아니, 내가 가져오지."

그는 아내에게 말하면서 일어났다. 그러자 갑자기 부끄러움 비슷한 느낌이 들었다. 다시 누워 버리면서 그는 아내에게 말했다.

"당신이 가져오구려."

그는 신문을 들고 방으로 들어오는 아내의 표정에서 오늘도 만화가 나지 않았음을 알았다.

"요즘은 매일 기사가 넘치나봐요."

아내는 신문을 그에게 건네주면서 조심스럽게 말했다.

"글쎄."

그는 신문을 받아서 1면부터 훑어보기 시작했다, 자기의 만화가 실리는 5면부터 펼치던 여느 때의 습관을 누르고서. 아내는 옷을 갈아입고 아침밥을 지을 준비를 하기 시작했다. 그는 한 면 한 면을 천천히 그러나 실상은 아무 기사도 보지 않은 채 넘겼다. 5면에서 자기의 만화가 들어갈 자리에 오늘은 영국의 어느 '보컬 그룹' 에 대한 소개 기사와 그들이 입을 쩍 벌리고 찍은 사진이 버티고 있는 것을 보고 그는 눈앞이 캄캄해졌다.

아내는 바가지에 쌀을 담아가지고 밖으로 나가려다가 생각난 듯이 그의 머리맡에 쭈그리고 앉으며 말했다.

"오늘은 그리시지 않아도 되잖아요? 그동안에 밀려 있는 만화가 많지 않아요?"

"그렇지만 그때그때의 시사성에 따르는 거니까 말야…… 또 그려 가지고 가야 해."

그는 생각하며 말하듯이 일부러 느릿느릿 대답했다.

"한 달분 스물여섯, 일곱 장은 채워야 월급을 줄 게 아니야?"

아내는 생긋 웃으며 일어나서 밖으로 나갔다. 그는 방금 아내의 웃음이 아마 알았노라는 대답이려니 생각하면서도 자꾸만 마음에 걸렸다. 그는 천천히 담배를 빨면서 소재를 찾기 위해 신문을 뒤적거렸다. 그러다가 그는 문득 생각이 나서 밖을 향하여 말했다.

"난 흰죽을 좀 쒀줘요."

그는 열 시 가까이 되어서 집을 나섰다. 여느 때와 같이 서류용 봉투 속에 아직 먹물이 마르지 않은 만화를 조심스럽게 넣어서 옆구리에 끼었다. 오늘분의 만화도 독자를 웃기기에 별로 자신이 없었다. 항상 그렇듯이.

"화장지 좀 넣고 가세요."

그가 방을 나설 때 아내는 둘둘 말린 휴지 뭉치에서 얼마간 찢어내어 차곡차곡 접어서 그의 호주머니에 넣어 주었다. 세심한 주의력을 가진 아내에게 감사와 귀여움이 섞인 느낌이 울컥 솟아나서 그는 손을 들어 아내의 볼을 쓰다듬었다. 아내의 볼 위에 눈물 자국이 남아 있었다. 아침식사 때, 밥상 위에 기어 올라오는 이름 모를 작은 벌레를 그는 무심코 엄지손가락으로 문질러 버렸는데 그것이 아내를 울게 만든 이유였다. 아내가 더듬거리며 말하는 내용을 종합하면, 그가 요즘 이상해지고 있다는 것이었다. 뚜렷이 이상해진 증거를 댈 순 없지만 느낌으로써랄까, 말하자면 조금 전 벌레를 잔인하게 눌러버릴 때의 그는 확실히 좀 변해버린 사람 같다는 것이었다. 그전 같았으면 '에잇, 더러운 게 있군' 하고 중얼거리면서 종이를 달라고 하여 거기에 벌레를 싸서 밖으로 던졌을 거라는 것이었다. 묵과하려고 했지만 요즘 좀 당황해하고 있는 당신을 보니까 자기마저 이상스레 불안하고 허둥거려진다고 하고 나서 '울어서 미안해요' 하며 방긋 웃으면서 눈물을 닦았던 것이다.

"혼자 심심할 텐데 영화 구경이나 갔다 와요."

그는 집을 나서며 아내에게 말했다.

그가 버스정거장으로 나가는 골목을 빠져나오는데, "이 선생, 이 선생" 하고 누가 그를 불렀다. 골목의 입구에는 판잣집 하나가 가게와 복덕방으로 나누어져 있는데 그를 부르는 사람은 복덕방 영감이었다. 그 영감이 그가 지금 들어 있는 방을 소개해준 사람이었다. 그는 자기를 부르고 있는 사람 앞으로 걸어왔다.

"영감님, 안녕하세요?"

그가 인사했다.

"안녕하슈? 어째 안색이 좋지 않습니다."

영감은 안경 너머로 그를 노려보며 말했다.

"예, 배가 좀 아파서요."

"허어, 요샌 배앓이쯤은 병두 아닌데, 약 사 잡숫구려."

"먹었는데 별루……."

"허긴 요샌 가짜 약도 흔해서. 참 곶감을 달여 먹어보우. 뭐 금방 나을 걸."

"그래요?"

그는 신기한 처방을 들었다는 듯한 말투를 꾸며서 대답했다.

"암, 그만이지요. 그런데 이 선생……."

그러면서 영감은 무슨 비밀히 할 얘기가 있다는 얼굴로 그의 한 팔을 붙잡고 그를 복덕방 안으로 데리고 들어갔다.

"요즘 신문에서 왜 이 선생 망가를 볼 수 없수?"

영감은 그의 턱 앞에 자기의 얼굴을 바싹 들이대며 물었다.

"아, 그건……."

그러자 영감은 고개를 절레절레 흔들면서 추궁하듯이 말했다.

"아아아, 난 절대로 이 선생 지지자요. 나한텐 솔직히 얘기해두 염려할 거 하나두 없어요. 심하게 정부를 까더니 그에 당했구려?"

그제야 그는 영감이 묻는 의도를 알았다.

"그게 아니라……."

"뭐가 그게 아니야. 그렇잖고서야 그렇게 꼬박꼬박 나오던 망가가 갑자기 나오지 않을 리 있수? 이야기해보아요."

영감은 술 때문에 항상 핏발이 서 있는 눈으로 그를 노려보면서 기어코 자기의 예상을 만족시키고 말겠다는 듯이 물어대었다.

"그게 아니라 제가 직업을 바꿨어요."

그는 얼떨떨해서 그렇게 대답해 버렸다.

"아니 이젠 망가를 그만두었다구?"

영감은 예상이 어긋나서 맥이 빠졌다는 음성으로 말했다. 그렇다고 대답하면서 그는 정말 자기는 만화 그리기를 그만둘지도 모른다는 생각이 문득 들었다.

"무슨 까닭이 있겠지. 암, 있구말구. 틀림없이 있어."

영감은 자기 좋을 대로 한마디 해댔다.

버스에 흔들거리며 신문사로 가면서, 그는 영감의 의견과 같이 정부측의 압력 때문에 만화연재를 중단할 수 있다면 얼마나 행복할까, 하고 생각했다. 그렇게만 된다면 그것은 필화사건이 된다. 그리고 그렇게만 된다면 그는 영웅이 될 수도 있다. 사실 옛날 자유당 시절에는 그런 사례가 있기도 했었다. 그러나 위정자가 바뀌고 보니 그런 경우를 당하기가 힘들어졌다. 만화가를 건드리면 손해보는 건 자기들이라는 걸 알아 버린 모양이지. 허긴 어떤 선배 만화가의 얘기에 의하면 지금도 그런 경우가 전연 없지 않다는 것이었다. 방법이 바뀌어져서 간접적인 압력이 있기도 하다는 것이었다. 그러나 그것도 차라리 행복한 편이라고 그는 생각하고 있었다. 자기의 경우는 아마, 아마가 아니라 거의 틀림없이 자기 만화 자체 속의 어떤 결함, 말하자면 '웃기는' 요소가 부족했다든가 하는 결함에서 당하고 있는 일이라는 것을 그는 짐작하고 있었기 때문이다. 정부가 자기 만화 때문에 노해 주었으면 얼마나 좋을까. 그런 생각을 하자 그는 자신이 우스꽝스러워져서 눈을 감아버렸다.

편집국 안에 들어섰을 때, 그가 두려워하고 있던 예측이 이젠 어쩔 수 없게 된 것을 최초로 그에게 느끼게 해준 것은 국내局內에서 심부름을 하는 계집애의 표정에서였다. 여느 때 그 계집애는 만화가를 만화 속의 인물과 똑같이 생각하고 있는 탓인지 그를 보기만 하면 웃음을 참지 못하고 고개를 돌리며 휭 가버리곤 하는 것이었는데, 그날은 제법 나붓이 '안녕하세요'를 하고 나서 미소를 띤 채 그의 얼굴을 똑바로 올려다보는 것이었다.

그것이 극히 잠깐 동안이었지만 신경을 곤두세우고 있던 그에게 모든 걸 알 수 있게 해주었다. 계집애가 자기를 올려다보던 맑은 눈 속을 살짝 스치고 가던 게 어쩌면 연민이 아니었을까 하고 생각하자 분노보다도 오히려 전신에서 맥이 빠져나가는 것을 그는 느끼면서 굳어진 얼굴로 문화부를 향하여 갔다.

자기들의 데스크 앞에 앉아 있던 몇 명의 기자들이 여느 때와 달리 유별나게 반갑게 인사할 때는 그는 이미 알고 있다는 듯이 자기도 덩달아서 지금 작별을 하듯이 정중하게 인사를 하고 있었다. 그리고 나서 잠시 동안 그는 자기가 어떻게 처신해야 될지 알 수 없었다. 흐르던 시간이 갑자기 끊어지면서 공백이 생기는구나, 하는 생각이 알 수 없는 부끄러움과 함께 그를 엄습했다. 그러고 있는 그를 문화부장이 구해줬다.

"오늘치 만화 좀……."

하면서 문화부장은 손을 내밀었던 것이었다. 그는 당황해졌다. 그가 짐작하고 있던 사태 속에서 문화부장의 지금 얘기는 불필요한 게 아닌가. 그는 옆구리에 끼고 있던 서류봉투를 살그머니 좀 더 힘을 주어 끼면서 땀이 송글송글 맺히고 빨개진 얼굴을 손바닥으로 닦으며 말했다.

"그려오지 않았는데요."

말하고 나서 그는 금방 후회했다. 어쩌면 자기의 짐작이란 게 얼토당토않은 게 아닐까…… 자기의 신경과민으로 자기는 지금 큰 실수를 저지르고 있는 건 아닌지…… 그러나 문화부장의 다음 말은 그의 그러한 희망에 찬 기대를 산산이 부숴버렸다.

"그럼 알고 계셨군요."

문화부장은 자리에서 일어서면서 그에게 말했다.

"차나 한잔 하러 가실까요?"

할 얘기가 있다는 암시를 그에게 주면서 문화부장은 그의 앞장을 서서 걸어가기 시작했다.

"아주 섭섭하게 됐습니다. 퍽 오랫동안 함께 일해 왔었는데……."

다방에 들어가서 자리에 앉자 문화부장은 그에게 말했다.

"저는 이형李兄을 두둔했습니다만…… 국장님도 이형의 만화에는 항상 칭찬을 하셨댔는데…… 그…… 독자들이 자꾸 투서를……."

"아니 사실 재미가 없었지요. 제 자신이 잘 알고 있었습니다."

그는 문화부장이 우물쭈물하고 있는 게 미안해서 얼른 말을 받았다.

"아니지요. 독자들이 이형의 유머를 이해할 수 없었던 것뿐이지요."

문화부장은 주문을 받으러 온 레지에게 말했다.

"난 커피. 이형은?"

"저도 그걸로……."

"그런데 말썽이 난 것은 지난 주일의 만화들 때문인 것 같습니다. 솔직히 말씀드리자면, 그 일주일 동안에 히트가 하나도 없었다는 게 아마 독자들을…… 하여튼 그 주일의 독자 투서 때문에 저나 국장님이 좀 애를 태웠지요."

그러나 가장 애가 탔던 사람은 만화를 그리는 바로 그였었다.

"예, 사실 재미가 없었어요."

"어디 컨디션이 좋지 않으셨던가요?"

"예, 배가 좀…… 배가 퍽 아파서……."

그러나 배앓이는 어제 새벽부터 시작했던 것이다.

"아, 그거 야단났군요. 크로로마이신 잡숴 보셨어요?"

"뭐 이젠 다 나았습니다."

"아, 다행이군요."

찻잔이 그들 앞에 놓여졌다.

"자, 듭시다."

문화부장이 말했다. 그들은 뜨거운 차를 홀짝거리면서 마셨다. 예의상 찻잔을 탁자 위에 잠시 놓았다가 다시 들어서 마시곤 했다.

"이상하게도 이형과는 차 한잔 같이 나눌 기회가 없었군요. 이게 아마 처음이지요?"

"예, 처음인 것 같습니다."

"어떤 까닭인지 요즘 우리 신문의 기고가들 컨디션이 저조한 모양예요. 지금 연재중인 소설에 대해서도 매일 거의 대여섯 통씩 투서를 받고 있습니다. 재미가 없으니 중단시켜버리라는 거지요. 우리 신문에 수난이 닥친 모양입니다."

문화부장은 아마 그를 위로하느라고 그런 얘기를 하는 모양이었다. 그러나 그에게는 노엽게 들리었다. 아마 저 재미없는 소설을 쓰는 사람에게 연재중단을 통고하러 가서는 이 만화가의 예를 들겠지. 그리고 역시 말하겠지. 우리 신문에 수난이 닥친 모양입니다. 그의 뱃속에서 꾸르륵하는 소리가 꽤 길게 났다.

"보는 사람은 잠깐 웃어버리고 말지만 만화를 그리는 사람은 퍽 힘들 거야."

문화부장은 혼잣말 하듯이 말했다.

"하여튼, 이형, 참 용하십니다. 어디서 만화를 배우셨던가요?"

"뭐…… 그저…… 어쩌다가 그리게 되었지요."

그리고 어쩌다가 당신네 신문에서 밥을 얻어먹게 되었구요, 라고 말하고 싶었으나 물론 그 말은 입안에서 사라져버렸다.

"사람을 웃긴다는 게 쉬운 일이 아니거든. 이형, 무슨 비결 같은 게 없습니까? 만화를 그리는 데 말예요. 말하자면 만화 그리는 걸 배울 때 이렇게 하면 사람이 웃는다, 라는 법칙 같은 게 있어요?"

문화부장은 마치 아주 무식한 사람처럼 얘기하고 있었다. 그는 문화부장이 지금 무식을 가장하고 있다는 걸 알고 있었다. 그것은 바꾸어 말하자면 이쪽을 무식한 자로 취급하고 나서 자기가 이 무식한 자의 수준만큼 내려가 주겠다는 의도임이 틀림없다고 그는 생각했다. 그래서 그는 문화부장이 괘씸해지기 시작했다.

"아시겠지만."

그는 약간 숙이고 있던 고개를 천천히 들어서 문화부장을 똑바로 보면서 말했다.

"사람이 웃음을 웃게 되는 데는 몇 가지 메커니즘적인 과정이 있습니다. 프로이트는 사람이 웃게 되는 과정을 분석하기를……."

그러자 문화부장은, 이 사람이 도대체 누굴 보고 무슨 강의를 시작할 작정이냐는 듯이 얼른 그의 말을 가로챘다.

"아, 프로이트가 그것에 대해서 분류해놓은 정도라면 누구나 알고 있겠지요. 그렇지만 유머가 성립되는 몇 가지 패턴을 알고 있다고 해서 누구나 금방 우스운 만화를 그릴 수 있는 건 아니잖습니까? 이형도 그 패턴들에 대해서는 잘 알고 계시지만 이따금 우습지 않은 만화가 나온다는 경우가 있잖습니까?"

문화부장은 그를 괘씸하게 여긴다는 말투로 얘기하고 있었기 때문에 그는 좀 전의 분노가 쑥 들어가 버리고 기가 죽어버렸다.

"그…… 사실 그렇죠."

그는 의미 없는 말을 중얼거렸다.

그러자 그는 이상스럽게도 이제야 자기가 그 신문사로부터 해고당했다는 사실을 뼈저리게 느꼈다. 조금 전까지 그는 자기 자신의 내부에서 생긴 혼미 속에 갇혀서 지나치게 당황했다가, 지나치게 부끄러워했다가, 기가 죽었다가 노여워했다가 하고 있었던 것이다.

"그럼…… 저 대신 누가 그리기로 되었습니까?"

그는 문화부장을 향하여 처음으로 사무 냄새가 나는 질문을 했다. 그리고 그는 누구와도 항상 사무적인 대화를 하기 싫어했던 자신을 발견하는 것이었다. 왜 사무적인 대화를 하기 싫어했을까? 줘야 할 것과 요구해야 할 것을 떳떳이 서로 얘기하고 필요하다면 소리를 높여 다투기라도 해야 했을 게 아닌가? 생각이 비약하는 것인지 모르지만, 하고 그는 자신에게 말했다. 그랬기 때문에 나는 만화가밖에 될 수 없었던 것인지 몰라.

"이형 대신 누가 그렸으면 좋을 것 같습니까? 추천해보시지요."

문화부장은 자신은 의식하지 못하는 새에 또 한 번 이쪽의 부아를 돋우는 말을 했다. 그는 대답하고 싶었다. 글쎄요, 참 이 사람은 어떨까요, 바로 저 말입니다. 그리고 나서 소리 높이 좀 웃어보았으면. 그러나 그는 자기의 그런 엉뚱한 생각을 눌러버리고 그가 가입하고 있는 만화가협회 회원들의 이름을 하나씩 속으로 체크해나갔다. 이 사람은 지금 어떤 신문에 연재를 얻고 있다. 이 사람도 역시. 이 사람은…… 글쎄, 나의 재판再版이 되고 말걸. 이 사람은…… 그러고 있는데 문화부장이 웃으면서 말했다.

"실은 반쯤 내정이 되어 있습니다."

"누구로……."

그는 문화부장의 '반쯤'이라는 말이 '결정적'이라는 뜻과 맞먹는다는 걸 경험으로써 알고 있었기 때문에 또 속았구나, 하는 느낌이 들어서 화가 났다.

"이형의 만화를 중단시킬 정도일 때야 국내에서 이형 대신 그릴 사람이 있지 않을 거라는 건 짐작하실 수 있지 않습니까?"

"그럼……."

그는 한창 해외에까지 손을 뻗치고 있는 미국 만화가들의 신디케이트가 얼른 생각났다.

"누구가 될는지는 확실치 않지만 미국 만화가들 중에서 한 사람이 되는 건 틀림없습니다."

"역시 그렇군요."

그는 고개를 끄덕이며 생각했다. 이렇게 되면 이번 해고당하는 것이 내 개인의 문제에서 그치는 게 아니다. 그것은 국내 만화가들의 소멸을 의미하게 되는 것이다. 한 장의 만화를 여러 장으로 복사해서 세계 각 곳에 싼값으로 팔아먹는 미국 만화가들의 신디케이트에 국내 신문이 걸려들기 시작했다면 이건 큰일이다. 오래지 않아서 모든 국내 신문들은 미국 가정의 유머를 팔아먹고 있게 되리라. 미국 만화가들의 복사된 만화는 사는 편에서만 생각한다면 값이 싸니까, 그리고 문명인들답게 유머가 세련되어 있으니까. 그는 언젠가 한국을 방문했던 미국의 한 뚱뚱보 만화가를 생각하고 있었다. 그 양반은 자기 복사가 열 몇 군데나 팔린다고 했다. 스위스에 별장을 가지고 있다는 자랑도 했다. 그때 국내의 협회 회원들은 그 뚱뚱보를 부러운 듯 쳐다보고 있었던 것도 그는 생각났다. 그렇지만, 하고 그는 생각했다. 한탄을 한들 내가 어쩔 수 있단 말인가.

"역시 그렇군요."

그는 또 한 번 말하며 고개를 끄덕였다.

"그러니까 이형한테는 내가 아주 면목이 없는 건 아니지요."

그렇게 말하고 나서 문화부장은 껄껄 웃었다.

"국내에서 꼭 찾겠다면 왜 이 선생님께 이런 괴로움을 드리겠어요."

"아니 별루…… 괴롭게 생각지는 않습니다."

"날 원망하시진 마시기 바랍니다. 나 역시 거기서 밥 얻어먹고 있는 놈에 불과하니까요. 자, 그럼 가보실까요. 도장 가지고 경리부에 들러 가세요, 뭐가 좀 있을 겁니다."

그들은 자리에서 일어났다.

그는 신문사 정문의 계단 위에 서서 어디로 갈까 망설이고 있었다. 경리부에서 여자 직원이 내주는 봉투를 받아서 윗도리의 안주머니에 넣을 때, 그는 문득 '이걸로써 내가 그 속에서 살아왔던 한 가지 우연이 끝장났구나' 하는 느낌이 들었다. 그래서 그는 여자 직원에게,

"미스 신은 볼의 까만 사마귀가 항상 매력적이야. 그 사마귀만 믿고 살아봐요. 앞으로 행복할 테니까. 자 그럼 잘 있어요."

하고 농담을 해서 그 여자 직원을 놀라게 해줄 수조차 있었다. 그러나 이렇게 계단 위에 서서 사람과 자동차들이 밀려가고 밀려오는 거리를 내려다보고 있으려니 그는 겁이 나기 시작했다. 어서 또 무엇을 붙들어야 한다. 오늘 중으로 무언가 확실한 걸 붙들어둬야 한다. 어제와 오늘과 내일을 순조롭게 연속시켜주는 것을 붙잡아둬야 한다.

"안녕하십니까?"

누군지가 계단을 올라오며 말소리를 길게 빼면서 그에게 인사했다.

"예, 안녕하십니까?"

그는 황급히 인사를 돌려주었다. 알 만한 사람이었다. 당구장에서 늘 만나는 사람이었다. 아마 흔해빠진 예술가들 중의 하나일 것이다. 이름은 모른다. 그에게는 그런 친구들이 많다. 때로는 밤늦도록 술집에 앉아서 함께 술을 마시면서도 지금 자기와 함께 술을 마시고 있는 그 친구의 이름을 모르고 마는 경우는 흔해빠진 것이었다. 아무개 신문의 기자입니다. 시도 씁니다만. 아무 학교에서 그림을 가르쳐주고 빌어먹고 있습니다. 옛날에 아무 출판사에서 일보고 있었지요. 지금은 그 출판사가 망해버려서 저도 요 모양이 되어버렸습니다만, 혹은

그에게 만화청탁을 하러 온 적이 있던 정부기관이나 제약회사나 은행의 기관지들의 기자들…….

"요즘은 재미가 좋으시다더군요."

계단을 다 올라온 그 사람은 지금의 그에게는 터무니없는 인사를 했다. 그러나 그는 이런 서울 식의 인사에는 익숙해져 있었다.

"예, 그런데 배가 좀 아파서……."

"크로로마이신을 잡숴보시죠……."

"예, 그래야겠습니다."

"자, 실례하겠습니다."

그 사람은 건물 안으로 들어가버렸다. 다시 그의 앞에는 사람들과 자동차들이 밀려가고 밀려오는 거리가 나타났다. 이렇게 멍청한 자세로 이곳에 더 서 있을 수 없다고 그는 생각하며 좀 차분히 생각해볼 수 있는 장소를 찾아서 그는 계단을 떠나 걷기 시작했다. 좀 걷다가 그는 신문사의 건물을 돌아보았다. 자기가 여기에 관계를 갖고 있던 그동안 타인들로 하여금 자기를 볼 때에 몇 점 더 놓고 보게 해주던 그 회색 괴물을. 이 회색빛 괴물의 덕분으로 그는 생전 처음 만나는 사람에게도 긴 설명이 필요 없이 자기를 신용해버리게 할 수 있었다. 만일 이 괴물이 없었다면 평생을 두고 설명해도 신용해줄지 말지 모를 사람들로 하여금 말이다.

여태까지 꾸르륵거리기만 하던 배가 살살 아파오기 시작했다. 그는 광화문 쪽으로 걸어갔다. 우선 조용한 다방으로 가자. 그는 느릿느릿 걷고 있었으므로 빠르게 걷는 사람들이 그를 뒤로 떨어뜨렸다. 어떤 사람들은 그와 어깨를 부딪치기도 하였다. 조용한 다방으로 가자. 그러나 손님도 몇 사람 없고 레지도 우울한 얼굴로 전축만 지켜보는 그런 다방에 가서 앉아 있기는 싫었다. 지금 자기가 그런 다방의 딱딱한 의자 위에 앉아 있으면 아마 최고로 몰골이 추해 보일 것이다. 어쩌면 하루 종일을 멍하니 앉아 있다가 나오게 되어버릴 것 같아서 그는 좀 조용한 다방으로, 좀 조용한 다방으로를 뇌이면서 '초원'이라는 아주 번잡한 다방으로 들어가버렸다. 다방의 이름이 가리키듯이 상록수들로써 가득 장식되어 온실 같은 실내가 무척 넓었다. 카운터만 해도 네댓 개나 되는 모양이었다. 이 어둑신하고 넓은 실내에 사람들이 꽉 차 있고 스피커들이 운동회 때처럼 음악을 내지르고 있었다. 겨우 자리를 차지하고 앉자 그는 마음이 좀 놓인 것 같았다. 미국 만화가들의 신디케이트 같은 다방이로군, 하고 그는 생각했다. 그때 그는 누가 자기에게 말하는 소리를 들었다.

"좋은 게 좋아요."

"그럼요. 좋은 게 좋지요."

그는 소리가 난 방향으로 고개를 돌렸다. 그의 오른쪽으로 놓인 좌석에 앉아 있던 젊은이 한 떼가 높은 목소리로 자기들끼리 얘기하고 있었다. 자기에게 한 거라고 그가 착각했던 말은 그들의 대화에서 튀어나온 것이었다. 그는 자기가 생각하고 있던 것과 그들의 대화가 우연히 들어맞아버린 것에 짜증이 났다. 사람이 많은 곳에서 우연이 많은 모양이군.

"……이 년, 군대 삼 년, 오 년만 기다려 줘. 기다릴 수 있어?"

그의 맞은편 자리에 앉아 있는 대학생 차림의 남자가 자기 곁에 앉아 있는 역시 대학생 차림의 여자에게 나직이 얘기하고 있었다. 그가 만일 친한 친구와 같이 들어왔었더라면 그 친구에게 '저 여자 굉장히 색이 강하겠는데' 라고 했을 얼굴을 가진 여자였다.

"기다릴게요. 그렇지만 딱 서른 살까지만 기다리다가 서른 살에서 하루만 더 지나도 다른 데로 가버리겠어요."

여자는 대답하고 나서 재미있어 죽겠다는 듯이 웃었다.

'서른 살이 되기까지. 그래 정말 지루하지'라고 그는 생각했다.

"무얼 드시겠어요?"

레지였다.

"커피. 그리고 성냥 좀 갖다주시오."

그는 담배 한 대를 꺼내어 한쪽 끝을 탁자 위에 톡톡 두드리면서 궁리하기 시작했다. 오늘 중으로, 반드시 오늘 중으로 붙잡아야 한다. 그런데 무엇을 무엇을 말인가? 레지가 커피를 가져오고 그가 그것을 다 마시고 그리고 담배를 두 대 계속해서 피우고 나서 그는 답을 얻었다. 만화다. 아직 연재만화가 실려 있지 않은 신문에 자기 만화를 연재해달라고 하자. 그런데 그런 신문이 있던가? 글쎄, 잘 생각해보자. 그러나 그의 머릿속에서 빙빙 돌고 있는 건 이때까지 그가 그려왔던 만화 속의 가지가지 유형들이었다. 돼지를 닮은 사장님, 고양이를 닮은 여비서, 고슴도치를 닮은 룸펜 청년, 불독 같은 탐관오리…… 멍청하나 순진한 돌쇠, 아톰 X군, 대통령 각하…… 그는 담배를 계속해서 피웠다. 담배 세 대를 더 피우고 났을 때 그는 드디어 한 신문을 생각해냈다. 그가 알기로는, 보수가 적다는 이유 외에 인쇄가 더럽다는 이유까지 곁들여서 만화가들이 아무도 만화를 그리려고 하지 않는다는 신문이었다. 어느 개인회사에서 자기네의 선전용으로 만들어놓은 신문이었다. 따라서 신문 자체에 큰 비용을 들이지 않기 때문에 그런 현상이 생겼다는 이야기를 그는 들은 듯했다. 그렇지만 그 신문에도 만화가들의 이름쯤은 외우고 있는 사람이 있겠지. 가보자.

그는 밖으로 나와서 버스를 탔다. 버스에서 그는 앉고 싶었지만 자리가 없었다. 배가 꾸르륵거리며 살살 아파왔기 때문에 손잡이를 붙잡고 서 있기가 고되었다. 그의 앞에 눈을 얌전히 내리깔고 앉아 있던 여대생이 역시 얌전하게 일어서서 자리를 양보했다. 그러나 그를 위해서가 아니라 그의 옆에 서 있던 영감을 위해서였다. 차의 진동이 심했다. 그리고 그의 배는 점점 뒤끓고 있었다. 금방 설사가 나올 듯해서 그는 다리를 꼬았다. 손에 힘을 주어서 손잡이에 거의 매달리다시피 하여 차의 진동에 몸을 맡겨버렸다. 이마에 진땀이 솟아나고 입술이 바짝 말랐다. 그는 눈을 감았다.

"젊은이, 멀미를 하나베."

그는 눈을 떴다. 여대생의 양보로 자리에 앉은 영감이 그를 올려다보며 말하고 있었다.

"안색이 좋지 않구려."

"예, 배…… 배 수술을 받은 지가 얼마 되지 않아서요."

그는 대답하고 나서 깜짝 놀랐다. 왜 이렇게 간사해져버렸을까. 자기는 영감에게 자리를 양보해달라고 한 셈이었다.

과연 영감은 자리에서 일어나면서 말했다.

"여기에 앉구려."

"앉아 계세요. 괜찮습니다."

"앉구려."

영감은 그의 팔을 잡아서 자리에 앉혔다. 그는 얼굴이 달아올랐다.

"무슨 수술을 받았댔소?"

"뭐 대단찮은 거였습니다."

"맹장수술이었소?"

"예, 맹장이었습니다."

그는 이 영감이 설마 이 버스칸에서 배를 좀 보여 달라고 하지는 않으려니 생각하면서 대답했다.

"내 손주녀석도 맹장수술을 받았댔지."

"아, 그랬습니까?"

"옛날엔 없던 병이 요즘은 많이 생겼단 말야. 세상이 험하니까 병도 새로운 게 자꾸 생기나부지?"

"그럴 리가 있을라구요? 옛날에도 있었지만 몰랐었던 것뿐이겠지요."

"그럴까?…… 그럼 젊은이도 방귀 때문에 꽤 걱정했겠구려."

"예?"

"내 손주녀석은 수술을 받고 나서도 사흘 동안이나 방귀가 나오지 않아서 걱정들 했었지. 젊은이는 며칠 만에 방귀가 나옵디까?"

"예, 글쎄요. 그게……."

"하여튼 의사선생이 하루에도 몇 차례씩 와서 묻는 거였지. '방귀 나왔습니까? 방귀 나왔습니까?' 방귀가 나와야만 수술이 성공한 것이래나? 세상을 오래 살다보니까 방귀가 안 나온다는 애를 다 태워봤군."

영감은 어허허허허 하고 요란스럽게 웃어젖혔다. 차에 타고 있던 사람들도 모두 영감을 따라서 웃었다. 그의 배는 계속해서 꾸르륵거렸다. 똥이 조금 밖으로 나와버린 듯했다. 그는 입속으로 하느님 하느님, 하고 있었다. 버스에서 내리는 대로 크로로마이신이란 걸 사먹자. 내리는 대로 당장. 그러나 그는 버스에서 내리자마자 자기가 찾아온 신문사의 건물 안으로 빠르게 들어갔다.

마침 이층으로 올라가는 층계를 막 밟기 시작한 사람이 있어서 그는

"변소가 어딥니까?"

하고 물었다. 키가 작달막하고 안경을 쓴 그 사람은,

"에또, 여기서 가장 가까운 변소가 가만 있자…… 아, 일층에 있군요."

하고 그를 변소 앞까지 안내했다. 그가 변소 문을 막 열고 들어가려고 할 때 그를 안내해준 사람이 싱긋 웃으면서 농담을 했다.

"그럼 배설의 쾌감을 많이 즐기시기 바랍니다."

그는 그 사람을 향하여 웃어보이려고 했는데 그게 잘 안 되어서 얼굴이 찡그러져버렸다.

변소 안에서 그는 아내가 넣어준 휴지를 만지작거리며 아내에 대해서 생각하고 있었다. 영화 구경을 갔을까? 갔겠지. 아마 최무룡이 김지미가 사람을 울리는 영화겠지. 세상엔 참 별 직업도 많다. 나는 사람을 웃겨야 하고 최무룡이는 사람을 울려야 하고…… 그러고 나서 그는 상표가 되어버린 몇 사람의 이름들을 생각해보았다. 이름이 신용 있는 상표가 되면 그러면 되는 것이다. 어설픈 만화가 이아무개 정도 가지고는 아무리 너그럽게 생각해도 좀 곤란하다. 나를 이 신문사가 신용해줄까? 지금 자기네의 변소 안에 쭈그리고 앉아 있는, 거의 기도하는 심정으로 자기네에게 구원을 부탁하려는 이 사람을 그들은 알고 있을까? 이 사람은 한 이 년 동안 어떤 신문에서 만화를 그렸던 사람이다. 탄압받기를 바랐던 것은 아니지만 그러나 잡혀가게 될 경우엔 얼씨구나 하고 잡혀가 줄 용의가 없었던 것도 아니어서 그보다는 국민된 자의 공분公憤으로써 때로는 겁나는 줄 모르고 정부를 공격하고 사회악을 비꼬던 만화가 이아무개다.

그러나 그는 아무래도 부탁하러 들어갈 용기가 나지 않았다. 그 이상 더 필요가 없었지만 그러나 그는 용기를 돋우기 위해서 변소 안에 그대로 쭈그리고 앉은 채였다. 담배가 피우고 싶었지만 성냥이 없었다. 크로로마이신을 사먹자. 그리고 성냥도 한 갑 사자고 그는 좀 엉뚱한 생각만 되풀이하고 있었다. 그는 지금 될 수 있는 대로 좀 엉뚱한 생각만 되풀이하기로 하고 있었다. 엉뚱한 생각들이 포화되어 그의 머릿속에서 '취직 부탁하러 간다'는 생각을 쫓아버릴 때 그는 이 신문사의 편집국 문을 밀 수 있을 것 같았다. 말하자면 저돌적으로 일단 문 안에만 들어서고 나면 그때는 할 수 없다는 생각으로 아마 문화부장을 찾겠지. 천만다행으로 혹시 아는 사람이 있다면 그 사람을 통하여 교섭을 부탁해보자. 그는 다리가 저려서 더 이상 쭈그리고 앉아 있을 수가 없을 때에야 일어섰다. 그는 바지를 추켜 입고 곧 변소 문을 나오자 바쁜 일이라도 있는 듯이 곧장 편집국 문을 향하여 빠르게 걸어갔다. 도중에서 멈칫거리다간 영영 들어가지 못하고 말 것을 그는 알고 있었다. 마침내 그는 편집국 문을 열고 그 안에 들어섰다.

실내가 예상외로 좁고 지저분했기 때문에 그는 당황했다. 그는 마침 자기와 가까운 곳에 책상을 놓고 앉아 있는 계집애에게, 문화부장이 계시냐고 물었다. 저깁니다, 하면서 계집애가 가리키는 곳에 아까 변소를 안내해준 사람이 이쪽으로 보고 빙글거리고 있었다.

"저 안경 쓰고 키가 작은 분 말입니까?"

"네, 바로 그 분예요."

그는 돌아서서 나와버릴까, 하고 잠시 망설였다. 그러나 창피하다는 느낌보다도 더 큰 것이 그를 끌고 가서 그를 문화부장 앞에 세워놓았다.

"문화부장님이세요?"

그가 말했다.

"그림 그리시는 이 선생님이시죠? 일루 앉으세요."

문화부장님은 그에게 의자를 권하면서 말했다.

"용무를 꽤 오래 보시는군요. 그걸 오래 보면 오래 산다는데, 축하합니다."

그에게는 문화부장의 농담이 귀에 들어오지 않았다. 이 사람이 나를 알고 있었다. 내가 만화가 이아무개라는 것을 전연 인사한 적도 없는데 알고 있었다. 환희.

"그런데 웬일이십니까? 전 변소에 용무가 급해서 들어오신 줄로 알았는데요."

"예, 실은 좀 부탁드릴게 있어서…… 저어 나가서 차 한잔 하실까요."

그는 더듬거리며 말했다.

"그럴까요?"

문화부장은 선뜻 자리에서 일어섰다.

"누구한테나 그렇게 농담을 잘하십니까?"

층계를 내려오면서 그가 물었다.

"천만에요. 이 선생님을 제가 알고 있었으니까 그럴 수 있었던 거죠. 노여우셨댔어요?"

"아아니요. 실은 갑자기 배탈이 나서……."

"설사였군요. 그 정도야 빨가벗고 여자를 끼고 하룻저녁만 자고 나면 거뜬히 나아버리지요."

그들은 함께 소리 내어 웃었다. 다방에 들어가서도 그는 오랫동안 화제를 공전시키고 있었다.

마침내 문화부장이 시계를 들여다보면서 물었다.

"아까, 제게 부탁할 일이……?"

"예."

그는 얼른 말을 받았다.

"실은 이번에 제가 관계하던 신문과 관계가 끝났습니다."

"그렇게 됐어요? 요즘 이 선생님의 그림을 볼 수가 없어서 짐작은 했습니다만. 다투기라도 했던가요?"

"아닙니다. 미국 만화가들의 작품이 실릴 계획인 모양이더군요."

"아, 그거군요? 요전번엔 저의 신문에도 교섭이 왔더군요."

"미국 만화가측에서요?"

"네, 중개인이라는 사람이 찾아왔었지요. 물론 한국 사람이었습니다만."

"그래서 어떻게 하셨습니까?"

"아유, 말씀 마십시오. 우리 사장이 만화에 원고료 한 푼 내놓을 사람인 줄 아십니까? 지금 문화면을 몇 사람이 만들고 있는 줄 아십니까? 세 사람입니다. 단 세 명이 매일 몇십 장씩 남의 것을 훔치고 번역해내고 해야 합니다. 만화 연재는 엄두도 못 내고 있지요."

"그렇습니까?"

그는 절망을 느끼면서 말했다.

"이 선생님께서 절 찾아오신 이유를 조금은 짐작은 하겠습니다만 거의 백 퍼센트 불가능한 일입니다."

"예, 그렇습니까? ……그런 곳에서 일하시려면 속 좀 상하시겠습니다."

"그런 신문사에서 견뎌낼 사람은 저 같은 사람 아니면 안 됩니다. 불만이 있으면 큰 소리로 외쳐대고 화가 나면 잉크병도 내던져버려야만 견딜 수 있지요. 만일 꽁생원처럼 참고만 있으면 자기 속이 썩어버려서 하루도 못 참고 달아나버리게 돼요."

"그럴 것 같군요."

"그럴 것 같은 게 아니라 사실이 그렇습니다. 아까 보셔서 아시겠지만 우리 신문사 기자들 표정들 좀 보세요. 누가 좀 자기를 건드려주지 않나, 사흘이고 나흘이고 물고 늘어지겠다는 표정들이 아닙디까?"

"몰랐는데요."

"다음에라도 좀 보세요."

그는 이 수다쟁이 문화부장의 농지꺼리에 진력이 나기 시작했다. 신경의 한 올 한 올이 곤두서서 그는 작은 소리에도 깜짝깜짝 놀래었다. 보통의 경우에는 의식하지 못하는 모든 소음들—다방 안에서 나는 소리들과 거리에서 들려오는 소음들이 모두 한꺼번에 살아서 그의 귓속으로 밀려들어 그의 머리는 터져버릴 듯했다.

"만화 연재할 계획이…… 그러니까 없으시겠군요?"

"네, 지금으로서는 그렇습니다."

"혹시……."

그는 주저하면서 말했다.

"요담에 기회가 생기면 절…… 제게……."

"그럭허지요. 꼭 그럭허겠습니다."

문화부장은 선선히 대답하고 나서,

"그럼 저도 한 가지 부탁드리겠는데."

"예, 말씀하세요."

그는 부탁 받는 게 기뻐서 큰 소리로 대답했다.

"혹시 예수 믿으시거든, 우리 사장이 좀 빨리 뒈져달라고 기도해 주십시오."

문화부장은 하하하하 웃었지만 그는 이 할리우드 식의 농담에 씁쓸한 미소만 띠었다.

"바쁘실 텐데 실례 많았습니다. 잘 부탁하겠습니다. 나가실까요?"

그가 먼저 자리에서 일어나면서 말했다.

"네, 그럼 저도 단단히 부탁드렸습니다."

문화부장이 일어서면서 말했다. 그리고 재빨리 카운터를 향하여 갔다. 그는 당황하여 자기의 서류용 봉투도 탁자 위에 그대로 둔 채 카운터를 향하여 가고 있는 문화부장의 뒤를 뛰다시피 쫓아갔다.

"아니 제가 모시고 왔는데요……."

그는 문화부장의 팔을 잡았다.

"다음에 술이나 한잔 사주십시오."

문화부장의 손에서 돈이 벌써 마담의 손으로 넘어가버렸다.

그들은 밖으로 나왔다. 곧이어 레지가 그가 잊고 온, 잃어버려도 좋은 서류용 봉투를 들고 쫓아나왔다.

"이거 가져가세요."

레지가 소리쳤다.

"감사합니다."

그걸 받아들 때 그는 살며시 서글퍼졌다.

문화부장과 헤어지자 그는 더 이상 갈 데가 없어서 잠시 동안 길 가운데 마치 누구를 기다리는 자세로 서 있었다. 크로로마이신. 그는 문득 생각이 나서 사방을 두리번거렸다. 길 저편에도 그리고 자기의 바로 근처에도 '약'이라는 간판이 얼마든지 있었다. 그는 자기에게서 가장 가까운 곳에 있는 약방을 향하여 걸어갔다.

아마 대학을 갓 나왔을 듯싶은 젊은 여자는 설사라는 한마디에 약을 네 가지나 번갈아 내보였다. 그리고 약 한 가지마다 긴 설명을 덧붙였다. 약 자체의 값보다 설명 값이 더 많겠군, 하고 그는 생각하면서 '크로로마이신!' 하고 짜증이 나서 투덜대는 목소리로 말했다.

"크로로마이신하고 이것을 함께 잡수세요."

"여기서 좀 먹어야겠는데요."

캡슐에 든 크로로마이신과 새까만 가루약을 입에 털어 넣고 여자가 건네주는 컵의 물을 마셨다. 그는 컵을 받을 때 컵을 잡은 여자의 손에 큰 흉터가 있는 것을 보았다.

"손에 흉터가 있군요."

그는 컵을 돌려주며 무심코 말했다. 여자의 얼굴이 금세 빨개졌다.

"실험하다가…… 대학 다닐 때……."

그는 목안으로 자꾸 기어드는 여자의 목소리를 듣고 있으려니까 콧등이 시큰해졌다. 얼른 계산을 해주고 그는 허둥지둥 쫓기듯이 밖으로 나왔다.

"어딜 그렇게 급히 가세요?"

그의 맞은편에서 걸어오던 키가 큰 사람이 여전히 걸음을 계속하면서 그에게 말했다. 그가 관계하고 있는 신문사의 카메라맨이었다.

"어디 가세요?"

그는 반가워서 빠른 말씨로 인사를 했다.

카메라맨은 벌써 지나치면서

"이형, 다음에 좀 봅시다."

라고 말하며 가버렸다.

그는 그네들의 말투를 알고 있었다, 저 도회의 어법을. 그리고 그는 항상 그 어법에 잘 속았었다. 방금 카메라맨이 말한 '다음에 좀 봅시다'는, 그 뜻을 따라서 정확히 표기하자면 '그럼 다음에 또 만납시다. 안녕히 가십시오' 이다.

그런데 그들은 '좀'이라는 부사를 집어넣어서 듣는 사람을 환장하게 만들어버린다. '다음에 좀 만납시다.' 어쩌면 당신에게 일자리를 얻어줄 수도 있을지 모르니까요, 인가? 생각해보라. 그렇게밖에 들리지 않지 않은가? 그는 아침나절에 그가 관계하던 신문에서 문화부장에게 속키우던 일이 생각났다.

그가 해고당한 것을 알리기 전에 문화부장은 먼저 '오늘치 만화 좀……' 했던 것이다. 그래서 자기가 해고당할 것을 예측하고 있던 그를 당황하게 했던 것이다. '오늘치 만화……'라고 했으면 그는 자기가 해고당하지 않았음을 알았으리라. 또는 '오늘부터는 그리실 필요는 없게 되었습니다'라고 하면 유감스럽긴 하지만 그것도 뜻은 분명하다. 그런데 '오늘치 좀……' 했던 것이다. 오늘치의 만화를 보아서 재미가 있으면 계속하겠고 그렇지 않으면 해고다, 라고밖에 들리지 않던 그 말투. 그는 갑자기 꽥 소리치고 싶은 충동을 느꼈다.

그런 충동을 눌러가면서 그는 갑자기 느릿느릿 걸었다. 거리의 모퉁이에서 공중전화가 눈에 띄었다. 집에 전화가 있다면 아내를 불러내었으면 좋겠다. 아내와 함께 밤늦도록 거리를 쏘다닌다면 좋겠다. 쇼윈도라도 보면서, 그래 쇼윈도라도 보면서.

그는 누구에게라도 좋으니 전화를 걸어서 이야기해보고 싶었다. 얼른 생각난 사람이 엊저녁에 술을 사주던 선배 만화가 김 선생이었다.

김 선생은 자기가 근무하고 있는 신문사의 자리에 있었다.

"김 선생님, 결국 목 잘렸습니다."

저쪽에서는 잠시 침묵이었다.

"제기럴, 또 한잔 할까?"

"그럽시다. 나오세요. 아니 제가 선생님께 지금 가죠."

"오게. 제기럴, 한잔 하세."

수화기를 놓고 나올 때 그는 마음이 조금 가벼워진 걸 느꼈다.

그는 김 선생이 따라주는 술을 빨리빨리 마셨다.

"좀 천천히 마시게."

김 선생은 걱정이 되는 모양이었다.

"괜찮아요."

그는 손등으로 입가를 닦으며 싱긋 웃었다.

"우리나라 만화가들의 그 단순하면서도 회화적인 선이 얼마나 훌륭한 지 우리나라 사람들은 모르고 있단 말야."

김 선생은 술잔 속을 들여다보며 중얼거렸다.

"기계로 그린 것 같은 양키들의 만화가 진짜인 줄로 알고 있거든."

"만화가 우스우면 그만이지 쥐뿔나게 회화적이고 아니고를 찾게 됐어요?"

그는 술을 또 들이켰다. 김 선생은 그를 힐끗 쳐다보았다.

"제가 군대 있을 때 말입니다." 그는 말했다. "남들은 제가 정훈으로 떨어졌다고 부러워했거든요. 편할 거라는 거죠. 그렇지만 전 말예요, 총대를 쥐지 않았으니까 말이지요, 군대 기분이 안 났거든요." 그는 취해오는 것을 느끼며 말했다. "아마 그때 총대를 쥔 사람들이 지금은 안정된 직장에들 앉아 있겠지요? 저는 항상 만화만 붙들고, 남들은 편하려니 부러워하지만 실상은 불안해서 어쩔 줄 모르고 말입니다."

"그럴까?"

김 선생이 말했다.

"술이 없으면 말야……." 그들의 뒤쪽에 앉아 있는 패들의 하나가 소리쳤다. "인생이란 말야……." "허, 또 나오시는군." "허, 저 소리 듣기 싫어서 이젠 술 끊어야겠어." 누군지가 소리쳤다.

"문화부장이 차나 한잔 하자고 하더군요."

그는 속으로는, 자기가 만화연재를 부탁하러 갔던 문화부장을 생각하면서 말하고 있었다.

"다방에 가서 그 양반이 그러더군요. 사람 웃기는 방법의 몇 가지 패턴을 안다고 곧 만화가가 되는 것이 아니다. 바로 그 양반이 그랬어요. 두꺼비 같은 눈알을 부라리면서 말입니다."

찻값을 앞질러 내버리던 그 키가 작은 작달막한 문화부장. 날 무척 무안하게 해줬었지.

"그러면서 말입니다. 너는 미역국이다, 이거죠."

자기네 사장이 얼른 뒈져달라는 기도를 하려던 그 사람. 난 참 면목이 없어서 혼났지.

"차나 한잔. 그것은 일종의 추파다. 아시겠습니까? 김 선생님?" 그는 혀가 잘 돌아가지 않았다. "그것은 내가 그 속에서 성실을 다했던 하나의 우연이 끝나고……."

그는 술을 한 모금 꿀꺽 마셨다.

"새로운 우연이 다가온다는 징조다. 헤헤, 이건 낙관적이죠, 김 선생님?" 그는 김 선생이 방금 비워낸 술잔에 취해서 떨리는 손으로 술을 따랐다. "차나 한잔, 그것은 이 회색빛 도시의 따뜻한 비극이다. 아시겠습니까? 김 선생님, 해고시키면서 차라도 한잔 나누는 이 인정. 동양적인 특히 한국적인 미담…… 말입니다."

"그, 어린이신문에 그리고 있는 거라도 열심히 하고 있게. 기다리면 또 뭐가 생길 테지."

김 선생이 술잔을 들면서 말했다.

"자, 드세."

그는 자기 술잔을 잡으려고 했다. 잘못해서 술잔이 넘어져버렸다. 그는 손가락 끝에 엎질러진 술을 찍어서 술상 위에 아톰 X군의 얼굴을 그리기 시작했다.

"자, 아톰 X군, 차나 한잔 하실까? 군과도 이별이다. 참 어디서 헤어지게 됐더라." 그는 그림을 그리고 있지 않는 다른 손으로 자기의 이마를 한 번 찰싹 때렸다. 골치가 쑤셨기 때문이다. "오, 화성인들의 계략에 빠져서 군이 포로가 되어…… 바야흐로 생명이 위험해져 있는 데서 '다음 호에 계속' 이었군…… 미안하다, 아톰 X군…… 사람들은 항상 그런 걸 요구하거든. 아슬아슬한 데서 '다음 호에 계속'." 그는 다 그려진 아톰 X군의 얼굴을 다시 손가락 끝에 술을 찍어서, 지우기 시작했다. "미안하다. 아톰 X군. 어떻게 군의 힘으로 적진을 뚫고 나오기 부탁한다. 이제 난…… 힘이 없단 말야. 나와 헤어지더라도…… 여보게, 우주는 광대하고," 그러면서 그는 양쪽 팔을 넓게 벌렸다. "어두운 공간 속에서 영원한 소년으로 살아 있게."

그들은 밤늦도록 그런 식으로 술집에 앉아 있었다.

김 선생이 부축해서 태워준 택시를 타고 그는 집으로 왔다. 택시 안에서 그는 술이 좀 깨어 있었다. 그는 택시에 탈 때 김 선생이 쥐어준 서류용 봉투를 택시에서 내릴 때 그대로 두고 내렸다.

"또 술을 먹고 와서 미안하오."

그는 방문을 열면서 아내에게 말했다.

"퍽 취하셨네요."

아내는 남편이 반가워 깡충거리듯이 뛰어나왔다.

"배 아프시던 건 좀 어떠세요?"

"크로로마이신을 먹었어. 크로로마이신을 말야. 흉터가 있더군."

"어디에 흉터가 있어요?"

"어디긴 어디겠어? 크로로마이신에지."

"정말 취하셨어요."

아내는 그를 이불 위로 눕혔다. 옆방에서 재봉틀 돌아가는 소리가 들려오고 있었다.

"어지간히 성실하게 사는 척하지?"

그가 말했다.

아내는 자기의 손으로 남편의 머리카락을 쓸어 넘기고 있었다. 그 때 옆방에서 방귀 소리가 둔하게 벽을 흔들며 들려왔다.

"그래도 별수 없이 보리밥만 먹는 신센데요, 네?"

아내가 킬킬거리며 그의 귀에 대고 속삭였다. 그만 해두자, 아내야, 그는 갑자기 웃음이 터졌다. 하하하하…… 꽤 오랫동안 웃었나보다. 아주머니가 지금 무안해하고 있나보다. 재봉틀 소리가 그쳐 있었다. 돌려요, 아주머니, 어서 재봉틀을 돌려요. 웃음소리가 잠꼬대였던 것처럼 할 수는 없나, 고 그는 생각했다. 그러면서 아까 낮에 버스칸에서 자기에게 자리를 내주던 영감. 아주머니, 그건 건강한 증거입니다. 돌려요, 어서 돌려요. 그 사이에 재봉틀이 다시 돌아가는 소리가 들리고 있었다. 흥, 방귀 좀 뀌었기로서니, 하며 입술을 삐죽 내민 아주머니의 얼굴이 보이는 듯하다. 그럼요, 아주머니, 방귀 좀 뀌었기로서니 재봉틀 소리를 죽여야 할 거까지는 없습니다. 돌려요, 어서요.

그는 두 팔로 아내의 상반신을 껴안았다. 그러면서, 앞으로 자기도 아내를 때리게 될는지 알 수 없다는 생각이 문득 들었다. 그러자 앞으로 다가올, 아직 확인되지 않은 수많은 날들이 무서워져서 그는 울음이 터질 뻔했다.

그는 아내를 껴안고 있는 자기의 팔에 힘을 주었다.

《세대》, 1964년 10월호

전쟁과 악기

이청준

• • • • •

1938년 전남 장흥 출생.
단편 「퇴원」이 《사상계》 신인상에 당선되면서 등단.
단편 「병신과 머저리」, 「매잡이」, 「소문의 벽」 등이 있으며, 수필 「작가의 작은 손」, 「사라진 밀실을 찾아서」 등과 희곡 「제3의 신」, 동화 「할미꽃은 봄을 세는 술래란다」 등이 있음.
동인문학상, 이상문학상, 대한민국문학상 등 수상.

전쟁과 악기

고지문告知文. 제목, 음곡과 가창에 있어서의 반음 사용 금지에 관한 건. 시민 생활의 명랑화와 사회 발전의 한 조처로 본건을 발의한 바 있는 당국은 그간 수차에 걸친 공청회 개최와 광범한 여론 수집 등으로 본건 채택 시행 여부를 예의 검토해온 바, 그 결론에 따라 다음과 같이 결정 발표하는 바이니, 시민 제위는 이의 이행에 유의, 만유감이 없기 바람. 다음, 모든 음곡과 가창에서 반음이 사용되는 것을 금함. 시행 세칙. 그 일, 현존하는 모든 음곡에서 반음이 사용되고 있는 것은 이의 가창을 금하고, 그 악보를 폐기 처분할 것. 그 일, 앞으로의 모든 음곡 창작 활동은 일체 C조의 장음계 내에서만 가능하며 조표와 음자리표의 사용을 금하고, 음계 내의 '미, 파' 와 '시, 도' 사이의 음차는 이를 현재의 반음에서 온음으로 확대 조곡할 것. 그 일, 모든 악기에서 반음이 조음되어 있는 것은 이를 파손 폐기할 것, 단 기술적으로 반음을 제거하여 온음만이 사용 가능한 것은 이를 여행할 것. 그 일, 가히 애창되고 있는 음곡 가운데에 반음이 혼용되어 있는 것은 이를 허용된 다른 음으로 변경 가창하여도 무방함, 여기에는 참신하고 의욕적인 음인(音人=음악인, 이후 음악 용어는 ※표로써 현대 용어의 주를 붙여 고지문의 시대를 따르기로 한다)들의 적극적인 참여가 요망됨. 위 각 사항을 위반한 자는 차후 가차 없이 처단될 것임.

인쇄 잉크도 채 마르지 않은 고지문 앞에는 당국이 새 지시나 시 정책을 알릴 때는 언제나 그러하듯, 많은 시민들이 호기심에 차서 몰려든다. 그러나 시민들은 이내 덤덤한 얼굴로 발길을 돌려버리곤 한다. 그들은 이번 고지문으로 당국이 그들에게 요구하고 있는 것이 어떤 것인지를 잘 납득할 수 없거나 납득을 하려 해도 도대체 실감이 가지 않는다는 표정들이다. 간혹 어이가 없다는 듯한 실소를 머금는 자도 있다. 그러나 대부분은 그나마의 반응도 없이 그저 덤덤한 얼굴로 문면을 대충 훑어보고 나서 총총히 발길을 돌려버리곤 한다.

집에 돌아가서도 그들은 마찬가지다.

방송국에서는 시론가들이 고지문 시행 세칙의 문제점을 논의하고, 신문들도 일제히 이 새로운 소식과 함께 해설 기사를 싣고 있었으나, 그들은 여전히 관심이 없다. 그러나 시민들 모두가 다 그런 것은 아니다. 소식이 전해지자 날벼락이 내린 듯 놀란 사람들이 있다. 그들은 바로 그 반음이라는 것을 지켜내고자 지금까지 몇 차례의 공청회와 신문지면 등에서 그 반음의 불가결한 구실을 주장하고 당국으로 하여금 그 의도를 철회하도록 끈질기게 요구해온 음인들이다. 말하자면 그들은 반음의 존재 가치와 구실을 누구보다 잘 이해하고 있으며, 당국의 이번 결정이 고지문에서 밝히고 있는 바와는 달리 시민 생활과 사회 발전을 심각하게 저해하리라고 믿고 있는 자들이다.

그러나 이들에게도 이번 고지문이 전혀 뜻밖인 것만은 아니었다. 설마 설마 하면서도 일이 결국엔 이렇게 되고 말리라는 것을 어느 정도 미리 예상하고 있던 터였다.

이들이 처음 놀란 것은 당국에 의해 갑자기 이번 계획이 발의되면서부터였다.

—모든 음곡(※=樂曲 또는 歌曲)은 시민 생활을 명랑하게 하고 암암리에 그 발전의 활력소가 되어야 한다. 행진곡이나 군가는 그 좋은 본보기다. 밝고 씩씩하며 쉽고 간결하다.

그에 반해 반음은 대체로 애매하다. 그 애매함으로 인하여 반음은 어둡고 무기력하고 복잡하다. 그리하여 음곡 전체의 인상을 혼란시킨다. 뿐만 아니라 반음의 존재는 조표와 음계의 변화 등 이루 헤아릴 수 없는 조음 형식(※=作曲形式)상의 복잡성을 초래하고 있다.

이에 우리는 이 거추장스럽고 유해한 반음을 추방하고 모든 음계를 반음 없는 C조의 장음계 하나로 통일 정리하여, 간결하고 밝은 온음만으로 음곡 창작의 기본을 삼고자 하는 바이다. 이는 오직 전체 시민으로 하여금 그 생활을 보다 밝고 명랑하게 도모케 하고자 함인 것이다.

당국의 발의 취지는 대략 그러했다.

그러나 이때도 물론 지어놓은 노래나 부르고, 음의 성질이나 음곡 창작에 관한 이해가 없는 일반 시민들은 별다른 관심을 보이지 않았다. 놀란 것은 창작이나 연주나 어떤 형식으로든 음곡에 종사하고 있는 음인들뿐이었다. 너무나 놀란 나머지 이들도 처음 한동안은 그저 아연해 있기만 했다. 당국의 그러한 처사와 논거에 대해 부당성을 지적하려 드는 사람들도 없었다. 게다가 이들은 너무나 의연한 당국의 태도에 어떤 비판이나 반대에도 불구하고 결국엔 그 당국자들의 의도대로 일이 확정지어지고 말리라는 걸 눈치 채고 있었다. 그래서 이들은 당국이 마련한 공청회마저도 이에 참가하기를 주저했다. 공청회 참가는 찬성이든 반대든 그 자체로서 이미 당국의 절차를 합법화시켜 주게 되며, 결과적으로 그 자신들까지도 이 역사적 범죄(그들의 표현대로 말해서)의 공범자로 기여하게 될지 모른다는 염려에서였다.

그러나 끝끝내 팔짱만 끼고 앉아 있을 수는 없었다. 이들은 자신들의 반음이 정말 마지막 운명을 고하려는 순간에 이르자 드디어 활동을 개시했다. 공청회에 참가하여 그 부당성을 역설하고 신문 따위에도 열심히 반대 의견을 개진했다.

—무엇보다 먼저 확실히 해둬야 할 것은 어떤 음을 가리켜 우리들이 '도' 니 '레' 니 하는 음칭들은 애초에 그 음들이 독립적으로 지니고 있는 절대적 음가 개념이 아니라는 점이다.

한 옥타브 내의 모든 음위는 그 자체로서 독립적이 아니라 다른 음위와의 음차音差 관계로서 상대적으로 존재한다(※=음계와 계명). 우리들은 다만 우리가 익숙한 음차에 따라 약속된 (심지어 음명까지도 우리들의 약속에 불과하다) 음차의 질서를 가지고 있을 뿐이다. 따라서 이 음차 질서 가운데서 어느 한 음위를 말살한다면 그와 이웃한 다른 음위의 개념도 함께 상실당하게 마련이다.

거기에는 이미 우리들이 지금 가지고 있는 음차의 질서는 존재하지 않게 된다. 음차의 약속이 연쇄적으로 깨어져버리기 때문이다. 하나의 악기를 예로 하여 생각해보자. 이 악기는 소위 두 개의 반음을 포함하여 우리들이 익숙해 있는 여덟 음위의 음차 질서를 가지고 있다. 그런데 이 여덟 개의 음위들은 어느 것도 그 하나로서는 독립적인 음가를 지니지 못한다. 다만 하나의 소리에 불과하다. 그러나 그 음은 다른 음들과의 음차 관계(※=음정 관계) 속에서 비로소 하나의 (상대적인 음위의) 음가를 지니게 된다. 이 악기의 음위들은 모두 이와 같이 상호 음차 관계 속에 존재하게 된다. 그리하여 비로소 하나의 악기 구실을 하게 되는 것이다. 도대체 하나의 악기에서 어떤 한 음위(※=音, 이하 다만 '음' 으로 표기함)를 제거하여 버린다면 그것은 이미 악기일 수가 없다. 제거된 음은 우리들의 치열 중에서 이가 하나 빠져나가듯 혼자 자리를 비운 것이 아니기 때문이다. 이가 하나 빠져나가도 우리는 나머지 치아로 불완전하게나마 음식물을 저작할 수 있지만,

하나의 음이 빠져나간 악기에서는 다른 음들까지 연쇄적으로 그 음과의 음차를 잃어버리기 때문이다.

여기서 우리는 반음이고 온음이고를 막론하고 우리들이 약속에 의해 누리고 있는 음들은 어느 하나도 말살할 수가 없으며, 그것은 곧 모든 음의 상실을 의미한다는 말의 근거를 찾아냈다. 그러나 반음과 온음의 관계에 대해서는 여기서 좀 더 이야기해둘 필요가 있다. 그것은 당국이 반음에 해당하는 음의 형식상의 음자리(※=계명, 구체적으로 C장조 음계의 '파'와 높은 '도')는 그대로 남겨놓은 채, 그 음차를 늘려 온음으로 사용하라 말하고 있기 때문이다. 그것은 물론 온음과 반음의 개념을 모르는 데서 나온 소리다. 온음이니 반음이니 하는 것도 마찬가지로 우리들이 약속해놓은 상대적 음차 개념에 불과한 것이다. 반음은 온음에 대해 그 음차가 2분의 1이다. 그것은 우리들의 오랜 약속이다. 우리는 그 약속에 익숙해 있으며 그것에 의해 온음과 반음을 편리하게 구별한다.

그러나 중요한 것은 애초에 하나의 음은 온음도 반음도 아니라는 사실이다. 하나의 음은 우리들이 익숙한 음차의 질서 속에서 비로소 그 음가의 성질이 상대적으로 결정되는 것이다. 따라서 기본 음자리를 어디에 정하느냐에 따라 하나의 음은 그 음차의 질서 속에서 온음이 되기도 하고 반음이 되기도 한다. 말하자면 우리는 어떤 절대의 고정 음위를 가지고 있는 것이 아니라 음차 질서 또는 음위의 질서를 가지고 있을 뿐인 것이다. 그러나 그 음차의 질서는 확고하며 우리들은 그 질서에 익숙해 있다.

그런데 만약 당국자의 요구대로 하나의 음차 질서 속에서 반음에 해당하는 소리의 음차를 올려 온음으로 만들었다고 가정해보자. 그러면 애초에 온음이었던 그 다음 음도 역시 이 음과 1의 음차를 유지하기 위해 #나 b 부호 없이 순차적으로 2분의 1 음차를 벌려 옮길 것이다. 그리하여 우리들의 실제 음차 질서 속에서는 새로운 반음(그 실은 기왕에도 반음으로 존재하고 있었지만)이 생기는 것이다. 하나의 반음을 없애기 위해 다른 반음을 만들어내는 것이다. 뿐만 아니라 그렇게 되면 이미 약속된 우리의 음차 질서는 전혀 아무런 의미도 없게 된다.

어떤 한 음을 절대시하여 그 성질을 규정하고, 우리에게서 반음을 추방하려는 것은 처음부터 아무런 의미가 없는 일이다. 그러나 그것을 끝내 감행하는 경우 우리의 음차 질서 속에는 더 많은 새로운 반음이 생기며, 그로 인해 우리는 지금까지의 모든 음들을 한꺼번에 잃어버리는 결과가 될 것이다. 우리의 음차 속에서는 어떤 음도 절대로 그 존재 가치가 인정되고 보호되어야 한다. 어떤 반음도 다른 어떤 온음과 마찬가지로 추방되어서는 안 된다. 만약 그러한 폭거가 감행되는 경우 우리는 불행하게도 모든 음을 잃고 부끄러운 야만으로 돌아가게 될 것이다.

반음 수호자들은 무엇보다 무관심한 시민들의 주의를 환기시키고 세론을 유리하게 유도하고자 노력했다. 그러나 시민들은 여전히 관심이 없었다. 절망이었다. 거기다 설상가상으로 더욱 불리한 사태가 야기되었다. 소위 반음주의자들의 실수 때문이었다.

음인들 가운데에는 유난히 이 반음만을 사랑하며 음곡 창작에서 그 반음만을 빈번히 사용하는 일파가 있었다. 흔히 말하는 반음주의자들이었다. 당국이 처음 이번 조처를 염두에 두게 된 것도 실상은 이 반음 주의자들의 지나친 극성 때문이었다는 소리가 있었을 정도였다.

—반음이야말로 진정한 예술음이다. 온음은 다만 음의 얼개에 불과하다. 이 온음을 창조적으로 변화, 조화시키고 전체로서 온전하고 완성된 한 음곡을 이루게 하는 것은 순전히 반음의 존귀한 구실이다. 음곡의 발전은 곧 이 애매하고 나약한, 그러면서도 무한한 변화의 가능

성을 지닌 반음을 보다 풍부하게 활용하고 발전시켜 나가는 데 있다. 그것은 마치 한 사회나 국가의 문화 현상과도 같다. 한 사회의 문화 현상은 그를 유지 관리해가는 중심적 지배 질서에 의해 좌우되기보다 최종적으로 그 질서 뒤에 은밀히 숨어 있는 인간 영혼의 세련된 상호 교류와 변화 또는 그 유산에 의해 결정지어지는 것이다. 반음을 발전시키는 것이 곧 음곡을 발전시키는 길이다.

그들은 자주 그렇게 주장했다. 그러면서 늘 반음에 취해서 모든 음곡을 그 반음의 응용과 변화 속에서만 이루어내려 했다. 그것이 당국의 우려를 사고 말았는지 모른다. 어쨌든 맨 처음 당국의 복안이 발표되자 누구보다 분개를 하고 나선 것은 물론 이들 반음주의자들이었다. 공청회나 기타 토론의 장소에서도 그들은 누구보다 맹렬히 당국을 공격했다.

—당신들은 음이나 음곡에 관한 한 무식쟁이들이다. 음에 무식하므로 단순하고 소박한 온음만을 좋아하게 된다. 반음의 묘미는 즐길 수도 없거니와 더욱이 그것을 이해할 수도 없다. 그러나 자신들이 즐길 수 없다는 이유로 그것을 즐기고 사랑하는 사람들을 핍박하는 것은 범죄다. 당신들은 지금 우리를 시기하고 박해하려 하고 있다. 그것은 음곡 예술에 대한 무뢰한의 폭력이다. 우리 인류의 귀한 문화에 대한 무도한 폭행이다. 무지한 자들은 간섭하려 들지 말라. 음곡에 관한 일은 음곡 전문가에게 맡겨두라!

욕지거리도 서슴지 않았다. 그 욕지거리 끝에 마침내는 위험스런 극언을 농하고 말았다.

—타기해야 할 것은 반음이 아니다. 반음은 오히려 지금보다 그 음차를 더욱 세분하여 발전시켜 가야 한다. 추방해야 할 것은 차라리 온음이다. 온음이야말로 당신들 같은 무식쟁이들이나 좋아하는 단순한 원시음이다.

아무리 그들이 반음을 사랑하고 그것에 몰두해 있다 해도 그것이 설마 본심은 아니었으리라. 아마 감정이 너무 격해진 탓이었을 것이다. 그러나 어쨌든 그것은 돌이킬 수 없는 실수였다. 모든 음의 절대 가치를 주장하지 않고, 음가의 경중을 따지고, 당국자들의 의도에 맞섬으로써 거꾸로 어떤 특정음의 제거 문제를 상대적인 것으로 만들어버린 것이었다. 그것은 곧 어떤 음의 제거가 절대 불가능이 아니라 음가 경중에 따른 상대적인 문제로서 원칙적인 가능성을 인정하고 만 셈이었다. 당국으로서는 절호의 구실이었다.

—보라. 당신들도 결국 어떤 특정음을 제거할 수 있다는 점에서는 우리와 의견을 같이하고 있다. 다만 당신들과 우리는 제거하고자 하는 음이 서로 다를 뿐이다. 그러나 그 점에서는 우리 쪽의 주장이 완전히 타당하다. 음의 향락은 전문가들의 특권이 아니다. 우리는 시민 전체가 그 음을 쉽게 즐기게 하고, 보다 빠른 사회의 발전을 도모코자 할 뿐인 것이다. 추방해야 할 것은 역시 반음 쪽이다.

결과는 처음에 염려했던 대로였다.

당국은 이 새로운 규제안의 확정 절차에 음인들을 참가시킴으로써 그것을 보다 바람직한 방법으로 합법화시키고, 나아가서는 그 논리적인 근거까지 얻어낸 셈이었다.

앞서 고지문은 결국 그런 일련의 절차 끝에 나온 것이었다.

이제 일은 끝난 것이다.

그러나 정말로 모든 일이 끝나버린 것일까. 세상에선 정말 반음이 사라져버릴 것인가. 만약 그렇다면 세상은 도대체 어떻게 될 것인가.

여기까지 이야기를 적어오다 보니 갑자기 두려운 생각이 든다. 이것이 도대체 소설이란 이름으로 씌어질 수 있는 이야기인가? 아니 그보다도 문외한인 내가 감히 이런 일을 대신해보겠다고 나선 것부터가 벌써 주제넘은 짓이 아닐까? 어휘 선택은? 문맥은? 어쨌든 이젠 변명을 겸하여 내가 처음 이런 이야기를 주워 얻게 된 경위와 그것을 굳이 소설 형식으로 기록해보려고 한 내 동기부터 고백해둬야 할 것 같다.

그러니까 이것은 말하자면 나의 이야기가 아니다. 남이 만들어놓은 이야기를 듣고 대신 적어가고 있을 뿐인 것이다. 한때 그럴 만한 사정이 있었다. 애초에 나는 물론 소설과 아무런 상관도 없는 위인이었다. 상경계 대학을 졸업한 후 별로 바라지도 않은 취직 준비를 구실로 집에서 빈둥거리던 놈팡이 주제였다. 그러던 중 작년 어느 땐가 집에서 어머니가 신촌역 부근에 2층 목조 건물 한 채를 가게로 사들인 일이 있었다. 어머니는 아래층에다 식료품 점포를 내고 나서 2층의 활용 방도를 궁리하느라 연일 머리를 짜고 있었다. 그 2층엔 전서부터 신촌역을 드나드는 경의선 손님을 상대로 한 조그만 다방이 꾸며져 있었다. 이름이 '기적汽笛'이었다. 열 개 남짓한 탁자가, 그나마도 언제나 텅텅 비어 있는 세월없는 다방이었다. 한데 궁리궁리하던 어머니는 어느 날 뜻밖에 그 다방을 내가 맡아보는 게 어떠냐고 했다. 내부 장식을 다시 하고 얼굴 반반하고 손발 바지런한 레지 아이나 두엇 들여놓으면 그런대로 손님이 모일 것 같다는 것이었다. 나는 별 뾰족한 계획도 없이 그러겠노라고 승낙을 해버렸다. 심심풀이나 하자는 속셈에서였다.

그 '기적'을 맡고 나서도 물론 나는 다방의 분위기나 영업 방법을 바꾸려 하지 않았다. 내 게으름도 게으름이려니와 내부 장식이나 레지 아가씨의 얼굴 따위가 역을 드나드는 사람에겐 별로 관계가 없을 것 같았기 때문이었다. 간판이나 하나 아무 데서나 볼 수 있게 큰 것으로 갈아 달까 했지만 그것도 마음뿐인 채였다. 차 심부름은 전에부터 '기적'에 있던 미스 홍이라는 계집아이가 그냥 혼자 계속했다. 혼자라고 해야 뭐 일이 바쁠 것도 없었다. 차 시중이 바쁠 만큼 손님이

붐비지도 않았고, 전축에는 도대체 판을 걸어본 일이 없었다. 가끔 근처 역을 지나가는 열차의 기적 소리가 전축 대신 다방 안을 가득 채워주곤 했다. 모든 것이 그전 그대로였다. 그래 놓고 나는 마치 하릴없는 손님처럼 한나절씩 유리창 가에 붙어 앉아 있다가 계산대 쪽에 웬만큼 푼돈이 모인 눈치가 보이면 그제서야 용돈을 조금 꺼내 들고 어슬렁 시내 나들이를 나서곤 했다.

그런데 그 '기적'이 어떤 괴상한 친구들의 본거지가 된 것은 어느 날 내가 또 그 용돈을 꺼내 들고 시내 나들이를 나갔다 우연히 박시태를 만난 다음부터였다. 시태는 내 고등학교 동창으로 대학 문과를 나온 후 소설을 쓰고 있는 녀석이었다. 둘이 함께 주점으로 얼려 들어간 시태는 그날 밤 술기가 어지간해지면서부터 그까짓 소설 이제 집어치웠노라며, 내게 무슨 화풀이라도 하듯 고래고래 소리를 지르고 떠들어대었다. 위인은 소설을 쓰지 않으면서부터 그렇듯 밤시간이 무료해 죽을 지경이라는 것이었다. 그러다 가끔 친구라도 만나면 그간 가슴에 삭이고 있던 것들을 술기에 실어 쏟아놓게 되노라고. 그래 나는 녀석에게 틈날 때 가끔 들러 시간이나 보내다 가라고 나의 '기적'을 일러주게 되었다. 녀석의 집도 마침 '기적'에서 가까운 아현동 근처래서였다.

그런데 그 시태 녀석이 바로 다음날로 '기적'엘 나타났다.

"어허 좋은데, 정말 좋아."

해도 떨어지기 전에 불쑥 나타난 시태는 뭐가 그리 좋다는 것인지 다방 문을 들어서자마자 탄성부터 쏟아냈다.

"뭐가 그렇게 좋으냐?"

내가 손짓을 하며 물으니까,

"글쎄, 첫째는 손님이 없어 조용해서 좋구…… 이건 주인 양반한텐 좀 미안한 소리지만 말이야."

"그리구 둘째는?"

"둘째는 '기적' 이란 다방 이름이 좋아. 역이 가까워 '기적' 인 모양인데, 기적이란 원래 어둡고 황량한 이미지가 있거든. 으리으리하지 않고 아무렇게나 버려진 듯한 이 다방 분위기가 그 이름과 꼭 어울린단 말야, 하하."

험군지 진심인지 모를 소리를 한참 늘어놓은 다음에야 녀석은 두리번두리번 앉을 자리를 찾았다. 그러다 아무렇게나 엉덩이를 걸상에다 내던지고 나더니,

"오라, 이제 보니 또 하나 좋은 게 있군…… 음악이 없단 말야."

다시 너스레를 떨기 시작했다.

"그러니까 가까운 기적 소릴 음악 대신으루 들으라 이 말씀이지?"

이날 저녁도 둘이는 물론 근처 대폿집에서 늦게까지 곤드레가 되도록 취했음은 불문가지.

그 시태가 다음날도 오후가 되자 또 해장술이나 하러 나온 듯 꺼칠한 얼굴로 '기적' 을 찾아들었다. 그리고 그로부터 시태의 '기적' 행차는 하루도 빠지는 날이 없었다. 한참 뒤엔 나 역시도 으레 녀석이 또 나타나려니 싶어 저녁까지 다방에 붙어 앉아 있게 되곤 했다. 하다 보니 다음 참부턴 그 시태 혼자서 나타나는 것도 아니었다. 어느 날 그는 느닷없이 텁수룩한 청년 한 사람을 데리고 와서는, 다짜고짜 시인 아무개라고 소개를 해왔다. 그리고 이 친구 역시 앞으로 자기처럼 '기적' 출근을 계속한다고 선언했다. 그 며칠 후에도 녀석은 또 다른 청년을 하나 데리고 나타났다. 그런 식으로 녀석이 '기적' 으로 몰고온 사람이 네댓 명이나 되었다. 모두가 시인 아니면 소설장이들이었다. 그리고 한 번 '기적' 에 발을 들여놓은 위인들은 정말 시태의 장담대로 다음날부터 어김없이 '기적' 행차를 계속했다.

해가 설핏해지기 시작하면 그들은 어디서부터인지 슬금슬금 '기

적' 으로 나타나 말없이 진을 치기 시작했다. 위인들이 진을 치기 시작하면 한두 명 자리를 지키고 앉아 있던 단골손님들도 이내 자리를 비켜버리곤 했다. 다방은 그렇듯 차츰 녀석들만의 차지가 되곤 했다. 그러다 하나 둘 숫자가 차면 위인들은 차를 마셨건 말았건 일제히 자리를 일어서서 근처 대폿집부터 찾아갔다. 나 역시도 녀석들과 늘 행동을 같이하게 마련이었다. 역 앞 골목에는 대폿집이 많았다. 우리는 대개 거기서 직성을 풀었다. 그러다가 밤 9시나 10시가 넘으면 우리는 그쯤 대폿집을 나와 다시 '기적' 으로 돌아왔다. 그리곤 그제서야 새삼스럽게 지치고 초조한 표정들로 소설이나 싯줄 이야기를 시작했다. 그것이 그 '기적' 에서의 우리들의 습관이었다. 아니 나를 제외한 그들의 습관이었다. 나는 다만 그런 위인들의 습관을 뒤좇아 구경하고 다닐 뿐이었으니까.

그런데 알 수 없는 일이 한 가지 있었다. 녀석들은 모두 시인 아니면 소설을 쓰는 위인들이었다. 그것은 녀석들 자신도 부인하려 하지 않았다. 한데도 이들은 어찌 된 셈인지 도대체 글을 쓰지 않았다. 소설을 집어치웠노라는 시태는 말할 것도 없었지만, 위인들 누구도 정말 소설은 쓰지 않은 채 서로 간에 그럭저럭 소설에 대한 이야기만 하고 지냈다. 그러는 다른 녀석들도 모두 시태와 마찬가지로 글쓰기를 포기하고 만 꼴들이었다. 하지만 아직 녀석들은 시태처럼 소설을 아예 집어치우진 못한 터이었을까. 밤늦은 '기적' 에서 위인들은 입으로나마 그래도 자신들의 소설이나 시 작품에 대한 이야기를 열심히 지껄여대곤 했다. 어떤 녀석은 상당히 구체적인 데까지 작품 윤곽을 얽어가지고 와서 그것을 설명하기도 했고, 그러고 난 다음에는, 어때 원고지에 베껴만 놓으면 뭐가 될 만하지, 하고 제법 호기를 부려대기까지 했다. 그러나 작품의 소재를 정리하고 틀을 다듬는 일을 말로만 이야기할 뿐 누구도 그것을 실제로 글로 쓰는 사람은 없어 보였다.

"어때? 요즘 뭐 생각하는 이야기 없어?"

주점을 거쳐서 다방으로 돌아온 다음 무료히 앉아 있다 누군가가 불안한 듯 물으면, 대개는 또 다른 누군가가 나서서 자신이 생각하고 있는 소설의 줄거리를 이야기하거나, 남의 싯줄에 대한 토론 비슷한 것을 벌이다간 자정이 가까워서야 모두 뭔가 조금 안심이 된 듯한, 또는 그런 이야기로 얼마간 위안을 얻은 듯한 얼굴로 슬금슬금 '기적'에서 사라져가곤 하였다. 자기 이야기의 줄거리를 소개하거나 남의 이야기판에 끼어드는 것만은 누구도 사양을 하지 않았다. 그러니까 마음속에서만은 모두 작품을 생각하고 있는 셈이었다. 다만 그것을 실제 작품으로 완성하지만 않을 뿐이었다. 왜 그럴까? 시태 덕분에 어쩌다 위인들과 어울려 함께 술이나 마시게 되었을 뿐 문학에는 전혀 문외한인 나로선 도대체 이해를 할 수가 없었다. 시태마저도 그가 왜 소설을 집어치웠다는 것인지 이유는 설명해준 일이 없었다. 다만 내 나름으로나마 그것에 관해 어떤 동기를 추측해볼 수 있었던 것은 다음과 같은 일에서뿐이었다.

시태는 친구들 중에서 누구보다도 성질이 괄괄하고 입바른 소리를 잘하는 편이었다. 그리고 무슨 일에서나 흥분을 잘했다. 그런데 어느 날은 그 시태가 유난히 열을 내고 나선 일이 있었다. 어떤 젊은 여자의 피살 사건이 실린 신문 기사 때문이었다. 기사의 내용인즉, 이 여인은 사건 전에 몇 번 외국 나들이를 한 일이 있었는데, 그 여권 발급 과정이 여간 허술하고 애매하지 않았다는 것, 그리고 그러한 허술한 절차에도 불구하고 여권 발급이 그처럼 쉬웠다는 것은 그녀에 대한 어떤 불공정한 배려가 작용했으리라는 추측이었다. 그리고 바로 그 기사 끝에는 대학 교수가 국제학술회의엘 참가하는 데도 그 여권이라는 장벽에 부딪혀 말할 수 없이 애를 먹는 일이 허다한데, 하물며 신분마저 알쏭달쏭한 아녀자가 외국을 옆집 드나들듯 할 수 있었다는 것은 생각해봐야 할 구석이 많다는 한 젊은 교수의 정색스런 코멘트가 덧붙여 있었다. 시태는 기사를 보자 대뜸 불에 덴 곰처럼 날뛰기 시작했다.

"이런 일은 정말 용서될 수 없어. 특권 의식 조장이란 말야. 이런 일을 쉬쉬하고만 있어? 우린 그냥 참고만 있으란 말야? 절대로 안 되지. 이런 일은 철저히 고발되어야 해."

그리고는 그가 한바탕 흥분을 하고 나면 언제나 그렇듯이,

"어때? 소설을 한 편 쓸 수 있지 않겠어? 권력, 여자, 특권 의식 그런 것들의 관계와 비밀을 말야?"

또 무슨 헛소설거리를 생각한 듯 싱겁게 웃고 있었다. 그런데 그때 무슨 혼잣생각에 깊이 젖어 있던 김이라는 친구가 느닷없이 시태를 꾸짖고 들었다.

"필요 없다구 하잖아. 그 따위 소설은. 글쎄, 넌 걸핏하면 그렇게 흥분하길 좋아해서 탈이란 말야. 넌 그래서 망친 거지 않아?"

그러자 시태도 금세 다시 비위가 상한 모양이었다.

"그럼 넌 뭐가 소설이냐? 그 알량한 인간의 영혼? 영혼의 영토? 아니 개인의 비밀?"

김이 이번엔 대답을 하지 않았다. 물끄러미 시태의 얼굴만 응시하고 있었다.

"흥, 하지만 것두 다 필요 없다구 그래. 네가 걱정하지 않아도 무협소설과 멜로드라마에서 그들의 영혼은 살찌고 있어. 새삼스럽게 영혼의 영토는 무슨 말라비틀어진 영토야? 너두 그런 속 편한 잠꼬대나 하다 장사 잡쳤지 뭐야?"

김은 여전히 시태를 응시하고 있다가 드디어 푹 한숨을 내쉬고 말았다. 그런데 바로 그런 일이 있고 나서부터 시태와 김 사이엔 종종 그런 충돌이 되풀이되곤 하였다.

소설을 쓰지 않게 된 이유가 어떤 것이든 밤늦은 다방에서의 그런

버릇으로 보아 위인들이 마음속으로는 그래도 가끔 소설이나 시를 생각하고, 그것을 이야기하는 것으로 어느 정도 위안과 안도감 같은 것을 얻고 있는 게 확실해 보였다.

그런데 그것도 모두가 다 그런 것은 아니었다. 그중에 꼭 한 사람 예외가 있었다. 그는 시를 쓴다는 송이라는 친구였다. 이 친구 역시 어느 날 갑자기 시태에 이끌려 다방을 나온 것이나, 다음날 저녁부터 빠짐없이 '기적' 출근을 계속한 점들은 다른 녀석들과 조금도 다름이 없었다. 시인이라면서 시를 쓰지 않는 것 역시 그랬다. 그러나 한 가지 다른 것은 송의 경우 '기적'에 나타나서도 절대로 작품 이야기엔 함께 어울리질 않는다는 점이었다. 자기 작품 구상을 이야기한 일도 없었고 남의 글 이야기에 말참견을 하고 나선 일도 없었다. 그는 앉는 자리부터가 늘 외떨어졌다. 친구들과는 따로 유리창 같은 데에 혼자 붙어 앉아 밤의 역 광장이나 멀어져 가는 기적 소리 같은 것에 귀를 기울이고 있기가 일쑤였다.

이쪽 이야기에는 이따금 어떤 비아냥기 같은 것이 어린 눈길을 던지곤 할 뿐이었다. 그리고는 늘 하염없이, 그리고 어딘가 침통한 듯한 표정으로 그 창문에만 붙어 앉아 있었다. 그가 이쪽 이야기에 어떤 비아냥기 눈길을 보내오곤 한다는 것도 물론 확실하진 않은 이야기다. 그럴 이유도 나는 아직 알 수 없었거니와 그 자신이 친구들에게 어떤 불만을 말해온 일이 없었기 때문이다. 그러나 그가 친구들의 이야기를 달갑지 않게 생각하고 있다는 것은 어쨌든 확실한 듯 했다.

송은 그러고 앉아 있다가 어쩌다 미스 홍을 자기 앞자리로 불러 앉히는 수가 있었다. 미스 홍은 밤늦게까지 다방 문을 닫지 못한 것이 늘 불만이었다. 그래서 심심하다 못해 가끔 우리들 곁으로 다가와 이야기를 엿듣고 있는 수가 있었다. 그러나 미스 홍은 그때마다 이야기를 오래 듣고 있지를 못했다.

"아이, 재미없어."

짜증스럽게 말하면서 곧 자리를 일어서 버리곤 했다. 그런 때 송은 곧잘 그 미스 홍을 곁으로 불러 앉혔다. 계산대로 돌아가는 미스 홍에게,

"그 사람들 이야기 되게 재미없지? 그러니까 좀 이리 와 앉아봐. 우리끼리만 재미있는 얘길 하자구."

그러면서 미스 홍을 달래는 송은 이쪽 일당의 이야기엔 분명 호감을 갖고 있지 않은 것 같았다. 이야기가 싫어선지 그는 초저녁 술집행도 그다지 좋아하는 편이 아니었다. 어떤 때는 아예 술집엔 따라가지도 않고 혼자 자리를 지키고 있거나, 술자리를 같이하면서도 대개 말없이 술잔만 비우고 앉아 있기가 예사였다.

그는 한마디로 시인이면서 시를 쓰지 않을 뿐 아니라 마음속에서조차 다른 위인들처럼 시를 생각하고 있지 않은 친구였다. 그러면서도 날마다 '기적'을 찾아오고, 밤늦게까지 함께 자리를 지켜준 것만이라도 신통하다고 할까. 그러나 친구들 역시 웬일인지 송의 그런 태도에 대해 별 아랑곳을 하지 않았다. 불쾌해하지도 않았고, 그를 굳이 이야기로 끌어들이려 하지도 않았다. 위인들은 마치 송의 행동을 모두 다 이해하고 있는 듯, 언제나 자기들끼리만 이야기했고, 송은 송대로 또 자기 자리만 지키고 지냈다.

그런데 겨울도 한고비에 다다른 1월 어느 날, 드디어 이상한 일이 일어났다. 그토록 친구들의 이야기에는 무관심하기만 하던 송이 하루 저녁은 뜻밖에 자리를 함께해 온 것이다. 게다가 그는 역시 어딘지 좀 비꼬는 듯한 어조로,

"어디, 오늘 저녁엔 나도 작품 이야기를 하나 해볼까? 건방지게 소설을 하나 생각해봤는데 차례를 주겠어?"

하고 나서는 것이었다. 물론 반대할 사람이 없었다. 시인의 소설에 모두 호기심이 도는 듯 그의 이야기를 기다렸다.

"가령 이 지구 어느 곳에 옛날 이런 도시가 있었다고 가상해보자구. 이 나라에서는……."

아닌 게 아니라 그는 곧 이야기를 시작했다.

그런데 또 하나 이상한 일이 생겼다. 그것은 어쩌면 나 한 사람에 한한 일이었는지도 모른다. 나는 그 위인의 이야기에 차츰 이상한 감동을 받기 시작한 것이다. 지금까지 여러 사람의 작품 구상이 소개되고, 그 주제가 설명되었지만, 사실 나는 한 번도 이번처럼 뚜렷한 감동을 받은 일이 없었다. 한데 이 시인의 이야기에는 뭐라고 설명할 수 없으면서도 이상하게 가슴을 파고드는 공감과 감동이 전해온 것이다.

그럼 이제 여기서 나의 이야기는 일단 매듭을 짓기로 하자. 이것으로 앞서 소개하다 중단된 이야기를 얻게 된 경위나 그것이 바로 그 송 시인의 이야기라는 것은 이미 확실해졌으리라 여겨지니 말이다. 그리고 끝내 이야기가 말로만 끝나버린 것이 안타까워 부족한 필력으로나마 감히 이 일을 대신해보기로 나선 나의 심경도 어느 정도는 이해가 가능하리라.

그러면 계속해서 다시 이야기를 소개하기로 하자.

실제로 반음 사용 금지가 선언되고 나자 세상은, 일부 음인들이 그것을 단순한 반음 추방 이상의 문제로 크게 염려했던 대로 소동이 벌어지고 만다.

고지문의 시행 세칙에서 당국은 반음 사용 금지에 따른 부작용과 혼란을 미리 예견하고 그에 대비하여 상당한 배려를 하고 있는 것처럼 보였다. 특히 당국은 그러한 조처로 인해 역사적인 문화유산으로 지금까지 애창되어 오던 모든 음곡들을 일시에 잃게 되지 않을까 두려워한 흔적이 역력해 보였다. 그것은 역사에 대한 범죄이며 누구나 그러한 역사의 죄인이 되고 싶지는 않은 때문이다. 그래서 시행 세칙은, 반음이 포함된 모든 악곡은 그 반음을 다른 온음으로 대치하여 가창하는 것을 허용하고, 나아가서는 이를 권장하기까지 하였다. 그러나 당국의 그러한 조처는 음곡의 형식과 음의 성질을 잘 이해하고 있지 못한 데서 나온 무위의 노력에 불과했다. 실제로 그것은 가능한 일이 아니기 때문이다. 모든 음곡은 애초에 반음이 전제된 음계 위에서 이루어진 것이었다. 반음 하나를 다른 온음으로 바꾸는 것으로 문제가 해결될 수는 전혀 없었다. 게다가 모든 조의 C조 장음계화와 음자리표의 일소(그것은 아마 높은음자리표를 기본으로 하려는 의도 같지만)는 예상했던 대로 모든 화음과 모든 음곡의 형식, 아니 그것보다는 우선 그들의 음차 질서 자체를 파괴해버린 것이다.

부를 수 있는 노래는 아무것도 없었다.

시민들은 그제서야 차츰 문제의 심각성을 깨닫기 시작한다. 노래를 부를 수 없는 그들은 금방 질식을 해버릴 듯 심신이 답답해오기 시작한다. 흥얼흥얼 노래를 중얼거린다는 것이 일상에서 그처럼이나 중요한 몫을 감당하고 있었다는 사실을 생활로 실감하기 시작한 것이다.

당국은 당황한다. 가창이 억제당한 이들의 요구가 발작을 일으키기 전에, 그들의 요구를 최소한으로나마 충족해주고 발작을 진정시킬 새로운 음곡의 생산이 필요했다. 그들은 반음이 제거된 새로운 악곡의 대량 생산을 서두른다.

한데 여기서 또 문제가 생긴다.

그것은 앞서 말한 대로, 한 반음의 제거가 더 많은 새로운 반음을 낳게 하고 만 음차 질서의 혼란이었다. 그들은 이미 약속된 오직 하나의 음차 질서를 가지고 있을 뿐이었고, 그것에만 한결같이 익숙해져 있었다. 그것이 흐트러져버리고 나서는 실제로 어떤 음곡의 창작이나 그것의 가창이 불가능했다.

당국은 다시 방침을 바꿀 수밖에 없게 된다. 반음 하나를 제거하는

데서 그처럼 생각지도 않은 많은 혼란과 부작용이 파생되는 데는 화가 나지만 어쩔 수가 없는 일이다.

다시 '미, 파' 와 '시, 도' 사이의 음차를 종전대로 2분의 1로 놔둔 채 반음에 해당하는 소리의 사용만 금하기로 방침을 바꾼다. 그리고는 그 나머지 소리들만으로 새로운 음곡의 제정을 서두른다. 시세를 얻으려는 일부 약삭빠른 음인들이 재빨리 이 일에 참여하고 나선다.

이윽고 세상에는 반음이 사용되지 않은 새로운 음곡이 널리 보급되기 시작한다. 반음이 사용되지 않은 노래들은 물론 윤기도 없고 변화도 없다. 그러나 사람들은 결국 그 노래를 부르기 시작하고 그리고 재빨리 그 노래에 익숙해져버린다. 그에 따라 혼란과 소동도 차츰 사라진다. 그러다 세상은 드디어 옛날처럼 다시 잠잠해지고 만다.

그러나 아직 모든 것이 그것으로 끝나버린 것은 아니다. 정말로 반음을 사랑하고 그것을 지키고자 노력해온 음인들은 끝끝내 이 새로운 음곡들에 익숙해질 수가 없는 것이다. 그들은 반음 사용 금지령이 내려진 후에도 여전히 반음을 버리지 않는다. 세상에서 아직도 반음을 지키고 그것을 후대에 전하고 싶어 하는 음인들은 모두 지하로 숨어들어간다. 그들은 지하에 비밀 아지트를 만들고, 거기에서만은 아직도 반음이 제거되지 않은 악기를 돌보고 그것으로 그리운 음곡들을 은밀히 연주한다. 그런 지하 아지트를 그곳에 모인 음인들은 조율실調律室이라고 부른다. 왜냐하면 이들의 그러한 행위는 이제 청중을 모아서 그 반음을 즐기는 연주가 아니라, 다만 그 반음을 망각하지 않으려는 자기 확인 행위에 불과하기 때문이다. 그러면서 그들은 언젠가는 반음이 다시 자유로워져서 정식 연주가 가능하게 되기를 기다리면서, 적어도 반음의 명맥만이라도 유지해갈 수 있기를 희망한다.

그러나 여기에 또 한 가지 문제가 생긴다. 반음주의자들의 극성이 그것이다. 당국은 곳곳에 그러한 비밀 조율실이 숨어 있다는 것을 눈치 채고 감시의 눈길을 소홀히 하지 않는다. 게다가 벌써 반음의 기억 조차 잊어버리고 새로운 음곡에 철저히 익숙해져버린 사람들은 이제 그 반음을 오히려 수상쩍어할 것임에 틀림없다. 조율실의 소재라도 눈치 채게 된다면 그들은 아마 틀림없이 고발을 하고 나서리라. 조율실의 존망에 위협이 되는 것은 그러니까 당국의 감시뿐 아니라 시민의 눈길도 마찬가지인 셈이 된 것이다.

그러나 일부 극렬파 반음주의자들은 그 점을 전혀 염두에 두려 하지 않는다. 반음을 전에 없이 더 요란하게 울려대는 조율 행위가 여전히 거칠게 계속된다.

—우리들은 반음을 은밀히 지켜가야 하오. 온음 사이에 묻혀 화음 같은 것을 만들어가면서 말이오. 반음이 너무 노출되면 우리는 위험해지니까. 우리는 지금 언제 누구에게 고발을 당하게 될지 모르는 위험한 운명이란 말이오.

다른 조율실 동료들의 충고도 그들은 전혀 아랑곳하지 않는다.

—누가 고발을 한다는 거요. 시민들이? 천만에. 우리는 그들을 위해 반음을 지키고 있소. 그런데 그들이 왜 우리를 고발한다는 거요?

조율실의 위험은 계속된다.

그러나 그런 위험 속에서도 다행히 조율실은 잘 지켜져 나간다. 그리고 오랜 세월이 흐른다.

그들은 여전히 그 조율을, 조율만을 계속하고 있다. 자신에게서 아직도 그 반음이 잊혀져버리지 않았는지, 그리고 아직도 그 반음을 연주할 수가 있는지. 그러나 이제 그들은 중요한 사실을 잊어버리고 만다. 너무 오랜 세월이 흐르고, 그동안 너무 조율에만 몰두하다 보니, 그들은 이제 그 조율 자체가 자신들의 진짜 작업인 것처럼 착각하게 된 것이다. 조율은 정식 연주를 위한 예비 행위에 불과한 것이다. 한데도 그들은 이제 청중 앞에서의 진짜 연주를 기다리지 않게 된 것이다.

그리하여 다만 조율만을 일삼는 영원한 조율사가 되어버린 것이다.

그날 밤 송 시인의 이야기는 여기서 일단 끝이 났다. 이야기가 끝나고 나자 좌중은 한동안 이상하게 조용했다. 송은 이제 멀뚱멀뚱 천장만 쳐다보며 턱을 쓸고 있었고, 우리는 약속이나 한 듯 일제히 입을 다물고 있었다. 뭔가 이상한 긴박감마저 감돌고 있었다. 그것은 다만 나뿐만이 아니라 다른 친구들도 송의 이야기에서 다 같이 어떤 충격을 받고 있다는 증거였다.

"조율사 만세!"

누군가 조금 익살스럽게, 그러나 낮고 조심스런 어조로 입을 열었을 때에야 분위기는 비로소 조금 긴장이 풀리는 듯했다. 잔잔한 미소가 좌중을 조용히 번져나갔다. 정작 이야기를 털어놓고 난 송 한 사람만이 아직도 뭔가 미심쩍은 듯한 표정으로 멍청스레 천장을 쳐다보고 있었다. 그러더니 이윽고 그가 그 천장에서 시선을 끌어내리며 조용히 말했다.

"하지만 이야긴 아직 끝나지 않았어."

"그럼 아직도 이야기가 남았단 말야? 난 끝난 것 같은데?"

누군가가 대뜸 그에게 물었다.

"끝나지 않았구말구. 끝날 수가 없지 않아?"

"왜? 어떤 점에서?"

그러나 이번에는 송의 시선이 다시 천장으로 달아나버렸다.

"그럼, 마저 이야길 계속하지 그래. 그게 어떻게 끝나야 한다는 거지?"

송은 한참 동안이나 가만히 앉아 있기만 했다. 그러더니 갑자기,

"그건 나도 생각을 못하고 있어. 하지만 아직 이야기가 끝나지 않았다는 건 확실해."

내뱉듯이 대답하고는 불쑥 자리를 일어서버렸다. 그리고 이날은 우리를 기다리지도 않고 혼자 훌쩍 '기적' 을 나가버렸다.

그런데 어찌 된 일이었을까. 이날 밤 그렇게 혼자 '기적' 을 나간 송은 다음날부턴 한동안 다시 모습을 나타내지 않았다. 그의 이야기도 물론 결말이 지어지지 않은 채였다.

그러나 다른 친구들은 그가 나타나지 않은 것을 별로 이상하게 생각하는 눈치가 아니었다. 위인들은 모두 그날 밤의 이야기에서, 그리고 그가 마지막 '기적' 을 나가는 결연스런 태도에서 어쩌면 작자가 다시 이곳엘 나타나지 않으리라는 것을 미리 예감하고 있었던 듯했다. 이야기가 어떻게 끝나게 될 것인지에 대해서도 별로 궁금해하는 사람이 없었다. 심지어 우리는 이야기가 좀 더 계속되어야 한다는 것조차 그닥 필요성을 느끼지 않고 있는 형편이었다.

"자식은 이 '기적' 과 우리들이 싫어진 거야. 아니 싫은 것으로 말하면 그런 것보다 바로 그 자신이겠지. 그래서 그런 이야기를 꾸미고 '기적' 에서 발을 끊은 거야. 하지만 그의 이야기는 이미 끝났어. 더 이상은 자신도 생각을 못하고 있다지 않아."

우리는 이미 송의 이야기는 끝났다고 믿고 있었다. 그리고 송은 이제 다시는 '기적' 에 모습을 나타내지 않으리라 단념을 하고 있었다. 그런데 그러던 어느 날 저녁, 그 송이 뜻밖에 다시 '기적' 에 모습을 나타냈다.

"죽어 없어진 줄 알았더니 살아 돌아왔군. 그래도 이 '기적' 이 그리웠던 모양이지?"

시태가 그를 반기자 송은,

"이야기를 끝내야잖아? 그 이야기를 끝내러 왔어."

어딘지 자신만만한 표정이었다.

"그래, 생각을 해냈단 말이지? 그럼 이야기를 마저 들어보자구."

그러자 송은 정말로 그 이야길 위해 우리 앞에 나타난 것처럼 곧 입을 열었다.

"전번 내 이야기를 주의해서 들었으면 기억나겠지만, 난 처음에 그런 가상의 세계를 우리 지구의 옛날 역사 속에다 설정했었지. 한데 오늘 실제로 우리는 그런 세계를 이 지구상의 어디서도 찾을 수가 없거든. 그 점이 중요하지. 말하자면 그렇게 추방되었던 반음은 그 후 어떤 기회에 다시 찾아졌다고 할 수가 있단 말야. 그래서 우리는 지금 그 반음을 누리고 있는 거겠지. 그런데 여기에 문제가 있어. 도대체 어떻게 해서 우리가 그것을 다시 찾아 누리게 되었을까 하는 것 말이야. 그 조율사들의 노력에 의해서? 조율사들이 끝끝내 그것을 지켜 후세에 전했다고 할 수 있을까? 아니지, 그것은 너무 안이한 생각이지. 모르면 몰라도 그들은 조율실 속에서 몇 대를 버티면서 즐겨 조율사로서 종말을 끝마치곤 했을지도 모르지. 그러나 그 조율실은 끝내 제풀에 지쳐 스스로 소멸하고 말 운명이었어. 아니 그 반음주의자들의 극성 때문에 조율실은 훨씬 일찍 소재가 발각되어 일망타진되고 말았을지도 모르지. 그러면 그 반음은 도대체 어떻게 다시 찾아지고, 누가 지켜낸 것인가. 난 그 해답을 얻을 수가 없었어. 그래서 이 '기적'을 나오지 않은 며칠 동안 그 해답을 얻으려고 혼자서 제법 노력을 기울였지."

뭔가 제법 열기마저 띠어가며 이야기를 계속하던 송은 거기서 잠시 숨을 돌리려는 듯 입을 다물었다. 조용히 듣고만 있던 좌중의 한 친구가 그 틈을 타서 물었다.

"그래 해답을 얻었나?"

송은 고개를 끄덕였다.

"전혀 우연이었어. 내가 결말로 삼으려는 이야기를 얻은 건 말야. 그리고 그건 실상 지금까지 내가 해온 이야기와 줄거리가 직접 닿고 있지도 않은 이야기야. 하지만 이거야말로 내가 바란 결말과 가장 맥이 잘 닿는 적합한 이야기였어."

그리고 나서 송은 무슨 아까운 비밀이라도 알려주려 할 때처럼 다시 한참 동안 입을 다물고 있었다. 그러다 드디어 그 이야기의 마지막 부분에 해당하는 부분을 천천히 꺼내놓기 시작했다.

그것은 칠현금七絃琴인가 하는 옛날 중국의 한 악기에 관한 에피소드였다.

옛날 중국에 한 제왕이 있었다. 그런데 이 나라는 밖으로 오랑캐의 침입을 받고 안으로는 역모와 반란이 심하여 오랜 세월 동안 싸움이 그치지를 않았다. 왕은 오랜 싸움 끝에 오랑캐들을 변방으로 멀리 내쫓고, 나라 안의 변란도 모두 평정하여 마침내 평화를 회복하였다. 그런데 이 왕은 너무 오랜 세월 싸움에 지친 나머지 누구보다 전쟁을 싫어하게 되었다. 백성들로 하여금 대대손손 태평성대를 누리게 하고 나라를 평화 속에 안존케 하고 싶었다. 그러자면 우선 백성들로 하여금 전쟁이라는 것을 잊어버리게 하고, 호전적인 인물들까지도 다시는 역모나 변란을 일으킬 엄두가 나지 않도록 해놓아야 했다.

그는 군영을 폐쇄하고 병졸들은 고향으로 가서 평화로운 생업에 종사케 했으며, 군마와 전쟁 무기는 모두 농경 기구로 바꾸었다. 전쟁은 애당초 군비가 축적되어 있는 데서 비롯되게 마련이었고, 그러한 군비는 사람들의 마음속에 은밀히 깃들어 있는 호전성을 자극하여 전쟁에 이르게 하기 때문이었다.

그러자 이 나라에는 이제 모든 전쟁 수단이 사라지고, 그것이 기억되거나 호전성을 자극할 만한 전쟁 흔적은 모조리 자취를 감추었다. 과연 이 나라에는 오랜 평화가 깃들었다. 백성들은 왕의 성덕을 칭송하여 맘껏 태평성대를 누렸다.

그런데 왕에겐 꼭 한 가지 아직 미심한 것이 남아 있었다. 그것은 칠현금이라는 악기였다. 이 칠현금의 일곱 줄 가운데는 전쟁의 소리를 발성하는 줄이 있었다. 유독 카랑카랑한 금속성을 내는 일곱 줄 중의 무현武絃은 예부터 전쟁을 상징하고 있었다. 나라 안에 전쟁의 흔적이 남아 있는 것은 이제 그 칠현금 한 곳뿐이었다. 왕은 늘 그게 꺼림칙하게 마음에 걸렸다. 그래서 그는 드디어 그 칠현금의 무현까지도 마지막으로 없애버리기로 결심하고 지엄한 명령을 내렸다.

—차후 이 나라의 모든 악기에서는 무현을 삭멸하라. 이는 오로지 전쟁을 싫어하고 만백성을 평화 속에 안존케 하려는 짐의 뜻이니 만약 이를 이행치 않는 자는 가차 없이 벌하리라.

그는 악기의 소리에서마저 전쟁의 흔적을 없애서 나라의 평화를 더욱 안전하게 하고 싶었던 것이다.

왕명대로 모든 악기에선 곧 무현이 제거됐다. 이제 나라 안에 전쟁을 상기시키거나 호전성을 자극할 흔적은 아무것도 없었다.

그런데 이게 어찌 된 심판인가. 그 칠현금에서마저 마지막으로 전쟁의 흔적이 사라져버리자 그토록 평화롭던 이 나라에 갑자기 다시 싸움이 일어났다…….

"물론 이건 정설이 아닌 야화에 불과한 얘기겠지."

송은 이제 이야기를 끝맺으려는 듯 그렇게 말하고 나선 잠시 입을 다물었다가,

"하지만 이 에피소드에는 묘한 진실이 있어."

그것이 무엇인지 알아냈느냐는 듯 조용히 좌중을 둘러보았다. 그 눈길은 부드러우면서도 우리들 모두에게 그 대답을 강요하는 날카로운 추궁기가 깃들어 있었다.

그러나 아무도 그의 추궁에 입을 열려고 하지 않았다. 송에게 그것을 물으려 하지도 않았다. 그것은 그때 우리 모두가 벌써 자신의 해답을 가지고 있다는 증거이기도 하였다.

한동안 침묵만 계속되었다. 그러더니 이윽고 송이 그런 우리들의

마음을 읽은 듯 더 이상 기다리지 않고 천천히 자리를 일어섰다. 그리고는 한두 발짝 출입구로 걸어가다 말고,

"자 그럼 난 이제 '기적' 이여 안녕이다."

마치 손이라도 흔들고 싶은 어조로 말하고는 어둠 속에 텅 빈 밤의 역 광장을 한참이나 멍하니 내다보고 서 있다가 뚜벅뚜벅 무거운 발걸음으로 '기적' 의 문을 걸어나가버렸다.

우리는 아무도 그를 말리지 않았다.

그러니까 '기적' 에서의 송은 그것이 마지막이었다. 아니, 송뿐만이 아니라 다른 친구들도 다 같이 함께 '기적' 에 모인 것은 그날 밤이 마지막이었다.

예상대로 다음 날부터 송은 정말 '기적' 에 다시 나타나지 않았다. 이날 저녁부터 송뿐만이 아니라 다른 친구들까지도 하나씩 하나씩 차례로 '기적' 을 떠나기 시작했다. 김의 모습이 보이지 않게 되고, 다음 날은 또 누구의 자리가 하나 더 빠지고, 그러다 드디어 시태를 마지막으로 '기적' 은 그들과 완전히 인연을 끊고 만 것이다.

나는 다시 혼자 '기적' 의 창가에 앉아 하염없는 시간을 보내곤 했다. 그러나 한마디 말조차 없이 '기적' 을 떠나버린 위인들을 추호도 원망하고 싶지는 않았다. 나는 그들을 이해하고 싶었다. 그리고 확실히 설명할 수는 없지만, 그 모든 것은 이미 예상을 하고 있던 일이기도 했다.

위인들을 원망하기는커녕 나는 그런 하염없는 시간을 보내면서 무엇인가를 열심히 기다리고 있었다. 그리고 그렇게 무언가를 기다리던 나마저도 미스 홍이 마침내 다른 곳으로 일자리를 옮겨가버린 뒤로는 다방 문을 닫고 옛날처럼 집으로 들어앉아버렸다. 집에 들어앉아서도 나는 여전히 무엇인가를 기다리고 있었다.

그러자 이윽고 그 일이 일어나기 시작했다. 신문과 잡지에 그 '기

적' 의 친구들의 이름이 하나하나 다시 나타나기 시작한 것이다. 다시 말하지만 나는 그들의 작품이 어떤 가치를 지닌 것인지, 그것은 잘 알 수도 없거니와 함부로 말을 할 수도 없다. 그러나 어쨌든 위인들이 그 '기적' 을 떠난 후 어느 때부턴가 다시 작품을 쓰기 시작한 것은 틀림없는 사실이었다.

그러나 아직도 그 이름을 찾을 수 없는 사람이 꼭 한 사람 있었다. 그것은 송이었다. 나는 여전히 기다리고 있었다. 그러나 아무리 기다려도 송의 이름은, 그의 작품은 끝내 발견할 수가 없었다…….

자, 그럼 이제 서투르고 지루한 나의 이야기는 여기서 모두 끝을 내기로 하자.

다만 마지막으로 한 번 더 밝혀두고 싶은 것은 내가 이처럼 그의 이야기를 대신해 적어보기로 작정한 게 그러니까 그 이야기에서 받은 감동뿐만이 아니라 그의 이름을 어디서도 발견할 수 없었던 안타까움 때문이라는 점이다. 하지만 이것으로 내가 그를 완전히 대신했다고는 말하지 않겠다. 서투른 글솜씨로 나는 오히려 그 송의 이야기를 헛되이 망가뜨려 놓았을지도 모른다. 그가 당초에 암시하고자 했던 의미를 곡해하여 그에게 본의 아닌 허물을 끼치고 말았는지도 모른다.

그 모든 점에 자신이 없고 두렵기만 하면서도 내가 이 이야기를 세상에 내놓게 된 것은, 다만 그 일을 끝내고 난 지금도 이 같은 내 무모한 시도가 아직 크게 후회가 되지 않는, 그런 어떤 주제넘은 조바심 같은 것 탓이랄까. 하긴 아직도 나는 어디선가 송 시인의 이름이 발견되기를 기다리는 중이고, 이 이야기도 언젠가는 그 자신에 의해 다시 씌어지기를 바라고 있는 터이지만 말이다.

아무쪼록 독자 여러분의 아량을 빌 뿐이다.

《월간중앙》, 1970년 5월호

박완서

• • • • •

1931년 경기 개풍 출생
장편소설 『나목』이 《여성동아》 장편소설 공모에 당선되며 등단.
『나목』, 『목마른 계절』, 『세상에서 제일 무거운 틀니』, 『그해 겨울은 따뜻했네』, 『미망』,
『그 많던 싱아를 누가 다 먹었을까』 등이 있음.
한국문학작가상, 이상문학상, 대한민국문학, 현대문학상 등 수상.

지렁이 울음소리

남편은 TV 채널 돌리는데 독특한 기술을 가지고 있었다. 7에서 9로, 9에서 11로, 이 매혹적인 홀수에서 홀수로 옮아가는 길에 아무리 바빠도 거쳐야 하는 8이나 10이란 공허한 짝수를 용케도 냉큼냉큼 건너뛰어 곧장 7에서 9로, 9에서 11로, 또 11에서 9로, 9에서 7로 전광석화처럼 채널을 돌리는 것이었다. 이렇게 그는 일 초의 십 분의 일도 치를 떨게 아까워하며 바보에서 반벙어리로, 반벙어리에서 폭군으로, 폭군에서 계모로, 계모에서 악처로, ××쇼에서 ○○쇼에서 △△쇼로 깡충깡충 구경을 즐겼다.

남편에게 TV 구경말고도 꼭 TV 구경만큼이나 즐기는 게 또 하나 있다. 그것은 군것질이었다. 그는 꼭 이 두 가지를 동시에 즐기려 들었다. 술이나 담배를 전연 못하는 그가 주로 즐기는 군것질은 감미甘味가 몹시 짙고도 말랑한 것이어서, 단팥이 잔뜩 든 생과자라든가 찹쌀떡, 시골에서 고아온 눅진한 조청 따위를 맛있게 먹으며 입술 언저리를 야금야금 핥으며, 몸을 이리저리 뒤척이며 줄기차게 연속극과 쇼에 재미나했다. 아니 연속극도 맛있어하더라고 하는 편이 옳을지도 모른다. 나에겐 그가 흡사 연속극도 단팥과 함께 먹고 있는 것같이 보였기 때문이다. 실상 두뇌나 심장이 전연 가담하지 않은 즐거움의 표정이란 음식을 맛있어하는 표정과 얼마나 닮은 것일까.

이를테면 어떤 연속극은, 거피한 다디단 흰팥이 노르께하게 구워진 겉꺼풀에 살짝 싸인 구리만주 같은가 자못 우물우물 맛있어하는가 하면, 어떤 연속극은 찐득하니 꿀같은 팥을 얇은 찹쌀꺼풀로 싼 찹쌀떡 맛인가 짜닥짜닥 맛있어하고, 어떤 연속극은 백항아리에 담긴 눅진한 수수조청을 여자처럼 토실한 집게손가락에 듬뿍 감아올려 빨아먹는 맛인가 쪽쪽 맛있어하고, 이 정도의 차이를 바보와 벙어리 사이에, 벙어리와 폭군 사이에 보였을 뿐 결코 어떤 감동은커녕 안타까움이라든가 동정 흥분을 나타내는 일이 없었다.

그는 그냥 맛있어하고, 맛있음을 그냥 즐겼다.

그는 신문이나 잡지 또는 뜬소문을 통해 그에게 전해지는 온갖 세상사도 TV 연속극 보듯이 즐겼고, 그가 브라운관 속에서 일어나는 일을 자기 일로 착각하는 따위의 어리석은 구경꾼이 아닌 것처럼 세상사와 그와의 행복을 연관지어 생각하는 따위의 주제넘은 짓은 절대로 하지 않았다.

그의 일상은 다만 편안하고 행복했다. 그렇다고 그에게 아주 근심이 없는 것은 아니었다. 심심하지 않을 만큼 그에게 근심이 생겼지만 그는 아주 신속히 그 근심의 해결책을 발견하고는 그 근심이 없었던 때보다 한층 더 행복해졌다.

현대란 얼마나 살기 좋은 시댄가? 현대가 청부 맡을 수 없는 근심걱정이란 게 도대체 있을 수 있을까? 한 가지의 근심을 위해 여남은 가지도 넘는 해결책이 아양을 떨며 달려드는 시대인 것이다.

어느 날, 남편은 그의 정력이 전만 못하다고 느낀다. 제기랄, 마흔을 넘긴 지가 엊그제 같은데 벌써 이게 무슨 꼴이람. 그러나 그는 결코 오래 비참해할 필요가 없는 것이다. 아주 신속히 아주 신효한 정력제의 이름을 알아내고야 말았기 때문이다.

그걸 구태여 어디서였다고 설명할 필요는 없다. 출근 버스 속에서 소나기처럼 쏟아지던 CM송에서였는지, 친구들의 음담패설에서였는지, 7에서 9로, 9에서 11로의 그 전광석화같은 잇짬에서였는지, 하여튼 그 방면의 뜻만 있다 하면 곧 그것은 얻어지게 마련이었고, 그 정력제의 효과야말로 어쩌면 그 호들갑스러운 선전이 무색하지 않을 만큼 그렇게도 신통한 것일까?

감기도 몸살도 흰 머리칼도, 남편에게 일어날 수 있는 이런 자자분한 불행들은 다 같은 방법으로 재빨리 해결을 보고 이런 것들 말고 딴 불행이 일어날 가능성이라곤 조금도 없었다. 왜냐하면 그는 은행이란 안전한 직장에서 순조로운 승진을 하고 있었고 자기 몫의 수익성이 있는 부동산이 있었고, 건강한 자식들과 아름다운 아내가 있었으니 말이다. 거듭 말해두지만 그는 편안하고 행복했다.

그런데 이렇게 행복한 남편의 아름다운 아내인 나는 TV 연속극도 단것도 안 좋아했다. 나는 단 것이 이나 위장에 해롭다고 믿고 있었고 TV는 바보상자라는 말에 깊이 공감하고 있었고, 연속극이 퇴폐적이고 단세포적 어쩌고저쩌고 하며, 자못 고상하고도 혹독하게 매도되는 소리에 귀 기울이기를 즐겼다.

나는 내가 누릴 수 있는 온갖 편한 것의 혜택의 편이 아니고 늘 그 해독의 편이었다. 불량식품, 부정식품, 살인가스, ××공해에다 또 ○○공해…… 아아, 현대란 얼마나 살기 힘든 끔찍한 시댄가.

남편이 정력제를 복용하자 정력제의 해독을 굳게 믿는 나는 그 호르몬제가 남편의 체내에서 도착倒錯을 일으켜 가뜩이나 여자처럼 섬세한 피부를 가진 남편의 유방이 수밀도처럼 부풀어오르리라는 예감으로 전전긍긍하였고, 머리 염색제의 과용으로 곧 머리가 홀랑 벗어

지리라, 풍만한 유방을 가진 대머리, 그런 그로테스크한 상상으로 몸서리를 쳤다. 그러고 보니 내 생활이란 게 너무 무사태평해 난 좀 심심했었나보다. 아아, 심심하다는 것은 불행한 것보다는 사뭇 급수가 떨어지는 불행이면서도 지독한 불행일 때가 있다.

그러나 나는 내가 혹시 불행한 거나 아닌가 하는 의혹을 가져볼 수조차 없었다. 꼭 제 시간에 들어올 뿐더러 들어올 때마다 케이크 상자를 잊은 적이 없는 남편, 그뿐일까, 건강하고 ××은행의 지점장, 그뿐일까, 빌딩이라고 부르기는 좀 뭣하지만 꽤 길목이 좋은 곳에 있는 이층 점포까지 부모의 유산으로 물려받아 또박또박 적지 않은 월세까지 들여오는 남편에 알토란 같은 삼남매까지 둔 여자가 어떻게 감히 불행할 수 있단 말인가? 벼락을 맞을 노릇이지.

다달이 집세를 가지고 들어와서는 아까워서 죽겠다는 듯이 다시 한 번 침을 묻혀 어루만지듯이 세어보고 내놓는 점포 이층 미장원의 올드 미스, 월세를 꼭 보수保手로 가져와 거만하게 디미는 양장점의 과부 마담, 독촉을 받고서도 보름은 넘어 끌다가 들어와서는 불경기 타령을 한 시간 가량 늘어놓고 헌 돈으로만 골라 내놓는 식품점 주인인 오남매의 아버지, 이런 사람들이 내 팔자를 얼마나 부러워하고 샘을 내고 있나를 나는 너무도 잘 알고 있다. 그뿐일까, 친정 일가 시집붙이들의 입방아에 끊임없이 오르내리며 때로는 우리 두 내외의 궁합이 들먹여지기도 하고 내 관상이 들춰지기도 하며, 행복이란 바로 이런 것이다라는 산 표본이 돼주고 있는 내가 아닌가. 이런 내가 어떻게 감히 불행할 수 있단 말인가.

이를테면 나를 부러워하는 내 이웃들이야말로 나를 행복이란 영지領地에 가둬놓고 꼼짝 못하게 하는 울타리 같은 거였다. 울타리가 있는 한 나는 행복할 수밖에 없었고, 내가 행복한 한 울타리는 있을 수밖에 없었다. 이런 묘한 상관관계는 꽤 질긴 것이어서 나는 평생 거기서부터 자유로워질 수 있을 것 같지 않았다. 나는 이렇게 행복을 철석같이 믿고는 있었으나 행복한 것의 행복감과 무관했다.

만약 나에게 아이들만 없었다면, 그리고 그중 한 아이가 일으킨 조그만 사건만 없었다면 내가 내 행복을 타진해볼 기회란 아마 영영 없었을 것이다.

맏아들이 고등학교 이학년이 되자 차츰 대학입시 준비를 시켜야겠다고 벼르는데 느닷없이 이 녀석이 미술대학을 가겠노라고 하는 게 아닌가? 남편은 한마디로 어처구니없어했다.

"너는 서울 상대를 가야 해. 그래야 은행이나 큰 기업체 취직을 바라보지. 뭐니뭐니 해도 생활 안정이 제일이니라. 봐라. 지금의 네 애비를. 뭬 그릴 게 있나. 뭬 걱정인가. 장차 버둥다리치고 먹고 살려고 하는 고생인데 그래 그게 싫어 뭐 미술대학이나 가겠어? 이런 못난 놈."

남편은 말끝마다 자기 스스로를 예로 들어가며 안정된 생활의 행복을 찬양하고 또 찬양하며 아들을 타일렀다.

"봐라. 지금의 네 애비를. 뭬 그릴 게 있나."

이 말을 할 때마다 남편의 입가에 떠오르는 득의와 회심의 미소가 나는 싫고 징그러워, 남편의 그런 미소가 형편없이 구겨질 일이 일어나기를 옆에서 간절히 바랐다. 그러나 끝내 부자간에는 아무 일도 일어나지 않았다. 아들은 다소곳이 아버지의 말을 경청하더니 열심히 과외공부를 해보겠다고 했다. 행복한 집답게 부자간의 언쟁도 해피엔드였다.

그러자 내 내부에서 별안간 힘찬 반란이 일어났다. (그것만은 안돼. 그것만은 참을 수 없어. 그럴 수는 없어.)

일찍 들어와서 따뜻한 아랫목에 누워서 연속극과 조청을 맛있게 맛있게 먹는 게 남편인 건 어쩔 수 없다손 치더라도 그게 장차의 내 아들인 것은 도저히 참을 수 없는 일로 여겨졌다.

나는 그 후에도 심심하면 "그럴 수는 없다"라고 혼자 도리질까지 해가며 중얼거리는 일이 잦았다. 아니, 심심할 때뿐만도 아니었다. 외출하려고 체경 앞에서 검은 비로드 코트 위에 은빛 밍크목도리를 두르는 그 쾌적한 순간에도, 문갑 위 수반의 카네이션이 TV 연속극의 소박맞은 여편네의 통곡소리에 가늘게 떨고, 한결같이 편안하고 맛있는 얼굴로 구경을 즐기던 남편이 조금이라도 거북한 듯 몸을 뒤척이면 내 무릎을 내주기 위해 앉음새를 무너뜨리며 모나리자 같은 미소라도 띠어야 할 화평의 한때에도 "그럴 수는 없어. 그것만은 참을 수 없어" 하는 격렬한 외침이 심한 딸꾹질처럼, 오장육부에 경련을 일으키며 치솟았다.

물론 나는 내 이런 분별없는 딸꾹질을 한 번도 밖으로 토해내는 일이 없이 잘 삼켰기 때문에 표면상 아무 일도 일어나지는 않았지만 내부는 딸꾹질의 내공內攻을 받아 조금씩 교란되고 있었다. 매일매일 조청과 정력제와 연속극을 물리지도 않고 맛있게 삼키는 오동통한 중년의 남자가 내 남편이란 게 몹시 억울하게 여겨지는가 하면, 내가 갖고 있는 행복의 조건들이 표절한 미사여구처럼 공소하게 느껴지기도 했다.

나는 간간이 제법 불행한 얼굴을 하고는 살림살이를 시들해하고 귀찮아했다. 그럴 법도 했다. 결혼한 지 이십 년은 줄창 행복하기만 했으니 이제 어지간히 행복에 지칠 때도 되지 않았겠는가.

나는 고운 리본을 오려서 꽃을 만든다. 내가 아마 권태기에 처해 있을 거라고 단정한 어느 친구의 권고로 시작한 취미생활이었다. 그 친구는 참 많은 것을 알고 있었다. 권태기의 취미생활, 권태기의 화장법, 권태기의 식생활, 권태기의 성생활…… 얼마든지 알고 있었다. 내 남편이 알고 있는 정력제의 가짓수만큼도 더 많은 권태기의 요법을 알고 있었다.

나는 너무 쉽게 꽃만들기를 익힌다. 둥그런 채반에 노란 개나리가 치렁치렁 늘어지고 또 늘어진다. 양귀비도 만들고, 모란도 만들고, 등꽃도 만들고, 장미도 만든다. 어때요? 남편에게 자랑까지 해본다.

"호오, 당신에게 이런 재주가 있었다니. 이 개나리는 꼭 진짜 같구려. 참 좋은 세상이야. 난 요전에 친구녀석 차에 가지에 달린 채 매달린 귤을 진짜인 줄 알고 따먹을 뻔 했다니까."

"그래서 좋은 세상일 게 뭐 있어요? 잡숫지도 못했으면서……."

"그게 진짜면 녀석 차에 그렇게 맨날 그대로 매달려 있을 수가 있겠어. 그러니 얼마나 경제적이야. 당신도 이젠 솜씨를 익혔으니 그까짓 생화를 왜 사겠어."

나는 불현듯 겨울의 남대문 꽃시장에 있고 싶어진다. 그 따습고 난만한 고장에. 국화, 카네이션, 금잔화, 동백, 프리지어, 튤립, 사이네리야…… 이런 꽃들이 어우러진 훈향, 갓 들어온 꽃의 신선한 훈향, 어제 들어온 꽃의 난숙한 훈향, 그제 그그제 들어온 꽃들과 잘못 다루어 떨어뜨려 짓밟힌 채 썩어가는 꽃잎과 이파리의 퇴폐적인 훈향. 콧방울을 팽배시켜 이런 훈향을 가슴 가득히 들이마실 때의 즐거운 현훈眩暈, 뜨거운 부정不貞을 청정하게 저지를 것 같은 설렘, 십 년은 젊어진 것 같은, 아니 이십 년 전 청순과 방일放逸이 조금치의 모순도 없이 공존하던 십구 세의 나날 같은 자유, 이런 것들을 그 고장에서 누리고 싶었다.

그러나 다음다음날쯤 내가 실제로 그 고장에 들렀을 때 집에서 조바심했던 것 같은 짙은 즐거움을 누릴 수는 없었다. 나는 마치 배반을 당한 후처럼 고독하고 우울해질 수밖에 없었다.

나는 그 후에도 그것 비슷한 조바심을 하고 나들이를 나서는 일이 잦았다. 느닷없이 고속버스를 타고 가 낯선 고장에 내리고 싶다든가 박물관에 가 맏며느리처럼 무던한 이조 백항아리 앞에 서고 싶다든가 이런 생각이 떠오를 때마다 소풍 전야의 국민학생처럼 들떴다가도 막상 그 짓을 해보면 심심했다. 그럴 밖에 없는 것이 내가 시도해본 그런 짓들이란 게 아무리 엉뚱해도, 그 행동반경이 내가 속한 울타리 밖으로 벗어나본 적이란 없었으니까.

"실례지만…… 혹 숙이가 아닌지."

남자는 반말을 하려다가 뒤늦게 아까운듯이 "요" 소리를 보탠다. 그날도 나는 심한 조바심과 짜증 끝에 일없이 싸돌아다니다가 어떤 다방에 들러서 쉬고 있었다. 허술한 중년의 남자가 스스럼없이 내 옆에 앉으며 아는 척을 했다.

"댁은?"

나는 새침하니 그로부터 좀 떨어져 앉으며 짧게 물었다. 여자 이름의 '숙' 자 돌림이란 김씨 성만큼도 더 흔하다. 그런 얕은 수에 넘어가 흐들흐들 웃을 수도 없지 않은가.

"아니 정말 나를 모르겠어, 요?"

이번에도 반말을 하려다가 가까스로 "요" 소리를 하며 답답한듯 자기 손으로 자기 얼굴을 가리킨다. 그런 동작이 제법 활달하고, 양복 소맷부리가 닳아서 풀어진 올이 몇 가닥 늘어져 있는 게 뵌다.

낯익다. 얼굴이 아니라 소매부리에 늘어진 몇 가닥 올이.

"어머머, 욕쟁이, 아니아니 저 이태우 선생님 아니세요?"

"그래그래 이제야 알아보누만. 이태우야. 아니 아니 욕쟁이야. 하하하……."

이번엔 거리낌없이 "요" 소리를 떼버리곤 크게 웃는다.

어쩜 여직껏 소매부리에 닳아서 풀어진 올을 늘어뜨리고 다닐게 뭐람. 이십 년 전 여학교 시절의 젊은 국어선생은 지금 못 알아보리만큼 늙었지만 소매부리에 늘어진 올과 큰 팔짓만은 그때 그대로다.

"조금도 안 변하셨어요."

"안 변하긴 처음엔 알아도 못 보고선."

그는 내가 변하지 않았다고 한 것을 늙지 않았다는 말로 받아들인 모양이다. 그러나 인사성으로라도 안 늙었다고는 할 수 없게, 물론 그 사이에 흐른 이십 년을 가산하고 봐주더라도 그는 너무 늙어 있었다. 꽤 멋있던 이였는데.

"숙이도 날 알아보자 내 별명이 먼저 생각났나보지?"

"딴 애들도 더러 만나셨드랬나요?"

"별로…… 간혹 만나면 또 뭘하나, 도망가기에들 바쁜걸. '욕쟁이'니 '분통'이니 외마디 소리를 지르면서 말야. 여학생들이란 가르쳐봐야 다 그렇고 그런거지 뭐."

그런 말을 하면서도 개탄하거나 괘씸해하려는 눈치가 전연 안 보인다. 세상에 허망한 게 어찌 여학생 가르치는 것뿐이랴, 온통 다 사는 것이란 그렇고 그런 것이지 하듯이 담담했다. 나는 어쩐지 그런 그가 나를 속이고 있는 것 같았다. 애당초 내가 이 이십 년 동안에 마흔 살은 집어먹은 듯 늙어버린 그를 이태우 선생이라고 쉽게 알아본 게 어찌 소매부리로 늘어진 몇 가닥 올 때문만이었을까?

그는 가슴속에 분통憤痛을, 욕을 간직하고 있을 터였고, 안주머니에 두둑한 지폐뭉치를 간직하고 있는 자가 그 나름으로 독특한 표정을 가지고 있듯이 그는 욕쟁이라는 그 자신의 별명에 어울리는 그 독특한 표정이 있었다. 나는 아직도 선명하게 기억하고 있다. 그가 욕을 잔뜩 참고 있을 때의 암울하고 고뇌로운 표정을. 참다못해 드디어 욕을 배설하려는 찰나의 반짝하도록 빛나는 표정을. 그 순간적인 섬광을. 방금 내가 그를 알아보았을 때도 나는 그런 것들을 보았을 터였다. 아니 보았기 때문에 알아봤을 터였다. 그런데 그는 왠지 나를 아주 속여보려고 작정한 모양이다. 좀체 그의 본색을 드러내지 않는다. 본색을 감춘 그는 흡사 쉬 개발될 것 같지 않은 변두리의 복덕방 영감

같다.

"선생님도 그래 도망가는 녀석들을 그냥 두셨어요? 붙들어서 한바탕 욕을 해주실 일이지."

나는 어떻게든 그를 다시 욕쟁이로 만들어야 했다. 만약 그가 잊었다면 기억시켜서라도.

"설마 내가 아직도 욕쟁이일라구. 그때만 해도 어지간히 철딱서니가 없었나보지. 여학생을 앞에 놓고 맨날 점잖지 못한 험구만 늘어놓았었으니."

그는 겸연쩍은 듯이 뒤통수를 긁으며 축 처진 탁한 소리로 길길길 웃는다. 그럼 그는 몰라보게 늙었을 뿐 아니라 몰라보게 점잖아지기까지 했단 말인가?

이십여 년 전 A여고의 국어선생으로 젊고 패기만만하고 훤칠하기까지 해서 여학생들의 사춘기적 짝사랑을 한몸에 받으면서도 '욕쟁이'란 과히 멋있지 못한 별명을 얻은 데는 그럴만한 이유가 있었다.

해방 후 미군정에서 정부수립을 전후한 시기, 당시만 해도 여학생들이 꼭 대학에까지 진학하려 들지도 않았거니와 뚜렷한 대학입시 요강이 있는 것도 아니었고, 아직 지정된 국정교과서조차 없었던 때라 상급반의 국어시간이란 시간 배당만 많지, 자연히 교사 재량으로 시시하게 보낼 수도 알차게 보낼 수도 있는, 융통성이 많은 시간이 될 수밖에 없었다. 이태우선생은 열심히 독립선언문을 설명하다가 하품소리가 들리고 분위기가 조금이라도 따분해질 양이면 별안간 걸찍한 소리로 익살과 군소리를 섞어가며 「용부가庸婦歌」를 뽑아 아이들을 웃겨놓고 「청산에 살어리랏다」나 「가시리」 같은 고려가요를 흥겹게 읊조리며 혼자 도취하다가 정색하고 윤동주의 시를 딴 사람같이 젖은 목소리로 정성스레 낭송해 들려주기도 했다. 아주 정성스럽고도 감동스레. 몇 번이고.

나는 지금도 욀 수 있다. 그때 이태우 선생이 외던 것처럼 정성스레 "죽는 날까지 하늘을 우러러 한 점 부끄럼이 없기를, 잎새에 이는 바람에도 나는 괴로워했다……"라든가 "괴로웠든 사나이, 행복한 예수 그리스도에게처럼 십자가가 허락된다면 모가지를 드리우고 꽃처럼 피어나는 피를 어두워가는 하늘 밑에 조용히 흘리겠습니다" 따위를. 그리고 그때의 그 피가 말개지고 정신이 고상해지는 듯한 기분까지 지금 다시 되살릴 수 있다.

이렇게 해서 한 번 딴길로 흐르기 시작한 수업은 좀체 제자리로 돌아오지를 않고, 드디어는 국어교과와는 전연 상관없는 딴길로 들고, 그럴수록 이태우 선생은 점점 신이 났다. 이것저것 닥치는 대로 세상사에 참견을 하고 비분강개를 터뜨렸다. 모든 것이 뒤죽박죽인 시대였다. 좌우대립으로 정계가 불안한 틈에 모리배와 정상배가 미군정을 둘러싸고 혀 꼬부라진 영어를 씨부렁대며 사욕을 채우고, 친일파가 한층 극성맞게 탐스럽게 애국과 민주주의를 노래 부르고, 또 부를 때다.

이태우 선생은 악을 써가며 이런 것들을 개탄하고 때로는 누구누구 이름까지 쳐들어가며 욕을 하는가 하면 그때 이미 조금씩 싹수가 보이기 시작한 금전만능의 풍조를 고래고래 소리를 질러가며 경계했다. 그의 욕은 걸찍하고 거침없었고 흥분해서 팔을 휘두를 때는 으레 낡은 양복 소맷부리에 풀어진 올이 몇 가닥 너덜댔다.

때로는 그 당시 거의 전 국민적인 숭앙을 받던 이승만 박사에게까지 욕을 퍼붓는 수가 있어 듣는 쪽이 오히려 식은땀을 흘릴 지경이었는데도 빨갱이라고 내쫓기지 않고 견딘 것은 아마 교장과 동향인 이북 출신, 자유를 찾아 38선을 넘은 월남민이었기 때문도 있겠고 학생들 사이의 인기 때문도 있었을 게다.

그의 이런 비분강개는 웅변이면서도 웅변에 따르는 허황함이 없이, 듣는 사람에게 절실하게 와닿는 무엇이 있었다. 무릇 비분강개란 다분히 냉소적이기 마련이고, 신랄하면 신랄할수록 당사자는 초연한 입장이거나 스스로의 독설에 취하는 정도가 고작인데 그의 그것은 좀 달랐다. 그는 통분이 절정에 달했을 때 꼭 등줄기에 커다란 등창이 몹시 쑤시는 듯한 얼굴을 했다. 그것이 조금도 쇼 같잖고 어찌나 실감이 나는지 보고 있던 나도 덩달아 등줄기에 어떤 아픔이 전류처럼 흘렀더랬다고 기억된다. 그는 아마 그 시대의 병폐를 남의 상처로서 근심한 게 아니라 자기의 등창으로 삼고 앓고자 했던 것이다. 그만큼 그는 그 시대를 사랑했었나보다.

그는 이런 소리도 했다.

"내 별명이 욕쟁이지, 아마. 변명할 여지가 없다. 그렇지만 말이다, 내 자유, 내 민주주의엔 적어도 사연이 있단 말이다. 기막힌 사연이. 그것을 위해 내 부모, 내 고향, 내 목숨까지 걸었었거든. (아마 38선을 넘은 얘기인 모양이다.) 그게 썩고 병드는 것을 어찌 얌전하게 보고만 있을 수 있겠니? 귀한 자식에게 매질하는 아픈 마음으로 하는 욕이지 미워서 하는 욕은 아니니라."

그가 '자유'와 '민주주의'를 입에 담을 때의 표정을 뭣에 비길까? 신령님을 받드는 무당, 무지개를 우러르는 소년, 진열장 속의 다이아몬드를 선망하는 가난한 연인들, 풀 끝에 아침이슬을 보는 서정 시인, 삼 년 기근 끝에 처음으로 이밥을 혀끝에 굴려보는 농민, 그런 것들에게나 비길까. 아무튼 나는 지금도 그가 읊던 「가시리」와 그가 읊던 윤동주의 시는 그대로 흉내 낼 수 있어도 그가 읊듯이 '자유'와 '민주주의'를 그렇게 다디달게, 그렇게 경건하게 발음할 수는 도저히 없다. 그의 사연 같은 사연이 나에겐 없기 때문일까.

"숙이 소식은 언젠가 한 번 들었지. 아주 잘살고 있다고?"

나는 마땅히 "네" 하고는 남부러울 게 없는 중년 부인다운 여유와 기품 있는 미소라도 지어 보여야 했다. 그러나 그게 여의치 않았다.

나는 어느 때보다도 심하게 편안한 것, 행복한 것과 나와의 위화감을 느끼고 있었다.

"그렇지만 그때가 좋을 때였어요. 선생님께 배울 때가."

"하하하 즐거운 여고시절이라 이말인가? 꼭 시체 유행가 구절 같군."

그는 예의 탁하고 처진 소리로 길길길길길 오래 웃었다. 욕에도 찌꺼기라는 게 있다면 아마 저 '길길길길길'이야말로 그거로구나 하는 생각이 든다. 나는 아직도 그에게서 욕을 기다리고 있었다. 그가 아직도 욕쟁이이길 바라고 있었다.

"선생님 아직도 교직에?"

"아니 벌써 언제 고만뒀다구. 사변 치르구 아마 서너 해나 해먹었더랬나 몰라."

"왜요?"

나는 나무라듯이 날카롭게 물었다.

"돈도 좀 벌고 싶고, 선생질이 어지간히 싫증도 나고 해서. 제기랄, 교실에 사제지간에 감동이란 게 없어지고 보니 무슨 맛으로 지랄을 하겠어. 잘난 지식 장사를 하느니 차라리 보따리장사를 하지."

나는 조금씩 기뻐하고 있었다. 그가 욕을 시작할 기미를 보였기 때문이다.

"그래서요?"

"뭐가 그래서야. 이것저것 한마디로 불운의 연속이야. 그렇다고 해서 내가 아주 운을 못 만난 게 아니고 일의 어떤 고비에서, 어떤 일에고 고비가 있게 마련이거든, 그 중요한 고비까지 잘 밀고가던 내가 갑자기 그 결정적인 고비에서 불운의 편을 들고 말거든."

그리고 어처구니없다는 듯이 길길길길길 꼭 욕의 찌꺼기 같은 웃음을 오래 웃었다. 나도 따라서 우습지도 않은 코미디를 보고 웃는 식모처럼 헤프게 킬킬댔다.

"정말야. 불운이 날 잡은 게 아니라 내가 불운을 잡았다니까."

문득, 나는 내가 여지껏 당면한 모든 편하고 좋은 것의 혜택의 면보다 그 해독의 면을 먼저 보는 내 비정상적인 감수성은, 실은 내 천성이 아니라 바로 이 이태우 선생으로부터 그렇게 길들여진 것이다, 나는 그의 가르침의 결실인 것이다라는 생각이 들었다. 나는 그의 욕을 좋아했거든. 그래서 그를 닮고 있었던 거야.

"참, 누굴 기다릴텐데? 누구? 오야지? 자릴 비켜줘야겠군. 실은 저기서 내 친구놈들이 아까부터 찡긋찡긋 쑥떡쑥떡 야단이로구만."

이태우 선생은 궁둥이를 들며 얼마 멀지 않은 자릴 턱으로 가리켰다. 그곳엔 중년에서 노년에 걸친 허술한 남자들이 댓 명이 이쪽을 보고 징그럽게 웃고 있었다. 그는 자리를 뜨며 뭔가 결심한듯 주먹으로 테이블 귀퉁이를 탁 내리치더니

"요오시, 이번엔 기마에로 앗싸리 쇼오불 쳐버려야지." 했다. 그가 그쪽 자리로 옮겨가자 일제히들 길길길길길 웃어대는 소리가 들렸다. 이번 길길길은 욕의 찌꺼기가 아니라 누추한 색정의 찌꺼기 같은 거였다. 나는 구정물을 뒤집어쓴 듯이 불쾌했다. 비단 '길길길' 때문만은 아니었다. '오야지' 니 '요오시' 니 '기마에' 니 '앗싸리' 니 '쇼오부' 니 하는 소리를 이태우 선생의 입에서 듣다니 기가 막혔다.

그가 욕쟁이 국어선생이었을 시절, 그때만 해도 여학생들의 언어생활에서 일본말이 완전히 청산되지 않았을 때였다. 그는 국어선생다운 결백성으로 어쩌다가라도 귀에 들어오는 일본말을 절대로 그냥 지나치는 일이 없이 장본인을 찾아내어 핀잔을 주고, 그러다가 흥분하면 욕도 했다.

"이 자식들아 그래 너희들은 밸도 없나. 그 지긋지긋한 왜놈의 말을 또 입에 담아. 또다시 내 귀에 그 간사한 왜말이 들어왔단 봐라. 노

예근성이 뼛속까지 박힌 놈으로 알고 회초리로 다리몽둥이를 분질러 뜨려놀 테니까."

눈을 부릅뜨고 이런 지독한 소리를 했다. 그 이태우 선생이 뭐 앗싸리 쇼오부를 칠테라고?

나는 그들 쪽을 돌아보지도 않고 물론 이태우 선생에게 따로 인사도 없이 그냥 그 다방을 나왔다. 재수 나쁜 날이었다.

그러나 그 후 며칠이 지나자 나는 자꾸만 그 다방에 다시 가보고 싶어졌다.

나는 '길길길' 도 '앗싸리 쇼오부' 도 쉽게 잊어버렸다. 다만 등창의 아픔을 참고 고래고래 소리치던 그의 비분강개만은 잊을 수가 없었다. 나는 그것을 좋아했던 것이다.

그가 지금 와서 욕쟁이가 아닌 척하는 것은 참을 수 없는 배신이다. 나는 그의 배신을 용서할 수 없다. 어떻든 그를 다시 욕쟁이로 만들고 말테다.

그의 욕이 내 생활을 꿰뚫고 내 행복을 간섭하고, 그의 욕이 이 기름진 시대를 동강내어 그 싱싱한 단면을 보여주며 이것은 허파, 이것은 염통, 이것은 똥집, 이것은 암종, 이것은 기생충 하고 고래고래 소리지르게 하고 싶다. 나는 이런 부질없는 소망으로 몸이 달았다.

참다 못해 나는 다시 그 다방을 찾기 시작했고 몇 번이나 허탕을 친 끝에 그를 다시 만날 수 있었다. 그는 전보다 더 풀이 죽어 있었다. 그는 애가 몇이냐는 둥 남편은 뭘 하느냐는 둥 시시한 소리를 몇 마디 하다가 자기 패거리들한테로 갔다. 그들은 내 쪽을 보면서 요전보다 더 노골적으로 야비하게 길길댔다.

다시는 만나지 말아야지. 나는 구정물을 뒤집어쓴 복슬강아지처럼 온몸으로 진저리를 치며 그 다방을 나왔다.

그러나 나는 며칠 후 다시 그를 만날 수 있는 장소에 나타났고, 그

후 자주자주 만났고, 만나는 장소도 그 길길대는 친구들을 피해 요리조리 호젓한 곳으로 바뀌었다.

우리는 그 사이에 조금씩 서로를 알기 시작했다. 그는 내가 애가 몇이고 내 남편이 뭘 해먹고 사는 사람인가를 알았을 테고, 아마 월수입이 얼마나 되나까지 어림했을 테고, 내가 더할나위 없이 행복하다는 것을 알았을 것이다.

나는 그가 외손주는 보았으나 아직 친손주가 없다는 것, 그도 그럴 것이 외아들이 이제 겨우 고등학생 적이라는 것을 알았고, 사모님이 M백화점에서 양품점을 해서 살림은 그럭저럭 꾸려나가나 집에서의 그의 체면이 말이 아니라는 것을 알았고, 요새 어떤 일을 그 길길대는 친구들과 꾸미고 있는데 곧 잘될 듯 될 듯하면서 아직 잘되지 않았지만 꼭 잘되고 말 것이라는 것을 알았다.

그런데 나는 아직도 그가 욕쟁이일 수 있나, 그 통쾌한 욕의 연료가 될 분노가 조금이라도 그에게 남아 있나, 그것만은 탐지해내지 못한 채였다. 물론 나는 그의 욕을 유치하려고 내 딴에는 지능적으로 그를 꾀어보았으나 그는 지능적으로 내 꾐을 피했다. 그래도 나는 그냥 그가 어느 날엔가 욕을 하리라고 기다리며 바랐다.

자연히 그와의 만남은 내 쪽이 능동적이고 그는 당하고만 있는 셈이었다. 그는 점점 침울해졌다. 그 때문인지, 그의 사업 때문인지 말수도 줄고 길길대지도 않았다. 내 집요한 소망이 그를 시들게 하는 것처럼 그는 하루하루 풀이 죽어갔다.

나는 차츰 그에게서 욕을 짜내기는 건포도에서 포도즙을 짜내기보다 어렵다는 것을 깨닫게 되었다. 나는 그를 만나기를 그만두지 않았다. 내 앞에서 그는 어떻게든 서울대학을 가야 된다는 부모의 광기에 꼼짝없이 사로잡힌 삼 년 재수생처럼 죽고 싶은 얼굴을 했다가, 엉뚱한 학의를 보였다가 했지만 나는 그를 쉽사리 자유롭게 해줄 것 같지 않았다.

우리들의 사귐은 이렇게 기름 안 친 기계의 운동처럼 고단하고 힘들고 쇳소리가 나게 지긋지긋했다.

그래도 나는 그가 다시 욕쟁이이기를 단념 못하고 집요하게 따라다녔다.

나는 본래 천성으로 그렇게 끈덕진 데가 있었나보다.

어머니는 내가 갓난아이 때부터 말 못할 고집쟁이였다고 내가 고집을 부릴 때마다 "쯧쯧 세 살 적 버릇이 여든까지 간다더니" 하며 심히 못마땅해했다. 그리고 세 살도 못 됐을 적 얘길 해주곤 했다.

나는 너무 일찍부터 아우를 봐서 돌도 되기 전에 어머니의 젖은 말라붙었다. 그런데 나는 한사코 암죽도 미음도 안 받아먹고 어머니의 빈 젖만 악착같이 빨았다. 키니네나 고춧가루까지 발라도 막무가내였다. 어머니 젖꼭지는 문드러지고 피가 솟았다. 참다 못해 어머니는 사람 살리라고 처절한 비명을 지르고 결국은 비명을 듣고서야 나는 젖꼭지를 놓아주었다. 어머니도 약아져서 아프기 전에 미리 엄살로 비명을 질러봤지만 소용이 없었다. 고 어린 게 어떻게 알고, 꼭 정 참을 수 없는 비명에만 젖꼭지를 놓아주었다.

"참 지독한 계집애였지." 어머니는 그 얘기를 할 때마다 몸서리를 쳤다.

나는 그때의 나를 조금이라도 기억할 리가 없다. 그러나 그때의 나를 완전히 이해할 수는 있다. 이미 나를 배반하고 젖줄의 방향을 배 안에 있는 다른 생명에게로 바꾼 잔인한 모성에게 내가 기대한 건 이미 젖줄은 아니었을 게다.

그래. 그때 내가 원한 건 젖줄 대신 바로 비명이었던 것이다.

지금의 나도 그때처럼 이미 이태우 선생으로부터 욕을 단념하고 비명이라도 신음이라도 기다리고 있는지도 모른다.

그러던 어느 날, 이태우 선생이 기다리고 있어야 할 다방에 그 대신

리본처럼 접은 편지가 기다리고 있었다. 성의 없이 갈겨쓴 글씨가 지저분하게 비틀대고 있었다.

—숙이, 난 또 한 번 불운을 잡기로 했어. 제기랄. 아마 이게 내가 잡은 불운의 마지막이겠지. 다신 사업 같은 걸 할 것 같잖고 누가 날 한 패거리로 다시 붙여줄 것 같지도 않으니까. 숙이 정말이지, 맹세코 정말이지, 불운이 날 잡은 게 아니고, 내가 불운을 잡았다니까. 들어보겠어. 이번 일도 (다분히 사기성을 띤 일, 돈 없이 버는 일이란 다 그렇고 그렇듯이) 거진 다 된 거래. 마지막으로 도장만 하나 받으면 입으로 굴러 들어온 떡이나 마찬가지라는군. 그런데 그 도장을 쥔 높은 양반이 내 옛 제자라나. 당연히 내가 도장을 받는 일을 맡고 말았지. 실상 난 이번 일을 꾸미는 데 숙이와 재미를 보느라고 (내 패거리들이 한 소리야) 방관만 하고 있었으니 그 일이라도 해야만 면목이 설 판이었어. 그러니 나를 위해선 얼마나 잘된 노릇이야. 힘 안 들이고 생색낼 큰일을 맡게 됐으니. 그런데 난 그 제자라는 높은 사람을 만나보지도 않고 그 일을 하기가 싫어졌어. 제기랄. 내 일은 꼭 이렇게 되고 만다니까. 다시 친구들을 볼 면목도 없게 됐어. 나는 서류 일체를 찢어버리고 내친김에 아주 호주머니를 말끔히 정리하다 보니 숙이와 찍은 천연색 사진이 한 장 남게 되는군. 왜 그때 고궁에서 오 분만에 나온다고 사진사가 어물쩍대며 찍은 거 있잖아. 숙이는 돈만 내고 사진은 별로 탐탁해하지도 않길래 내가 넣어둔 거야. 이것밖엔 지금 나에겐 아무것도 없어. 좀 괴롭군. 독한 소주나 한 병 마시고 싸구려 여관방에서 자고 들어갈까 해. 그런데 이 사진 때문에 좀 이상한 생각이 들어. 그 여관방에 만약 연탄가스라도 들어와 내가 죽는다면 이 사진 내 단 하나의 소지품은 어떤 구실을 할까 하는 생각 말야. 아마 적잖이 숙이를 난처하게 할 거야. 더구나 내 친구들은 숙이와 내가 이상한 사이인 줄 알고들 있으니. 난처해지는 숙이를 상상하는 게 즐거워. 여직껏 숙이가 날 난처하게 한 복수심에서일까? 내가 너무 야비한가? 난 내 즐거운 공상 때문에 그까짓 연탄가스를 기다릴 게 없이 소주에 청산가리를 타 마실까 하는 생각까지 들어. 숙이 겁나지? 그러니 아무리 스승이었다손 치더라도 유부녀가 외간 남자를 괜히 만나는 게 아냐. 이로울 건 하나도 없다니까. 죽어버릴 생각을 하니 그래도 절차는 갖출 만큼 갖춰얄 게 아닌가고 유서 삼아 이것을 쓰는 거야. 내가 좀 치사한가? 그렇지만 안 죽을지도 모르겠어. 청산가리가 그렇게

쉽사리 구해질는지도 모르겠고 연탄가스가 새는 방에 들게 될는지도 두고 봐야 아는 거니까. 그렇지만 우리는 다시는 안 만나는 게 좋겠어. 유부녀가 외간 남자를 자주 만나 이로울 건 하나도 없다니까. 물론 숙이에겐 내가 외간 남자가 아니라 욕쟁이였다는 걸 나는 알아. 그렇지만 숙이, 요새는 나 같은 고전적 욕쟁이의 시대는 아닌가봐. 내가 너무 비겁한가? 그러니 나를 내버려둬줘. 나를 숙이의 기대로부터 풀어줘. 나에게 욕을 조르지 말아줘. 날 고만 쥐어짜. 제발 날 살려줘.

— 소주병을 따기 전 맑은 정신으로 이태우.

추신 : 원 세상에 유서에 살려달라고 쓰는 머저리가 다 있으니…….

그는 이렇게 죽었다. 그가 그날 청산가리를 구했는지, 연탄가스가 새는 여관방이라도 구했는지, 그도 저도 못 구하고 나로부터 잠적한 건지 그것은 모르지만 어차피 나에게 있어서 그는 죽은 것이었다.

일요일 아침이었다. 남편은 늦잠에서 깨어나 이불 속에서 조간신문을 읽고 있었다. 남편이 저렇게 신문을 오래 보는 적은 없었는데, 신문에 가려 남편의 얼굴은 볼 수 없었지만 그의 손이 부들부들 떨고 있지 않은가.

대문짝만한 사진. '의문의 변사체', '품고 죽은 사진', '치정사건', '혼외정사' 이런 활자들의 엄청난 파괴력에 내 울타리가 우르르 유약하게 무너지는 소리가 들린다. 나는 마침내 질긴 내 울타리로부터 자유로워진 것이다. 아니 울타리 밖의 회오리바람 같은 자유 속에 내던져진 것이다. 나는 두렵다. 내가 소유하게 된 자유가. 나는 도저히 그것을 감당할 것 같지 않다. 벌써 비틀대기 시작한다.

나는 정말로 몸의 중심을 잃고 비틀대다가 쟁반에 받쳐들고 온 커피를 요 바닥에 엎질렀다.

"왜 그래? 하마터면 델 뻔했잖아."

남편은 후다닥 놀라며 보고 있던 신문을 치운다. 그는 아직도 키들

키들 웃고 있다.

"미안해요. 근데 무슨 재미있는 기사라도 읽으셨어요?"

나는 안도의 숨을 내쉬면서 아직도 목소리는 좀 떨린다.

"응. 먼로는 시인이었대."

"네?"

"마릴린 먼로 있잖아? 왕년의 육체파 여우女優말야. 그 여자가 글쎄 생전에 시를 썼었다는구만, 아마도 곧 시집까지 나올 모양이야."

"그래 책 광고라도 났어요?"

"급하긴 젠장. 해외토픽이야. 요새 신문에서 볼 거라곤 해외토픽밖에 더 있어? 그렇지만 몬로가 시를 썼다니 사람 웃기는군. 그렇게 몸뚱이가 기막히게 좋은 여자가 뭬 답답해 시를 썼겠어. 책이나 팔아먹으려는 협잡이 뻔하지."

일요일 아침의 남편은 한층 행복하다. 마치 그 '몸뚱이가 좋은 여자'의 몸뚱이를 구석구석 싫도록 주물러댄 경험이라도 있는 것처럼 그 방면에 도통한 듯한 음탕하고 권태롭고 느글느글한 웃음을 흘리면서 기지개를 늘어지게 편다. 나에게 아무 일도 안 일어나고만 것이다. 다만 먼로라도 간음하고 난 척하는 남편이 아니꼬우면 나도 그동안 서방질이라도 한 척 능글스러울 수도 있을 것이다.

침실에 일요일 아침시간이 늪처럼 고이고, 음습하고 권태로운 욕망이 수초처럼 흐늘흐늘 흐느적대며 몸에 감긴다. 나는 남편에게 익숙하게 붙잡힌다. 나에게 그의 먼로가 돼달라는 눈치다. 나는 그의 먼로가 된 채 내가 짜낸 이태우 선생의 비명을, 신음을 생각한다.

"날 놔줘", "제발 날 살려줘", 그건 어떤 빛깔을 하고 있었을까. 지렁이 울음소리 같았을까 몰라. 그 신음을 육성으로 들어두지 못한 건 참 분하다.

《신동아》, 1973년 7월호

쑤안촌村의 새벽

박영한

• • • • •

1947년 경남 합천 출생.
중편 「머나먼 쏭바강」을 《세계의 문학》에 발표하면서 등단.
장편소설 『머나먼 쏭바강』, 『노천에서』, 『왕룽일가』, 『지옥에서 보낸 한철』,
『우묵배미의 사랑』, 『카르마』 등이 있음.
오늘의 작가상, 동인문학상 등 수상.

쑤안촌村의 새벽

"중위님, 길을 잘못 들었습니다. 갈대밭이 나타나지 않고 있습니다. 현재시간 17시 20분입니다."

까랑까랑하면서도 짐짓 정중한, 역시 마이크 중사의 목소리였다. 난 뒤돌아보지 않았다.

"우린 적 부비트랩을 두 개나 발견했습니다. 그중 1발의 HG는 최근에 매설한 것임이 확인됐습니다. 그건 소대장님께서도 이미 확인한 바이며, 우린 어딘가 촬리들의 D존 깊숙이 들어온 듯합니다."

"좌표대로 가고 있어."

난 짧게 내뱉았다.

"우린 지금 쓸데없이 우회하고 있습니다. 우린 지금 힘을 낭비하고 있으며, 이러다간 밤늦게까지 텐트를 깔지 못할 겁니다."

"무슨 소리야 중사. 돌아가 정 위치로. 갈대숲은 곧 나타날 거야. 아아니, 그건 나타나지 않아도 좋아."

"그렇지만, 중위님."

"명심할 것. 어디까지나 소대장은 나야. 나, 헤롤드 무어 중위, 직책

소대장. 금일의 임무는 18시 30분까지 정찰탐색 후 매복 완료. 미육군 당국, 아니 주월미군사령부가 헤롤드 무어에게 준 금일의 직무야."

나는 내 계급장을 가리키면서 권위를 담아 딱딱하게 잘라 말했다. 흐흥 네깟 햇병아리 중위가……. 중사는 속으로 그렇게 코웃음치고 있는지도 몰랐다. 작전에서 입은 허벅지의 파편상, 또 그것의 원인이었던 전우애 덕분으로 녀석이 속으로 제법 뽐내고 있을지 몰랐다. 그를 좀 무시해줄 필요가 있었다.

"알았으면 돌아가."

"그게 아니라."

"어이, 어디까지나 하사관은 일단 유사시를 제하면 소대장이 될 수 없어."

난 이 귀찮은 검둥이놈에게 더 이상 대꾸하고 싶지 않았다. 난 구멍 뚫린 가죽장갑을 바짝 조여 끼고 가시넝쿨을 헤치며 나아갔다. 전열前烈의 소대원들이 내는 스적스적하는 소리가 들려왔고, 철모가 나뒹굴며 바윗돌이 굴러가는 소리가 날카롭게 신경을 건드렸다. 일순 산양이 우는 소리, 촬리놈(베트콩)들의 머나먼 꽹과리소리, 놈들의 지하 은거지에서의 떨걱이는 식기소리가 들린 듯했다. 물론 환청이었다.

사실 난 이 껌껌한 정글 속에선 뭐가 뭔지 도무지 알 수 없었다. 내가 뉴저지의 포트 딕스에서 상상하던 실전은 이따위 추악한 게릴라 이잡기식이 아니었고, 신임소대장인 나로서는 단지 등고선이 그어지고 몇몇 지형지물이 표시된 빈약하기 짝이 없는 지도에 의지하고 있을 뿐이었다. 허나 중사는 노련한 경험에 의지하고 있었다.

그가 뒤따라왔다.

"적당한 선에서 탐색을 멈췄으면 합니다. 아침부터 내내 생정글만 뚫어온 터라 대원들은 피로할 대로 피로해 있습니다. 분대장 크라이스, 그리고 퍼킨스를 비롯한 몇몇 애들도 행군엔 진력을 내고 있습니다."

“적당한 선에 서란 말이지.”

나는 빈정대며 ‘씹는 담배’를 뜯어 입속에 넣었다.

“군대란 적당한 선이 있을 수 없음을 모른단 말이지. 18시가 되든 20시가 되든 우린 탐색을 계속할 거야. 다시 말하지만.”

“소대원들이 지쳐빠진 상태에서 기습을 당하거나 한다면.”

“결단코! 기습은 당하지 않아. 경험 많은 우리의 윌리엄 마이크 중사가 있는 한 말일세.”

“위대한 고집쟁이시군요, 중위님.”

난 잽싸게 고개를 뒤돌려 노려보았다. 어허라 이자식이. 허나 이 흑인놈은 ‘뭐가 잘못 되었나요?’ 하는 얼굴로 삐딱하게 서 있었다. 뒤통수에다 고무줄로 잡아맨, 뿌옇게 김이 서린 안경이 놈의 콧주둥이 위에서 간신히 지탱되고 있었다. 날카로운 금테 안경. 희번득이는 놈의 눈알.

난 그의 오른팔이 자랑 삼아 치켜들고 있는, 표정이 풍부한 오른손을 노려보았다. 그건 놈의 얼굴 근육마냥 재빠른 씰룩임을 보였다. 손등의 흉터가 나를 째려보았다. 난 며칠 전 그 손을 밟아 문대버렸던 것이다.

그의 손은 얼마간 코코넛 야자나무 등걸에서 꼼지락댔다. 그 비틀린 움직임으로 그가 비웃고 있음을 알 수 있었다. 거무튀튀한 그 손은 음험한 교태를 부리고 있었고, 교활하게 아양떨고 있었고, 착 휘감겨 들 듯한 문어다리마냥 흐늘대고 있었고, 급기야 반짝하는 광채를 띠며 등걸에서 떨어졌다. 중사는 껌을 꺼내 씹기 시작했다.

방금 그 광채의 주인은 손목시계였다. 그의 거무튀튀한 손목이 달고 있는 시계의 하얀 문자판에서 난 언제나 한 쪽 눈알이 빠져 달아난 애꾸눈이를 연상했었다. 검은 낯짝에서 이글거리며 희푸르게 타오르는 녀석의 눈알 하나를 까뭉개버리고 싶다는…… 아마도 그건 그런

욕구에서 생긴 연상 작용일 것이다. 집요하게 달라붙던 놈의 아교질 눈초리.

"돌아가 원위치로."

망설임을 보이지 않으려고 애쓰며 난 낮게 응얼거렸다. 사실 어스름이 깔리기 시작한 이 시각에 적의 죽창竹槍지대와 부비트랩을 뚫고 나가기란 위험천만한 일이었다. 중사의 건의대로 적당한 선에서 행군을 정지시킬까 하는 생각이 꿀떡 같았다.

허나 난 적어도 소대장이었다. 2차대전에서 1개 보병연대를 휘어잡고 호령하던 로저 무어의 아들이었다. 불칼 같은 성미에다 오기만만하며 미육군 보병학교 생도시절엔 럭비팀의 스타플레이어…… 였던 그런 나를 그는 잘 몰라주는 것이었다. 중사의 건의 따위는 한마디로 잘라버릴 수도 있음을 녀석은 모르는 모양이었다. 할렘에서 외상술이나 마시며 비루먹던 니그로가 내 앞에 딱 버티고 섰음으로 해서, 도도하고 단호해야 할 내 명령은 형편없이 구겨지고 있었다.

"여긴 우리가 만판 활개 치던 플레이쿠가 아닙니다. 아군이 잘 보호해주던 19번 공로상의 드 포트랄도 아니구요."

"알아, 중사. 여긴 뉴저지의 할랑한 PX도 아니지. 위험천만한 곳이라는 것쯤은 나도 알아."

그리고 어깨를 추스르며 꼬리를 다는 걸 잊지 않았다.

"허지만 여긴 할렘의……."

어수룩한 창녀굴도 아냐……. 허나 난 차마 그렇게까지 말할 순 없었다. 그는 광택 없는 눈초리로 나를 바라보았다. 그리고 이빨을 보이지 않고 광택 없이 웃었다.

"우린…… 중위님이 여기로 배속돼오기 전에 이미 서너 차례 이곳에서 작전을 했으니까요. 쑤안은 쑤안대로의 특수성이 있음을 말씀드리고 싶었던 겁니다."

"설교가 길군. 우린 여태까지 잘해오지 않았는가 말야. D+3일 놈들과의 교전에 대해서도 자넨 불만을 품고 있어. 물론 그것도 소대장의 실책으로 생각하고 있을 테지."

"그 얘긴 하고 싶지 않습니다. 매복지 선정에 대해 의견을 얘기하고 싶습니다. 일이 터지고 나면 의견이고 뭐고 소용없게 됩니다. 이대로 계속 행군하는 건 불리합니다. 적에게 우리의 기미를 알려주는 결과…… 현재 대원들이 지쳐 있으므로……."

두 사람의 언쟁 때문에 행군은 정지돼 있었고, 숲속의 애들러 상병과 또 누군가가 이쪽에다 대고 키들대고 있었다.

그는 접었던 오른손을 납작하게 좌악 펴서 탄창을 탕탕탕 쳐올리고는 저녁 안개 속으로 느릿느릿 걸어가버렸다. 난 패배를 뼈저리게 느꼈다.

언제나 그랬었다. 그와 나의 중량을 저울대 위에 올려놓았을 때 내 쪽이 가벼웠던 것이다. 이럴 때 난 속이 쓰렸다. 그 속쓰림은 어제 오후에 최고도에 달했었다. 어이없게도 난 어제 오후 그에게 멋지게 관통당한 기억을 갖고 있었다. 그 기억은 간밤의 잠을 앗아갔고, 오늘 와선 나를 어거지만 부리는 시시한 소대장으로 만들어주고 있었다.

쾅! 중사의 고함과 총성은 거의 동시였었다. 허리에 날카로운 충격이 왔었다.

연이어 뒤쫓는 발자국같이 다급한 연발의 총성이 들렸다. 후훅…… 비스듬히 난 바위벽에 부딪쳤다. 내 철모가 바위벽을 때리는 충격이, 화이버를 통해 뒷골을 찡하게 울렸다. 오른쪽 옆구리에 뜨겁게 예리한 삽입물이 느껴졌다.

태양빛이 후끈한 여울이 시야 가득 덤벼들었고, 얼마동안 난 그 불그죽죽한 여울 속으로 허우적대며 떠내려갔다. 군법회의다 마이크

놈…… 할렘의 니그로 개새끼…….

놈은 충분히 나를 쏠 수 있는 위인이었다. 고무풀처럼 끈적거리는 그의 눈초리가 그걸 잘 말해주고 있었다. 당당하게 굴어 보이려고 안간힘을 쓰고는 있으나 실상은 속으로 그의 눈초리 때문에 전전긍긍하는 꼴이었다. 그는 후각이 예민한 포인터 같은 족속이어서 내게서 조금이라도 이상한 냄새만 맡으면 제꺽 물고 늘어지는 것이었다.

내겐 구름 잡는 소리로 밖에는 들리지 않는, 무슨 인간 상호간의 따스무레한 애정 따위를 그는 신봉하는 모양이었다. 엿이나 먹어라……. 난 그런 족속들을 경멸하는 편이었다. 어쩐지 사람과 사람의 살갗이 맞부벼질 때의 뜨뜻미지근한 접촉감, 입김이 뒤섞일 때의 비릿한 단내, 요컨대 물컹한 인간적 교류가 싫었던 것이다. 권총의 손잡이를 쥘 때의 싸늘한 감촉, 매사를 싸인 하나로 군말 없이 처리해버리는 우리네 군대식, 그 기능적이며 신속 간결한 진행에 매력을 느끼고 있었다. 어릴 때 난 예외 없이 병정놀이의 두목을 해먹었는데, 그 시절 내가 은연중 선망하고 있던 게 이 군대식이 아니었던가.

도대체 난 '회의' 또는 '토론' 이라고 이름 붙여진 모든 것들을 증오했다. 돼먹지도 못한 의견들을 구질구질하게 내놓고는 설왕설래 몇 시간씩 잡아먹는 이른바 '의견존중' 내지 '다수결' 이 싫었었다. 권위자가 내리는 간단명료하고도 단정적인 명령이 지루하지 않았던 것이다. 걸거적거리는 개인은 군가처럼 도도한 역사의 흐름을 더디게 할 뿐인 것이다. 그래서 난 개구쟁이의 두목 노릇을 할 무렵부터 학창시절 럭비팀 주장을 지낼 때에 이르기까지, 걸거적거리는 치들은 제꺽제꺽 처단했다.

운동선수로 팔려다니던 오레곤의 하이스쿨 시절, 꼭 한 놈 내게 대항해온 일이 있었다. 백계白系 러시아인의 피를 가진 니콜라이 니콜라이비치 어쩌구 하는 녀석이었다. 금테 안경을 낀 니콜라이의 눈은 매서웠다. 연습이 엉망이라는 이유로 또는 게임에 졌다는 명분을 내세워 선수들을 체육관 뒤 으쓱한 골마루에 다 세워놓고 체형體刑을 가하거나 물통과 기름걸레를 나눠주고 체육관 청소를 시킬라치면, 니콜라이만이 유독 고무풀같이 끈적거리는 눈초리로 나를 노려보곤 했다. 내가 한눈을 팔고 있는 새에 그는 물통과 소제도구를 팽개치고 찾아온 계집애와 줄행랑을 놓곤 했다. 체육관에서나 교실에서나 멀찌기서 조소하는 니콜라이의 눈초리를 느낄 때면 난 무언가 몹쓸 것을 삼켜버린 거위마냥 거북스럽게 걸어다녔다. 싸늘한 테 속에서 빛나는 니콜라이의 눈초리는 흡반吸盤처럼 내 속에 눌러 붙어 있어서, 마치 물컹하고 더러운 씨앗을 밴 임산부처럼 늘상 속이 메스꺼웠다. 그가 졸업을 몇 달 앞두고 전학해버림으로 해서, 기어코 그를 혼내줘버리지 못한 채 졸업하고야 말았다.

그런데 파월해서 마이크 중사를 만났을 때 속으로 뜨끔해지는 데가 있었다. 피부빛은 다르지만 말상으로 길쑥한 얼굴에 안경까지 비슷한 금테, 묘하게 씰룩이는 입술, 게다 용의주도한 말투하며가 니콜라이와 닮아 있었다. 아니, 마이크는 그 녀석보다는 더 싸늘하고 끈질긴 눈초리를 하고 있었다. 그뿐이랴. 마이크에겐 나를 감시하는 기관이 한 가지 더 구비되어 있었으니, 그건 얼굴과 맞먹을 정도로 표정이 풍부한 저 오른손, 내겐 마치 애꾸눈이 얼굴로 둔갑해서 보이곤 하던 오른손이었다. 왼손보다 한 치는 족히 커 보이는 그 오른손은 노예생활하며 농사짓던 그의 선조들을 생각케 했으며, 우둔과 조소와 분노의 표현에 민감한 야만족 특유의 투박한 모양새를 갖추고 있었다. 확실히 감시인의 그것처럼 빈틈없이 번들대는 마이크의 눈초리 속에서 미래의 내 시체를 보아버렸음에 틀림없다. 교전이 한창 진행되고 있는 오리무중 속에서라면, 중사는 충분히 나를 겨냥할 위인이었다.

비몽사몽간에 뜨뜻미지근한 액체가 옆구리에 만져졌다. 뜨거운 삽입물이 늑골을 훑고 지나가는 아픔. 단속적인 육체의 비명. 갈댓잎이 이마를 문대었다. 헬기의 굉음이 땅거죽을 울리며 의식을 박살내고 달려갔다.

꺼져가는 희미한 의식속에서도, 마이크가 나를 쏜 건 그 여자 때문이란 생각이 스쳐갔다.

여자는 걸레쪽마냥 너덜거리며 죽어갔었다. 독립가옥獨立家屋의 마당 위로 햇빛이 비늘되어 튀고 있었다. 붉은 살갗에 파고드는 햇빛은 독침, 바로 그것이었다.

마이크에게 일임시킨 1개 분대가 독립가옥의 우측방을, 캘리버 50과 캘리버 7.62사수를 포함한 기관총조가 그 전방을 경계했다. 수색병의 M－14라이플이 흙벽에 붙어 매정한 빛을 되쏘았다. 내 숨소리가 크게 들렸다.

일순 딱 멈춰버린 시간. 대지의 은밀한 끓어 넘침. 시간은 증발해버리고 없었다.

“나와 쌍년! 움직이면 쏜다.”

고요를 깨뜨리며 집안의 수색병이 낮게 웅얼거렸다. 양철 밟히는 소리가 찌걱찌걱 들렸다. 허수아비걸음으로 우쭐거리며 여자가 먼저 걸어나오고, 뒤이어 총구를 들이댄 수색병이 허리를 낮추고 기어나왔다. 여자의 얼굴은 검푸르게 질려 있었다.

수색병은 여자에게서 뺏은 묵직한 보퉁이를 마당에다 팽개쳤다. 굴러가던 보퉁이가 절구통에 받쳐 난데없는 울음을 터뜨렸다. 젖먹이의 벌건 머리통이 보퉁이 새로 비어져나와 있었다.

“이상없나?”

“옛써.”

“도주한 흔적은?”

"집안이 어두운데요. 아직 자세히 모르겠어요."

"헤이, 토머스. 총구를 바짝. 저 여잔 뭘 하고 있었나?"

"으흠? 새낄 옆에 뉘어놓고 신음하고 있던 것 같은데요. 그랬지, 율겐스?"

"아닐걸 톰. 사타구닐 벌리고 사낼 기다리구 있었던 것 같은데, 후후훗."

"집어치워! 농담할 때가 아냐. 헤이 마이크, 둘만 데리고 안으로! 플래쉬로 샅샅이 뒤져봐."

난 마이크를 건너다보았다. 녀석이 낯을 찌푸렸다.

"왜? 내키지 않아?"

"아뇨."

녀석은 입술을 비틀어 씰룩였다. 난 45구경 리볼버를 꺼내들고 마당으로 걸어가는 마이크의 뒤통수쯤을 겨냥하고 있는 자신을 발견했다. 방아쇠에 옭아맨 검지가 갑자기 간지러운 느낌이었고, 그러나 나 자신에게 조금도 떳떳한 기분은 아니었다.

한참 뒤 마이크가 부엌에서 얼굴을 내밀었다.

"흔적 있나?"

"아뇨, 아무것도."

"총기류는?"

"없습니다. 풀무 하나, 스푼과 식기 다수."

한참 뒤 다시 마이크가 얼굴을 내밀었다.

"쌀자루 둘, 감자 푸대와 녹슨 깡통 다수, 석유등잔 하나, 한 묶음의 건초더미. 그러나 속엔 이상무."

"월남젠가? 깡통말야."

"녹슬어서 분간이 안 됩니다. 용변통인 듯."

"도주로는?"

"없습니다. 부엌은 맨땅입니다. 아궁이는 집 뒤 굴뚝으로, 그래서 하늘로 향하고 있을 뿐입니다."

"방구들은?"

"이상 없음. 개머리판으로 내리쳐도 끄덕 없음. 어어, 나무로 짠 침대 하나. 집 뒤곁을 차단해주실까요, 중위님?"

"이미 배치해놨어. 됐음 나와."

마이크가 걸어 나오며 투덜댔다.

"단지 양민良民인 듯합니다. 재수없이 과부가 걸려들었군, 쯧쯧."

"뭘 보고 그런 소릴 하나? 우린 이미 작전하기 전에 삐라를 뿌리지 않았나 말야."

"남자 거라곤 씨알머리 하나 없는뎁쇼."

"중사. 자넨 남자 없이 아이를 낳을 수 있다고 생각하나?"

"글쎄요. 그 점이 좀."

"여자가 연극을 꾸미고 있는지 모른단 말야."

"생포할까요? 냄새가 나긴 하지만 아직 팔팔한 짐승인데요?"

다가온 분대장 크라이스가 말했다.

"아니, 더 조사해봐야겠어. 현재로 봐선 용의자가 될 수 없어."

난 여자에게 다가가 무명옷자락을 들추며 샅샅이 조사했다. 여자의 치마를 들칠 때 비릿한 멘스냄새가 났다. 속곳에 꿰맨 주머니에서 꼬깃꼬깃 접은 지폐 두 장이 나왔고, 얼굴은 지레 늙어 주름투성이었으며, 햇볕에 시달려 파삭파삭해진 붉은 머리칼에서 동양인 특유의 역겨운 양파 냄새가 났다. 여자의 몸뚱이에서 오직 쓸모있는 거라곤, 희고 튼튼한 이빨과 아직 튼튼한 생식기일 뿐이었다. 난 팔을 뒤로 묶은 여자를 크라이스에게 넘겨주고 잘 감시하라고 이른 뒤 주위 수색으로 들어갔다.

대원들을 데리고 집 뒤꼍에 고구마밭을 지나갈 때 사내의 비명소리가 들렸다. 잇달아 여자의 고함이 들려왔다. 난 급히 소리난 쪽으로 달려갔다.

한 차례 일을 치른 크라이스놈이 땀투성이 벌건 낯짝을 수그리고 혁띠를 졸라 매고 있었고, 일을 치르다 여자에게 목을 물린 율겐스놈이 개머리판으로 여자의 배를 때리고 있었다. 벗겨진 여자의 아랫도리에 군화발자국이 찍혀 있었다. 그때 만약 마이크놈이 달려들어 율겐스를 후려치지 않았다면…… 허나 난 나도 모르게 마이크를 향하고 있었다.

"중사는 몹시도 편파적이군 그래. 목을 물었단 말이지, 율겐스? 이빨이 꽤나 튼튼한 짐승이로군."

그러나 바보 같은 율겐스녀석이 정말 죽어라 하고 여자의 입을 주먹으로 내리치기 시작했다. 난 마이크를 흘낏 보았다. 그의 얼굴이 새까맣게 타들어가는 듯 보였다. 그는 나를 보고 나서 율겐스를 보고, 또다시 나를 노려보았다. 그의 얼굴에서 땀방울이 번들대며 떨어졌는데, 내겐 녀석이 안타까운 나머지 울고 있는 듯 여겨졌다. 그리고 아둔한 그 오른손은 분노를 나타내며 심하게 떨리고 있었다.

"고만두지, 율겐스."

난 거의 알아듣지 못할 정도로 약하게 말하고 모른 체하고 걸어갔다.

이미 대원들 몇몇은 개떼같이 여자에게 덤벼들고 있었고, 무더위 때문에 숨쉬기마저 귀찮아 셰퍼드처럼 혀를 빼물고 있는 대원들에게 닥치는대로 물어뜯어야만 직성이 풀릴 것 같은 신경질을 태양이 부채질하고 있었다. 대원들 몇몇은 내 암시를 충분히 알아먹은 듯했다. 실은 나도 그들과 한마음이라는…… 녀석들은 절절끓는 태양엔 무력했으나 여자에겐 용감했다.

"크라이스, 밀러…… 율겐스 들어봐…… 지금 네놈들은 제정신이 아니야. 물러서, 자식들아."

난 속으로 처치해버려! 하고 기세등등하게 속삭였다. 마이크가 미쳐나는 꼴을 볼 수 있는 좋은 기회다…….

어디까지나 난 한껏 고조된 소대원들의 신경질에다 명목을 걸고 있었다. 작전 도중 대원들을 잃고서 발악의 도度를 넘은 대원들은 줄을 풀어준 투견처럼 쉭쉭 숨소리를 내뿜으면서 이 납쭉한 노획물을 노려보았다. 차고 밟고 두들겨보았어도 도저히 성에 차지 않는다는 얼굴들이었다. 중사가 대원들과 여자 사이에 막아섰다. 그리고 내게 버럭 고함을 질렀다.

"산 사람입니다, 중위님. 멀쩡하게 젖먹이까지 딸린 여잡니다."

"상당히 휴머니스트시군, 중사. 더구나 PAVN(북베트남 국민군)의 한 용의자 앞에서."

난 동의를 구하듯 대원들을 둘러보며 말했다.

"이 여자는 무기도 소지하고 있지 않습니다. 또한 뭣보담도 우선 순순히 투항해왔습니다. 순리대로 하자면 생포를 하든지 방면을 시켜야 합니다. 생포할 경우, 조사를 충분히 한 뒤에 월군 쪽으로 넘기든지 미군포로수용소로 보내든지. 짐속엔 무기는커녕 양철조각 하나 없습니다. 단지 두어 개의 감자푸대와 풀무 그리고……."

난 단연 중사의 말허리를 잘랐다.

"설교가 길어졌어, 마이크. 여긴 엄연한 주월미군의 작전지구야. 우린 기상機上에서 충분히 방송을 했고, 까막눈에도 알아먹을 쉬운 월남어로 쓴 전단을 뿌렸댔어. 남아 있는 건 모두 촬라들의 끄나풀이야. 여긴 뉴욕의 바가 아냐. 여유는 짧고 판단은 신속…… 대원들은 죽은 동료들을 생각하고 있어."

중사는 개거품을 토할 듯이 두꺼운 입술을 떨었다. 난 쓰러뜨린 적수의 사활문제死活問題를 짓밟고 선 로마투사처럼 당당하게 가시나무로 뒤덮인 소小콜로세움을 휘둘러보았다. 살육에 맛들인 관중들이 엄지를 꺾어 땅바닥으로 향하기를 기대하면서.

내가 충분히 예상한 대로 대원들이 술렁이기 시작했고, 제일 먼저 중사에게 대든 건 샌프란시스코 레스토랑의 쿡 출신인 빨강머리 크라이스였다.

"중사님이 저 돼지 같은 년의 오라비라도 된단 말요?"

다음은 목을 물린 율겐스.

"마디 파크(네에미 씨파)! 좋은 일 해주겠다는데 깨물긴 잡것!"

다음은 제1기갑사단에서 전출해온 검둥이 엘리엇. 흥분한 나머지 그는 숨을 길게 내뿜었다.

"중사님. 우린 쥐새끼놈들의 전쟁을 위해 태평양을 건너왔습니다. 본국의 동료들이 약혼녀를 끼고 경치 좋은 칸느며 발칸반도로 떠날 때 우린 여기서 땅두더지 생활을 하구 있어요. 우린 오늘 죽을지 내일 죽을지 모르며, 생존에의 기대는 7초 간으로 줄었어요. 우린 답장을 기대할 수 없는 편지를 수없이 띄워보냈고, 우린 밤마다 보람 없는 눈물을 흘렸어요. 기갑사단의 내 친구 얘길 할까요? 도로정찰을 나갔댔죠. 앞에서 한 젊은 여자가 걸어왔어요. 갓난애를 싼 보자기를 안구요. 15보쯤 앞에서 여자가 갑자기 울음을 터뜨렸어요. 도와주기 위해 친구가 다가가는데 누가 총을 쐈어요. 여자와 갓난애를요. 건너편 도로의 상사가 쏜 거지요. 왜 그랬을까요? 아뿔싸! 여자의 갓난애 보자기 밑에서 수류탄이 나왔어요. 뿐인가요? 우리 죄없는 동료 둘을 작전에서 잃었거든요. 아시겠어요? 중사님은 저 갈보년을 선량한 여자로 보시나요? 천만에. 이년의 연기演技 뒤엔 독침이 들었다구요. 저년은 산속에 숨어 살면서 VC놈들에게 갈보짓으로 봉사해주고 우리한텐 멀쩡한 양민으로 행세한다구요. 더러워요. 구욱들은 한마디로 더러운 것들이라구요."

"엘리엇 말이 옳아. 우린 어디까지나 죽은 전우의 원수를 갚아주려는 거야."

중사는 눈치를 보면서 크라이스. 이어 이빨을 보이며 그레이 하사.

"제길할! 고기맛 본 지 오랬더니…… 일렬종대로 서서 단체로 하는 게 어떨까요, 소대장님?"

젖먹이가 울기 시작했다. 울음소리는 누군가의 총개머리판으로 간단히 봉쇄되었다. 여자의 웃옷이 거칠고 길게 찢겨졌다. 중사가 이를 악물었다.

"상부에 보고하겠어."

소대원 몇이 중사의 군화발에 나가떨어졌다. 율겐스가 뒤에서 중사의 허리를 붙잡고 떼냈다. 누군가 중사에게 멋진 어퍼컷과 훅을 먹였는데 그건 떡대가 좋고 몸이 빠른 그레이 하사였다. 크라이스와 그레이가 중사를 떠메고 숲속에다 밀어 넣었다. 난 모른 체하고 리볼버를 꺼내 이리저리 매만졌다.

입은 꽁꽁 묶여졌고 까무잡잡한 여자의 속살이 그대로 드러났다. 크라이스가 꿇어앉아 여자의 유방에다 12인치짜리의 무딘 단도를 들이댔다. 난 그가 무얼 하려는지 알고 있었다. 한참 뒤 크라이스의 단검과 손 사이에서 타내린 피와 희뿌연 액체가 여자의 목덜미를 휘어감았고, 배꼽 근처에 일단 집결했던 그것은 다시 벌레처럼 꾸물대며 더러운 치솔 같은 음부로 모여들었다. 율겐스가 단검으로 여자의 배를 두 번 찔렀다. 푹 소리가 들린 듯했으나 실은 아무 소리도 나진 않았다. 엉덩이가 파둥거렸다.

"이걸 쩌 먹어도 괜찮겠는데."

피 묻은 대검을 든 율겐스가 바보같이 웃으며 여자를 가리키고 중얼거렸다. 그 순간 누군가의 배낭 옆으로 쑥 불거져 나온 검붉은 손을 보았다. 마이크의 그것이었다. 씰룩이고 있었다. 난 뛰어가 힘껏 그것을 밟아버렸다. 가시넝쿨 속에 박힌 중사의 사지가 파둥댔다.

"줄을 서라구. 일렬종대로 말야. 그리고 어이 애들러, 여자를 나무에다 비끌어매. 한 사람 한 사람씩, 응, 비식대는 놈은 똥창을 뽑아놓겠다."

그중 가장 선임자인 그레이 하사가 명령하고 있었다. 난 가만히 보고만 있었다. 그들은 순순히. 허나 간간 한 놈씩 불복不服의 뜻을 나타내면서도 어쩔 수 없이 그레이에게 복종했다. 총검들은 충분히 무디게 번쩍였고 피의 냄새는 위스키처럼 크아하게 독하고 유혹적이었다.

"이런 순 버러지, 순 개 같은 놈들아아!"

어느새 정신을 차린 중사가 여자를 비끌어맨 나무로 달려갔고 취흥醉興은 삽시간에 깨어졌다. 중사가 총을 쥐고 날뛰며 두 방을 갈기는 바람에 하는 수 없이 내 명령으로 자갈을 물리고 결박지우지 않으면 안 되었다. 난 중사가 안 보이는 틈을 이용해서 말하기 시작했다.

"소대원들은 들으라. 현재시간 14시 15분. 소대원 전원 이 자리에서 휴식을 명한다. 소대는 금일 적 사살 1명의 전과를 올렸다. 통신병은 현재의 전과를 중대에 보고할 것…… 휴식시간은 앞으로 45분, 여자 하나 때문에 점심이 늦었다."

대원들이 레이션을 다 먹고 출발준비를 서두를 때, 내 볼따귀를 쇳조각처럼 찌르는 중사의 눈초리를 느꼈다. 난 대원들 너머로 그를 건너다보았다. 그는 나를 보고 있진 않았다. 고개를 푹 떨어뜨려 붕대를 매만지고 있었다.

정상인 그의 왼손이 상처 입은 나머지 손을 애처로운 듯 매만졌다. 그 나머지 손에 고르지 못한 이빨 같은 손가락끝만 남기고, 시계방향과 반대방향으로 빠듯하게 야전용 붕대가 조여졌다. 치료를 베풀었던 손이 주먹을 꽉 쥐어보였다. 이어 치료를 받았던 손이 할말 많은 입모양 바르르 떨면서 다섯 개의 이빨을 안으로 꽉 앙다물었다. 그순간 어쩐지 옆구리가 썰렁했고, 짓밟힌 오른손이 내 옆구리를 향해 방아쇠를 당겨버릴 듯한 기분에 사로잡혔던 것이다.

"으핫핫핫 멋진 암퇘지로고! 소대원 전원 회식이다. 헤이, 다들 모여라."

또 한 번의 중사의 고함에 정신이 번쩍 들었다. 돼지의 뒷다리를 나꿔쥔 중사가 구부정한 등을 보이며 뒷걸음질쳐 나오고 있었다.

아아니 대체! 내가 살아 있다니.

난 옆구리에 손을 가져갔다. 총탄은 커녕, 뜨겁고 예리한 삽입물이란 깡통따개였다. 그건 탄띠의 구멍에 걸린 채, 작업복과 탄띠의 직접적인 마찰을 방지하기 위한 작고 어여쁜 대들보인 듯, 엇비슷하게 버텨대고 있었다. 뚜껑이 벗겨진 수통으로 타내린 물이 손바닥에 척척하게 불쾌했다. 관통은커녕 난 팔팔하게 살아 있었던 것이다. 갈대를 헤치고 무전기 안테나가 반짝이며 다가왔다.

"소대장님, 여태까지 뭐하고 계셨습니까? 경사가 났는데 말입죠."

"으응? 근데 미쇼, 어떻게 된 거냐?"

"어떻게 되다뇨?"

"방금…… 마이크 중사가 누굴 쏘지 않았어?"

"돼지사냥이라니까요. 보시다시피 새낀가보죠. 눈깔에 명중했군요."

"흐음 역시 특등사수로군, 빌어먹을!"

미쇼 병장은 의아한 듯 나를 바라보았다.

대원들이 노획물의 정수리를 개머리판으로 내리쳤다. 돼지새끼의 울음소리가 계곡을 울렸다. 돼가는 꼬락서니라니…….

"야, 토머스. 그만두지 못하겠어?"

이번엔 난 중사를 향했다.

"어이, 중사. 여긴 엄연히 작전구역이야. 자네 돌았군."

"죄송합니다, 중위님."

이어 그는 넌지시, 허나 슬며시 매발톱을 내밀었다.

"허지만 훌륭한 회식까암인 걸요, 중위님. 물론 산 사람은 아니지요. 여자도 젖먹이도 아니고."

이 돼지새끼야. 난 속으로 부르짖었다.

"통통하게 살이 쪄서 예쁜 암퇘지구먼. 작대기에다 매달아 구워먹지. 이봐 소금 가진거 다들 내놔."

그는 중얼거리며 오른손으로 트럼프처럼 좌악 펴서 얼굴을 할랑할랑 부쳤다. 그라이스와 바보 같은 율겐스놈은 멋모르고 빙글빙글 웃고 있었다.

"크라이스 하사! 너 당장 돼지새낄 끌어 묻어. 중대로 귀대하면 전원 기합이다. 하루종일 땅파기를 시킬 테다."

난 끝내 울화통을 터뜨렸다. 애들러의 어깨에 걸쳐진 중사의 오른손이 조소하듯 씰룩씰룩이는 걸 노려보면서.

수풀 위로 낮게, 푸루스름한 안개가 드리웠다. 눈 아래 거대한 암벽으로 천연적 유개호有蓋壕가 형성된 동굴은 안개속을 부유하는 무슨 괴물 같아 보였다. 우린 그 괴물을 거점으로 다이어몬드대형으로 매복호를 구축했던 것이다. 방금 작업을 완료한 매복호에서 햄냄새며 파인애플냄새가 건너왔다. 동굴 쪽에서 간간 웅얼대는 소리도 묻혀왔다. 지금 나와 대치해 있는, 오른쪽 어깨를 보이고 있는 중사의 방탄조끼 위로 안개에 여과된 달빛이 희미하게 흘러내렸다. 난 단단히 벼른 뒤, 실수 없도록 조바심치며 시작했다.

"중사, 작전지구에서 술을 마시면 군법회의에 회부될 수 있음을 몰랐나? 도대체 선임하사관인 작자가 어떻게 졸병과 어울려 매복호에서 술을 마실 수 있단 말이냐?"

그는 알콜냄새를 풍기며 대답 없이 앉아 있었다. 먹다 남은 햄버거

스테이크 마냥 지저분한 아래턱 주위, 주스찌꺼기가 발린 입술……
방금 돼지우리에서 나온 짐승 같다고 생각했다.

언제부터 그는 중대에서 만만찮은 폭주가로 알려져왔었고, 술건件으로 걸리기만 해보라고 진작 별러오던 터였다. 작전출동하던 D데이 새벽, 중대장은 다만 형식적으로 중사의 군장을 검열했던 것이다.

"이리 내, 그 병."

난 그가 탄띠에서 수통피皮를 끌러내서 넘겨줄 때까지 기다렸다. 수통피에 햄의 국물과 위스키가 번져 냄새가 지독했고, 작고 통통한 술병은 수통피 속에 교묘하게 싸여 있었다.

"오늘 매복에서도 말야. 중사는 도대체 졸병들 앞에서……."

난 찔끔해서 말을 멈추었다. 국부를 들킨 때모양 얼굴이 홧홧하게 달아올랐다. 음주를 빙자한 닦달의, 수치스런 속셈을 무심결에 폭로해버린 것이다.

"올바로…… 건의했을 뿐입니다."

그가 내 치부를 물고 늘어졌다. 한기를 느끼는지 말을 더듬고 입술을 떨었다.

"은폐된 지역에다 매복을 까는 건 상식입니다. 조망이 편리하달 뿐, 매복지는 전방이 완전히 노출되어 있습니다. 맞은편 산에서 보면 직사화기에도 훌륭한 타키트지요."

"알고 있어, 중사."

난 다소 기세를 눅이며 말했다. 난 정말 말이 궁해졌다.

"그리고 우리 소대는 20시 30분에야 겨우 매복지를 선정했으며, 작업을 완료한건 21시 15분입니다. 진작 첨병과 분대장들의 건의를 받아들였던들 이보다 훨씬 유리한 장소에, 훨씬 이른 시각에 매복을 완료했을 겁니다."

알고 있어. 것보담 왜 상병들이 보는 앞에서냔 거지. 얼마든지 쑥덕 쑥덕 조용하게 건의할 수 있다는 거야. 건의라구? 건의란 반항을 뜻하는거지.

"술을 마시는 거지, 술을."

난 수통피를 흔들어댔다. 그가 상체를 느릿하게 뒤로 빼다가 생각난 듯 잽싸게 바위에서 뛰어내렸다.

그는 어기적거리며 언덕 아래로 걸어 내려갔다. 무성한 갈대가 그의 어깨높이에서 미친 듯 출렁댔다. 그가 밟고 지나간 갈대들이 일어서며, 또다시 갈대의 수면 위로 떠올랐다. 나중엔 떠내려가는 철모만 보였다. 위장포가 벗겨진 그의 철모에서 무딘 광이 났다. 난 알고 있었다. 그의 철모에 붉은 페인트로 갖다바른 낙서들을. 'ANTIWAR!' 그리고 '나의 아름다운 판 티 랑' 이라고 또 한쪽에 조그맣게 써넣고 있었다. 미친 검둥이놈. 너의 월남계집년에게 이 꼬락서닐 보여주렴.

갈대 속으로 떠내려가던 철모는 멈춘 자리에서 한동안 부르르 떨렸다. 녀석이 소변을 보는 것이거니 생각했다.

"고만 가, 이놈아."

난 앉은 자리에서 소리 질렀다.

나와 10여 미터 되는 거리에서 갈대의 출렁임이 멎었다.

"소대장님께선 멀쩡한 사람들을 죽였어요."

그는 이제 술이 깬 것 같았다.

"우리가 이 땅에 왔을 때 성조기를 흔들어 환영해주던 월남인들을 기억하시겠지요……."

내 생각에, 녀석이 침통한 투를 흉내 내는 것 같았다.

"그래서?"

"난 제대로 잠을 잘 수가 없었어요. 그 여자 말이에요. 또 아이…… 오오…… 우리 조상들도 그 여자처럼 개돼지 취급을 당했댔지……."

자식이 꺽꺽거리며 울고 있는 듯 여겨졌다.

"네 조상 탓이야. 너희들은 훤한 대낮에 백인여자를 강탈하고 백인의 아파트로 뛰어들어 백인남자를 죽이고 귀금속을 훔쳐간다. 너희들은 술먹고 고함지르며 버스 속에서 예사로 칼질을 한다. 일은 하지 않고 공짜를 바라며 거렁뱅이짓에 아무런 수치심도 못 느낀다. 너희들이 우리 미국에다 오만가지 냄새를 다 퍼뜨렸다. 겨우 그거냐? 네놈들이 가진 건 고작 아무데서나 발기하는 좆과 야만적인 주먹뿐야."

철모가 움직거렸다. 그는 서너 발짝 걸어 내려갔다. 갈대들이 미친 듯이 흔들렸다.

"내려서, 헤롤드 무어. 그래. 미국은 니그로의 씹으로 오늘의 문명을 이룩했다. 처량하지 않느냐, 이 나치스의 똥개자식아. 그리고 넌 한국놈이며 월남것들이며 니그로들을 모두모두 좆같이 여기더구나. 우리들에게선 가난과 야만의 덕지덕지 더러운 냄새가 난다. 하지만, 네놈들에게선 교활과 교만의 뒷구린내가 난다구. 허지만 우린 한 침대를 쓰고 있다구."

놈의 목소리가 쩡쩡 울렸다. 오오, 그건 참으로 내가 바라던 바였다. 난 앉은 채 흐흥 웃었다. 내 손에 착 감겨드는 M-16의 촉감이 싸늘해서 유쾌했다. 그건 녀석이 두고간 총이었다. 놈은 맨손이었다.

난 바위에서 여유만만하게 기어내려왔다. 그리고 술병에다 바위 아래 고인 흙탕물을 흘려넣었다. 잠시 난 소대장으로서의 체면을 생각해보았으나, 기왕 이렇게 된 바에야 하고 야무지게 마음먹었다.

"자아, 중사. 이걸 받아. 술을 마시듯 꿀걱꿀걱 신나게 마시는 거야. 시간은 1분. 1분 내로 다 마시는 거야."

난 술병을 수통피에다 싸서 녀석의 철모를 향해 내던졌다. 그건 철모에서 빗나갔다.

"술병을 찾아. 네놈 발아래 떨어졌을 거야. 자아 간단한 기합이다. 여기선 아무도 보는 애들이 없으니 창피해할 건 없어. 술병을 찾으라구. 찾아서 하수구 같은 네 아가리에다 물어."

난 아주 피로해 죽겠다는 듯 바위에 상반신을 미끄러뜨리며 M-16의 노리쇠를 잡아당겼다. 물론 놈을 쏠 필요까진 없을 것이었다. 놈을 굴복시켜놓고 거추장스런 저 오른손을 개머리판으로 아주 못쓰게 짓찧어버릴 수도 있을 것이었다. 나치스의 똥개라니. 유태인의 버러지 같은 놈.

녀석이 방탄조끼를 벗어 갈대 속으로 내던졌다. 그의 어두운 상체가 드러났다.

"미안해, 헤롤드 무어. 그건 빈 탄창이야."

그가 꺼낸 건 수류탄 한 발이었다. 옆구리에 낀 총신이 떨려왔다.

이젠 장군에의 야망이고 무엇이고 싹 망가지는 느낌이었다. 참으로 진취적이고 당당하던 군가, 생도시절 럭비선수로서 받았던 갈채, 무공표창장, 빛나는 기상나팔소리, 창공에 펄럭이는 자랑스런 성조기, 장군이 밟고 선 연단……. 그것들은 해체된 창자처럼 흐물거렸다. 허나 난 소대장이었다. 난 뱃가죽에 힘을 넣고 우렁우렁 소리쳤다.

"수류탄을 팽개쳐. 팽개치지 않으면 골통을 바숴놓겠다."

녀석이 갑자기 웃음을 터뜨렸다. 녀석은 왼손으로 침착하게 셀렘 한 개비를 꺼내물었다. 라이터불이 반짝할 때 이빨이 보였다. 웃음소리가 갈대의 이랑을 따라 자지러지게 번져나갔다. 그러다 웃음소리가 딱 끊겼다.

순간 달빛과 안개가 딱딱하게 굳어버리는 느낌이었다. 갈대의 바다를 휘적이며 그가 천천히 헤엄쳐 올라오기 시작했다.

"총을 버리시지, 중위놈아…… 비겁한 놈."

5~6야드 아래서 중사가 멈추어서며 씹어 뱉았다.

"누가 비겁한 거냐, 이놈아. 수류탄을 먼저 팽개치지, 그러면 나도 이걸 치우겠어."

그가 수류탄을 자신의 머리 뒤로 던져버렸다. 나도 총을 검불 속으로 던졌다. 그가 바위 쪽으로 올라왔다. 그와 나는 눈을 마주보며 으르렁댔다.

숨을 졸였던 나머지 사타구니가 축축했고, 전신에 속속들이 돋아났던 소름들이 일제히 눕고 있음을 참을 수 없는 오한과 동시에 느꼈다. 허나 난 소대장이었다.

"네놈은 귀대하면 군법회의다."

"웃기는군. 난 1주일 영창까암에 불과하지만 흐흥, 네놈이야말로 전범戰犯이야. 백인우월주의자, 인종차별주의자 개새끼, 지에미 시팔 백인놈. 정신박약자, 인간을 개좆으로 아는 돌대가리, 장악한 살해범! 이 흰둥이 갈보년의 우유로 만든 놈아. 까앗뎀! 피로 물든 네 가담加擔의 손을 씻어. 그렇지 않으면 네겐 구원이 없어."

"개소리 마, 넌 전쟁의 부적격자야. 스파이며, 멍텅구리 센티멘탈리스트, 전쟁소매치기, 주관적인 환상에 빠진 놈, 미국의 국방비를 갉아먹는 쥐새끼…… 국가를 엿으로 아는 네놈은 3차대전이 터지면 쏘련에 가 붙어먹을 놈이다."

놈이 두 주먹을 부르쥐고 발발 떨다가 먼저 상체를 움찔했기 때문에 난 놈의 더러운 턱을 겨냥해서 보기좋게 한 방 날렸다. 놈이 정신을 차릴 겨를도 주지 않고 거푸 배와 얼굴을 두들겼다.

엉겁결에 난 놈에게 어깨를 물렸고, 우린 얼싸안고 흙탕물 속에서 엎지락거렸다. 내가 놈의 사타구니에 걸터앉아 닥치는 대로 낯짝을 두들기고 있을 때 세상이 무너지는 폭음이 일었다. 난 검불 속에 머리를 박았다. 그리고 중얼거렸다.

"뭐야, 마이크. 이놈아, 죽일 놈!"

이번엔 연발의 자동소총소리가 일렬종대로 지나갔다. 난 고개를 조금만 들고 중사를 찾았다.

"놈들이야?"

"네, 중위님. 촬리놈들인뎁쇼."

"따라와, 중사. 빨리."

매복지 쪽이 훤히 불타고 있었다. 총탄의 빗발들이 매복지 위로 무질서하게 쏟아졌고, 암벽에 맞은 탄환이 핑핑 날가로운 음향을 냈다. 중사와 난 거의 나란히 땅바닥을 기었다. 미친 듯 날뛰는 총격 때문에 허리를 펼 수가 없었다. 우린 사선을 뚫고 가까스로 기관총 쪽으로 다가갈 수 있었다.

"어느쪽이냐, 윔?"

"모, 모, 모르겠…… 음다."

"기습이냐? 누가 크레모어를 눌르지 않았어?"

"모, 모, 모르겠…… 에디가 서, 서, 선방을 놨어요."

"똑똑히 대답해봐, 포격은 없었지? 놈들 말야."

"모, 모, 모르겠…… 난 단지 자, 자, 자다가…… 왜 이래 입은 버버벌벌 떨리누."

난 놈에게서 M-16을 뺏아 끼고 크라이스를 찾았다. 허나 놈은 보이지 않았고 배낭만 나뒹굴고 있었다. 어둠속에서 누군가 물어왔다. 통신병이었다.

"보고할까요?"

겁에 질린 목소리였다.

"그래…… 아냐…… 조금 있다가. 아니 지금 날려. 껀쉽 요청을. 좌표를 똑똑히!"

"껀쉽은 곤란한뎁쇼. 근접교전이라."

볶아대는 소리 때문에 말소리도 겨우 들릴 정도였다.

"알았어. 일단 보고를 하도록."

난 상황을 파악하기 위해 에디를 찾았으나 어디가 어딘지 종잡을 수 없었다. 벙커에서 벙커로 기어 다닐 때 누군가의 텐트가 탄띠에 매달려 끌려왔다. 그런 따위에도 난 깜짝깜짝 놀라고 있었다. 충격전이 조금 뜸해졌을 때 말이 우는 듯한 비명이 들렸다. 비명은 오래 계속되었고, 이따금씩 헙헙 소리를 내며 잦아들었다가 다시 솟구쳐 오르곤 했다. 그건 신경을 면도날로 올올이 도려낼 때의 고함소리와도 같았다. 내가 태어나서 처음으로 들어보는 비명이었다. 그래선지 아군의 총소리가 멎었고, 간간 저쪽의 단발 총성이 들려올 뿐이었다. 도저히 참을 수 없었던지 누군가 그쪽에다 대고 투덜거렸다. 검둥이 엘리엇이었다.

"이거 원 사람을…… 도저히…… 간장이 녹아나서 미치겠구먼. 저런 땐 눈 따악 감고 쏴버려야 하는 건데."

이어 통신병이 흙으로 범벅된 입을 열었다.

"누굴까요, 중위님?"

"글세 말이다. 난 정말 저런 소린……."

"속이 메슥거려 견뎌날 수가 없는데요. 하나가 아닌 거 같지요?"

"으음 미쇼. 그러구 보니 둘인가."

"누가 나가보는 놈이 없나…… 골이 다 아프구만."

통신병은 혀를 끌끌찼다. 난 어둠속에서 줄기차게 부딪쳐오는 미쇼 녀석의 눈을 외면했다. 이제 전방의 비명은 반 옥타브쯤 높아져서 더욱 자지러지게 들려왔다. 으아아 으아으아, 그 2중창은 처참을 극한 것이었다. 그때,

"아아니, 저게 미쳤나?"

반대머리 잭 밀러가 구덩이 속에서 펄펄 뛰었다. 화염을 건너뛰며 어두운 그림자가 달려가는 걸 본 때문이었다. 난 직감적으로 그게 중사임을 알았다. 총성이 끊겨 조용했으므로 그건 흡사 가벼운 종이공 같았다. 비명이 들려온 덤불 위에서 종이공은 가볍게 넘어졌다. 순간

눈앞이 번쩍했고 난 벙크 속에서 거꾸로 곤두박질쳤다. 이제 비명도 종이공도 사라지고 없었다. 놈들이 그쪽에다 무얼 던진 모양이었다.

우리는 중대와 교신을 하며 새벽이 오기를 기다리는 수밖에 없었다. 놈들은 물러간 듯했다. 크레모어에 맞아 턱이 뭉개지고 온몸에 구멍이 난 놈 하나와 피 한 방울 묻히지 않고 말짱하게 뻗어 있는 놈말고, 그 나머지는 모두 뺑소니친 듯했다. 적어도 2개 분대는 몰려왔던 거라고 크라이스가 일러주었다. 어젯밤 중사의 건의가 옳았음을 깨달았다. 마지막 게임에서도 내가 졌다.

크라이스를 대동하고 난 어둠속에서 사상자를 찾았다. 중사가 폭사당한 벙크의 벽에는 살점과 군복이 떡으로 엉겨붙어 있었다. 기관총좌에 엎드린 에디를 잡아일으켜보니 그는 창자 한 뭉치를 끌어안고 죽어 있었다. 3구의 시체를 더 찾기 위해 아직 어둠이 완전히 가시지 않은 매복지를 기어다니는데 크라이스가 치를 떨며 무언가를 철모에 담아왔다.

"손입니다, 중위님."

"어디서 났어?"

"저어기 텐트를 치우다가……."

"마이크……."

하다간 난 입을 다물었다. 그건 자세히 들여다보아야만 검둥이의 손임을 알 수 있을 정도의 살점이 뜯겨나가고 피와 흙으로 범벅된, 그냥 거무튀튀한 살의 떡덩어리였다. 몽땅하게 잘려나간 손가락들은 흡사 엉성한 이빨 같았고, 손가락 가운데 뻥하게 뚫린 구멍은 영락없이 눈알이 빠진 애꾸눈이었다. 내가 그토록 보기를 소원해 마지않던…… 다섯 개의 모진 이빨을 가진.

"치워, 크라이스."

난 메스꺼움을 간신히 누르고 말했다.

"버리라구요? 이거라도 유품함에 넣어서 귀향시켜야지요."

말해온 건 검둥이 엘리엇이었다. 난 대원들을 둘러보았다. 그리고 내키지 않게 말했다.

"그래…… 그렇겠군."

난 철모 속의 추악한 것을 보지 않으려 애쓰며 돌아섰다. 그것이 귀향할 때 제발 그놈의 영혼마저 싣고 가야 한다는 절박한 생각이 불현듯 솟구쳤다.

《세계의문학》, 1978년 겨울호

무지개는 언제 뜨는가

윤흥길

• • • • •

1942년 전북 정읍 출생.
단편 「회색 면류관의 계절」이 《한국일보》 신춘문예에 당선되어 등단.
작품집 『황혼의 집』, 『아홉 켤레의 구두로 남은 사내』, 『장마』, 『꿈꾸는 자의 나성』 등이 있고,
장편으로 『낫』, 『묵시의 바다』, 『빛 가운데로 걸어가면』 등이 있음.
한국문학작가상, 현대문학상, 한국일보문학상, 요신문학상 등 수상.

무지개는 언제 뜨는가

건지산 날망에 비를 잔뜩 머금은 먹구름이 그 치렁치렁한 자락을 묵직하게 늘어뜨릴 무렵이면 으레 미친년 하나가 나타나 온 마을을 한바탕씩 휘젓고 다니곤 하였다. 이와 때를 맞추어 논두렁이나 고샅길에서는 수많은 하루살이들이 마치 커다란 공처럼 까맣게 떼뭉쳐 우리들 키 높이로 빙글빙글 어지러이 맴돌면서 멀리서 들리는 휘파람 같은 소리를 지르곤 하였다. 입을 열고 있으면 하루살이들이 입안으로 톡톡 날아들고 눈을 뜨고 있으면 미친년의 지랄짓이 희뜩희뜩 잡히곤 하였다.

그렇다. 우리하고 재종간再從間인 동근東根이를 생각할 때마다 맨 먼저 머릿속에 떠오르는 것은 바로 그 미친년의 모습이었다. 그리고 그 미친년이 까맣게 몰고 와서 마을 하늘 위로 주룩주룩 뿌리는 비가 당연히 그 다음 순서였다.

"왜 웃어, 형?"

고향에서 이제 막 올라온 참인 동생이 시비를 가리려는 기세로 물었다.

"아니다, 아무것도 아니야."

동생녀석한테 단단히 책이라도 잡힌 기분이어서 나는 멋쩍게 대답했다. 그러나 동생은 좀처럼 속아 넘어가지 않았다.

"형은 또 그 생각하는 거지?"

"그 생각이 뭔데?"

"당숙모 말이야."

"어쩔 수 없잖아, 동근인 당숙모하고 끊을 수 없는 사이니까."

말을 마치기도 전에 나는 치신머리없이 거푸 낄낄거렸다.

"실은 말이지, 나도 선산에서 동근이를 처음 만났을 때 자꾸만 그때 일이 떠올라서 웃음을 참느라고 아주 혼이 났어."

동생도 마침내 이렇게 실토를 했다. 그래서 우리 형제는 실로 오래간만에 한참 기분 좋게 낄낄거릴 수가 있었다. 아무 영문도 모르는 아내가 도대체 뭐가 그리 재미있느냐고, 형제끼리만 즐길 게 아니라 자기도 한 다리 끼자고 옆에서 안달을 했다. 그러나 혹 다른 일이라면 몰라도 그때의 그 일만은 아내한테 곧이곧대로 들려줄 수가 없었다.

"아무리 그땐 그랬더라도 이제 얼마 안 있으면 판검사 영감님이 될 사람이니까 그런 기억을 본인한테 되살려줘서는 안 되겠지?"

동생이 말했다. 나는 동생의 말에 일차로 고개를 끄덕거린 다음 곧 이차로 고개를 가로저어 보였다.

"물론 그래야겠지. 판검사 아니라 똥지게꾼한테도 일부러 그런 기억을 상기시켜서 좋을 건 하나도 없어. 허지만 본인이 안 듣는 데서 우리끼리야 뭘……."

집안의 종손인 나를 대신해서 고향에 내려가 종중의 시제時祭에 참석하고 돌아온 동생이 나에게 놀라운 소식을 전했다. 옛날의 천덕꾸러기 동근이가 사법고시에 최종으로 합격해서 금의환향했다는 이야기였다. 물론 우리네들 서민 입장에서는 사법고시 합격 소식 그것만으로도 벌써 넉넉히 놀라고 부러워할 만한 일이었다. 사회적으로 판검사 나으리들이 어떤 대접을 받고 있는가를 아는 사람들이면 그렇게 놀라는 것도 사실 당연한 노릇이 아닐 수 없었다.

그러나 내가 느낀 감회는 반드시 그것만은 아니었다. 제법 출세를 한 다음에 그가 맨 먼저 찾은 것이 우리 종중이며 더구나 우리 종중의 제사에까지 직접 참여했다는 사실이 나로서는 다른 무엇보다도 그저 놀랍고 신기할 따름이었다. 왜냐하면 그는 우리 문중 사람이 아니었기 때문이다. 정확히 말해서 그는 우리 김씨 가문하고는 인연이 먼 사람이었다. 밤나무 사이에 너도밤나무가 끼어들 수 있는 것이 바로 우리네 호적이었다. 어쩌다보니 호적상으로 우리하고 함께 묶어져 있다해서 근본 핏줄마저 같을 수는 없었다.

"출세했다고 녀석이 잔뜩 뻐기든?"

나는 동생에게 물어보았다.

"별로……."

동생은 일단 대답을 해놓고 나서 바로 그 대답을 수정했다.

"아니야, 뻐기려는 기색이 조금도 없었어. 오히려 그럴 수 없이 겸손한 태도였다고나 할까."

"왔으면 뻐기고 다녀야 옳지 지가 왜 겸손해?"

나는 약간 화가 나서 동생한테 신경질을 부렸다. 동근이 녀석이 음흉한 속셈으로 자꾸만 내 기대를 배반하는 듯한 느낌이 들기 때문이었다. 녀석이 난데없이 우리 문중을 찾은 것은 오랫동안 김씨 가문에 품어온 복수의 감정을 실천하기 위한 예비동작임에 틀림없다고 단정하면서 나는 대뜸 시골 농투성이들 앞에서 마냥 거드름을 피우는 장차의 영감님 얼굴부터 상상하고 있었던 것이다.

"형, 나한테 그러지 마. 난 동근이가 아니야."

동생이 웃으면서 말했다.

"맞다. 그래, 넌 동근이가 아니다."

나 역시 웃을 수밖에 없었다.

"난 동근이한테 아무런 유감도 없어. 그 점은 아마 형도 마찬가질 거야. 동근이가 하는 말을 듣고 난 가슴이 홧홧해지는 기분이었어. 모든 것이 다 어머님 덕분이래. 만약 어머님이 없었더라면 저 같은 것은 오늘날 이 세상에 살아남지도 못했을 거래."

"우리 당숙모 얘긴가?"

"그럼 동근이가 어머님이라고 부를 만한 사람이 당숙모말고 또 있어?"

"당숙모를 지금까지도 어머님이라고 부르고 있다……."

나는 혼잣말로 이렇게 중얼거렸다. 그러자 또다시 옛날이야기에 나오는 원한 많은 각시귀신처럼 긴 머리칼을 너울너울 산발한 채 동네 고샅을 안팎으로 치닫는 미친년의 모습이 시야에 가득 들어차는 것이었다. 그 미친년이 황톳길에다 어지럽게 찍어놓는 족적을 따라서 나는 어느새 기억 속의 고향을 더듬어나가고 있었다.

건지산 날망으로 구름이 몰려들고 있었다. 비가 올 거라는 징조였다. 미친년이 불쑥 뛰쳐나와 우리한테는 외국어나 다름없이 어렵게만 들리는 이상한 고함들을 쉴 새 없이 꽥꽥 내지르면서 맨발로 마을을 종횡무진 치닫기 시작했다. 날만 조금 궂을라치면 영검하게도 미리 알고 쿡쿡 쑤시기 시작하는 외할머니의 신경통과 함께 역시 그것은 오래지 않아 비가 내릴 거라는 징조였다.

조무래기들이 까맣게 몰려들어 미친년을 겹겹으로 에워쌌다. 눈자위를 하얗게 뒤집어 까고 길길이 뛰는 한바탕의 발광 끝에 미친년은 다 허물어져 가는 동구 밖 외딴집 토담을 등지고 추욱 늘어져서 앉아 있었다. 풀어헤친 무명적삼 새로 꾹 찌르면 펑 소리를 내면서 터질 것만 같은 젖둔덕이 하얗게 드러나 있었다. 그동안 퉁퉁 불을 대로 불어서 거지반 가슴 전체가 팽팽한 젖둔덕이었다.

한 녀석이 달려들어 양손으로 욕심껏 젖통을 움켜쥐고는 꽉 눌렀다. 그러자 서너 줄기의 젖물이 물딱총을 쏘듯이 찍찍 뻗어 나와 다른 녀석의 얼굴에 맞았다. 모두들 낄낄거리며 웃었다. 또 다른 한 녀석이 달려들어 나머지 한쪽 젖통을 붙잡고는 조무래기들을 향해 찍찍 쏘아대기 시작했다. 그 녀석의 입에서는 계속해서 따르르따르르 하고 따발총을 갈기는 소리 흉내가 제법 그럴듯하게 흘러나왔다.

그 야단법석 속에서도 미친년은 꼼짝도 하지 않았다. 조무래기들이 자기한테 무슨 짓을 하든 조금도 상관하지 않고 언제까지 그냥 내버려두는 것이었다. 오직 개개풀린 퀭한 눈을 시커먼 구름자락이 똬리를 틀고 있는 건지산 날망에 멍하니 둔 채로 늘편하게 토담에 기대어 앉아 있기만 했다.

한 녀석이 미친년의 치맛자락을 들치고 그 속을 들여다보았다. 이에 질세라 모두들 너도나도 각다귀처럼 덤벼들어 아예 치마를 홀렁 걷어 올렸다. 통통한 허벅지가 드러나고 살결이 뽀얀 그 허벅지 여기저기에 날뛰다가 넘어져서 피가 흐르는 상처들도 보였다. 한 녀석이 빳빳한 보릿대를 미친년의 치마 안쪽으로 집어넣어 꾹꾹 쑤셨다. 그러자 다른 녀석들도 일제히 보릿대 하나씩을 손에 들고는 연방 낄낄거려가면서 미친년의 아랫도리에다 침을 놓았다. 치마 속에다 아무것도 입은 게 없었다. 그래도 그 미친년은 성가시다고 아이들을 물리치려 하지 않았다. 그저 건지산 쪽에다 눈을 멀리 두고 죽은 듯이 앉아만 있는 것이었다.

"요 싹동가지없는 시러베자석들!"

우리 큰당숙이었다. 큰당숙이 뒤쪽에서 버럭 고함을 지르며 뛰어들어 닥치는 대로 아이들을 후려갈기기 시작했다. 아이들은 저마다 뿔뿔이 흩어져 걸음아 날 살려라고 도망쳐버렸다. 그러나 나는 도망칠 수가 없었다. 같이 왔던 동생 동우가 큰당숙의 손에 붙잡혔기 때문이었다. 녀석은 이제 겨우 걸음마 단계를 벗어난 정도라서 다른 애들같이 잽싸게 꽁무니를 뺄 수가 없었던 것이다.

"요런 능지처참할 놈들이 있나!"

큰당숙이 아직도 동우의 손에 꽉 쥐어진 보릿대를 빼앗아 땅에 던지고는 고무신발로 짓밟아버렸다.

"동만이 네 이놈!"

큰당숙의 입에서 마침내 내 이름이 불려지는 순간 나는 뒷짐진 손에 그때까지 쥐고 있던 보릿대를 슬그머니 땅으로 떨어뜨렸다. 남유달리 몸집이 큰 큰당숙이 성큼 다가서더니 논을 썰고 밭을 갈던 억센 손으로 내 멱살을 무지막지하게 움켜쥐고 앞뒤로 마구 흔들어댔다.

"따른 자석들이 혹 집적거릴라고 뎀비드라도 앞장서서 말려야 헐 놈이 됩데 앞장서서 집적거려?"

눈두덩이에서 불이 번쩍 일었다. 파랗게 별이 보이고 노랗게 달이 비쳤다.

"나는 안 혔어라우! 동우만 그렸어라우!"

땅바닥을 대굴대굴 구르면서 나는 한껏 엄살을 피워보았다.

"성도 이렇게 혔다! 성도 이렇게 혔다!"

동우녀석이 손가락으로 나를 가리키면서 꾹 찌르는 시늉을 해보였다. 큰당숙의 왁살스러운 손아귀에 끌려 나는 도로 일으켜 세워졌다. 그리고 눈두덩에서 번쩍 이는 불을 또다시 보았다.

나는 그날 밤 아버지한테 죽도록 종아리를 맞아 마치 한 뭇의 뱀이 칭칭 감긴 듯한 맷자국을 지닌 채 다리를 절름절름 절면서 큰당숙의 집에 건너가 사죄를 했다. 나는 작은당숙모 앞에 꿇어 엎드려 용서를 빌었다. 깨끗한 옷으로 말끔히 갈아입고 있어 작은당숙모는 이미 미친년이 아니었다. 하지만 정작 용서를 내려야 할 작은당숙모가 여전히 눈을 멀뚱멀뚱 뜨고 언제까지고 잠자코 앉아만 있는 바람에 나는 큰당숙이 대신 입을 열 때까지 주리를 틀리지 않으면 안 되었다.

"그만허면 인자 정신을 채렸을 게다. 일어나서 집으로 가거라."

작은당숙네는 한때 낮에만 대한민국이고 밤이면 인민공화국이 되곤 했다는 건지산 아래 가실리로 제금나가 살았었다. 그곳 국민학교 선생으로 있다가 빨치산의 공격이 우심해지자 가족을 데리고 도로 삼십 리템이나 떨어진 우리 동네로 돌아와 본가에서 살면서 건지산에 총소리가 멎는 날만을 기다렸었다. 그러다가 빨치산이 지리산 쪽으로 멀찍이 물러갔다는 소식을 듣고는 서둘러 봇짐을 꾸려서 우리 마을을 떠난 것이 우리가 그를 본 마지막 기회였다. 당숙모가 포대기를 대어 업고 간 젖먹이까지 포함해서 세 명의 재종 형제들도 그때 우리는 마지막으로 볼 수 있었다. 물론 그것이 마지막이 되리라곤 아무도 상상을 못하는 가운데 그들은 그렇게 훌쩍 떠나버렸다.

나중에 작은당숙네가 일을 당한 후에야 아버지와 큰당숙을 비롯한 친척 어른들은 종가인 우리 집에 모여 서로 탄식과 후회를 나누며 담배쌈지에서 냄새가 독한 썩초를 꺼내서 종이로 말곤 했다. 시국이 안정될 때까지 학교고 학생이고 돌볼 생각 말고 그냥 본가에 눌러 있으라고 그렇게나 말리는 것도 부득부득 뿌리치고 떠나더니 그예 일을 당하고 말았다는 이야기들이었다. 어른들은 당숙과 재종들이 끔찍스런 최후를 맞게 될 줄 미리감치 알고 있었던 듯한 말투들을 썼다.

빨치산의 마지막 기습이 있던 날 밤에 가실리의 당숙네 집은 불에 타버렸다. 읍내를 공격하고 물러가던 빨치산의 대부대가 지리산으로 통하는 길목인 가실리 전체를 쑥대밭으로 만들어놓았던 것이다. 결국 당숙하고 재종들은 불길에 휩싸인 집채 속에서 끝내 빠져나오지 못하고 말았다.

날이 밝은 다음에 소식을 듣고 큰당숙이 가실리로 달려가서 구사일

생으로 목숨을 건진 당숙모 한 몸뚱이만을 달랑 데려왔다. 마을에 발을 들여놓는 당숙모를 보고 사람들은 대뜸 혀부터 찼다. 실성해버렸다는 것이었다. 아닌 게 아니라 당숙모는 주제꼴이나 하는 짓거리가 말이 아니었다. 암소의 그것만큼이나 부푼 젖통을 두 손바닥으로 나눠 받친 채 실쭉벌쭉 웃다가 꺽꺽 막히는 목쉰 소리로 바싹 마른 시래기엮음 같은 울음을 너줄너줄 토하다가 하는 것이었다. 더구나 당숙모는 지독한 똥냄새를 전신으로 펑펑 풍기고 있었다. 겉으로 보기엔 멀쩡한데도 차마 그쪽으로 코를 두를 수 없을 정도의 정말 지독한 악취였다.

하루가 가고 또 하루가 가면서 큰당숙네 집안으로부터 물이 새듯이 소문이 흘러나오기 시작했다. 한밤중에 자다 말고 벌떡 일어나더니만 작은당숙모가 느닷없이 베개를 품안에 꽉 끌어안고는 마당을 가로질러 잿간과 변소를 겸한 측간 속으로 뛰어 들어가서는 아무리 괜찮다고, 어서 나오라고 밖에서 사정을 해도 막무가내로 버티며 나오지 않더라는 이야기였다. 남편과 자식들이 불에 타 죽던 날 밤에 당숙모는 측간 속에 있었다는 것이었다. 그날따라 공교롭게도 심한 설사가 나서 때마침 똥통 위에 쪼그리고 앉아 있다가 빨치산들이 들이닥치는 모양을 보았다는 것이었다.

당숙과 재종들이 들어 자는 방의 문고리를 빨치산들이 밖에서 걸어 잠근다. 그것만으로는 모자라서 다시 방문에다 버팀목을 받쳐 무슨 수로도 빠져나올 수 없게 만든 다음 집채를 빙 둘러가며 불을 싸지른다. 그동안에 당숙모는 겁에 질려 똥통 속으로 뛰어 들어가서는 간신히 콧구멍만 밖으로 내놓은 채 온몸을 똥물에다 장아찌 담근다…….

먼저 웃음을 터뜨린 쪽은 나였다. 그러자 아무 짬도 모르면서 동우 녀석 역시 덩달아 웃기 시작했다. 건넌방에 모여 쑤군거리고 있던 아낙네들이 갑자기 이야기를 뚝 그치더니 내 얼굴을 일제히 쏘아보았다.

"어이구 이 웬수들아, 느이 에미가 그 지경을 당혀도 좋다고 풀풀 거리고 웃고만 있거라!"

어머니가 내 빰을 한 뼘이나 되게 잡아 늘였다. 그럼에도 불구하고 나는 좀처럼 웃음을 그칠 수가 없었다. 내 뇌리에서 당숙과 재종들, 특히 당숙모가 두고두고 가장 애통히 여기는 막내재종, 당숙이 미처 이름도 지어주기 전에 저 세상으로 가버린 젖먹이의 죽음 같은 건 저만큼 뒷전이었다. 똥통 속에 깝북 잠겨 가쁜 숨을 헐떡이며 숨어 있는 당숙모의 꼬락서니만이 눈앞에 가득할 뿐이었다. 그날로 동네 조무래기들 사이에서 우리 당숙모는 '똥멱이'라는 별명으로 불려지기 시작했다. 똥으로 멱을 감고 나왔다는 뜻이었다.

"그래 집안 어른들은 어떻게 받아들이든?"

때마침 아내가 과일을 깎아 내왔으므로 나는 더 이상 어린 시절의 기억 속에 머물러 있을 수가 없게 되었다.

"뭘 어떻게 받아들여?"

이야기의 단절이 너무 길었던 탓인지 동생은 내 말뜻을 선뜻 알아듣지 못했다. 아니면 빤히 알아듣고도 일부러 그처럼 딴전을 피웠는지도 모른다.

"동근이 말이야."

"으응? 동근이?"

동생은 과일 접시에서 배 한 조각을 포크로 푹 찍어 입에 넣고는 어적어적 깨물었다.

"어떻게 받아들였을 것 같애?"

"말해보라니까."

"처음에야 뭐 물론 떨떠름한 표정들이었어. 그럴 수밖에 없잖아. 자기네가 실컷 구박해서 거의 동네에서 내쫓다시피 한 녀석이 어느 날 갑자기 출세를 해가지고 마치 변사또한테 용무가 있어서 찾아온

이도령같이 불쑥 들이닥쳤으니 심정들이 착잡할 건 당연하지."

"고시 패스한 걸 말하는 게 아냐. 동근이가 우리 문중 제사에 참석한 걸 어른들이 어떻게 생각하더냐 그런 얘기야."

"형 짐작엔 어떻게들 생각했을 것 같애?"

"그렇게 호락호락 반기진 않았을 테지."

"맞았어. 특히나 큰당숙이 그랬어. 그 양반은 지금도 그때 그 당시 일들을 잊을 수가 없는 모양이었어. 십삼대조 할아버지 산소에 절을 하려고 주욱 늘어서 있는 참인데 동근이가 당연히 그럴 권리라도 있다는 듯이 줄 속으로 끼어드니까 큰당숙이 시제를 중단시키더군."

"그래서 결국 동근인 절을 못했나?"

"웬걸, 큰당숙이 어른들만 따로 불러 모아놓고는 한참 옥신각신하는 눈치였어. 동근이를 과연 우리 김씨 문중 사람으로 대우할 것이냐 아니냐 하고 갑론을박이 오갔겠지. 허지만 다들 동근이 태도에 위압당하고 말았어. 어쩔 도리 없다는 듯이 결국 큰당숙이 여론에 굴복해 버렸지."

"벌써부터 예비 판검사 위엄을 보이든?"

"말투가 꼭 형이 그 자리에 참석했더라면 집안 종손 자격으로 혈통의 순수성을 지키기 위해서 끝끝내 동근이를 배척했을 것같이 들리는군."

그것만큼은 동생의 속단이었다. 동근이를 두고 느끼는 특별한 악감정 따위는 나에게 없었다. 다만 그를 시제에 끼워주고 안 끼워주고 간에 좌우간 어느 쪽이 됐든 두루 다 어색하게 느껴질 따름이었다.

"허지만 동근이가 하는 양을 직접 목격했더라면 아마 형도 별수 없었을 거야. 그렇게 열심이고 지성스럴 수가 없었어. 말끝마다 우리 어머님 우리 아버님이고 우리 할아버지야. 어디 있는 어느 산소가 몇 대조 할아버지 무덤인지 형은 똑바로 댈 자신 있어?"

참으로 고약한 질문이었다. 금년처럼 피치 못할 사정으로 어쩌다 한 번 거르는 경우 말고는 거의 해마다 시제에 참석해나왔지만 지금도 어렵기만 한 것이 바로 그 서열에 따라 산소 외는 일이었다. 오십여 기에 가까운 봉분들 가운데 그 산소가 그 산소 같고 그 조상이 그 조상만 같아 잠시 어물어물할라치면 으레 어른들로부터 핀잔이 따르곤 했다. 종손이 그런 것조차 모르니 우리 문충공파의 장래가 큰일이라는 것이었다.

"그리고 몇 대조 할아버지가 무슨 벼슬을 지냈는지 형은 알고 있어?"

"동근이가 그런 것까지 알고 있든?"

나는 깜짝 놀라면서 동생에게 반문했다.

"말도 마. 꼭 도면을 들여다보고 얘기하는 것 같더라니깐."

나도 모르게 혀를 내두를 지경이었다. 고향에서 우리하고 함께 자라는 동안에 동근이는 제대로 한 번이고 본때 있게 시제에 참석한 일이 없었다. 아무도 끼워주고 싶어 하는 사람이 없기 때문에 멀리 떨어져 뒷전에 혼자 남아서 뱅뱅 돌다가 시제가 다 끝나고 나서야 우리가 선심 푹 쓰고 나눠주는 햇밤이나 대추 따위 과일 정도 겨우 얻어먹을까말까 하는 처지였다. 그한테 만약 우리 조상의 산소나 벼슬의 내력을 조목조목 익힐 기회가 있었다면 그것은 우리 아버지가 종손인 나한테 절을 올리기 전에 구구단을 암기시키듯이 일일이 일러주는 소리를 뒷전에서 귀동냥으로 얻어듣는 바로 그때뿐이었으리라.

그렇게 생각하고 나니 비로소 내 가슴에도 동근이가 보인 정성이 암만이었는지 실감 있게 전달되어 오는 것이었다. 코가 어디 붙고 귀가 어디 붙었는지도 모르는 남의 조상 무덤에 대고 차례로 넙죽넙죽 큰절을 올리는 동근이의 궁둥이가 눈앞으로 커다랗게 확대되어 달려왔다. 어린 시절에 해마다 시제 때만 되면 줄에 끼지도 못하고 멀찌감치 뒷전을 맴돌면서 남의 조상에 관해 그 내력을 소상히 익히는 데 쏟았을 그의 눈물겨운 노력이 그제야 손에 잡히는 듯했다. 사실대로 밝히자면 그의 원래 성은 차씨였다. 어찌어찌 입안에 우겨 넣은 사과조각이 목구멍에 걸려 넘어가지 않는 바람에 나는 한참이나 애를 먹어야만 했다.

"시숙어른 중에서 타성바지 양자를 하신 분이 있는 모양이죠?"

눈을 오큼하니 뜨고 조용히 듣고만 있던 아내가 처음으로 참견을 하고 나섰다.

"시집온 후로 고향에 자주는 못 가봤지만 동근이란 시아재는 별루 본 적두 들은 적두 없는 것 같아요."

그래도 여전히 나한테서 아무런 대답도 없자 아내는 이번엔 동생을 상대로 했다.

"어떤 사람예요, 그 동근이란 분?"

"얘길 하자면 아주 길어."

동생을 앞질러 나는 아내에게 말했다.

"아무리 길어두 들을 건 들어야죠."

"그리고 사정이 굉장히 복잡해."

"어차피 저두 이젠 김씨 집안 귀신이 될 거예요. 사정이 복잡하다구 제가 알면 안 되나요?"

아내가 성깔을 돋우려 했다. 그러는 아내를 나는 하루아침에 문중대소사에 지대한 관심을 쏟기 시작하는 종갓집 맏며느리 본연의 자세로 기특하게 봐주고 싶지는 않았다. 옆에서 듣자 하니 형제끼리 주고받는 이야기가 딴엔 제법 흥미 있게 느껴졌거나 아니면 아내로서 또는 형수로서의 자기 위치가 무시당하고 있다는 기분 때문이었을 것이다.

"당신 육이오 때 몇 살이었지?"

"당신보다 네 살 아래잖아요. 당신 나이 빼기 네 살, 해보세요."

"육이오 때 일을 기억하느냐는 뜻이야."

"그때 기억이라곤 딱 한 가지밖엔 없어요."

그제서야 아내의 말씨가 누그러졌다.

"엄마 젖을 빨던 기억이겠죠."

동생녀석이 제 형수를 놀렸다.

"제가 그때 젖먹이였다면 삼춘도 마찬가지루 젖먹이였게요?"

아내가 말했다.

"형수님하고는 엄연히 주민등록번호 앞대가리가 달라요."

동생이 말했다.

"실은요, 아버지가 두꺼운 솜이불을 머리 위로 덮어씌우는 바람에 덥고 숨이 막혀서 혼난 기억밖에 없어요. 유탄이나 파편이 벽을 뚫고 들어올까봐 그랬대요."

그처럼 전쟁의 기억이 빈약한 아내를 위해서 나는 또다시 굴속같이 어두운 통로를 더듬어 길고도 복잡한 여행을 떠나지 않으면 안 되었다. 그 여행의 끝에 막다른 골목 같은 동근이가 도사리고 앉아 있었다.

눈자위를 허옇게 뒤집어까고 귀신처럼 머리를 너풀너풀 풀어헤뜨린 당숙모가 맨발로 동네 고샅을 온통 휘젓고 다니던 날 밤에 나는 공동 샘 너머 동구 밖 무논에서 자지러지게 울어대는 맹꽁이들의 합창을 들을 수 있었다. 바람 한 점 없는 눅눅한 밤더위 속에서 모기떼들의 극성이 유난했으며, 초저녁부터 마당가 텃밭머리에서 피워올리는 모깃불의 연기가 한없이 낮게만 깔리는 바람에 집안이 온통 생초목을 태우는 매캐한 연기 냄새로 가득했다.

한밤중이었다. 그때까지는 제법 잘 참아나온 셈이었으나 날이 훤히 새는 새벽녘까지 견디기엔 아무래도 무리였다. 나는 깜깜한 방안에서 다리를 이리 꼬고 저리 꼬아가며 마지막 안간힘을 다하다가 마침내는 옆에 누운 외할머니를 깨우고 말았다.

"또 밤똥이냐?"

몇 번 부르지도 않았는데 외할머니는 금방 일어났다. 일어나 앉자마자 외할머니는 먼저 기침부터 쿨룩쿨룩했다. 외할머니의 목구멍에서 그릉그릉 가래 끓는 소리가 내 숨통을 답답하게 만들었다. 특히 장마철의 날씨와 모깃불이 풍기는 알싸한 흰 연기가 우리 외할머니한테는 대비상이었다. 외할머니는 해소병의 증세를 보이고 있었다. 거기에다 외할머니는 서울서부터 우리 마을까지 장장 칠백 리 길을 순전히 두 다리로만 걸어서 피난 나온 그 뒤탈로 얻은 양쪽 무릎 근처의 신경통이 이틀 전에 도져 밤잠을 제대로 못 자는 형편이었다.

"어서 가서 치성부터 디리자."

그러나 외할머니는 뒤늦게야 간신히 이룬 잠을 깨우는 나를 털끝만큼도 깡짜놓지 않았다.

"사루마다에다 똥 지리면 할머니가 빨어줄 터?"

친할머니가 돌아가신 뒤부터 나는 집안에서 외할머니를 그냥 할머니라고 부르고 있었다. 외할머니 치마꼬리에 매달려 지척조차 분간이 안 가는 시커먼 토방으로 내려가면서 나는 볼멘소리를 해보았다. 그러나 외할머니의 고집을 나로서는 꺾을 재간이 없었다.

"아니다. 접때 디린 치성이 모자라서 그런다."

외할머니는 막무가내로 나를 집모퉁이로 끌고 갔다. 댑싸리로 엮어 만든 커다란 닭둥우리가 내 키보다 더 높이 벽에 매달려 있었다. 횃대에 늘어앉아 잠자던 닭들이 때아닌 인기척에 놀라 둥우리 안에서 꼬꼬거렸다.

"달기님, 달기님."

타원형의 둥우리 앞에 나를 세워놓고 외할머니는 닭들을 향해 연신 머리를 조아려가며 두 손바닥을 싹싹 비비기 시작했다.

"달기님들이나 밤똥 누지 어디 사람이 밤똥 눈답디어?"

무슨 소린지 알아들었다는 듯이 닭들이 다시 꼬꼬거렸다. 외할머니의 목소리가 두런두런 어둠 속으로 퍼져나갔다. 그렇게 외할머니가 열심히 치성을 드리는 동안 나는 마개를 막듯이 손바닥으로 똥구멍을 틀어막고는 다리를 쉴 새 없이 비비꼬면서 겅중거렸다.

"가온뎃말 사는 쇤네 외손자 우리 김동만이가 요렇게 비나이다. 오늘 한 번만 더 누고 차후로 다시는 밤똥 누는 일이 없게 달기님이 살펴주사이다. 가온뎃말 김동만이 똥까장 달기님이 맡어서 다 싸주사이다."

이어서 외할머니는 외손자를 통하여 치성의 효험을 보여준 닭들에게 깊이 감사했다. 아닌 게 아니라 지난번에 치성드린 이후로 나는 사흘 동안 내리 밤똥을 눈 적이 없었다. 그러나 그 효험이란 게 언제나 사나흘 정도를 넘기는 법이 드물었다. 며칠만 지나고 나면 도로 마찬가지가 되곤 했던 것이다.

나는 밤을 무서워하고 있었다. 밤의 어둠을 끔찍이도 무서워하고 있었다. 전쟁이 터진 뒤로 내가 아는 거의 모든 죽음들이 밤중에 이루어졌다. 외삼촌의 전사 통지가 온 것도 밤중이었고 삼촌을 마지막으로 본 것도 새벽녘에 가까운 한밤중이었다. 생각만 해도 몸서리쳐지는 강둑 위에서의 학살이나 빨치산의 습격도 대개 야음을 틈타 저질러졌으며 그것에 대한 보복 또한 어둠 속에서 저질러졌다. 새벽은 다만 간밤의 죽음들을 우리에게 똑똑히 확인시키기 위해서만 찾아오는 것 같았다.

할머니가 숨을 거두던 날 밤에 우리 집 초가지붕 위로 퍽 하고 박덩이만한 주홍색 혼불이 치솟으면서 우리 할머니의 넋이 깜깜한 하늘로 흐느적흐느적 사라지는 광경을 직접 보았노라는 동네 여자의 이야기를 들은 다음부터 나한테는 어느새 꼭 밤똥을 싸야만 하는 버릇이 생겼다. 밤중엔 절대로 혼자서 으슥한 측간 근처는 얼씬도 말아야지, 말아야지, 하고 초저녁부터 단단히 벼르다 보면 으레 아랫배가 쌀쌀 뒤틀리는 통증 때문에 한밤중에 잠에서 깨곤 하는 것이었다.

"그저 달기님만 꽉 믿고 쉰네는 이만 물러갑니다. 가온뎃말 사는 우리 김동만이 부데부데 달기님께서 살펴주사이다."

치성을 다 마치고 외할머니는 닭둥우리를 향하여 세 번 절을 했다. 횃대에 앉은 닭이 꼬꼬거리면서 외할머니더러 너무 염려 말라고 했다.

"달기님, 달기님, 가온뎃말 사는 김동만이 밤똥 안 누게 살펴주사이다."

외할머니의 권에 따라 나는 차마 떨어지지 않는 입술을 놀려 가까스로 이렇게 빌었다. 그리고 손바닥을 싹싹 비비면서 둥우리를 향해 세 차례 머리를 조아렸다. 닭들이 꼬꼬거리는 소리가 또다시 둥우리 안에서 흘러나왔다.

어디선가 개가 짖고 있었다. 먼저 짖기 시작한 그 개를 뒤따라 여기저기서 다른 개들도 짖어대고 있었다. 나는 똥통 위에 얹힌 발판에 앉아 숨 다급한 그 소리를 듣고 있었다. 면사무소 서기에 의해 외삼촌의 전사 통지서가 전달되던 날 밤하고 흡사한 분위기였다. 다른 점이 있다면 그것은 비가 내리고 안 내리는 그런 차이였다.

"할머니 혼자 가지마!"

외할머니가 울타리에서 따준 호박잎으로 서둘러 밑을 훔친 다음 나는 잠방이를 허리 쪽으로 끌어올렸다.

"너도 들었냐?"

이때 두억시니 같은 어둠 속에서 외할머니의 목소리가 조용히 흘러나왔다.

"개들이 미쳐서 지랄났어."

나는 외할머니의 치맛자락을 꽉 붙잡고 매달렸다.

"개 말고 따른 소리다. 잘 들어봐라."

외할머니가 조용히 말했다. 그러나 나는 개들이 울부짖는 소리 외엔 아무 것도 듣지 못했다. 외할머니는 어떤 보다 더 무시무시한 다른 소리를 지목하고 있음이 분명했다. 이를테면 그것은 외삼촌의 죽음이 확인되던 날 밤에 들리던, 철벅철벅 흙탕물을 튀기는 어지러운 발소리 같은 것이었다. 초저녁에 비해 많이 기세가 꺾인 무논의 맹꽁이들 울음이나 풀벌레 소리가 그것만큼 무섭게 들릴 리는 만무했다.

"아무 소리도 안 들려!"

볼때기로 달라붙는 모기를 손바닥으로 철썩 후려갈기면서 나는 외할머니에게 짜증을 부렸다. 빨리 방으로 들어가자는 뜻이었다. 평소엔 외할머니하고 비교도 안 되게 훨씬 밝은 내 귀가 어떤 특별한 경우엔, 예를 들어 죽음하고 관련되는 어떤 소리를 어둠 속에서 잡아내는 신기한 능력에 있어서는 도무지 외할머니의 귀를 따라갈 수 없다는 사실을 그간의 여러 차례 경험을 통해서 잘 알고 있기 때문에 나는 바로 그 점을 두려워하고 있었다.

"사람 소리다."

기어들고 기어나는 측간 입구에 우두커니 선 채로 외할머니가 중얼거렸다. 그러자 내 귀에도 마침내 문제의 그 소리가 가물가물 잡히기 시작했다.

"누군지 몰라도 시방 숨이 넘어가는 참이다."

그것은 사람의 목숨이 끊어져 가는 비명과 신음이었다. 여자의 앙칼진 비명과 남자의 위협에 찬 외침이 눅눅한 밤공기를 타고 멀리서 들려오고 있었다.

"여럿이서 여러 사람 숨을 끊어놓고 있다."

더 지껄일 듯하다가 갑자기 말소리를 뚝 그치더니 외할머니는 나를 덥석 끌어안다시피 하면서 방안으로 허둥지둥 들어갔다. 안에서 문고리를 걸어 잠근 다음 외할머니는 내 머리 위에 홑이불을 들씌워주었다.

“어서 잠이나 자거라.”

잠이 올 턱이 없었다. 나는 더위 따위는 어느 겨를에 말짱 다 잊어버리고 오히려 오한에 떨면서 그것이 마을 어디쯤 누구네 집에서 나는 소리인지를 대강만이라도 가늠해보려고 이불 밑에서 안달을 했다. 그러나 당최 짐작조차도 할 수가 없었다.

큰방 문이 조심스럽게 열리는 소리가 마당을 돌아서 사랑채까지 왔다. 드디어 큰방에서도 그 소리를 들은 모양이었다. 잠시 마루 끝에 서서 바깥 동정을 살피는 기색이더니 이내 잽싼 발소리가 사랑채로 다가왔다.

“어머님, 동만이를 큰방에다 재워야것습니다.”

아버지였다. 나는 아버지의 품에 안겨 외할머니와 이모가 자는 사랑방을 떠났다. 아버지의 큰 걸음이 마당을 성큼성큼 건너지르는 그 사이에 나는 잠에서 깬 이웃집들이 어둠 속에서 은밀히 내는 인기척들을 또렷이 느낄 수 있었다. 하지만 어느 한 집 방안에 불을 밝히고 밖에 나와 내다보는 사람 하나 없었다. 시국이 시국이니 만큼 야밤에 혹 동네에서 예사롭지 않은 일이 벌어지더라도 절대로 함부로 밖에 나와서는 안 된다고 우리는 어른들로부터 누누이 신칙을 받아왔었다.

“누네 집이다요?”

깜깜한 아랫목에서 어머니의 목소리가 파르르 떨려나왔다.

“솔뫼 차서방네 집이 맞지라우?”

아버지한테서 아무 말이 없자 어머니는 다시 파르르 떠는 소리를 했다.

“아매 그럴 게여.”

그제서야 아버지는 마치 신음을 토하듯이 무겁게 말했다.

솔뫼 차서방네 집!

그때부터 내 몸뚱이가 사정없이 덜덜 떨리기 시작했다. 바로 내 친구 재석이네 집이었다. 틀림없이 재석이가 사는 솔뫼 외딴집 근처였다.

"대관절 얼매나 더 피를 흘려야 이런 놈의 짓거리가 끝날 것인지……."

아버지가 중얼거렸다.

"저물 녘부터 소문이 돌드니만 기연시 차서방네가 절딴이 나누만요."

말을 마치고 어머니가 한숨을 푸욱 꺼다. 그 순간 어머니는 하마터면 우리도 당할 뻔했던 지난 일을 머릿속에 떠올리고 있는 듯했다. 그러나 우리 집안은 재석이네와는 여러모로 달랐다. 인근을 통틀어 우리만큼 벌쭉한 집안이 드문데다가 남의 이목에 거슬릴 만큼 두드러지게 부역한 사람이 삼촌 하나뿐이었다. 더구나 국군장교로 일선에서 전사한 외삼촌의 어머니가 우리 아버지의 장모로 사랑채에 기거하면서 두 눈을 시퍼렇게 부릅뜨고 방패막이를 해주는 바람에 읍내에서 몽둥이와 연장을 들고 습격을 나온 청년들도 우리 집만은 슬금슬금 피해서 가버렸었다. 우리 집의 불행은 다행히도 삼촌 한 사람의 죽음만으로 끝날 수 있었던 것이다.

그런데 재석이네는 사정이 전혀 달랐다. 양념으로 쓸 만한 친척 하나 없이 어디선지 흘러 들어와서는 솔뫼 잿등 밑에다 외딴집을 짓고 차서방이 남의 집 머슴살이를 하면서 그럭저럭 살았다. 인공 치하가 되자 차서방은 면당위원회에 나가 자전거를 타고 한동안 열심히 심부름을 다녔다. 그러다가 인민군이 물러갈 무렵에 차서방은 갑자기 행방이 묘연해졌다. 그때부터 재석이네 할아버지는 일삼아 동네 집집을 찾아다니다시피 하면서 자기 아들이 읍내에 나갔다가 헌병한테 걸려 국군에 노무자로 끌려갔다고 소문을 퍼뜨렸다. 그러나 재석이네 할아버지의 말을 신용해주는 사람은 아마 마을 전체를 탈탈 떨어 재석이네 식구들뿐이었을 것이다.

"아직 다섯 이레도 못 넘은 핏덩이까장 딸렸는디 재석어메 불쌍혀서 어쩐디야. 속에 든 것은 없어도 사람 하나 음전허고 바느질 솜씨가 기가 맥힌 예펜넨디…… 으런 뫼시고 새끼들 키우는 예펜네가 무신 죄가 있다고…… 뭘 안다고…… 응뎅이나 몇 차례 패고 지발덕분 죽이지만은 말어야 헐 틴디……."

어머니는 거푸 혀를 차고 거푸 한숨을 내쉬었다. 아버지는 아무 말도 하지 않았다. 윗목을 더듬어 담배통을 찾아낸 기색이었지만 성냥을 긋지는 않았다. 아버지는 방문을 살그머니 열고 마루 쪽으로 잠시 머리를 내밀었다가는 도로 닫았다.

"대충 끝난 모양이네."

아버지의 말은 습격자들이 물러갔을지도 모른다는, 그만 물러갔으면 좋겠다는 뜻이었다. 어느 겨를에 비명 소리는 그쳐 있었다. 마무리라도 지으려는 듯 멀리서 개 짖는 소리가 간간히 들릴 뿐이었다.

"동식이네한티 가봐야겄어."

성냥을 그어 등경걸이에 얹힌 사기등잔에다 불을 댕기면서 아버지가 말했다.

"동식이도 그 패에 끼었을까라우?"

심지에서 서서히 피어나는 불빛을 받으며 어머니가 가슴이 철렁 내려앉는 얼굴을 했다. 동우녀석이 어머니의 품안에서 세상모르게 잠을 자고 있었다.

"무신 소리!"

아버지가 강경한 어조로 말했다.

"내가 살어 있는 한은 우리 집안에서 누구도 고런 짓거리 허는 사람 없어!"

얇은 담뱃종이에 썩초를 말아 혓바닥으로 침을 묻혀 입에 물고 아버지는 벌떡 일어섰다.

"동식애비랑 사람을 모아서 솔뫼로 가봐야지."

거기 끼지도 않았을 동식이네한테는 뭐하러 가느냐는 어머니의 물음에 아버지는 퉁명스럽게 대꾸했다. 그러자 어머니가 아버지의 바짓자락을 거머잡고 늘어졌다. 날이나 밝은 다음에 나가 보든지 말든지 하라는 통사정이었다. 결국 어머니의 당부에 꺾여 아버지는 좀 더 시간을 보낸 다음에 나가기로 하고 도로 주저앉았다.

"재석어메더러 빨리 몸을 피허라고 귀뜸헌 사람도 있었다든디……."

"나도 들었어, 차서방네가 동네를 뜰 거라는 소문."

어머니하고 아버지가 가만가만 주고받는 말소리를 들으면서 나는 조무래기들과 어울려 실성한 당숙모의 꽁무니를 쫓아다니는 그 사이에 마을 안에서는 불길한 소문이 벌써 파다했었다는 사실을 그제서야 겨우 알아차릴 수 있었다.

"머가 못 잊어서 이놈의 바닥을 핑하니 못 뜨고 미적미적허다가 그 지경을 당혔을꼬이……."

천행으로 살아남은 가실리 사람 하나가 우리 마을로 친척을 만나러 왔다. 어두워지기 전에 그가 돌아간 다음에 마을엔 소문이 나돌기 시작했다. 머리를 크게 다쳐 읍내 병원에서 오래 입원해 있던 다른 가실리 사람 하나가 며칠 전에 오랜 혼몽에서 깨어났는데, 바로 그 사람이 자기가 자신 있게 얼굴을 기억할 수 있는 빨치산 한 명을 친척들한테 일러 주었다는 것이다. 면당위원회의 심부름으로 자전거를 타고 가끔 가실리를 들락거린 적이 있는 차서방이 그날 들이닥친 공비들 틈에 섞여 있는 걸 얼핏 보았다는 것이다.

사변 전에 중학교를 다니다 중퇴한 동식형이 가실리에 친척을 가진 친구와 함께 헛간에서 날카롭기가 진짜 쇠창이나 다를 바 없는 기다란 죽창을 다듬다가 큰당숙한테 들켜 치도곤을 맞았다. 그런 일이 있고 나서 마을엔 흉흉한 공기가 감돌았다. 원한에 사무친 가실리 사람들의 습격이 머지않아 있을 거라고들 쑤군거렸다. 집안 아주머니 하나가 이런 소문을 재석어멈에게 전해주었다. 그러나 재석어멈은 마땅히 갈 만한 데도 없는데 어떻게 해야 좋을지 모르겠다면서 쫄쫄 쥐어짜고 울기만 하는 것이었다.

띄엄띄엄 흘려놓는 아버지와 어머니의 말소리를 한 두름으로 엮어본다면 대충 이런 이야기가 만들어지는 셈이었다.

늦잠에서 깨었을 때는 비가 주룩주룩 내리고 있었다. 이틀 간이나 푹푹 삶는 날씨에 외할머니의 신경통과 당숙모의 광기로 이미 충분히 예고되었던 그대로 빗낱이 아주 굵고 그 기세가 대단했다. 굴뚝 연기보다 더 짙은 비구름 저쪽에 자우룩이 가려져 있어 건지산 날망이 마치 원래부터 그 자리에 그렇게 없었던 듯이 중동을 싹둑 가위질당한 거나 다름없는 우스꽝스런 사다리꼴의 모습으로 무수한 빗방울들에 의해 무수히 난자당하는 중이었다.

집안에 남아 있는 사람이라곤 외갓집 식구들뿐이었다. 어머니하고 아버지가 안 보였다. 심지어는 동우녀석까지도 어디로 나갔는지 아침부터 가뭇없었다.

"다들 어디 갔어?"

나는 외할머니한테 물었다.

"솔뫼는 안 갔다."

외할머니가 시침을 뚝 떼고 대답했다.

"에헹, 솔뫼 재석이네 집으로 갔구나!"

늦잠에 곯아떨어져 있다가 나는 하마터면 간밤의 일을 언제 그랬더냐는 듯이 잊을 뻔했다.

"솔뫼 근처엔 얼씬도 말거라."

외할머니가 나한테 이렇게 주의를 주었다. 그러나 나는 그 말이 끝나기도 전에 벌써 비를 가릴 만한 물건부터 찾고 있었다. 커다란 마대가 벽장 속에서 발견되었다. 나는 마대의 밑바닥 한쪽 모서리를 안으로 쑤셔 넣어 다른 한쪽 모서리와 겹치도록 해서 쌀을 까부는 키 모양으로 만들어 냉큼 머리 위에 둘러쓰고는 억수로 쏟아지는 빗속을 뚫으며 외할머니가 일러준 대로 곧장 솔뫼로 직행했다.

아마 마을 사람 전부가 거기 몰려 있다 해도 지나친 말은 아닐 것이었다. 솔뫼 잿등 밑 재석이네 집 근처에 구경꾼들이 장날을 맞은 읍내 장터만큼이나 벅적거리고 있었다.

"계수씨! 계수씨!"

울타리도 없이, 그래서 울안이라고 할 것도 없는 오두막으로부터 한바탕 거리나 외따로 떨어진 재석이네 측간 앞에 서서 큰당숙이 비를 고스란히 맞고 있었다.

"계수씨! 계수씨!"

큰당숙한테 계수씨라면 그건 작은당숙모였다. 큰당숙은 측간의 거적문 안쪽에 대고 거듭 계수씨만을 애타게 불러댔다. 아버지를 비롯하여 집안의 여러 어른들이 측간 주변을 포위하다시피 하고 있었다.

"다아 쓰잘디없는 짓이요. 그러지 말고 어서 나오시요!"

큰당숙의 말에 작은당숙모는 아무런 기척도 나타내지 않았다.

"끄니 저러다가 아 하나만 더 쥑이고 말겄구만. 쯧쯧쯧쯧……."

구경꾼들 틈에 섞여 어머니가 아주 익숙한 솜씨로 혀를 찼다.

"차라리 애저녁에 죽는 게 낫지 그 핏덩이 혼자 달랑 살어서 뭣헌다요."

집안 재당숙모 되는 진철어메가 옆에서 어머니에게 이렇게 말했다.

"차라리 쥑이는 짐에 씨까장 말려뿐단 말이지 멀라고 저것은 냉겨놨을꼬."

"누가 아니래유."

"그나저나 저 사람이 참 안됐구만. 오직 자식 생각이 간절혔으면

뿔갱이 새끼를 안 내놓겄다고 저 극성일꼬이!"

아낙네들이 끼리끼리 모여 쑤군거리고 있었다. 비에 흠뻑 젖은 아버지가 역시 비에 흠뻑 젖은 큰당숙에게 다가가고 있었다. 아버지와 큰당숙은 잠시 귀엣말을 나눈 다음 둘이서 같이 거적문 앞으로 살금살금 접근해갔다. 큰당숙의 손이 거적문에 거의 닿으려는 순간, 새되게 부르짖는 외마디소리가 측간 안에서 빨랫줄처럼 뻗어나왔다. 그 사품에 아버지와 큰당숙이 마치 어떤 엄청난 힘에 떠다박지름이라도 당한 것 같이 냉큼 뒤로 물러섰다. 나는 그때 거적문에 푹 꽂혔던 예리한 낫날이 도로 쑥 빠지면서 측간 안쪽으로 사라지는 모양을 똑똑히 보았다.

올이 굵은 마대천을 충분히 적시고 난 빗물이 이젠 내 머리통과 잔등을 타고 옷 속으로 줄줄이 흘러내리고 있었다. 그래서 나는 이제 쓰고 있으나마나 한 마대를 아예 벗어버리고 정면으로 비에 맞섰다. 비는 계속해서 줄기차게 내렸다. 빨치산으로 죽은 삼촌을 대신하여 살아 있는 구렁이가 집안으로 기어들던 그 무렵의 그 비하고 거의 비슷했다. 그렇게 엉망으로 비를 맞으면서도 사람들은 누구 하나 재석이네 오두막을 떠나려 하지 않았다. 나는 더 이상 배가 고파지기 전에 거적문을 들치고 나오는 당숙모의 모습을 보았으면 좋겠다고 생각했다. 아침밥도 못 먹은 채 그냥 뛰어나온 탓으로 내 뱃구레에서 울리는 도랑물 흘러가는 소리가 무척이나 청승맞게 들렸다.

그토록 오래 참고 기다린 보람이 있어 마침내 당숙모가 모습을 드러내었다. 거의 벌거벗은 거나 다름없는 해괴한 차림으로 당숙모는 품에 안긴 갓난애한테 젖꼭지를 물린 채 거적문을 들치고 나와서는 아무데나 대고 함부로 낫을 휘둘러대기 시작했다. 눈동자가 휘까닥 돌아버린 상태였다. 어느 누구도 당숙모에게 접근을 못하고 엉거주춤 뒤로 물러서기만 했다. 눈자위를 허옇게 뒤집어 깐 채 이를 악물고 낫자루를 휘두르면서 당숙모는 뒷걸음질로 달아나기 시작했다. 벌거벗은 미친년 하나가 이제 때가 되면 틀림없이 잡아먹고 말 갓난애 하나를 품안에 꽉 끌어안은 채로 장대 같은 빗줄기를 뚫고 건지산 쪽을 향해 한없이 도망쳐가고 있었다. 뒤쫓는 걸 포기하고 맥없이 돌아서면서 아버지와 큰당숙은 서로 참담하기 이를 데 없는 눈짓을 주고받고 있었다.

"그래서 결국 차서방 아들을 김씨 집안 양아들로 받아들이기루 어른들 사이에 묵계가 이루어진 셈이군요?"

침을 꿀꺽 삼키고 나서 아내가 말했다.

"그 뒷얘기 역시 털어놓자면 아주 길고 복잡하죠."

동생이 제 형수에게 말했다.

"제아무리 길구 복잡해두 어느새 여기까지 무사히 건너왔잖아요?"

아내는 나에게 뒷얘기를 재촉했다.

"어때, 재미있어? 제법 들을 만해?"

나는 아내를 튕겨 보았다.

"벌써 결혼 생활 몇 년인데 왜 저한테 그런 이야기를 한 번도 비치지 않았죠?"

"자랑하고 싶을 만큼 즐거운 이야기는 아니야. 소설책 읽듯이 그렇게 재미로 들어선 안 돼."

아내의 천정 모르게 들뜨려는 마음에다 찬물을 끼얹고 나서 나는 다시 말했다.

"만약 당신 같으면 그 앨 어떻게 했을 것 같애?"

"그야 뭐 물어보나마나죠. 비록 남의 집 자식이긴 할망정 내 자식처럼 길러야죠, 당연히."

"자기 남편을 죽이고 자기애들을 죽인 빨갱이 자식인데도?"

"아이참, 이제 보니 그렇군요. 원수 자식은 원수나 마찬가질 텐데 그럴 수는 없겠죠. 그래 어떻게 처리했어요?"

아내는 갈피를 못 잡고 있었다.

"그런데 당숙모는 끝끝내 그렇게 하고 말았어. 그 바람에 집안에 말썽이 떠날 날이 없었지."

정말로 그랬다. 하루가 멀다고 집안 어른들이 큰당숙 집에 모여 드잡이 직전에까지 이르는 격렬한 말다툼을 벌이곤 했다. 집안의 크나큰 수치라는 것이었다. 툭하면 여자가 벌거벗고 동네 고샅을 내닫는 것도 문제지만 그보다도 더 큰 문제가 어린애라는 의견들이었다. 가뭄 흉년의 물꼬싸움만큼이나 험악한 입씨름 끝에 결국 어린애는 떼내어 광주 같은 대처 고아원에 맡기고 당숙모만 친정 동네로 보내버리기로 합의가 되었다.

그러나 당숙모는 친정으로 돌아가지 않았을 뿐만 아니라 끝까지 어린애도 빼앗기지 않았다. 작은당숙모가 깊이 잠든 틈을 노려 밤중에 살그머니 어린애를 빼내려다가 큰당숙모가 팔뚝을 물어뜯기고 손가락이 잘릴 뻔했다. 언젠가는 또 큰당숙이 똥바가지를 뒤집어쓰고 쫓겨나오기도 했다. 당숙모는 재석이네가 살던 움막에 그대로 눌러앉아 임자 없는 집을 차지하고 살았다.

젖을 빠는 어린애가 생긴 뒤부터 이상하게도 당숙모는 날이 궂으려고 우리 외할머니의 삭신이 영검하게 쑤시기 시작해도 전처럼 그렇게 귀신같이 산발한 채 맨발로 동네를 온통 휘젓고 다니는 버릇은 놓아버렸다. 우리는 움막 앞 양지바른 곳에 나앉아 어린애한테 젖을 빨리면서 행복에 겨워 거슴츠레하니 졸리운 눈을 하고 있는 당숙모를 자주 목격할 수 있었다.

이젠 좀 잠잠해졌는가 싶던 당숙모의 광기는 이따금 먹을 것이 떨어질 때마다 여지없이 폭발되곤 하였다. 양식을 얻으려고 큰댁에 갈 때는 언제나 어린애를 처억하니 둘러업고 낫을 휴대했다. 말이 좋아서 얻는 것이지 실상은 파랗게 날이 선 낫으로 위협해서 필요한 만큼 빼앗는 것이었다. 홀로 된 여자라고 아무도 당숙모를 깔볼 수가 없었다. 당숙모는 우리 집에도 몇 차례 찾아온 적이 있었다. 으레 논이나 밭에서 뭔가 거둬들이고 난 다음이었는데, 그때마다 당숙모는 어김없이 낫자루를 손에 단단히 움켜잡고 있는 것이었다.

동근이는 국민학교에 입학하기 전까지 이름도 없이 자랐다. 우리들한테는 그애가 그저 '똥멱이아들' 이었고, 당숙모한테는 언제나 그냥 '어구어구내새끼야' 였다. 그애에게만은 사실상 이름 따위가 필요 없는 생활이었다. 그리고 그때쯤에 이르러서는 그애가 정녕 우리 당숙모의 아들임을 부정하는 사람이 마을 안에 한 명도 없을 정도가 되었다. 마찬가지로 그애가 과거 차서방의 막내아들이었던 사실을 일삼아 기억하는 사람도 별로 없었다.

학교에 들어갈 나이가 되자 당숙모는 동근이를 호적에 올려달라고 큰당숙에게 당당히 요구했다. 그 바람에 한바탕 또 야단법석이 일어났다. 다른 누구보다도 이미 그때는 장가를 들어 가정까지 이룬 어엿한 어른인 동식형이 가장 맹렬히 반대하고 나섰음은 말할 나위도 없는 일이었다. 만약 작은아버지를 죽인 빨갱이의 자식이 작은아버지의 호적에 오른다면 자기 호적을 파가지고 나가버리겠다면서 동식형은 입에 거품을 물었다. 차서방네 일가를 몰살하겠다고 날카롭게 다듬던 그때의 그 죽창이나 다를 바 없는 서슬이 퍼런 말씨였다.

동근이의 입적 문제가 선뜻 결말을 못 보고 있는 그 사이에 큰당숙네 집 봉당에서 불이 났다. 불길은 차곡차곡 쌓아올린 볏단에서 일어나 안방 쪽과 건넌방 쪽을 양갈래로 위협했다. 불길 속에서 부지깽이를 손에 든 작은당숙모가 꽥꽥 기성을 질러대며 너울너울 춤을 추고 있었다.

가까스로 불길이 잡힌 다음에 집안 어른들이 우리 집에 모여 회의를 했다. 결국 동근이를 우리 김씨 집안 호적에 올릴 수밖에 없다는 쪽으로 의견이 모아졌다. 당숙모하고 동근이의 사이는 이제 그 무엇으로도 갈라놓을 수 없는 기정사실의 모자지간이었다.

"애비가 뿔갱이였다고 그 자식까장 배냇뿔갱이는 아니겄지."

성냥과 불쏘시개로 쓸 볏단을 손에 든 채 그때까지 곳간 앞에서 버티고 있는 작은당숙모한테 회의 결과를 알려주려고 우리 집을 나서면서 큰당숙이 지껄인 말이었다. 호적에 올리려면 우선 이름이 있어야만 했다. 이렇게 해서 큰당숙의 솜씨로 우리 형제의 항렬자를 딴 동근이라는 이름이 지어졌다.

동근이는 공부를 곧잘 했다. 학기말이나 학년말만 되면 당숙모가 동근이의 통신표를 들고 동네 집집을 찾아다녔다. 우리 동근이가 제 아버지를 닮아서 머리가 아주 명민하다는 자랑이 개울을 건너고 언덕을 넘었다. 남의 집 머슴살이로만 돌던 차서방을 염두에 두고 하는 자랑이라면 그것은 터무니없는 이야기였고, 집안에서 가장 머리가 좋기로 소문이 나 일찍이 수재들만 모인다는 사범학교를 나온 우리 작은 당숙을 지목해서 하는 말이라면 백 번 옳은 이야기였다.

이렇듯 당숙모의 자랑이 한바탕 자지러지고 나면 으레 마을에서는 집집마다 공부가 시원찮은 자식을 닦달할 때 동근이의 이름이 뻔질나게 어른들의 입에 오르내리곤 했다. 동근이보다 뭐가 모자라서 성적이 늘 그 모양이냐는 핀잔을 덕분에 나도 어머니한테 여러 차례 들었다.

동근이가 중학생이 되고 나서 얼마 안 되어 당숙모는 원인 모를 병으로 시름시름 앓다가 세상을 떠났다. 당숙모를 선산에 묻던 날 동근이는 구덩이 속에 뛰어 들어가 한사코 관을 껴안고 나오려 하지 않았다. 살을 찌르고 뼈를 갉는 듯한 울음소리가 선산에 가득했다. 알짜배기 피붙이라도 저만큼 애통해할 수는 없을 거라면서 어머니는 덩달아 눈물을 질금거렸다. 그러잖아도 동근이는 진작부터 보기 드문 효자라는 소문이 마을에 자자했었다.

"동근이 효심이 틀림없이 구천에까장 뻗치겄구만."

좋은 일이 있으나 궂은 일이 있으나 늘 당숙모의 산소를 찾는 동근이를 두고 마을 사람들이 이구동성으로 하는 말이었다. 그러나 억척배기 보호자가 없어진 마당에 동근이한테 좋은 일이 많을 턱이 없었다. 동근이가 어머니 산소를 찾아가서 한 차례씩 서럽게 울고 오는 이유는 대개 동식형 때문이었다.

당숙모가 제 친어머니인 줄만 알고 자라는 철부지 동근이한테 최초로 솔뫼에서 주워다 기르는 빨갱이 자식임을 일러준 장본인이 바로 동식형이었다. 그는 당숙모가 죽자마자 큰당숙이 데려다 기르는 동근이를 심히 구박하여 다니던 읍내 중학을 그만두도록 했다.

학교를 중퇴한 후 동근이는 큰당숙 집에서 머슴처럼 부려졌다. 농사를 거들고 산에 나무도 하러 다니고 심지어는 여자들이나 하는 빨래 따위 자질구레한 집안 일거리까지 했다.

이렇게 한 이태 가량 온갖 냉대와 구박을 견디며 지내다가 동근이는 어느 날 선산에 가서 눈두덩이 팅팅 부어 눈꺼풀이 감기도록 울고 돌아왔다. 그리고 바로 그날 밤에 큰당숙이 돌아오는 장에 나가 배메기로 내놓을 송아지를 사려고 안방 벽장 속에다 꿍쳐 둔 돈을 훔쳐 달아나버렸다. 광주 어느 식당에서 얼핏 보았다는 사람이 있고 면사무소에 나타나 살그머니 호적초본을 떼어갔다는 소문이 어쩌다 간간이 들릴 뿐, 동근이는 그 후 우리 마을에 한 번도 모습을 나타내지 않았다.

"그동안 어디서 뭘 허고 지냈대?"

나는 동생에게 물었다.

"말도 못하게 고생이 많았대. 고속버스를 타고 같이 올라오면서 내내 고생담만 들었어. 지금은 좋은 추억거리로 즐기고 있는 눈치긴 했지만 말야, 본인은 그렇지 몰라도 내가 듣기엔 콧날이 찌잉 울리는 얘기들뿐이었어."

"결과적으로 장래가 잘 풀렸으니까 재미있는 추억이 될 수도 있겠지. 그렇게 고생하면서 공부는 또 언제 했지?"

"개가 워낙 영리했잖아. 고학하면서 중학교 고등학교를 내리 검정고시로 뚫었대. 제대로 학교에서 배운 건 대학 과정뿐이라나. 그것도 서울에서 가정교사를 하면서 말이지. 그간 안 해본 짓이 없는 모양이야. 시외버스 배차장 청소부 노릇도 하고 열차 속에서 판매원 노릇도 하고 또 뭐라드라……."

"암튼 대단한 일은 대단한 일이군. 그런 환경 속에서 제멋대로 크면서 크게 빗나갈 기회도 숱했을 텐데 말야."

"동근이가 뭐랬는지 알아?"

동우녀석이 낄낄거렸다.

"저는 합작품이래. 빨갱이가 낳은 자식을 그 빨갱이들한테 불행을 당한 여자가 줏어다 길렀으니까 저만큼 운명을 기구하게 타고난 놈도 드물 거라는 거야. 그 이상 어떻게 더 기구할 수가 있냐는 거지. 아마 동근이가 나쁜 길로 들어서지 않고 제 운명을 똑바로 개척해나갈 수 있었던 것도 다 그 덕분일 거야. 일찌감치 큰 고통을 견뎌냈으니까 아무래도 나중에 작은 고통을 이겨내는 것쯤이야 수월했을 거 아니겠어?"

"지금 서울 어디 있다든?"

"사법연수원에 들어가 있대. 아마 내일이나 모레쯤 형한테 연락이 올 거야. 형 소식을 묻길래 전화번호하고 집 약도를 적어줬지."

"동근이가 날 뭘로 보든?"

"무슨 뜻이지, 형?"

동우녀석이 갑자기 눈을 커다랗게 떴다.

"날 형이라고 정식으로 부르더냐?"

녀석이 픽 하고 실소를 했다.

"난 또 무슨 애기라구. 나한테도 깍듯이 형님이라고 부르던걸."

하기야 우리 김씨 집안의 오대조 이상 할아버지 무덤에 모조리 돌아가며 절을 했다는 넉살이라면 고향에서 어린 시절을 함께 보낸 나한테 형님소리 붙이는 일쯤이야 여반장이었으리라.

"형을 만나게 되면 동근인 아마 틀림없이 이렇게 물을 거야. 형님, 비가 그치고 나면 하늘은 어떤 빛깔이 되는지 아십니까? 그리고 그 하늘에 뭐가 뜨는지 아십니까?"

"네가 그걸 어떻게 알지?"

그러자 동우녀석은 하하하 하고 큰 소리로 웃는 것이었다.

"어떻게 아느냐구? 다아 아는 방법이 있지. 동근이가 나한테도 똑같은 질문을 던졌거든."

통금시간이 가깝도록 우리는 어린 시절의 기억을 더듬어 가며 고향을 이야기했다. 그 고향 속에 있으면서 동근이는 국민학교에 입학할 당시까지 우리에겐 '똥멱이아들' 에 지나지 않는 존재였었고, 정식으로 동근이란 동항렬자 이름으로 우리 집안 호적에 편입된 뒤에도 종중의 제사엔 끼지를 못했었다.

동생이 밤늦게 제 집으로 돌아간 다음에 아내가 은근히 나에게 물어왔다.

"그 동근이 시아재 결혼했을까요?"

"모르긴 몰라도 아마 안 했겠지. 고시 공부하느라고 언제 결혼할 여가나 있었겠어?"

나는 무심코 대꾸하고 나서 좀 수상쩍은 낌새를 느꼈다.

"그런데 그건 왜 묻지?"

아내는 비윗살도 좋았다.

"제 친구 동생 중에 아주 참한 애가 있거든요. 이담에 봐서 사람이

쓸만하다 싶으면 그 애한테 소개시켜 줄려구요."

나는 오랫동안 혼자서 동근이를 생각하느라고 쉽사리 잠을 이루지 못했다. 솔직히 얘기해서 동근이가 전혀 대견하지 않은 건 아니었다. 어느 누구보다도 간난 많고 신산스러운 시대를 살면서 사실 그만큼 곱고 바르게 풀리기도 어려울 것이었다. 앞으로 그가 법조계에 몸담게 되면 다른 누구보다도 인간을 정확히 꿰뚫어보고 선악을 구분하는 기준이 확고할 것임을 나는 의심하지 않았다.

동근이를 생각하는 동안 나는 동근이의 뒤에 후광처럼 드리워진 당숙모의 얼굴을 선연히 느끼고 있었다. 그러나 실례스럽게도 내 머릿속에 떠오르는 당숙모는 벌거벗은 미친년의 몰골을 하고 있었다. 건지산 날망이 시커먼 구름자락으로 칭칭 감길 때면 으레 맨발로 뛰어나와 동네 고샅길을 종횡무진 치닫다가 다 허물어져 가는 외딴집 토담에 등을 기대고 퍽석 주저앉아 젖몸살로 팅팅 불은 암소의 그것만큼이나 덜렁한 젖통을 적삼 사이로 드러낸 채 허공에 굴리던 그 초점 잃은 당숙모의 눈…… 동네 조무래기들이 각다귀 떼처럼 덤벼들어 젖통을 물딱총 삼고 보릿대로 아랫도리를 꾹꾹 들쑤셔도 그저 잠자코 내버려두던 그 혼 달아나버린 늘편한 망연자실…….

동근이는 바로 그런 당숙모의 젖을 빨고 자라면서 스스로 좌익과 우익의 합작이라고 떳떳이 밝히는 두 번째의 생애를 살아갈 수 있었던 것이다.

동우가 다녀간 바로 그 이튿날, 나는 회사에서 돌아와 옷을 갈아입고 있었다. 이때 초인종이 울렸다. 대문을 따러 나간 아내가 어떤 굵직한 남자 목소리하고 몇 마디 간단히 주고받는 소리를 들으면서 나는 어쩌면 동근이가 찾아왔을지도 모르겠다고 막연히 생각했다.

"저 동근입니다, 형님!"

아내를 한 걸음 앞질러 낯선 청년이 마당으로 쑥 들어서면서 이렇게 외쳤다. 나는 그 순간 말문이 꽉 막혀 자기가 김동근임을 자처하는 그 낯선 청년을 우두커니 바라보고만 있었다. 그렇게 한참을 바라보고만 있는 그 사이에 나는 그가 전혀 낯선 얼굴만은 아니라는 사실을, 전에 어디선가 많이 보았던 얼굴임을, 다시 말해서 절반은 우리 당숙을 닮고 나머지 절반은 우리 당숙모를 닮은 듯한 생김생김임을 차차로 깨닫게 되었다.

"이게 얼마 만이냐……."

나는 뒤늦게 입을 열어 내 재종동생을 맞으면서 그 녀석이 무슨 일로 그처럼 서둘러 나를 찾아왔는지를 얼핏 깨달았다. 녀석은 이제 틀림없이 나한테 이렇게 물을 것이었다.

형님, 비가 그치고 나면 하늘은 어떤 빛깔이 되는지 아십니까? 그리고 그 하늘에 뭐가 뜨는지 아십니까?

《창작과비평》, 1978년 겨울호

비어 있는 들

오정희

• • • • •

1947년 서울 출생.
「완구점 여인」이 《중앙일보》 신춘문예에 당선되어 등단.
작품집 『불의 강』, 『유년의 뜰』, 『바람의 넋』, 『불꽃놀이』 등이 있으며,
장편 『새』 등이 있음.
이상문학상, 동인문학상, 동서문학상, 오영수문학상, 리베라투르상 등 수상.

비어 있는 들

나는 팔이 벽에 부딪혀 맥없이 떨어져 내리는 서슬에 잠이 깨었다. 아마 잠결에 무엇인가 잡으려는 손짓으로 거칠 것 없는 허공을 헤매었음이 분명했다. 옆 자리는 비어 있었다.

"몇 시예요?"

나는 차갑게 식은 빈 자리를 손바닥으로 쓸어보다가 문득 성마른 소리로 물었다.

첫 기차 뜨는 소리로 보아 4시 조금 지난 시각일 것이다. 지난밤의 사나운 빗소리는 들리지 않았다.

마루의 불빛이 방문의 위쪽에 붙은 유리를 통해 방안을 흐릿하게 비추었다.

서성이는 발소리와 함께 유리창을 가리며 남편의 얼굴이 검게 어른대다 사라졌다. 골진 유리에 남편의 얼굴이 터무니없이 커 보였다.

방안을 채운 박명 속에서 아이는 아무렇게나 던져진 듯 잠들어 있었다.

새벽 공기가 선뜻하리라는 생각에 나는 홑이불을 끌어당겨 덮어주며 한쪽 뺨이 이상하게 부풀린 모습으로 엎드려 자고 있는 아이의 얼굴을 물끄러미 바라보았다.

종잡을 수 없는 꿈에서 마치 등을 밀리듯 깨어난 것은 무엇 때문일까. 그는 오늘 올 것이다. 그것은 약속보다 확실한 예감이었다. 그는 한 번도 이곳 내가 살고 있는 작은 도시에 온 적이 없었다. 그러나 나는 종종 예감과 기대로 설레며 새벽을 맞고 밤을 보내었다. 칼날이 스쳐간 자국에서 내배는 피에서도, 성급히 나타난 그해 첫 나비의 서툰 날개짓에서도, 각질 속에 연한 초록빛으로 숨어 있는 나무의 눈을 보았을 때도, 늦봄이 다 가도록 전선줄에 매달려 누추히 찢겨져가는, 정월 대보름날 어느 가난한 집 소년이 띄워 올렸을 종이연을 보았을 때도 그가 오리라는 예감은 한 조각 파편처럼 반짝이며 가슴 속 깊은 곳에서 눈을 떴다.

달칵달칵, 낚시 받침대의 조립 나사를 죄는 금속성의 소리, 또한 마루에서 들려오는 서두르는 듯한 발소리를 듣는 사이 예감은 확신으로 바뀌었다. 얼마나 자주 나는 이러한 짙은 예감으로 놀라 잠에서 깨어났던가.

그러나 그토록 절박한 기다림에도 불구하고 공복의 위벽을 적시며 뚜렷한 무늬로 차오르던 바륨 용액처럼 이물감으로 차오르는 감정은 무엇인가. 나는 방문을 열고 마루로 나왔다.

"왜 일어났어?"

마루에 나란히 늘어놓은 낚싯대를 챙기던 남편이 조금 당혹한 얼굴로 돌아보았다.

"나도 같이 가겠어요."

나는 짐짓 선하품을 깨물며 말했다.

남편은 내 말을 잘못 알아듣는 시늉으로 눈을 껌벅거리며 나를 올려다 보았다. 내가 한 번도 남편의 낚싯길에 동행한 적이 없었기 때문일 것이다.

"같이 가겠다니까요."

나는 굳이 그럴 필요가 없는데도 고집스럽게 말하고는 남편의 대답을 듣지 않고 방으로 들어왔다.

남편이 신새벽에 낚시를 떠나리라는 것은 뜻밖이었다. 사흘 내내 퍼붓던 비가 어제 아침나절 조금 개는 듯하더니 어제 오후부터 날씨가 다시 사나워져 밤새 비바람이 쳤던 것이다.

나는 방의 전등을 켜고 잠든 아이를 흔들었다. 아이가 짜증스럽게 잠투정을 하며 돌아누웠다. 그러나 나는 끈질기게 아이의 뺨을 토닥이고 어깨를 흔들어 일으켜 세웠다. 팬티 위로 조그만 잠지가 비죽 솟아있는 것을 보자 잠깐 서글픔 같은 것이 가슴을 적셨다.

아이는 눈을 감은 채 한 팔을 내 목에 두르고 시키는 대로 오줌을 누었다.

"괜찮겠어?"

잠에 취한 아이의, 겨를 넣은 인형처럼 무겁게 밑으로 처지는 팔다리에 억지로 옷을 꿰어 입히는데 남편이 방안으로 고개를 들이밀며 말했다. 나보다 아이에게 하는 말이었다. 남편의 눈길이 곧장 아이에게 멎어 있었다. 아이의 꿈을 꾸듯 멍청한 눈이 불빛에 부신 듯 깜박이며 낯설게 방안을 더듬었다.

마루에 나와서도 마치 방향 지시계기가 고장난 로봇처럼 벽과 가구의 모서리에 함부로 부딪치며 비틀대는 아이를 나는 좀 잔인한 눈길로 지켜보았다.

남편은 손바닥만하게 접힌 비옷을 가방에 넣고 우산을 찔러 넣은 뒤 무릎까지 차는 긴 장화를 신었다.

지난밤의 비로 떨어진 나뭇잎들이 질척하게 운동화 바닥에 묻어났다. 날이 희미하게 밝아오고 있었다. 하늘은 짙은 색의 페인트로 칠해진, 앞으로 일어날 비극적 사건 혹은 주인공의 어둡고 음습한 열정 따위를 암시하는 듯한 무대의 배면처럼 비현실적인 색조로 새파랬다.

새벽 예배를 가는 듯 찬송가를 낀 젊은 여자가 단정히 고개를 숙이고 지나쳤다. 이어 역시 찬송가와 성경책이 들었을 게 분명한 구럭을 든 할머니가 허리를 두드리며 골목의 급한 경사면을 올라왔다. 남편의 고무 장화는 물속인 듯 절벅거리는 소리로 골목을 채웠다.

예비군복을 입은 사내 둘이 낮은 소리로 두런대며 엇비켜 지나갔다. 갑자기 교회의 종이 울리고 이어 아우성치듯 높은 곳마다 낮은 곳마다 자리 잡은 교회의 종들이 울리기 시작했다. 업힌 아이는 얇은 옷에 한기가 드는지 내 등에 바짝 몸을 붙이고 목을 끌어안았다. 두어 발짝 앞서 가던 남편이 입고 있던 여름점퍼를 벗어 덧씌웠다. 아이는 다시 잠이 드나보았다. 목에 감긴 팔에 느슨히 힘이 풀렸다.

낚시가방을 메고 바구니를 든 남편의 모습이 성큼성큼 앞서 길을 내려갔다. 허리께에 매달린 접는 의자가 그의 허벅지를 일정한 속도로 치며 흔들렸다. 목이 긴 장화는 각반처럼 정강이를 죄고 있어 실제보다 훨씬 키가 커 보였다.

"첫 차에는 안경 쓴 사람은 안 태운다는데."

큰 길에서 택시를 세우는 남편의 곁에 바짝 붙어서며 나는 배시시 웃었다.

배터에 닿을 무렵 희부윰히 하늘이 밝아왔다. 한결 엷어진 청색의 대기에 두터운 안개층이 느껴졌다. 날이 더울 모양이었다.

나는 선착장 옆의 구멍가게에 들어가 카스텔라와 사이다를 샀다.

"여기서 보자니 굉장하더군. 야영하던 패들, 아닌 밤중에 벼락을 맞은 거지."

"중도中島에선 또 어땠는데……. 물에 잠기기 시작하니까 왜가리떼처럼 나무 꼭대기에 올라가 앉았더라고……."

"헬리콥터가 떠서 실어나르긴 하더만 떠내려간 사람도 꽤 있을걸."

노동자인 듯한 사내들이 소주에 삶은 달걀을 먹으며 강 쪽으로 향해 고갯짓을 했다.

선착장에는 서너 명의 사람들이 배를 기다리고 있었다.

"어디로 가십니까?"

무료히 강물을 내려다보던 남편이 담배를 피워 물며 곁의, 역시 낚시 가방을 멘 중년 남자에게 말을 걸었다.

"글쎄요, 금정리 쪽에 가볼까 하는데 물살이 세서 그쪽으로는 배가 못 뜬다는군요. 댐의 수문을 열었다던가요. 금정리로 가려면 천상 신대리 가는 배를 타고 산을 넘어야 할 형편이군요. 어디로 가시게요?"

"글쎄요. 이렇게 물이 흐르고 물살이 사나워서야 어디서나 별재미를 보겠습니까? 허탕칠 게 뻔하지요. 하지만……."

남편이 말끝을 맺지 않고 반도 안 탄 담배를 물 위로 던졌다. 하지만 굳이 이런 날을 택해 낚시를 떠나기로 작정한 의도는 무엇이었을까. 지난밤 사납게 들이치는 비에 마루 유리문을 닫고 남편은 늦도록 낚싯대를 매만졌다. 나는 습기라도 찰까봐 그러는 게라고 짐작했을 뿐이었다.

"첫 배 뜰 시간이 퍽 지났구먼."

"수문을 열어놓아서 배가 하부리로 돌아온다니까."

빈 리어카에 함지를 얹어 앞세운 아낙네 둘이 팔목시계를 흘깃거리며 발돋움질로 강 건너를 살폈다.

"이러다가 배가 안 뜨는 거 아냐?"

그녀들도 강 건너로 푸성귀나 과일을 받으러 가는 모양이었다. 금정리, 신대리, 하부리 등은 강 건너가 초행일 뿐더러 이 고장 토박이가 아닌 내게는 생소한 지명이었다. 더욱이 오늘의 낚시는 예정된 것도 아니었다. 그러나 배가 안 뜰 경우라는 것이 알 수 없는 불안감과 조바심을 자아내게 했다.

아이는 층계에 앉아 사이다를 마시고 카스텔라를 씹었다. 방죽에 부딪는 물소리가 거셌다. 물은 탁하고 짙어 거의 들판처럼 보였다.

강의 상류 쪽에서 조그맣게 배가 나타났다. 눈으로는 빤한 거리인데도 배는 거의 움직임을 느낄 수 없을 정도로 천천히 이쪽을 향해 오고 있었다.

배추와 감자, 수박 따위를 실은 리어카와 장꾼들이 내리자 매표원이 기관실 앞에 팻말을 바꿔 걸었다. 신대리.

"산 넘어 가자면 한나절 품인데."

구멍가게에서 삶은 달걀을 먹던 사내가 투덜대며 내 뒤를 따라 배에 올랐다. 행선지가 금정리인 모양이었다.

선객은 별반 없었다. 기관실의 기름 냄새가 역하게 빈 속을 뒤집었다.

맞은편에 앉은 아낙네들이 선하품을 깨물며 눈물이 비어져 나온 눈귀를 눌렀다. 조금 떨어져 앉은 남편은 누르고 탁한 물에 시선을 박고 있었다. 얼굴이 거칠하고 부스스했다. 내 얼굴도 역시 그러리라는 생각으로 나는 얼굴을 쓸어보며 눈길이 가닿는 곳 기관실 벽에 붙은 구명조끼와 구명튜브 사용법이 적힌 푯말을 보았다. 몇 번이고 되풀이 읽고 그림을 보았으나 문어발처럼 늘어진 줄의 어디를 잡고 어디를 죄어야 깊은 물속에서 떠올려질 수 있는지, 센 물살을 거슬러 살아남을 수 있는지 알 수 없었다. 또한 아무리 배 안을 둘러보아도 구명조끼나 구명튜브로 짐작되는 것은 눈에 띄지 않았다.

의자에 올라앉아 물을 내려다보던 아이는 뱃전에 튀어오르는 물보라를 잡으려고 난간을 잡고 배의 바깥쪽으로 깊이 몸을 숙였다. 발끝이 들리자 남편이 사납게 종아리를 잡아 내렸다.

"수몰지구야. 그 전에는 동네가 있었다는데 잠기는 통에 지금은 나무뿐이야. 물 때문에 자꾸 침식돼서 머잖아 없어질 거라더군."

남편이 배가 비껴 지나치는, 강 가운데의 밋밋한 둔덕의 포플러 숲을 가리켰다. 포플러 잎을 뒤흔드는 새소리가 어지러웠다. 배는 스치듯 가깝게 섬을 지나쳤다. 나무뿌리들이 물살에 허물린 땅의 단면으로 지렁이처럼 생생하고 연한 빛으로 드러나 있는 것이 보였다.

숲을 지나자 강의 대안에서 배를 기다리는 사람들이 하얗게 눈에 들어왔다. 바람은 안개에 갇혀 흐르지 않았다. 배가 신대리에 닿자 아이는 깡충걸음으로 뛰어내렸다.

"어디로 가실랍니까?"

배에서 내려서도 줄곧 남편과 나란히 걷던 중년 남자가 산을 따라 난 길이 갈라지는 곳에 멈춰 섰다.

"글쎄요. 애도 있고 하니 적당한 데 자릴 잡죠 뭐. 어차피 오늘 낚시 재미란 뻔한 거니까."

남편이 머쓱하게 웃으며 머리를 긁었다.

"어디로 가는 거지요?"

나는 종종걸음으로 남편을 따라 걸으며 물었다. 신작로를 사이에 두고 오른쪽은 산, 왼쪽은 논과 밭, 그리고 강이었다. 강 쪽을 살피며 두리번거리던 남편이 논둑길로 접어들었다. 봇도랑물 흐르는 소리가 발밑에서 맑게 들렸다. 논둑길이 갈라지는 곳에서 남편은 잠깐 망설이는 듯하더니 아무것도 심지 않은 빈 밭을 가로질렀다. 흙이 차져서 자꾸 운동화에 무겁게 매달렸다. 빈 밭을 지나니 파밭이었고 그 아래가 물이었다. 버려둔 걸까, 아니면 씨를 받기 위해 남겨둔 걸까. 더러는 눕고 더러는 썩어가는 굵고 억센 파가 발밑에서 으깨어졌다.

펀펀한 자리를 고르던 남편이 파밭에 비닐 돗자리를 꺼내 깔았다. 아직 해가 돋지 않아 버드나무와 백양나무의 성긴 그늘이 어느 쪽에 드리울 지 알 수 없었다. 아이와 나는 소꿉장난을 하듯 신을 벗고 돗

자리 위에 올라앉았다. 그러고는 잠시 무엇을 해야 할지 몰라 무연히 지나온 강께로 눈을 주었다. 강 가운데 섬은 올 해진 명주처럼 흰 안개가 부드럽게 풀려 흐르고 있어 한층 멀어 보이는 탓에 마치 신기루처럼 보였다.

물가로 내려간 남편은 장화를 절벅거리며 수초를 치고 받침대를 박았다.

안개 속에 스밀 듯 불그레한 기운이 감돌았다. 해가 돋고 있는 것이다. 새벽의 한기가 갑자기 가셨다.

강의 맞은쪽, 우리가 떠나온 시는 세 개의 봉우리를 이은 족두리의 형상으로 눈에 잡혔다. 그리고 가운데 제일 큰 봉우리의 이마로 반짝 햇빛이 얹히는 중이었다. 시의 끝, 구릉으로부터 하나의 움직이는 띠가 나타났다. 기차였다. 스름스름 서행으로 진입해오던 기차는 기적을 울리며 사라졌다. 꺼멓게 입을 벌린 굴이 한 토막씩 천천히 기차를 삼켰다. 기차는 산굽이를 돌아서야 모습을 드러낼 것이다. 나는 기차가 사라진 뒤에도 오래도록 시커먼 굴속을 바라보았다. 이 시로 들어오는 첫 기차였다. 나는 아이에게서 그때까지 입고 있던 남편의 점퍼를 벗겼다. 남편은 떡밥을 주먹만큼씩의 크기로 뭉쳐 흐린 물속에 던져 넣고 낚싯대를 연결했다. 찌를 달고, 긴장한 탓인지 입술을 빨며 바늘에 미끼를 꿰었다.

해가 조금씩 퍼지고 안개가 걷히자 갇혔던 바람이 불기 시작했다. 수면은 비늘처럼 잔굽이로 밀렸다.

찌가 자꾸 비스듬히 기울어 물에 눕자 남편은 신경질적인 손놀림으로 낚싯대를 채어 밥을 다시 끼웠다.

퐁당퐁당 돌을 던져라, 누나 몰래 돌을 던져라.

벌써 지루해진 아이가 잔돌을 주워 강에 던지며 노래를 불렀다. 남편은 돌아보지도 않고 손을 내저어 아이를 나무랐다. 그러나 아이는 계속 돌을 던지며 갓 배운 노래를 소리 높이 불렀다. 아버지를 무서워하는 아이가 아니었다. 냇물아 퍼져라, 멀리멀리 퍼져라.

나는 아이의 버릇없음에 대해 자주 남편을 비난했다. 그럴 수 없을 때가 곧 오게 되는 거야. 남편은 경구警句 조의 한마디로 늘 아이를 옹호했다.

강의 하류에 위치한 군용 비행장에서 요란한 프로펠러 음으로 떠오른 헬리콥터가 머리를 스칠 듯 낮게 지나가자 아이는 와아 함성을 지르며 만세를 불렀다. 헬리콥터는 완만한 예각을 그리며 시의 북쪽으로 사라졌다. 두 번째 기차가 지나갔다.

"몇 시예요?"

나는 물가의 남편에게 고개를 길게 빼어 물었다. 남편의 주의는 온통 찌에 쏠려 있어 미처 듣지 못했는가보았다.

해는 완전히 퍼졌다. 흐린 물에 침참한 햇빛은 다만 뿌옇게 미세한 흙가루들을 떠올렸다.

사흘을 내리 퍼부은 비였다.

그는 지금쯤 기차를 타고 있을 것이다. 산은 보랏빛의 어둠을 벗고 밝은 녹빛으로 모습을 드러내었다.

포플러 숲 그림자가 물속에 잠겼다. 나는 아이의 손을 잡고 논둑길을 걸어갔다. 아이는 맨발인 채 흙의 감각이 좋은지 깨금발로 앞서 뛰었다. 아이의 뜀박질이 자칫 곤두박질을 칠 듯 위태로웠다.

논둑에는 클로버가 많이 피어 있었다. 아이가 한 아름 따온 꽃으로 목걸이를 엮고 조그만 손가락마다 반지를 해 끼우고 양팔에 시계를 채웠다. 아이는 부챗살처럼 손가락을 벌리고 노래를 불렀다. 클로버 줄기에는 진딧물이 끓었다. 풀물인지 진딧물인지 알 수 없는 자국이 손톱 사이에 푸르게 배었다.

"몇 시예요?"

나는 슬픔을 누르고 아이에게 물었다.

"다섯 시 십 분입니다."

아이는 팔을 높다랗게 치켜 올리며 자신 있게 답했다. 다섯 시 십 분, 아이가 만사 젖혀놓고 텔레비전 앞에 매달리는 초능력의 로봇 만화 영화가 시작되는 시간이었다.

알루미늄 컵과 병을 든 아이는 나뭇가지로 발밑을 헤치며 녹빛의 논두렁 사이로 사라졌다.

바람이 불어 벼가 눕고 다시 일어난 벼 사이로 아이의 노란빛 모자는 저 혼자 떠돌듯 찰랑찰랑 가볍게 떠서 흔들리며 멀어져갔다.

한참을 가던 아이가 불안한 듯 돌아섰다. 엄마 여기 있다. 나는 손짓으로 아이를 안심시켰다. 모자 차양이 이마를 가리워 웃는 입모습만 보였다.

나는 벼포기 사이로 언뜻언뜻 드러나는 아이의 빨간 셔츠를 눈으로 좇으며 물가로 내려가 남편의 곁에 쪼그리고 앉았다. 바구니도, 물에 담가놓은 어망도 빈 채였다.

"심심하지?"

"아뇨."

짤막하게 대답하고 나는 탐색하는 눈길로 남편의 손을 바라보았다.

봄내 여름내 물가를 찾노라 검게 그을어 투박해 뵈는 손가락이 조심스럽게 날카로운 갈고리에 떡밥을 끼웠다.

남편이 언제부터 낚시를 다니게 되었던가, 그닥 오래된 것은 아니었으나 기억이 아리송했다. 어느 날 제 시간에 퇴근해서 돌아오는 그의 손에는 한 벌의 낚싯대가 들려 있었다. 그리고 어느 날부터인가 나는 은밀하고 절박한 그리움으로 남편을 떠나고 있었다.

나는 낚시에 흥미를 느낀 적도, 따라나선 적도 없었기에 남편이 이러한 모습으로 앉아 해를 보내리라고는 상상해볼 수 없었다. 남편 역시 혼자 있는 시간의 내 모습을 알 리 없는 것이다.

다만 잠결에 보게 되는, 어둠 속을 도둑처럼 빠져나가는 뒷모습과 바구니에 담긴 수초의 비리고 미끈한 감각, 몇 마리의 죽어 있는 물고기, 죽은 물고기의 표피로 내솟는 점액질의 투명한 막, 옷에 묻은 뻘흙이나 민물고기의 핏자국 정도가 내가 남편의 낚시에 대해 알고 있는 전부였다. 뻘흙의 자국은 좀체로 지워지지 않아 빨래에 늘 애를 먹었다.

발밑에서 물이 찰싹거리고 운동화가 이내 젖어들었다. 더러운 물거품 속에 싱싱하게 부푼 부레와 아직 선연한 빛의 내장이 밀렸다. 남편이 발로 밀어 물 속으로 흘려보내었다.

해가 꽤 높이 솟아 있었다. 포플러 숲 그림자가 한결 짧아졌다. 더웠다.

정수리에 햇빛을 쨍쨍히 받으며 앉아 있는 남편의 머리칼 밑으로, 관자놀이께로 땀방울이 흘러내렸다.

"통 안 잡히네요."

"물이 불어서 그래, 물살이 세면 낚시가 안 돼."

"자릴 옮겨보지 그래요."

"밑밥을 넉넉히 깔았으니 좀 기다려보지."

기차가 지나가고 있다.

"몇 시예요?"

나는 남편의 팔뚝에 손을 얹으며 물었다.

"열 시 사십오 분이군."

기차는 이십 분 연착인 것이다. 그 이십 분이 내게 구원으로 생각되었다. 그는 이십 분간의 유예를 갖는 것이다. 최소한 이십 분 가량은 헛되이 낯선 거리를 기웃거리며 방황하지 않을 유예. 열린 창마다 사람들이 고개를 내밀고 있었다. 선풍기는 빽빽히 목을 꺾으며 힘들게 돌아가고 있을 것이다. 그 끈끈한 바람에 함께 허덕이며 그는 아마 이쪽을 보고 있을까. 한유하게 낚싯대를 드리운 우리를 볼까. 아, 이십 분, 두 시간, 이틀이며 어떠랴, 나는 해[年]를 두고 그를 기다려왔던 것을.

나는 줄곧 그를 기다려왔다. 그 기다림은 하도 절박하면서도 만성적인 것이어서 나는 오히려 그것이 생리적, 원천적인 것이 아닐까 생각하고 있었다.

"애는 어딜 갔지?"

남편이 눈으로 기차를 좇으며 물었다.

"개구리 잡으러 갔어요."

남편이 주머니에서 선글라스와 모자를 꺼내 썼다. 뒷머리털이 모자의 좸고무줄에 눌려 꼿꼿하고 단단히 목덜미를 덮었다.

짧은 여행이었지만 그는 구겨진 옷과 당혹한 표정으로 어느 정도 나그네의 냄새를 풍기며 역사를 들어설 것이다. 나는 항상 마음속으로 그를 불렀다. 그를 너무 오래 기다려 왔으므로 그 기다림에 어떤 장식적 의미, 구체적인 모습 따위는 전혀 떠올릴 수도 설명할 수도 없었다.

정물처럼 앉아 있는 남편의 주위를 햇빛이 유리갑처럼 투명하게 감싸고 있었다. 그래서 남편은 마치 발가벗고 있는 듯한 느낌을 주었다.

남편이 깔고 앉은 등받이 없는 조그만 의자의 알루미늄 다리가 반 넘어 진흙 속에 묻혀 있었다.

타악타악 막대기로 풀숲 치는 소리가 들렸다. 아이가 돌아오는 걸까. 일어나자 남편도 따라서 의자에서 일어났다. 햇빛이 사슬처럼 금속성의 소리를 내며 부서졌다. 남편은 풀숲을 향해 오줌을 누었다. 풀벌레들이 후드득 튀어 날았다. 나는 물가를 떠나 빈 밭을 지나며 둘레둘레 아이를 찾았다.

아이는 보이지 않았다. 밭의 가장이로 쇠비름풀들이 돋아 있었다. 나는 주저앉아 그것을 뽑았다. 무른 땅인데도 뿌리는 연한 이파리와는 달리 불가해한 힘으로 땅속에 얽혀 있었다.

나는 흙 속에 손을 묻은 채 한동안 동물의 내장처럼 싱싱한 빛깔로 견고히 얽힌 뿌리를 바라보았다. 따뜻하고 부드러운 흙이 손가락 사이로 감겨들었다.

신작로 쪽으로 경운기가 한 대 털털거리는 요란한 소리로 지나갔다.

논둑길로 아이가 나타났다. 뺨이 붉게 달아 있었다. 나는 아이를 향해 곤두박질하듯 뛰었다.

"재네들이 잡아줬어."

아이가 개구리가 든 컵과 몇 마리의 조그만 풀벌레가 든 병을 내밀었다. 아이의 뒤에는 아이 또래이거나 조금 위일 성 싶은 서너 명의 사내애들이 서 있었다. 나는 고맙다라고 정답게 말했으나 그 애들은 무표정한 눈길로 흘긋 바라보고는 댕그르르 잔돌을 던지거나 막대기로 풀숲을 뒤지며 내 앞을 비켜갔다.

병은 짙은 갈색으로 어두워 벌레가 잘 보이지 않았으나 아이는 후후 입김을 불어 넣고 조심스럽게 받쳐 들었다.

반바지 아래 거의 허벅지까지 진흙이 묻고 무릎에는 길게 긁힌 상처가 나 있었다. 나는 아이에게 등을 돌려대었다. 아이는 앞서 가는 사내애들을 의식했음인지 잠깐 거부하는 시늉을 했으나 그 애들이 물가로 내려가 모습을 감추자 잠자코 업혔다.

병 속에서 파드득거리는 풀벌레의 안타까운 날개짓, 개구리의 불안한 몸짓이 바로 귀 밑에서 들렸다.

나는 돗자리 위에 올라앉아 아이를 무릎에 안았다. 아이의 눈이 졸음으로 몽롱히 풀렸다.

성근 백양나무 이파리 사이의 햇빛이 아이의 얼굴 위에 내려앉자 아이는 손등으로 눈을 가리며 얼굴을 찡그렸다.

나는 아이의 손에서 병과 알루미늄 컵을 빼내었다. 아이는 빼앗기지 않으려는 듯 손아귀에 힘을 주었으나 곧 손가락에 힘이 풀렸다.

나는 아이를 펀펀한 자리에 눕히고 막대에 꽂은 우산을 땅에 힘껏 두드려 박았다. 해를 역광으로 받도록 우산을 기울이자 아이의 몸 위로 제법 긴 그늘이 드리워졌다.

남편이 튀어 오르듯 벌떡 몸을 일으키며 낚싯대를 잡아챘다. 반짝이는 움직임이 허공을 가르며 싱싱하게 퍼드득거렸다.

"뭐예요?"

나는 짐짓 호들갑을 떨며 물가로 내려갔다.

"대단찮아, 피라미야."

남편은 시답잖게 대꾸했으나 꼼꼼하게 입 안쪽에 박힌 바늘을 빼내고는 어망에 넣었다.

기차가 지나가고 있다.

"몇 시예요?"

나는 물었다. 남편은 대답하지 않았다. 미끼를 단 낚싯대를 받침대에 걸고 마치 조준하듯 방향을 잡았다. 긴장으로 이마의 힘줄이 두드러졌다. 필시 선글라스 속의 눈꺼풀도 경련하고 있을 것이다.

"역엘 나갔었어?"

담배에 불을 붙여 물며 남편이 지나가는 말처럼 예사롭게 물었다.

"아니요, 아, 아마 나갔었을지도 몰라요."

나는 변명하듯 덧붙였다.

"난 늘 산책을 좋아하는 거 알잖아요. 왜 그래요?"

"버스를 타고 지나가다가 대합실에서 나오는 당신을 본 것 같아."

그것은 어제의 일일까, 그저께의 일일까, 아니면 한 달 전, 혹은 일 년 전의 어느 날일지도 몰랐다.

찌가 약하게 흔들린다고 생각한 순간 남편의 팔이 힘 있게 머리 위로 들리고 반짝이는 것이 필사적인 몸부림으로 포물선을 그리며 발밑에 떨어졌다. 손바닥만한 붕어였다.

수초 위에 사뿐히 앉았던 잠자리 한 마리가 서슬에 가벼이 날아올랐다. 물방울이 튀어 유지油紙 같은 날개에 잠깐 무지개가 서리는 듯했다.

낚싯바늘은 목의 안쪽부터 머리를 뚫고 깊이 박혀 있었다.

남편은 살을 찢지 않으려는 노력으로 찬찬히 오랜 시간을 들여 은빛 날카로운 갈고리를 뽑아내었다.

붕어가 한 마리 흰 배를 뒤집고 흘러가고 있었다. 어쩌면 종이배 같기도 했다.

물의 압력을 견디지 못해, 아니면 센 물살에 휘말려 죽은 걸까.

어망 속 피라미의 몸놀림이 둔해졌다.

입에 거품 방울을 물고 있었다. 남편은 언제부터 낚시를 시작했던가. 내가 그를 기다리기 시작하면서부터? 나는 고개를 저었다. 나는 그러한 감정의 과장, 극적인 형태, 도식으로 설명될 수 있는 모든 것을 혐오했다.

기차가 지나간다. 해는 더욱 높아졌다.

포플러 숲은 물속에 드리웠던 자기의 그림자를 거두었다.

때때로 나는 이제는 더 이상 젊지 않은 여자로 낯선 저녁 거리에서 울고 있는 아이의, 아니면 눈물 자국으로 얼룩진 얼굴의 사내아이의 손을 잡고 우두커니 서 있는 내 모습을 보곤 했다.

땅바닥에서 축축히 습기가 올라왔다. 해 가리개를 세웠음에도 아이는 땀을 흘리며 자고 있었다.

햇빛이 머리칼께에 위태롭게 머물고 성긴 머리칼 사이로 머리 속살이 희게 드러났다.

"배 안 고파?"

남편이 물었다.

"아뇨."

나는 고개를 젓고는 해 가리개를 옮겼다. 그늘은 벌써 아이의 이마께에서 콧등으로 밀려나고 있었다. 나는 중천의 해 위치를 가늠하고 우산을 똑바로 세웠다. 밝은 산에 가끔 짙은 빛의 얼룩으로 그림자가 드리우는 건 구름이 흐르기 때문일 것이다.

썩어가는 파 냄새가 유황내를 풍기며 피어올랐다.

겨드랑이와 정강이로 땀이 흘렀다. 남편의 남색 티셔츠 겨드랑이 부분이 펑 젖어 있었다.

아이가 몸을 뒤채며 눈을 떴다. 그리고 잠깐 낯설고 서러운 눈길로 나를 바라보았다.

잠에서 깨어 현실로 돌아오기까지의 어지러운 선회旋回에서 빠져나오고자 눈을 깜박이고 두 손으로 허공을 휘저었다.

아이는 컵과 병 속을 들여다보았다. 햇빛 아래 방치된 컵 속에서 수분이 말라 건조한 표피로 개구리는 헐떡거리고 쨍 갈라질 듯 뜨겁게 달아오른 병 속에서 풀벌레들은 더 이상 퍼득이지 않았다.

"이젠 제 집으로 보내주자."

나는 아이의 대답을 기다리지 않고 개구리를 꺼내어 덤불 속으로 던졌다. 아이의 얼굴이 분노와 적의로 일그러졌다.

아이가 울음을 터뜨리자 남편이 아이를 불렀다. 나무 이파리로 피리를 만들어 삘릭삘릭 불고 어망을 열어 비스듬히 누운 피라미와 힘겹게 입질을 하는 붕어를 보여주었으나 아이는 종내 시무룩한 얼굴이었다.

기차가 허덕이며 지나갔다.

"몇 시예요?"

"벌써 두 시가 넘었군."

아. 나는 뜻 모를 탄성을 낮게 내뱉으며 맞쥔 손을 비틀었다.

"너무 더워요. 이젠 돌아가요. 애가 몹시 힘들어하는 것 같아요."

남편의 눈은 이미 찌의 움직임에 머물러 있지 않았다. 나는 남편이 내 말을 거의 듣고 있지 않음을 알 수 있었다. 남편의 눈은 두꺼운 선글라스 속에 숨어 안타까움으로 끊임없이 비틀리는 내 손의 안간힘을 보고 있었다.

그는 땀과 먼지에 젖어 단조롭고 특징 없는 거리를 헛되이 헤매고 있을 것이다. 줄곧 물처럼 흐르는 땀에도 불구하고 살갗 밑에 한기가 드는 것 같았다.

비행기가 괴조怪鳥처럼 낮게 떠서 머리 위로 날았다.

아이는 만세를 부르지 않았다.

배들은 드문드문 엇갈려 강을 가르며 지나고 강 가운데 포플러 숲에서 흰새 떼가 날아올랐다.

"이젠 돌아갑시다."

남편은 낚싯대를 접었다. 나는 말없이 돗자리를 걷고 우산을 접었다.

우리는 올 때처럼 빈 밭을 가로질렀다. 새벽에 남긴 남편과 내 발자국이 꾸들꾸들 말라가는 흙 속에 작은 균열을 보이며 찍혀 있었다. 흰 마스크를 쓰고 논에 약을 치던 늙은 농부가 밭을 건너오는 우리를 물끄러미 바라보았다.

분무기에서 뿜어져 나오는 흰 입자들이 녹빛의 기름진 이파리에 묽은 액체로 흘러내렸다.

그는 이제 더 이상 낯선 거리에서 머뭇대지 않고 돌아갈 차비를 할 것이다. 저물녘이면 그가 떠나온 곳으로 돌아가 불 밝힌 식탁에 앉으리라.

선착장에는 사람들이 둥글게 몰려 있었다. 거적에 덮인 시체는 방죽의 화강암 포석 위에 반듯이 누워 있었다.

거적 밖으로 미처 덮이지 못한 흙 묻은 머리칼과 발이 비죽 드러났다. 강물은 둔하고 단조로운 소리로 연안을 핥았다.

아이는 호기심과 두려움으로 사람들 틈에 고개를 내밀고 물러설 듯 다가설 듯 멈칫거리며 시체에서 눈을 떼지 않았다.

남편은 아이의 어깨에 손을 얹고 느끼지 못할 정도로 비켜섰다.

"남자군, 몇 살이나 되었을고."

"낚시꾼이래, 시내 사람인 모양이지."

익사체의 한 발은 거의 물에 잠겨 농구화의 뻘흙을 물살이 상기도 씻어내고 있었다. 한쪽은 조금 부은 듯 푸른 기가 도는 맨발이었다.

익사체는 햇빛 아래 불가사의한 모습으로 조용히 누워 있었다.

나는 늘 기다렸다. 깊은 밤 어두운 하늘을 보며 살별이 떨어져 내리기를, 가슴에 흘러들기를, 이승에서는 결코 이룰 수 없는 그리움처럼 그를 기다려왔다.

"배를 기다리는 거예요. 배에 실어 지서로 옮겨야 하니까요."

"염천에 시체 치우기 욕보네."

"이 노릇도 못 해먹을 노릇이에요."

앳되 보이는 경찰관이 역한 얼굴을 돌리며 침을 뱉었다.

"사람 죽은 게 시체지 별건가."

멀찌감치 물러서 강의 상류 쪽을 보던 늙수구레한 경찰관이 달관한 어조로 말했다.

배가 닿고, 배에서 내린 사람들이 익사체 주위로 또 한 겹 둥글게 진을 쳤다. 앳된 경찰관이 배에 올라가 바닥에 미리 시멘트 부대 종이를 두둑이 깔았다. 순경 세 사람에 의해 익사체는 물 먹은 판자쪽처럼 무겁게 휘며 거적째 들어 올려졌다.

익사체가 배로 옮겨진 다음에도 사람들은 그 자리에서 무언가 찾아내려는 듯 집요한 눈길을 거두지 않았다.

포석에 젖은 물기로 그의 형체가 남아 있었다. 그러나 이내 뜨겁게 달아오른 화강석 바닥에 물기는 스미며 더러는 수증기로 피어오르며 그의 형태는 변형되고 무너지고 사라졌다.

그는 외계인처럼 사라졌다. 배는 벌써 포플러 숲을 돌고 있었다.

발동선 소리에 놀란 새떼가 포플러 이파리를 흔들며 하얗게 날아올랐다.

신대리 선객과 짐을 실어갈 배는 좀체 오지 않았다. 사람들은 자기와는 무관한 익사체 때문에 공연히 한 차례 배를 기다리게 된 것에 투덜대었다.

무료해진 아이는 바구니 속을 들여다보았다. 수초와 죽어가는 물고기의 몸에서 풍기는 비린내. 몇 마리의 붕어와 피라미는 죽어 있었다. 물 마른 곳에서 퍼덕이다가 함부로 떨어뜨린 비늘이 수초에 묻어 무의미하게 반짝거렸다.

아이와 나란히 머리를 맞대고 바구니 속을 들여다보던 남편이 그 중 작고 비늘이 많이 떨어진 피라미 두 마리를 엄지와 검지로 집어올려 강물에 던졌다. 그것은 하나의 점으로 느릿느릿 흘러가다 이윽고 시계視界에서 사라졌다.

아이는 선착장 방죽에 올라앉아 발장난을 치고 있었다. 볼품없이 가느다란 다리는 진흙으로 얼룩져 더럽고 무릎의 상처에는 굳은 피로 꺼멓게 딱지가 앉아가는 중이었다.

남편은 선글라스를 벗고 눈가를 닦았다. 남편의 시선이 줄곧 아이에게 향하고 있었다.

나는 그러한 전경을 냉정하게 바라보았다. 나는 마치 짐승이 새끼를 품듯 감상이나 의지와는 무관한 본능적인 애정으로 목이 메이면서도 가끔 아이에 대해 이상할 만큼 차가워지는 자신에 당황하곤 했다.

아이가 차츰 우리를 배반해갈 동안 우리는 아이로 인해 다투고 절망하고 화해하게 되리라.

나는 아이에게 다가갔다. 아이의 손목에는 아직까지도 시든 클로버의 꽃시계가 감겨져 있었다.

"몇 시예요?"

나는 아이의 섬세한 목에 팔을 두르고 절망적으로 물었다.

아이가 가벼운 손짓으로 나를 밀어내며 손목을 눈 가까이 들어올렸다.

"다섯 시 십 분."

《문학사상》, 1979년 11월호

개흘레꾼

김소진

• • • • •

1963년 강원 철원 출생.
단편 「쥐잡기」가 《경향신문》 신춘문예에 당선되어 등단.
단편 「자전거 도둑」, 「열린 사회와 그 적들」, 「신풍근배커리 약사」 등이 있으며
장편 『장석조네 사람들』 등이 있음.
젊은예술가상 수상.

개흘레꾼

대학 서클 동기인 장명숙張明叔한테서 넘겨줄 것이 있으니 만나자는 전화가 걸려왔을 때 난 문득 그녀가 원고뭉치를 들고와 출판을 검토해달라고 할지도 모른다고 생각했다. 때마침 내가 어느 작가가 맡겨온 원고를 읽고 있던 차라 그런 생각이 났는지도 몰랐다. '우리들의 사육제' 라는 제목이 무색하지 않을 만큼 내용도 땀에 젖은 남녀의 몸뚱어리 냄새로 가득 채워져 있어 나는 흥미 반 걱정 반의 심정으로 원고를 훑어 내려갔다. 내가 술김이라면 형이라고 못 부를 것도 없을 정도의 알음알이가 있는 그 작가는 문단에서 비교적 정통 문학을 한다고 알려진 터라 나의 보수적 문학관에 비춰 당혹감이 일었던 것이다. 읽어갈수록 상업주의 쪽으로 발가벗고 뛰겠다는 의도가 확연히 드러났다. 그가 원고를 검토해달라면서 하던 말이 떠올랐다.

솔직히 대학에 자리를 잡고, 등 따시고 배부르니깐 문학이 안 되더라고. 툭 까놓고 얘기하자면 대중적으로 적당한 허명虛名이나 좀 세우자고 하는 거니깐 김형 출판사에서 어려우면 딴 데라도 톺아주쇼.

하긴 그가 예전처럼 진지하게 쓴 거라면 우리 출판사로 올 리가 없을 원고였다.

여보세요. 거기 청솔출판사죠?

수화기를 들자마자 들려오는 첫마디만 듣고도 난 그 목소리의 주인공이 누군지 단박에 알아챌 수 있었다. 왜 모르겠는가. 그 여걸女傑 장명숙을 모른대서야 인문대 팔이학번으로서 말이 되는가. 그녀는 활동이나 학습, 그리고 인간관계에서 어느 누구에게 뒤지지 않았던 모범적이면서도 탁월한 학생 운동가였으니깐. 헌신성과 대담성은 물론이고 쇳소리가 쩌렁쩌렁하게 울리는 그녀 특유의 열정적인 선전 선동은 여학생은 물론 남학생들 사이에서도 타의 추종을 불허한다는 정평이 나 있었다. 나는 당시 그녀와 같은 문학 운동 서클에서 일하고 있었다.

아 예, 그렇습니다만…… 그러면 혹시, 아니 너 뺑수 맞지 그지? 으응, 그래 너 명숙이로구나. 야, 어찌된 일이야 이거, 전활 다 주고. 근데 내가 이 출판사에 다니는 건 어떻게 알았어? 왜, 좋은 책들 많이 내잖아. 그건 그렇고, 일언이폐지하고 오늘 저녁때 시간 좀 나지? 잠깐이면 돼. 길어도 안 될 건 없지. 후후, 듣기엔 좋군. 근데 정말 웬일이야. 너한테 뭐 전해줄 것도 있고. 전달? 뭔데? 글쎄, 보면 알 거야. 그래? ……참, 너 등단했더라, 신문 보니깐. 축하한다고. 가작인데 뭘…….

올림픽이 열리던 팔십팔년에 졸업을 하고 나서 한 번도 대면하지 못했으니 거진 오 년 만의 만남이 될 자리였다. 가끔 대학 동기들을 만나서 간접적으로 단편적 안부를 전해 듣긴 했지만 최근에는 그나마 근황을 물어볼 기회도 갖지 못했다. 그러던 것이 지난해 말인가 어느 신생 신문에서 공모한 희곡 부문 가작 등단자 이름이 장명숙인 것을 보았다. 신문에 나온 주소대로 연락을 해본다는 게 마음뿐이었던 모양이었다.

신촌 어디쯤으로 둘이 알 만한 곳으로 약속 장소를 정하자고 했더니 자기가 시내에서 선약이 하나 있는데 그것이 언제 끝날지 장담할 수 없다며 나보고 아예 내 사무실에서 죽치고 있으라고 하였다. 전화에다 대고 내 사무실 위치를 손짓 발짓을 섞어가며 가르쳐주었더니 다 듣고 나서 피식 웃으면서 근처에 몇 번 가본 적이 있다고 했다.

코끝이 알싸하도록 석유난로를 자글자글 켜둔 사무실 구석의 소파에 외투를 걸친 채 홀로 앉아 있기도 뭣해서 옆 건물 지하층에 신장개업한 슈퍼마켓에서 지하 백오십 미터에서 퍼올린 천연수로 만들었다는 맥주를 서너 병 사다놓고 홀짝거리며 그녀를 기다렸다. 그러다가 얼른 생각이 났다는 듯 지난달 치 신문철을 뒤져 그녀의 희곡 당선작 제목이 '실로폰 소리에 맞춰서' 임을 확인했다. 눈으로 줄거리를 좍 훑어보니 대충 어느 아파트에서 한 젊은 유부녀가 우연히 잘못 집을 찾아든 남자와 상대하는 내용이었다. 글쓰는 축들은 자기가 쓴 글의 내용을 읽은 척하고 되풀이 들려주면 사족을 못 쓰는 법이잖은가. 원활한 대화를 위해서는 이런 기초 조사가 필요했다. 근데 내가 왜 이리 서두르는 걸까. 옛 애인이라도 찾아오는 중이란 말인가.

나는 문득 집을 나와서 고등학교 동창 녀석과 한 네댓 달 같이 썼던 장승백이의 지하 자취방이 떠올랐다. 천장으로는 붕대 같은 천을 친친 동여맨 보일러관이 얼기설기 지나가는 을씨년스런 방이었다. 경찰서에서 구류를 살고 타박타박 돌아와보니 그녀가 방에서 늘어지게 잠을 자고 있었다. 하긴 엠티를 가서나 합숙에 들어가 좁다란 방에서 남학생들 대여섯 명과 어울려 한 방을 쓰고 어빡자빡 포개져 칼잠을 잘 때도 하등 아랑곳없던 그녀였기에 방문을 열어본 나는 발을 씻는 둥 마는 둥하고 주저 없이 걸어 들어가 벌렁 드러눕고는 이내 코를 드르렁 곯았다. 그러곤 몸을 흐득흐득 떨며 아버지에 대한 개꿈을 꾸었던 것 같았다.

아버지는 마치 신바람 난 골목대장인 양 활갯짓으로 바람을 잡으며 우줄우줄 앞장서서 세찬이네 골목으로 암내를 잔뜩 풍기는 누런 황구 한 마리를 구슬러 끌고 나갔다. 몇 올 남지 않은 머리카락이 바람에 헝클어져 쑥대강이처럼 너울너울 춤을 췄다. 윗동네 아랫동네 할 것 없이 한 덩어리가 된 조무래기들이 실성한 뒤를 쫓듯 킥킥거리고 손가락질을 하며 아버지의 뒤를 따랐다. 나는 조무래기들보다 대여섯 발짝 뒤처져 걸었다. 맞은켠에서 맞닥뜨린 아낙네들은 코를 싸매 쥐고 길가 벽으로 바짝 붙은 채 이마빡에 주름살 깊은 인상바가지를 일그러붙였다. 암캐인 황구의 사추리에서는 검붉은 액체가 이따금씩 떨어져 방울방울 땅을 적시고 있었다.

뒤따르던 조무래기들 가운데 짓궂은 녀석 몇이 일부러 연탄재 쪼가리를 내던졌다. 꼬리를 뒷다리 사이로 한껏 끌어당겨 틀어막은 황구는 아버지 발치 앞으로 쪼르르 달려가 애원하는 눈초리로 쳐다봤다. 아버지는 허릿장을 지르고 험상궂은 표정을 지으며 뒤돌아서 조무래기들을 쏘아보았다. 순간 조무래기들은 움찔거리며 제자리에 섰다. 그러나 겁먹은 표정들은 아니었다. 하관이 빤 턱에는 덜 뽑은 돼지비계의 그것처럼 까칠한 털이 숭숭 솟아 있고, 동굴처럼 벌어진 시커먼 입 속으로 움푹 빨려 들어간 양볼에 위엄 따위가 서릴 만한 구석은 조그만치도 없었다. 게다가 흰자위가 검은자위를 덮어버릴 만큼 흡뜬 두 눈은 어릿광대의 표정처럼 우스꽝스럽기조차 해 아이들이 겁을 집어먹기는커녕 주먹쑥떡을 먹이는 놈들도 있었다.

그나마 내가 뒤따르고 있지 않았다면 아버지는 또 한 번 아이들의 놀림감이 되었을지도 몰랐다. 조무래기들은 아버지보다도 내 눈치를 더 살피는 기색이었다. 나는 짐짓 외면을 하고는 딴전을 피웠다. 그 자리에 슬그머니 주저앉아 운동화 끈을 들메는 시늉을 했다. 조무래기들이 왁자하게 앞으로 쏠리는 소리에 맞춰 몸을 일으켰다. 그러나 그때까지 아버지는 흘끗 뒤를 바라보고 서 있었다. 그 순간 아버지와 내 눈이 마주쳤다. 둘은 아주 무표정한 눈길을 주고받았다.

아, 아버지! 당신이 정녕 나의 아버지이십니까.

나는 나도 모르는 새에 두 주먹을 불끈 쥐었다. 그때 아버지 손에서 황구의 목줄이 풀리더니 갑자기 내게 돌진해 들어오는 거였다. 비린내가 나도록 말라보이던 황구 대신에 어느새 집채만한 몸집을 지닌 시커먼 셰퍼드로 변하여 내게 달려들었다. 그 개의 입 언저리에는 부걱부걱 일어난 거품이 잔뜩 물려 있었고 눈에는 퍼런 인불이 일어 살기마저 번득거렸다. 그러나 아버지는 저만치 서서 미친 사람처럼 웃어젖히고 있었다. 나는 소리를 지르려 했으나 몸이 말을 듣지 않았다. 가슴에 천근만근 되는 쇳덩이를 얹어놓은 듯 답답했다. 나는 안간힘을 다해서 눈을 떴다. 그와 동시에 누군가의 품에 안겨 흐느끼면서 헛소리를 내고 있는 나 자신을 발견했던 것이다. 나는 부끄럽게도 명숙의 품에 안겨 어린애처럼 울고 있었다. 그것도 그녀의 젖가슴에 콧잔등을 한껏 파묻은 채였다. 명숙은 마치 다정한 엄마처럼 내 등을 토닥거리고 있었다. 그때 내 코는 진한 이성의 냄새를 맡고 있었다. 아련한 분 냄새였을까 아니면 짙푸르게 벙그러진 방초꽃 내음이었을까. 나는 그 상태에서 한숨 더 자고 싶었지만 그녀가 내 얼굴을 살포시 밀어내었다. 그러곤 평소의 그녀답게 일갈을 하는 거였다.

그러게 너 같은 병신은 암만해도 안 된다니깐, 왜 연득없이 나서고 육갑이냐! 주동을 아무렇게나 뜨는 건 줄 알아?

어떻게 알았는지 아버지가 혼자서 경찰서 유치장으로 면회를 왔었다. 내가 면회실로 들어서자 흐릿한 아크릴 판 너머의 아버지는 자리에서 엉거주춤 일어섰다.

“쯧쯧, 아버질 생각해서라도 자네가 그러면 못쓰지 아암.”

나를 조사한 형사는 나를 데려다주면서 아버지의 행색을 살피고 난 뒤 끌탕을 하며 말했다. 나는 아버지의 손에 들려진 하얀 봉투에 눈길이 먼저 가 달라붙었다. 직감적으로 난 그것이 빵 봉지라는 걸 알았고 그것은 틀리지 않았다. 아버지는 예의 그 어설픈 미소를 지으며 다가왔다. 한여름만 빼놓고는 내도록 입는 감청색 작업복 어깻죽지에는 비듬이 싸락눈처럼 허옇게 내렸고 누비 솜바지는 군데군데 솔기가 터져 인조 솜이 비어져나와 있었다. 그것은 흘레를 붙이는 과정에서 성깔 사나운 수캐들이 아버지에게 달겨들어 물어뜯은 흔적들이었다.

"아직도 흘레를 붙이고 다니세요?"

"……."

아버지는 아무 말도 없이 물끄러미 날 쳐다보았다. 내가 이렇게 수치스러움으로 벌겋게 달아오른 목소리로 물어오는 데 대해 약간은 당황해하는 표정이기도 했다. 내가 이마빡을 아크릴 판에 대고 호전적으로 다시 한 번 물어보려고 하는 순간 면회록을 작성하고 있던 젊은 전경이 고개를 아래로 쑤셔박고 낄낄거리며 웃었다. 아버지는 날 외면한 채 머리를 끄덕였다.

나를 절망적이고 자포적인 몸짓으로 인도했던 것은 바로 아버지의 이런 행위들이었다. 수치스러웠다고 고백해야만 한다. 개흘레꾼이라니! 바로 내 아버지 얘기인 것이다.

가투가 있던 날 나는 델몬트 상자에 돌멩이를 가득 넣고 시내로 향했다. 그날 시위의 성격이 어떤 것인지, 시위를 어떻게 이끌 것인지, 또 마무리 정리는 어떻게 할 것인지도 모른 채 나는 주동이 뜨는 시각에 한 발 앞서 도로로 뛰쳐나갔다. 그리고 이십 초 만에 체포조의 가죽 주먹 세례에 묵사발이 되어 어깻죽지가 뒤로 꺾인 채 닭장차에서 주민증을 빼앗기고 곧 백차로 옮겨져 경찰서로 직행했다. 차라리 감옥에나 갔으면 하는 심정이었다. 그러나 생각과 달리 구류 십오 일이 떨어졌다.

나는 아랫입술을 지그시 깨물었다. 나의 데면데면한 표정을 읽은 아버지는 쭈뼛거리는 모습이었고 그 바람에 두 손을 앞으로 죽 내밀자 빵 봉지가 불쑥 솟구쳤던 것이다. 그때 내 눈앞에는 초등학교 일학년 운동회 때 학교 후문을 통해서 빵과 사과가 든 봉지를 철문 틈새로 넣어주던 아버지의 모습이 겹쳐져왔다. 누군가 내 어깨를 톡톡 건드리면서 후문 쪽에서 누군가 나를 찾는다는 거였다. 반신반의하며 가 보았더니 검은 물을 들인 군복 윗도리에다 귀를 덮는 개털 모자를 쓴 아버지가 배시시 웃으며 철문 사이로 봉지를 전해주는 거였다. 그때 아버지는 쓰레기를 치우는 청소부의 생활을 하고 있었는데 일하는 도중에 학교를 지나치는 중이었는지 온통 먼지투성이에다가 몹시 추레한 모습을 하고 있었다. 나는 주위 애들한테 부끄러운 마음이 앞서 잘 뛰어보라는 아버지의 말이 채 끝나기도 전에 빵 봉지를 후다닥 채뜨리고는 얼른 변소 뒤쪽으로 해서 빙 돌아 응원석으로 되돌아왔다. 그러고 나서 내가 그 빵 봉지를 열어 안에 든 것을 꺼내 먹었는지는 분명치 않다. 아무튼 면회실에 흰 봉지를 들고 선 아버지를 보니 불현듯 옛날 운동회 때 생각이 갑자기 난 것이다.

"뭐하러 오셨어요? 며칠 있으면 나갈 텐데."

"내 간수들한테 맡겨둘 테니 안에서들 노놔 먹으라."

그러고서는 할 말이 없어졌는지 아버지는 입술을 굳게 다물고 있다가 불룩한 잠바 호주머니에서 필터 없는 새마을 담배 한 개비를 뽑아 내 물었다. 그러자 전경이 볼펜 끝으로 공책을 툭툭 두드리며 면회실에서 흡연은 안 된다고 경고했다. 오 분의 면회 시간이 대충 지나갈 때쯤 내가 먼저 입을 열었다.

"엄마는 좀 어떠세요?"

"많이 축이 갔었드랬는데, 요즘은 좀 나아졌지. 니 에미레 불쌍한 사람인데…… 너 여기서 나오면 허나사나 집엘 들어와서리 부대끼더라도 함께 살아야 되지 않겠니. 그게 사람의 근본이지 않겠니?"

우리에게 무슨 근본 따위가 있겠어요! 난 하마터면 이렇게 소리를 지를 뻔했다. 그러나 아무 말도 입 밖에 내지 않고 돌아섰다. 난 아버지와 화해하고 싶은 마음이 도무지 없었던 것이다. 굳이 변명하자면 내가 대학 생활을 보냈던 팔십년대는 움직일 수 없는 냉전 체제 아래였다고나 할까. 그것이 내 사고 방식을 크게, 그리고 분명히 규정했으리라.

그때 당시의 내 심사를 잘 대변해주는 글을 나는 구십년대로 넘어가서야 비로소 우리 문단 비평의 희망봉으로 내게 우뚝한 어느 노회한 평론가에게서 보는 편이 되었다.

……우리 현대소설은, 알게 모르게 냉전 체제와 그 논리를 구축한 이항 대립이란 이름의 고전적 형이상학에 바탕을 둔 것이 아니었던가. 일제 강점기의 '아비는 종이었다' 의 명제가 그러하였고 해방 공간에서부터 팔십년대 전 기간을 은밀히 울렸던 '아비는 남로당이었다' 의 명제가 소설의 혼을 이루었을 뿐 아니라 소설과 역사를 결합시킬 수조차 있었던 것이지요…….

내가 말하는 소설이란 결국 세계관의 다른 이름이었다. 다시 말하자면 나의 아비는 숙명의 종도, 그리고 권력 투쟁에서 패배한 남로당이었다고 외칠 만한 위치에 있지도 못했기 때문에 나는 또 다른 가슴앓이를 해야 했던 것이다. 그렇다고 다시 '아비는 군발이였다' 거나 '아비는 악덕 자본가였다' 라고 외칠 처지는 더욱 아닌 데 나의 절망은 깃들여 있었다.

그런 의미에서 아버지는 테제도 그렇다고 안티테제도 아니었다. 그저 하릴없이 암내 난 개 목에 낡아빠진 개줄을 걸고 다니며 상대 수캐를 고르고 한적한 돌산 같은 데로 올라가 흘레를 붙여주는 일을 보람차게 수행하는 사람일 뿐이었다. 그러니 내가 나가야 할 출구를 아버지가 미리 막아놓은 셈이었다.

장명숙의 아버지는 해방 공간에서 사회주의 활동을 한 이력이 있는 사람인 모양이었다. 고향에서 여운형의 건준에도 주도적으로 참여했다는 말을 얼핏 들은 적이 있을 정도로 비중 있는 활동을 했다고 한다. 그 바람에 집안이 피질 못하고 우그러들었다는 소리를 술 취한 명숙의 입을 통해 몇 번 들을 때마다 그녀의 아버지는 그녀에게 하나의 테제였다. 그리고 졸업 뒤 결국은 명숙과 결혼까지 한 서클 선배 석주형의 경우는 어떤가. 난 처음에 석주형네 집에 갔을 때 그렇게 잘 사는 집구석에서 왜 운동을 하는지 의아스러워질 정도였다. 그러나 석주형은 아버지가 마련해준 기득권의 토양을 거부하고 나섰다. 형이 머릿속에 그리는 좀 더 나은 사회를 위해서 자본가적 잉여 가치를 취하는 한 아버지는 극복 대상일 수밖에 없다는 형의 논리 앞에 나는 얼마나 기가 죽었었던가. 그때 석주형에게 아버지란 존재는 안티테제일 수밖에 없었다. 그러나 내게 아버지란 존재는 이도 저도 아닌 개흘레꾼에 불과했다. 그러니 내가 절망하지 않고 어찌 배길 수 있었을까.

결국 구류를 살고 난 뒤 나는 당분간이라도 집으로 돌아와 쉬는 시간을 가졌다. 우선 학교 근방을 떠나보고 싶었다.

나는 그동안 개흘레를 붙이러 먼짓바람 속에 뒷돌산으로 가는 아버지의 뒤를 좇았지만 대부분 그 장면을 끝까지 참아내질 못하고 중도에서 산을 내려오곤 했다. 얼굴에 찬바람을 맞으며 내려오면서 나는 손아귀에 들려진 짱돌을 풀섶에 던져버렸다. 어느샌가 내 손에는 푸석푸석한 돌멩이가 쥐어져 있곤 했다.

아버지가 개흘레를 붙여주고 난 다음에 그 개가 새끼를 낳으면 한 마리쯤 수고했다고 가져다주는 사람들도 있었지만 대개는 입을 싹 씻고 말았다. 그도 그럴 것이 누가 붙여달라고 부탁한 것도 아니었고 아버지가 어떻게 알았는지 암내 난 개들이 있는 집을 용하게도 알아내서 찾아가 흘레를 붙여주겠다고 굳이 자청한 일이었으니 수고비를 내든 안 내든 탓할 바는 없을 터였다. 어쩌다 입이 잰 두익애비가 갑석이네 가게 앞 평상에 목발을 부려놓고 엉덩이를 걸치고 앉아 술잔을 꺾으며 자발머리없이 떠벌리는 옆을 지나칠 때가 난 영 젬병이었다. 나를 보는 순간부터 그는 더욱 두꺼운 입술을 부풀리며 큰소리로 나발을 불었다.

"원, 동네 개들이란 개의 씹은 죄다 그 영감탱이가 다 붙여주니 암만 이 풍진 꼴 난 세상이라지만 차마 눈뜨고 못 볼 지경이 아니잖구! 그것도 적선임에는 틀림없고 보면 저승에선 부처님 앞으로 가게 될지도 모르겠군. 흥."

"아따, 이 사람아. 그렇게 대놓고 욕하는 게 아닐세."

"아, 사실이 그런 걸 낸들 어쩌나그려? 자라는 아이들 교육적인 거시키도 생각함시롱 주착을 떨어도 떨어야지 응. 그 나쎄에 그거이 도대체 뭐이야? 생각할수록 내 낯이 다 뜨뜻해져설랑 에잉. 어떻게 개흘레꾼하고 남세스러워서 한 동네에서 상판때기를 마주하고 산단 말이여. 그냥 콱."

두익애비가 나무 평상을 주먹으로 내리치는 바람에 막걸리 잔이 움찔하며 술이 넘쳐났다. 나는 그러나 독 오른 가을뱀처럼 고개를 빳빳이 세우며 천천히 가게 앞을 지나쳤다. 가슴 한구석에서 뭔가 뜨거운 기운이 풀무질하듯이 치솟았지만 딸꾹질을 참을 때처럼 명치끝을 지그시 누르고 있었다.

"에이 쌍. 세상 한 번 왈칵 뒤집어지지 않고 뭐하는지. 개흘레꾼은 열심히 흘레를 붙이고…… 그러다 보면 누군가 갸륵히 여겨 외입질이라도 한 빠구리 시켜줄지도 모르는 일이겠고 말이야 응? 늙은 말이 콩 마다는 법 없다는 옛말이 있잖아. 대주라구, 허벌나게 대주라구들 크크크."

두익애비는 반미치광이처럼 고함을 질러댔다. 그가 공사장에서 등

짐을 지다 실족해 다리를 다치는 바람에 집안에 들어앉은 사연을 모르는 사람은 없었다. 다리를 다친 것보다 더 문제가 된 것은 낭심이 벽돌에 치여 그만 성기능 장애를 일으킨 것이다. 그러니 머잖아 두익 엄마가 안 하던 분칠을 회 뿌리듯이 하고 밖으로 나돌아다니는 모양이었고 그러니 자연 가정 불화가 끊일 새가 없었다. 솔찮이 받은 산재보상금만큼은 꽉 틀어쥐고 있어 아예 동네 구멍가게 평상을 세내듯이 꿰차고 앉아 오고 가는 사람들을 불러모아 술잔을 돌리며 외로운 곁은 달래보지만 그렇다고 허전함이 가실 리는 없을 것이었다.

"내가 가만히 앉아서 따져본 것만 해도 벌써 몇 건이여? 하루 걸러로 개흘레를 붙여준다고 해도 가설라므네…… 그 영감이 만든 개아덜이 한 백오십 마리는 넘겼는데 젠장. 그놈의 개아덜 놈들이 밤이면 밤마다 아부지, 아부지 하면서 울어젖히는 소리들이 귀에 쟁쟁하다니깐."

두익애비가 내뱉는 말에 주위의 술꾼들이 배꼽을 잡고 목젖이 찢어져라 웃어젖혔다.

아버지는 결코 아무렇게나 흘레를 붙이진 않았다. 이를테면 아버지의 머릿속에는 가근방 개들의 족보가 그려져 있는 모양이었다. 우선 에미와 새끼 간은 물론이고 같은 항렬끼리는 상관시키지 않았다. 사람들은 개판, 개판이라고들 하지만 개들 사이에서도 궁합이 있다는 게 아버지의 믿음이었다. 궁합이 맞지 않으면 좋은 수태가 될 수 없고 좋은 수태가 이뤄지지 않으면 난산이 된다는 거였다. 가령 경상도 집 꾀순이가 발정을 한다면 그 상대로는 아버지 머릿속에 당연히 요구르트집 누렁이가 점찍혀 있었다. 쫑의 상대는 당연히 이발소집 꼬맹이였다.

아버지가 어떤 기준으로 개들의 궁합을 가려내는지는 잘 알 수 없었다. 다만 개의 관상이나 겉모양 특히 생식기 부위를 집중적으로 살피는 걸로 봐서 나름대로의 기준이 없진 않다는 생각이 들었다. 워낙 개를 좋아하는 양반이라 그런지 처음 보는 개들도 몇 번 안면을 익히고 꼬리를 사리고 들 정도로 개를 다루는 데는 이골이 나 있었다. 혹시 암내 난 암캐의 음수陰水를 묻혀가서 수캐들의 혼을 지레 빼놓는가 싶어 넌지시 지켜봤지만 꼭 그런 것만도 아닌 듯싶었다.

동네에서 암캐를 기르는 집이라면 모두들 쌀가게 임씨아저씨네 맏이인 원이형이 키우는 송아지만한 셰퍼드의 씨를 받고 싶어했다. 임씨의 맏아들 원이형이 키우는 그 개의 이름은 희한하게도 히틀러였다. 아침나절 그가 잠시 돌산에 산책을 시키러 끌고 나올 때 한 번씩 그 위용을 자랑하곤 했다. 동네에서 웬만큼 사납다고 호가 난 개들도 히틀러가 지나가면서 자기 집 앞의 전봇대에 가랑이를 쳐들고 실례를 해도 찍소리를 못하고 흰자위만 뱅그르르 돌릴 뿐 기를 펴지 못할 정도였다. 사람들은 은근히 아버지에게 히틀러의 씨 좀 받아달라고 추근거렸다. 그러나 원이형은 사람들한테서 그런 제안을 받을 때마다 마치 큰 모욕을 당한 사람처럼 얼굴이 벌개졌다. 히틀러를 아무 잡종한테나 함부로 붙여줄 수 없다는 거였다. 그래서 개를 잘 다루는 데다 임씨아저씨와 친분도 남다른 아버지를 내세운 것이다.

"김영감, 어디 말이나 한번 넣어보지 그래."

"내 보기엔 말이오. 댁네 메리하고는 애시당초 궁합이 안 맞는다는 데도 대구 그러면 거 어쩌라구…… 괜한 쌩이질 치지 말고."

"우리 메리가 어디가 어때서? 이거 무시하지 말라구."

혜정이네 개가 우연히 히틀러의 씨를 뱄다가 새끼를 일곱 마리나 낳았는데 종자가 어떻게나 좋던지 젖을 떼자마자 한 마리에 만 원씩에 팔려 그 집에 거금 칠만 원을 안겨준 사례가 있어서 더 그러는 건지도 몰랐다.

"이것저것 따질 것 없이 덩치를 보믄 알쫀데 말이야……."

"뭔 소리여? 덩치로 따질 것 같으면 교미를 할 땐 다섯 배까지는 감당할 수 있는겨. 아, 안 그래? 내가 새끼럴 톡톡히 밴 게 확인되는 즉시로 김영감한테 섭섭잖게 턱을 낼 테니 너무 그러지덜 말어."

상대방이 입에 거품을 물고 달려드니깐 아버지가 한 걸음 물러서는 척하긴 했지만 끝내 확답은 하지 않았다. 이름 그대로 폭군모양 불뚝거리는 놈이라놔서…… 평소 아버지는 그 히틀러를 맘속에서 완전히 내놓고 있었다. 아버지 표현에 따르면 아주 돼먹잖은 놈이라는 거였다.

개들한테도 강간이라는 게 있단 말이에요?

기럼 그거이 왜 없겠니.

아버지는 주먹을 불끈 쥐어서 내보이며 확신에 차 말했다. 나는 하도 어이가 없어 그저 입을 벌린 채 웃고만 있었다. 그러나 아버지는 진지했다. 그게 어째서 강간인지를 설명하는 거였다. 저 이발소 은정애비네 꼬맹이 있잖니? 그것이 당했지.

어떻게요?

내 말을 한번 귀담아 잘 들어보지 않겠니. 그놈은 우선 발정이 나지 않은 것한테도 틈만 나면 마구 달려들어 그짓을 한다니깐. 어지간히 양기가 뻗쳐서는 그러기가 보통 힘든 일이 아닌데 말이다. 짐승들은 사람과 달리 발정기가 따로 있는 거 아니겠니. 그런데도 그놈은 그 자연의 법칙을 어기고 있는 게지. 아주 흉물스런 놈이야. 보믄 볼수록. 꼬맹이가 뒤를 덮친 그놈 때문에 그토록 깨갱거리다가 한 며칠 간은 기두발도 못한 걸 네 아네? 그런 놈이지. 히틀러라는 놈은. 에잉, 이름도 어디서 괴상망측하게 지어개지구설랑.

그런데 히틀러가 사라진 사건이 일어났다. 아마 원이형이 집에 있었더라면 그런 일은 일어나지 않았을 것이다. 원이형 아버지인 임씨가 아버지에게 와서 히틀러를 메리와 흘레 좀 붙여달라고 부탁했다.

"우리 아이가 지금 외출하고 없어서 그러는데 이 동네에서 그놈의 개를 다룰 수 있는 사람이라면 우리 아이말고 김영감밖에 누가 또 있겠수? 그러니 수고 좀 해줘야겠어. 차씨가 어찌나 성화를 붙여쌓는지 그 등쌀에 배겨날 장사가 어디 있겠수? 우리 아이가 알믄 큰일날 일이니깐 없는 사이에 얼른 좀 치러주구랴."

차씨는 메리한테 히틀러의 씨를 받아주기 위해 임씨아저씨 쌀가게에서 일부러 경기미 두 가마를 사서 집으로 날랐다. 아버지는 통장이기도 한 임씨에게 밉보여 좋을 게 없음을 잘 알고 있는 탓인지 입맛을 쩍쩍 다시면서 신발을 미적미적 찾아 꿰신었다. 그러나 그 흘레는 성사되지 못했다. 오후 늦게 산으로 올라간 아버지는 해가 뉘엿뉘엿 질 무렵 히틀러의 개줄만 달랑 손에 쥔 채 넋이 빠진 사람처럼 털레털레 내려왔다. 그러곤 아무 말이 없었다. 히틀러는 끝내 모습을 드러내지 않았다.

"김씨 말 좀 해보구래, 어찌된 일인지나 알아야 이 갑갑증을 풀지."

오히려 임씨아저씨가 통사정을 하고 나왔으나 아버지는 완강하게 도리질을 치면서 죄송하게 됐시우 하는 말 외에는 입 밖에 내지 않았다. 어쨌든 이만저만한 사건이 아니었다. 그때까지 저 양반이 망령이 들었나 하고 속만 끓이며 별 간섭을 안 하고 있던 어머니가 봇물 터뜨리듯 악다구니를 퍼붓고 나섰다.

어디 가서 모두먹기패랑 어울려 한 상 두리기로 해 처먹었단 말이야! 이, 씨를 말릴 함경도 종자들이 끝내도록 애를 먹인다고, 애를. 애새낀 지 에미애비 고혈을 짜다간 기껏 콩밥이나 석죽이다 나오질 않나 애비란 작자는 구질구질하게 개 씨받이 노릇을 하다가 못해 남의 집 황소만한 개를 모꼬지 판에 갖다 바쳤는지 어쨌는지, 아이구 이 내 기박한 팔자를 어떻게 하늘이 모른단 말이야!

나는 그날 아버지에게 달겨들어 등짝을 후려패듯이 쩔꺽쩔꺽 후리는 어머니를 처음 보았다. 아버지는 예의 그 묵묵부답이었다. 아버지가 입을 열지 않아서 히틀러의 종적은 오리무중이 되었다. 어디다 팔아치웠는지, 도망을 쳤는지, 아니면 어머니 억측대로 몇몇이서 아버지와 작당을 하고 한 상 두리기로 때려 먹어치웠는지 알 수 없는 노릇이었다. 어머니는 사람 이세理勢가 그런 게 아니라며 흥분이 가라앉자 단돈 몇만 원이라도 챙겨 쌀집엘 올라갔었는데 거기서 히틀러의 몸값이 거의 이십만 원대에 육박한다는 말을 듣고는 얼굴이 하얗게 질려서 갖고 간 만 원짜리 지폐 서너 장은 펼쳐 보이지도 못하고 손아귀에서 땀에 흠뻑 젖도록 쥐고 있다가 돌아왔다.

원이형은 거의 정신병원에 입원할 지경이 되었다. 돌산 한구석 시커멓게 그을린 바위 아래에서 웬 개뼈다귀를 주워와서 히틀러의 것이라며 밤새 울고불고 훌쩍거리는가 하면 김포 쪽으로 히틀러를 끌고 가는 사람들을 봤다며 집을 나가서는 며칠씩 들어오질 않았다. 나는 아버지 대신 형에게 사과를 하기 위해 쌀집 뒤곁에 있는 다락방으로 찾아갔다. 그 다락방은 원래 허드레 물건을 쟁여놓는 창고였다. 지붕과 천장 사이인 더그매였는데 사람이 앉으면 딱 정수리에서 한 뼘 가량 남았다. 형은 거의 쥐들과 같이 생활하는 셈이었다. 집안으로는 그 다락방에 이르는 통로가 없었다. 그래서 뒤란에서 벽장처럼 딴 입구까지 열 칸이 넘는 사다리를 놓고 오르내렸다.

내가 사다리를 반쯤 오른 뒤 벽장 문을 몇 번 두드렸으나 기척이 없었다. 살그머니 문을 열어젖히자 어두컴컴한 구석의 앉은뱅이 책상 앞에 쭈그리고 앉은 형이 고개를 쑤셔박고 뭔가를 열심히 헤아리고 있었다. 삼천이백쉰야들, 삼천이백쉰아홉…… 형은 온 정신을 쏟아 그 작업을 진행시키느라 내가 들어온 줄도 모르는 모양이었다. 형, 저 왔어요. 삼천이백예순…… 원이형은 날 한 번 흘끗 본 다음 다시 숫자를 헤아리기 시작했다. 나는 벽장 문을 닫은 뒤 어둠에 익숙해지기 위해 눈을 감았다. 그러곤 어깨 너머로 책상 위를 넘겨다봤다. 거기에는 왼편에 쌀과 보리가 섞인 쌀더미가 둥덩산모양 쌓여 있었고, 오른편으로는 쌀과 보리를 가려서 따로 모아놓은 쌀더미가 있었다. 갑자기 숫자의 끝자락을 놓친 탓인지 가만히 앉아 머리를 젖혀 보꾹만 쳐다보던 형이 날 보고 흘끗 웃었다. 미안하다, 언제 왔니? 방금요. 아버지 대신 사과드려요. 뭘……, 난 아무 일두 없다니깐. 히틀러는 꼭 돌아올 거야. 아주 빵빵한 놈이니깐. 형은 갑자기 책상 위의 몇 안 되는 책들 가운데 한 권을 뽑아 들었다.

그것은 조악하게 제본된 너덜너덜한 『나의 투쟁』 번역본이었다. 히틀러가 뮌헨 폭동이 실패한 뒤 뮌헨 감옥에서 구술한 것을 그의 심복 헤스가 나중에 기록한 책으로서 반민주주의적이고 전체주의적인 나치 사상의 성전이었다. 그 책갈피마다 형이 연필로 새까맣게 줄을 친 흔적이 보였다. 개의 이름을 히틀러로 지은 것도 우연의 소산은 아닌 듯싶었다. 나는 할 말을 잊은 채 형의 얼굴을 멍하니 바라볼 뿐이었다. 형은 어떤 힘을 갈구하고 있음이 틀림없었다. 자신의 허약한 육체로 인해 맛봐야 했던 수많은 좌절과 절망감을 보상해줄 강력한 힘이 필요했던 것인가.

메인 깜푸(나의 투쟁)! 속제목 좀 봐. 청산이야. 쓰레기 같은 인간들은 아주 깨끗이 쓸어내버리겠다는 거야. 속이 다 후련하지? 인간들은 크게 천재와 기생충으로 나눌 수 있다잖아. 내 주변에서 껄렁거리는 놈들은 죄다 썩었어. 알량한 근육 힘 자랑이나 하고 머릿속은 텅 비어들 가지고 말이야. 그래가지고선 아무 일도 안 돼. 더욱 강력하고 순수하며 조직적인 사상으로 먼저 무장하는 일이 필요해. 그런 의미에서 히틀러를 독재자랍시고 마냥 나쁘게만 볼 수만은 없더라고. 그는 순수하고 강한 제국을 건설하고자 했던 위대한 사람이었어. 강력한 게 다 정의로운 건 아니지만 그것이 없는 정의로움이란 무의미해. 나는 이 말에 동의한다구. 약한 자들은 곧잘 엄살을 떨지. 난 그게 싫어.

매일 아침 일어나서 제일 먼저 히틀러의 최고 강인한 이빨을 보면 삶의 의욕이 어느 정도 솟는데…….

히틀러 사건이 난 다음부터 아버지는 이러저러한 등쌀에 집에 붙어 있을 수가 없었다. 돌산 어드메쯤 가서 멀거니 혼자 앉아 있다 돌아오곤 하는 모양이었다. 나는 저벅저벅 아버지의 뒤를 밟았다. 아버지는 처음부터 그 사실을 알고 있었지만 이렇다 할 내색을 하지 않고 당신의 길만 걸었다. 나는 가다가 얼른 구멍가게에 들러 사이다 한 병과 비스킷 한 봉지를 샀다. 이럴 때 아버지가 술을 할 수 있었으면 한결 얘기는 잘 풀릴 수 있었을 테지만 아버지는 중풍을 앓은 뒤로는 술을 끊은 터였다. 아버지는 앞이 툭 트인 돌산의 한 바위 위에 올라가 앉았다. 내가 말없이 사이다 병을 따 비닐 컵에 그득 따라주자 벙시레 웃으며 받아들었다. 수염이 까칠한 코밑자락으로 콧물이 질펀하게 흐르고 있었다.

너두 내가 히틀러를 어쨌다고 믿을 테지.

나는 고개를 가로저었다.

그렇진 않지만 어떤 연유인지는 듣고 싶어서요.

그럴 게야. 하지만 나도 어안이 벙벙해서리 잘 모르갔어. 분명 히틀러를 잘 구슬러서는 저 뒤 너머 있지? 아카시아 많고 우묵한 데 말이야. 거기까지 갔는데 그만 소피가 마렵지 뭐이겠니? 차암 내, 일이 어드러케 그리 되려니깐 말이야. 첨엔 그 자리에서 아래춤을 까고서리 거저 갈기려고 했는데 왠지 꿉꿉한 생각이 드는 게야. 그래서 나무에다 개줄을 단단히 붙들어 매놓고 아래참으로 조금 기어 내려왔어. 그런데 오줌을 누고도 쭈구리고 앉아서 담배 한 대 피울 참쯤 지나서 올라갔더니 개는 온데간데없고 개줄만 덩그러니……. 그 덩치 좋고 영약한 놈이 누구한테 끌려를 갔는지 도통. 고기에다 낚시갈고리를 파묻어 던져줘서 먹어치우면 그 갈고리가 목에 걸려 고걸 끌고 가면 천

하없는 놈도 꼼짝없다는 말을 듣긴 했지만서두…….

앞으로도 개흘레를 계속 붙이실 참인가요?

아버지는 긍정도 부정도 않고 한동안 말이 없었다. 하지만 난 긍정 쪽으로 감이 잡혔다. 가슴이 답답했다. 도대체 왜일까? 나는 그것에 대한 아버지의 답변을 침묵으로 강요하며 지그시 앉아 이빨 끝으로 강아지풀 대궁을 잘근잘근 씹고 있었다.

아주 오래된 얘기지. 아주, 내 나이 스물하고두 야들이었으니깐.

아버지의 입이 열리기 시작한 첫마디였다. 아버지가 스물여덟 살 때 도대체 무슨 일이 있었단 말인가. 그때 아버지는 거제도 포로수용소의 평범한 포로였다. 언젠가 아버지는 내게 이렇게 말을 한 적이 있었다.

내레 앞에총이 뭔지나 알았겠니?

그 말은 당시의 아버지에 대해 거의 모든 것을 표현해주고 있었다. 아버지는 애초부텀 사상 따위와는 거리가 먼 사람이었던 것이다. 앞에총이란 대관절 무엇이었을까. 그것은 단순한 군사 훈련의 기본 동작만은 아니었을 것이다. 아버지가 단지 서투른 병사였다는 의미 이상의 그 무엇이 담긴 말이었다. 어느 체제든 자기식의 사상에 순치되지 않은 사람에게 무기를 쥐어주는 법은 없는 일이다. 그 총구를 거꾸로 돌리는 날에는 체제 자체가 파멸이기 때문이다. 따라서 앞에총의 의미란 최소한 총구를 누구에게 겨눠야 하는지를 가르쳐주는 기본 동작이자 사상, 즉 이데올로기의 첫걸음이었던 것이다. 아버지는 심지어 그것조차 몰랐다는 것이다. 물론 아버지가 전투 요원이 아니었고 또 북쪽에서 급하게 병력을 징발하느라 신병 교육이 허술하기도 했을 저간의 사정은 짐작이 가는 일이다. 피복 군수물자 담당 요원으로 깊숙이 남하했다가 영천 어디쯤인가에서 선을 놓쳐 미군의 포로가 된 사람이었다. 북에는 부모님과 갓 결혼한 아내, 그리고 경성에 계신 두 양주분에게 작명을 여쭌 게 늦게 도달하는 바람에 미처 갓난 아들의 이름조차 확인하지 못하고 내려온 사연이 있었다. 아버지는 그런 처지에 있는 스물여덟 살의 청년이 남쪽에 남을 수밖에 없었던 당신의 내력의 일단을 내비치고 있는 중이었다.

내레 돈 간수 하나는 무척 잘했거든. 그러니 그 수용소 안에서 같이 지내던 패거리들이 내게 전부 돈 간수를 맡겼지. 우리레 정말 회계라믄 일절 낙자 없었다구. 원래부터 군수 요원이었으니끼니. 수용소 안에서 이쪽저쪽 모두들 갈려서리 싸운 얘기는 전에두 내가 몇 번 한 기억이 나는데. 그렇다믄 그건 걷어치우고. 얘기를 길게 할 것두 없이 문제는 돈이었디. 돈만 있으면 정짜루 뭐이든지 다 되었으니까니. 그 아낙(안)에서 여자까지 샀다믄 게서 말 더해 무슨 소용이래 있갔니? 가끔 노역이라구 해서 미군 싸즌들이 인솔해 가지구 철조망 밖으로 나가는 일이 있는데 그때 뭔가를 국방군 보초한테 넌지시 인정을 푹 찔러주면 다 눈감아준다구. 싸즌이 전부 감독하는 데는 원체 한계가 있어서라. 그럼 정해둔 민가로 가서 여자를 사는 게야. 물론 피난민 에미나이들이지. 지금 생각하믄 굴왕신들처럼 추레하고 굼드러웠지. 심지어는 염병을 앓으면서도 거저 몸을 파는 게야. 먹고 살아야 했거든. 늦봄 지난 김칫독처럼 시큼한 군둥내가 풀풀 풍기는 사타구니를 대줘도 살에 굶주린 사내들이 이것저것 돌아볼 여유가 있었나 뭐. 허겁지겁 그러고 나면 병 걸리는 사람도 많았지만 미제 다이아찡이 워낙 좋아서 그런지 까땍없었지. 나 말이니? 손가락도 까땍 않고 쳐다보지두 않아서. 정말이디 아암. 허어, 이런 얘기를 내가 너에게 해도 되는 건지. 하긴 너도 머리통이 이만치 굵었으면 다 큰 거다. 아암.

아버지는 남로당과는 점점 거리가 먼 얘기들만 했다. 한데 난 왠지 자꾸만 그 얘기 속으로 주책없이 빨려만 드는 거였다. 바람이 드세졌는지 젠장, 자꾸 눈시울이 시어지는 바람에 아버지 쪽을 바라볼 엄두는 내지도 못했다.

그때는 아침에 깨어나서 자기 목을 한 번 쓸어보고서야 아항, 살았구나 하는 실감을 할 수 있을 만치 헹펜없는 시절이었으니. 어느 날 아침에는 철조망에 아무개 반동 아니면 악질 빨갱이의 목이라고 써붙인 모가지가 서넛쯤 걸리는 날도 있었으니…… 이쪽저쪽에서 서로들 반동이라고 했지. 섞어논 데가 그런 건 더 하지. 차라리 팔삼이나 칠육처럼 완전히 갈라놓으면 알아서들 적응하게 돼 있거든. 팔삼, 칠육이 뭬냐구? 거긴 수용소 남바지. 그게 또 이름이더랬어. 내레 있던 칠삼처럼 섞어놓으면 문제가 되는 게야. 누가 그러는데 내가 반동으로 찍혔다잖니. 그건 일종의 궐석재판 같은 거고 반동은 사형 선고인 셈이지. 아이코나 죽었구나, 생각하며 밤잠도 못 자고 전전긍긍했지. 그간 꿍쳐둔 돈이고 뭐고를 다 어쩐다지. 이따우 걱정하면서. 갖다 바칠 데라도 있으면 손 탁탁 털고 갖다 바치기나 하지. 좌익 쪽에서는 내가 자본주의 물이 머릿속에 꽉 들어서 구제불능이라는 소리였는데…… 정작 당하기는 우익들한테 당했지.

그때 감찰완장들은 거개가 우익들이 찼거든. 감찰완장이라믄 어느 정도 수용소 쪽의 신임을 얻어서 수용소내 물자 배급이나 치안 유지 같은 일을 도맡았지. 잠결에 어마지두에 얼굴을 보자기로 확 뒤집어 씌워서는 어디론가 끌고 가는데 정신이 아뜩했지. 아, 이게 이젠 마지막이로구나 싶었지. 그러고는 어느 만큼 가서는 입에 재갈을 물리고 웃짱(윗옷)을 훌렁 까제끼더니 들입다 몽둥이하고 발길질 세례를 안기는데 초주검이 돼서 벌써 사람 혼이 저만치 떠가는가 싶더라구. 기절하니깐 양동이 물을 쫙 끼얹고. 그러곤 재갈을 풀어주면서 막무가내로 어느 편이냐고 대라는 게야. 말인즉슨 이쪽에 남겠다 그랬는지 도루 가갔다고 했는지 불라는 건데 첨엔 다짜고짜 끌려와서리 눈까지 척 가리고 나니 어드메 편에서 끌어다놨는지 도무지 알 수가 있어야지. 맞출 기회는 반반인데 기거이 목숨이 걸린 판국이니 아흔아홉 대 일이래두 살이 불불 떨릴 텐데 말이야. 어디 입이 떨어지갔니? 일단은 버티고 보자고 대꾸 않는다고 쏟아지는 매를 견뎠지. 결기도 생기고 해서리 고함이레 고래고래 질렀지. 놈들이 놀고 있는 깐죽을 보니까니 웬지 죽일 것 같지는 않은 생각이 들었지. 한청 애들 같기도 했고. 수용소 안에서도 반공 포로 골수 애덜이 대한청년단이라고 조직해서는 위세가 떠르르했디. 결국엔 애덜이 개수작하는 꼴을 보니 내가 간수하고 있는 돈보따리를 내놓아라는 게야. 솔찮이 모인 걸 다 안다믄서. 내레 목숨과도 바꿀 수 없다고 버텼지. 그게 어디 내 거이든가. 여러 동지들이 한데 모둔 것이지. 그제서야 갸네덜이 눈 가리개를 풀어주는데 천막 안이었어. 역시 아니나다를까 한청 애덜이었구. 그러더니 아랫도리마저 벳기겠지. 휘장을 슬쩍 들치니깐 집채만한 셰퍼드가 침을 잴잴 흘리며 들어와. 그게 바로 독일산 경비견이지. 감찰들이 끌고온 게야, 일부러. 그러더니 갸들이 뭔 짓을 했는지 니 상상이나 허겠니? 그 보따리를 숨긴 델 불지 않으면 개를 시켜서 이거를 물어뜯겠다는 게야. 세상에…….

아버지는 길쭘한 차돌멩이를 곁에서 집어올리며 소리 죽여 '이거를' 했다. 성기를 입에 올리기가 좀 민망했던 모양이었다. 나는 그런 아버지 모습이 우스꽝스럽기도 해서 하마터면 웃음을 흘릴 뻔했으나 아버지의 표정이 너무나 진지해 얼굴을 잔뜩 굳히고 있었다.

너라면 어찌했겠니? 이…… 걸…… 떼주갔니, 아니믄 동지들의 피땀인 보따리를 내놓갔니?

아버지는 내 대답을 기다리지 않았다.

재물이라는 게 그렇게 무서운 것인 줄 난 그때처럼 처절히 깨달은 적이 없어. 생사람의 눈에도 명태 껍질을 발라놓는 그 재물이라는 게 결국 요물단지가 아니고 무어란 말이야. 이북에 처자식이고 두 양주

어른이고 다 두고 내려온 놈이 말이야. 정신을 어데다 빽기구설랑. 아무튼지 그것을 빽기고서는 어차피 죽을 목숨이겠다 싶어서 이판사판으로 뻗대잖구. 내가 길래 입을 열지 않으니까니 놈들이 성이 새파랗게 오른 개를 정짜로 옆으로 데려오더구만. 그래도 버텼지. 그 셰퍼드가 으르렁거리는데 날카로운 이빨이 하얗게 빛나고 있었어. 나는 흰자위를 까뒤집으며 입에 거품을 문 채 몸을 뒤채려 했으나 워카 발로 목을 콱 조이고 있으니까니 움쭉달싹 할 수 있어야지. 딱 열을 세겠다고 하더구만. 열이 지나가자 진짜 이…… 걸…… 개 아가리에 집어넣구 다시 열을 헤아리는 거야. 이 애빈 아랫도리에 이상한 통증을 느끼며 혼절을 했지. 다행히 나중에 목숨은 건졌지만 온전치를 못했어. 이…… 거…… 이. 그땐 정말 불구가 된 줄 알았지. 하지만 끝까지 나와 그리고 동지들의 보따리를 지켜낸 것이 은근히 맘을 위로해주는게 참, 인간이라는 건…… 그땐 나도 모르는 독기가 막 절로 나더라고. 고향? 두 양주와 처 또…… 다들 있었지만…… 말이 좋아 휴전선이 터지믄 고향으로 다음에라도 올라간다였지, 실은 못 갈 각오도 돼 있었지. 아마 못 갈 줄 알긴 알았을 게야. 궁상스런 변명이레 필요 없지. 사람들이 그때는 부모형제고 뭐고 간에 그렇게 독했던 거야. 그리고 그렇지, 사내 구실도 제대로 못하게 됐다는 자책감 때문에 고향이고 뭐고 다 잊어뿌리게 만든 모양이지, 아마? 그러곤 어언 삼십 년 세월이 흐른 거야. 사람의 맘을 사람 힘으로 어쩌지 못할 때가 있어. 요즘의 내가 아마도 그랬었나부지.

아버지는 그 차돌멩이를 돌산 아래로 힘없이 뿌렸다.

장명숙이 내게 전해주겠다고 한 것은 숄로호프 『고요한 돈 강』이었다. 보자기로 싼 책들을 툭 건드리며 내가 어이없다는 듯 말했다.

겨우 이걸 전해주려고 만나자고 했던 거야? 겨우라니? 글쎄 겨우일 수도 있겠지. 겸사겸사해서 니 얼굴도 오랜만에 좀 보려고 했지 뭐.

그 대하소설은 그녀가 노동 현장에 들어간다며 남의 주민등록증을 위조한 것이 사문서 위조로 걸려 집행유예로 나올 때까지 감방살이를 할 때 내가 면회를 가서 차입시켜준 것이었다. 그 이후로는 나도 그 책에 대해서 까마득히 잊고 있었는데 그녀가 이런 식으로 뜬금없이 보자기에 싸서 가져온 것이다.

출판사를 벌어먹이는 책이 요즘 뭐니? 글쎄 컴퓨터 관련 서적하고 기타 등등. 그런데 이 원고가 당분간 그 역할을 떠맡을지도 모르겠어. 몇 대목 보진 못했지만 내용이 좀 그렇다 응? 입장은 확실하잖아. 낄낄. 슈퍼마켓에서 술을 한 봉지 더 사왔고 대부분 내 잔에 채워졌다. 빈 속이라서 그런지 올라오는 취기는 아주 명징한 것이었다. 나는 그 때문인지 말수가 많아졌다.

어때? 남들은 환금換金 작물 효과가 높은 소설 쪽으로 장르를 바꾸는데 말이야, 넌? 환금 작물? 그래 막말로 돈이 되는 거 말이야. 난 또 무슨 말이라고. 뭐 아주 의향이 없는 건 아니지. 지금 준비하고 있는 것도 있고. 좋지. 근데 말이야, 네가 지금 소설 나부랭이를 쓰고 있다면 말이야. 내가 그 소설의 첫 문장쯤 알아맞춰봐도 좋을까? 하하, 그거 희한한 말인데, 네가 무슨 족집게라도 되냐? 아니, 맞출 수 있어. 맞추면 어쩔래? 내 부탁 하나 들어줄래? 뭐든지. 유부녀 보고 유부남이 안아달래도? 물론이지. 그렇다면…… 아비는 남로당이었다…… 어때? 틀렸어? 방향은 짚어낸 것 같은데, 어떻게 생각해냈지? 뻔하지 뭐. 너 같은 애가 베껴먹을 거라곤 네 애비밖에 더 있겠어? 밖에 나가서 한 잔 더 하지. 아하, 그 보따린 그냥 거기 둬.

그날 나는 아버지가 개흘레꾼이었다는 얘기를 명숙에게 다 해버리고 말았다. 그 때문에 내가 받아야 했던 마음의 상처와 콤플렉스에 대해서도 털어놨다. 그러나 그 다음 얘기는 그예 하지 않았다. 그토록 뻗치는 취기 속에서도. 아버지가 결국은 개에 물려 죽은 것 말이다.

그 개는 아랫마을에서 족방(수제 구둣방)을 하는 이차랑씨네 셰퍼드였다. 족방 일꾼들이 먹다 남긴 짬밥을 얻어먹어서 그런지 뒤룩뒤룩 살이 찐 데다 묶어놔 길러서 성질마저 포악한 놈한테 아버지가 왜 접근했는지 몰랐다. 아무튼 아버지는 정강이뼈가 허옇게 드러날 만큼 된통 물려서 사람들의 부축을 받고 집으로 돌아와 인수약국에서 약까지 지어 먹었다. 그러나 그 뒤로 아버지는 시름시름 앓는 기미를 보였다. 상처보다는 마음이 더 놀란 탓이었다. 물론 돌아가신 당일에 입맛이 당긴다며 잘못 먹은 찹쌀떡이 얹혀 급체 증세로 갑자기 숨을 거두긴 했으나 난 왠지 아버지의 운명이 개에 물려 죽을 팔자가 아니었나 하는 생각이 들었다.

그런 사실마저 다 까발리면 난 기운이 죽 빠져버리고 말 것 같았다. 두말하면 잔소리겠지만 사실 나도 이제는 이런 명제로 뭔가 얘기 좀 해보고 싶었던 거다. 이런 명제로…….

아비는 개흘레꾼이었다. 오늘도 밤늦도록 개들이 짖었다.

《한국문학》, 1994년 3 · 4월 합병호

한국 현대소설의 시대적 배경과 전개 양상

장현숙(경원대 국문과 교수)

1

한국 근현대소설사에서 근대의식의 시발[1]은 18세기 영 · 정조의 실학사상에서부터 비롯되었다. 다산 정약용, 연암 박지원 등을 중심으로 한 실학사상은 인본주의의 근원인 자유 · 평등사상을 배태하였으며 실용학문을 중시하게 만들었다.

실학사상으로부터 발아된 근대의식은, 19세기 후반 근대 자본주의의 접촉과 자아 각성에 의한 일반 민중의 참여로써 더욱 발전, 성장하였다.

한국의 20세기 소설은 이러한 시대적인 배경을 바탕으로, 전통적인 소설양식과 서구소설의 영향이 교차되는 시점에서 발아하게 되었으며, 새로운 교육제도의 실시, 기독교에 의한 성경 · 찬송가의 보급, 신문 · 잡지 등 저널리즘의 발전, 문법의 체계화를 비롯한 어문연구 및

1) 한국 문학사에서 근대의 시발점에 대하여는 18세기 영 · 정조의 실학에 거점을 두었다는 설과 개항 또는 1894년 갑오경장에 거점을 두었다는 설로 크게 나누어진다.

자국어에 대한 자각 등은 새로운 문학작품의 창작 및 광범위한 새로운 독자층 확대에 직·간접으로 촉진제의 구실을 했던 것이다.[2)]

2

개화기에 나온 신소설은 서구소설의 영향을 받아 쓰여진 근대소설의 첫 시도라 볼 수 있는데, 대표적 작가에 이인직, 이해조, 최찬식, 안국선 등을 들 수 있다. 이인직의 「혈의 누」 등을 비롯한 신소설은, 개화기의 계몽사상과 자주독립, 신교육 민중계발, 자유결혼, 계급타파 등 근대의식을 다루었으며 언문일치의 문장에 접근하려는 시도 등을 보였으나 작가의식의 미확립, 작품의 예술성에 대한 무자각 등[3)] 미흡한 점이 많아 근대소설로서의 면모를 완전히 갖추지는 못하였다.

3

1910년 한일합방으로 국권이 상실되고 일본식민지 하에 놓이게 되자 언론, 출판, 집회, 결사의 자유는 규제되고 우리말로 된 모든 신문은 강제 폐간되고, 총독부 기관지인 《매일신보》만이 남게 된다.

이러한 여건 속에서 1910년대에 활약한 작가로 춘원 이광수를 들 수 있다. 이광수는 『무정』, 「어린 벗에게」, 『흙』 등을 통하여 자유연애와 자유결혼, 민족계몽, 여성교육 강조, 자녀 중심론 등을 부르짖었다.

특히 그는 민족주의와 인도주의에 입각한 계몽성을 작가의식의 주축으로 하여 작품 활동을 전개하였으나 일제치하 수양동우회 사건을 기점으로 훼절함으로써 친일작가의 반열에 놓이는 오점을 남기고 만다.

---

2) 전광용 외, 『한국현대소설사연구』, 민음사, 1984, 11~12면.
3) 위의 책, 13면.

4

한편 3 · 1운동은 우리 문학사에 있어서 하나의 분기점을 이룬다. 3 · 1운동의 발발과 좌절은 우리 민족에게 커다란 절망감을 안겨주었지만, 이에 따른 일본의 문화적 회유책은 《조선일보》, 《중앙일보》, 《중외일보》 등의 발행과 《창조》, 《폐허》, 《백조》, 《조선문단》, 《개벽》 등 문예지와 종합지의 발간을 허용하게 된 것이다. 이로써 1920년대와 1930년대 중반까지 어느 시기보다 활발하게 유능한 작가가 배출되면서 대표작들이 속속 창작 발표되기 시작한다.

특히 《창조》 창립 동인인 김동인은 처녀작 「약한 자의 슬픔」을 비롯하여 「배따라기」, 「감자」, 「광염소나타」, 「광화사」, 「발가락이 닮았다」, 「김연실전」 등을 남겼다. 김동인은 이광수의 계몽주의적 문학관에 반발하면서 '문학은 예술 그 자체여야 한다'는 예술지상주의를 표방하였다. 그는 문학의 예술성에 중점을 두면서 탐미주의라 일컬어지는 작품 「광염소나타」, 「광화사」를 창작하기도 하는 한편, 「발가락이 닮았다」, 「감자」 등을 중심으로 사실주의와 자연주의적 경향의 작품을 창작하기도 하였다. 나아가 문학평론 및 작가연구에도 힘을 기울여 『조선근대소설고』, 『춘원연구』 등 뛰어난 저서를 남기기도 하였다.

김동인과 더불어 초기 한국 단편소설의 정립에 기여한 작가로 현진건과 염상섭을 들 수 있다. 현진건은 《백조》 동인으로 「빈처」, 「술 권하는 사회」, 「타락자」, 「운수 좋은 날」, 「불」, 「할머니의 죽음」, 「B사감과 러브레터」 등 짜임새 있는 단편을 발표하였다. 치밀하고 사실적인 묘사로써 현진건에 이르러 한국 현대단편소설이 완성되었다고 평가받는다.

한편 염상섭은 「표본실의 청개구리」, 「암야」, 「제야」 등 초기 작품에서부터 중편 「만세전」, 장편 『삼대』에 이르기까지 개성적이며 중후

한 작품 세계를 보여주었다. 초기 작품 「표본실의 청개구리」, 「암야」, 「제야」, 「만세전」에서는 상징적 심리묘사와 부정적 인생관이, 해방 후 작품인 「임종」, 「두 파산」에 이르러서는 세련되고 풍부한 언어사용과 주관성이 배제된 묘사로 일관하고 있다고 평가받는다.

김동인과 함께 《창조》 동인으로 나온 전영택은 「생명의 봄」, 「혜선의 사」, 「화수분」 등 기독교적인 인도주의에 바탕을 둔 작품을 썼고, 26세로 요절한 나도향은 「물레방아」, 「행랑자식」, 「벙어리 삼룡이」 등 학대받는 서민들의 애환을 그렸다.

나도향은 《백조》 동인으로 초기 작품 「별을 안거든 울지나 말걸」, 「환희」, 「여이발사」 등에서는 낭만적 감상성이 짙은 색채를 띠었으나, 「행랑자식」에 오면서 객관적인 사실묘사로 서민들의 삶의 애환을 다루었다. 특히 1925년에 발표한 「뽕」, 「물레방아」, 「벙어리 삼룡이」에서는 경제적 빈곤의 문제와 빈부의 계급타파와 저항의식이 두드러지게 드러나고 있다. 빈부 간의 계급적 인간관계를 보여주는 작품 경향은 당대의 세계문예사조적 경향의 영향이라고 볼 수 있을 것이다. 특히 나도향이 KAPF의 전신이라 할 수 있는 신경향문학에 가담했다는 사실은 그의 작품경향의 변모를 뒷받침하고 있음을 보여준다. 개성적 인물과 창부형 여성상을 창조해내고 낭만성과 사실성을 절묘하게 결합시켰던 나도향은 불행하게도 1926년 8월 요절하고 만다.

한편 1919년에 전개되기 시작한 세계 클라르테운동의 사상은 1922년에 한국에 소개되기 시작하여 1924년 '파스큐라' 로 조직되었다. 이 조직에 가입한 문인들은 김기진, 박영희, 이익상, 이상화 등이었다. 이보다 앞서 심훈, 김영팔, 최승일, 송영 등이 조직한 '염군사' 가 있었다.[4] 이 두 개의 조직체는 다함께 프롤레타리아 예술문화운동에 참

---

4) 김우종, 『한국현대소설사』, 성문각, 1980, 207면.

여하지만 그중에서 주로 문학운동에만 참여한 것은 '파스큐라'였다. 그리고 '파스큐라' 멤버들은 1925년 조선프롤레타리아예술동맹(KAPF)을 결성한다. 그러나 KAPF의 주요멤버들이 일경에 의하여 검거되면서 1935년에 해체되고 만다.

파스큐라와 KAPF의 결성시기를 전후하여 무산계급을 소재로 한 작품들이 나오게 되는데 이를 문학사에서는 프로문학 및 신경향파문학으로 다루고 있다. 그러나 이 시기의 좌경적인 사조는 외국에서의 경우와 달라 우리의 현실에서는 일제에 항거하는 반항정신과 연계되어 있었다. 이 시기의 이론적인 선도자는 박영희, 김팔봉 등이나 이들은 1930년대에 들어와 전향하였고, 특히 박영희는 "얻은 것은 이데올로기요, 잃은 것은 예술이다."[5]라는 경구를 남긴다. 프로문학을 대표하는 작가로는 최서해, 이기영, 김기진, 주요섭, 이익상, 조포석 등을 들 수 있다.

5

1930년대는 일본이 1931년 만주사변을 일으킴으로써 만주를 강점하고 다시 중국에 진입하여 태평양전쟁으로 확대되는 도화선을 만든 시기였다. 일제는 다시 항일민족주의 세력을 말살하기 위해 탄압정책을 개시하기 시작하여 1931년 KAPF 맹원들을 검거하기 시작하였다.

이러한 새로운 정책 속에서 한국의 문화계는 위축될 수밖에 없었다. 그리하여 작가들은 순수문학의 이름 아래 사회성이 거세된 예술성 위주의 작품 활동을 하거나, 멀리 역사적 소재를 택하여 거기에 작가의식을 상징적으로 반영하기도 하는 한편 농촌현실에 눈을 돌리는

5) 전광용, 앞의 책, 16면.

소극적 항거의 방향으로 나아갔다.[6)]

1920년대에 등단하여 주로 30년대에 활약한 채만식은 「치숙」, 「레디메이드 인생」 등의 단편과 『탁류』, 『태평천하춘』 등의 장편을 발표하였다. 역설과 풍자적 수법을 즐겨 쓰며 당대 사회현실의 문제점을 날카롭게 비판하던 채만식 역시 1930년대 후반 일제에 훼절하면서 비판정신을 잃게 되는 아이러니를 보여준다.

이효석과 유진오 역시 1930년대에 주로 작품을 발표한 작가이다. 이효석은 「메밀꽃 필 무렵」을 비롯하여 「돈」, 「석류」, 「산」, 「들」, 「분녀」 등의 단편을 발표하였다. 그는 소설을 시적 경지로까지 승화시킨 서정성의 작가로 평가받았다. 동시에 이국정서와 성의 육감적 묘사에 따른 에로티시즘으로 문학적 특색을 드러내었다.

유진오 역시 이효석과 동창으로 거의 같은 시기에 문단에 나와 「김강사와 T교수」, 「창랑정기」 등을 통하여 식민지하에 놓인 지성인의 고뇌를 형상화했다.

한편 이상과 김유정 역시 1930년대에 나와 '구인회' 동인으로서 개성적인 작품 활동을 하다 요절하였다.

이상은 「날개」를 비롯하여 「동해」, 「봉별기」, 「종생기」, 「지주회시」 등의 단편을 발표하였다. 그는 신심리주의, 초현실주의, 다다이즘, 해체적 기법 등을 구사하면서 작품을 통해서 기존의 질서에 저항하고 인습과 관습을 타파한다. 그는 자의식의 세계를 시와 소설을 통해 심도 있게 다루었다. 특히 그는 「날개」를 통하여 "박제가 되어 버린 천재"로 자기 자신을 묘사하면서 일제하 지식인의 내면세계를 심층적으로 묘파하고 있다.

김유정은 「소낙비」, 「동백꽃」, 「봄봄」, 「산골나그네」, 「금따는 콩

---

6) 위의 책, 16면.

밭」, 「총각과 맹꽁이」 등의 작품을 통하여 식민지시대 비참한 농촌현실의 모습을 해학적으로 드러내었다. 그는 독특하고 개성적인 문체와 토속적이며 다양한 언어구사, 해학과 풍자로써 농촌현실과 도시빈민들의 참상을 리얼하게 그려낸 작가로서 구어체를 확립한 작가로 평가받는다.

한편 1930년대 '브나로드' 즉 '민중 속으로'의 기치 아래 농촌계몽운동이 활발하게 전개되면서 농민문학 또는 농촌소설로 불리는 많은 작품들이 창작된다.

이광수의 『흙』, 심훈의 『상록수』, 민촌의 『고향』 등이 농민문학의 계열에 속하는 작품들이다. 특히 이무영은 작가 스스로 농촌생활을 하며 이른바 '흙의 문학', '귀농문학'이라 불리는 농민문학의 독자적인 경지를 개척하였다. 1940년에 발표한 「제1과 제1장」, 「흙의 노예」 등이 대표작이다.

또한 30년대를 대표하는 작가로 상허 이태준을 들 수 있다. 그는 「복덕방」, 「불우선생」, 「영월영감」, 「까마귀」 등의 작품을 남겼다. 구보 박태원 역시 「소설가 구보씨의 일일」, 「천변풍경」 등을 통하여 독특하고 세련된 문장력으로 자신의 생활주변을 그려내었다.

이외에도 1930년대 후반에 작품 활동을 한 작가로 계용묵, 김동리, 황순원, 정비석 등을 들 수 있다.

계용묵은 「백치 아다다」, 「병풍에 그린 닭이」 등 불구나 이색적인 인물을 등장시켜 현실을 암시적으로 풍자하는 작품을 발표하였다.[7] 김동리는 「화랑의 후예」, 「솔거」, 「바위」 「무녀도」 등을 발표하면서 일제하에서 잃어가는 한국의 전통과 얼을 찾으려고 시도하였다. 황순원은 「늪」, 「거리의 부사」, 「소라」, 「닭제」 등 초기 작품을 발표하면서

7) 위의 책, 17면.

모던한 감각과 상징성 그리고 시적 서정성으로 작중인물의 내면세계를 포착하고 있다.

정비석은 「졸곡제」, 「성황당」, 「제신제」 등 단편을 발표함으로써 대중작단에 진출하게 된다.

6

만주사변(1931년)으로부터 중일전쟁(1937년)으로, 그리고 다시 태평양전쟁(1941년)까지 일으키게 된 일제는 전쟁의 패배를 모면하기 위하여 전쟁에 총집중시키는 정책을 감행한다. 따라서 1940년을 전후한 시기는 우리 문학이 암흑기에 도달할 수밖에 없는 수난기였다. 1938년 한글교육이 금지되고, 한글말살정책이 강행되면서 《조선일보》, 《동아일보》 등 민족지가 폐간되었고 순문예지인 《문장》, 《인문평론》도 자진 폐간할 수밖에 없게 된다. 일제는 1941년 한국인들에게 창씨개명을 강요하고 내선일체를 부르짖으며 한국민족문화의 말살을 시도한다. 나아가 1942년 '조선어학회' 학자들을 체포, 투옥까지 한다. 이러한 결과 우리말로 된 문학작품은 발표지를 거의 상실하였을 뿐만 아니라, 작가에 대한 압박도 날로 심하여져, 붓을 꺾거나 징용으로 끌려가거나 구금상태에 놓인 문인도 적지 않았을 뿐 아니라 친일하는 문인들도 상당수 나타나게 된다.

일본은 1939년 '조선문인협회'를 결성하여 이광수, 김동환, 김억, 유진오, 이태준 등을 발기인으로 가담시켰다.[8] 또한 일제는 문인들을 시국강연과 황군위문단에 동원하기도 하였다. 김동인, 박영희, 임학수가 '황군위문사절'[9]로 북지에 파견된 사건도 한국문인 치욕사의 일

8) 김우종, 앞의 책, 292면.

9) 위의 책, 294면.

례이기도 하다. 《문장》, 《인문평론》이 폐간되면서 한국문단은 폐업상태에 들어가고, 결전문학이라는 이름의 본격적 친일문학의 시대가 도래하게 된 것이다. 따라서 1940년을 전후한 시기부터 1945년, 해방까지의 기간을 한국문학사에서 문학의 암흑기라 지칭하는 것이다.

7

1945년 8 · 15해방에 의한 국권회복은 우리 역사에 일대 전기를 가져오게 된다. 그러나 제국주의 열강세력들에 의해 이루어진 해방 후 정국은 한반도의 신탁문제를 둘러싸고 좌우대립이 심화되어 갔으며 정치적 · 사회적 혼란으로 분열되어가고 있었다. 미국은 3 · 8선 이남에서 미군정을 실시하였으며 미군정은 스스로 일본의 총독부와 동일시하였다. 미군정은 일본이 이 땅 위에 설치해놓은 모든 기구를 고스란히 인수하여 사용[10]함으로써 친일세력들을 미군정의 주위에 포진시킨다. 특히 미군정하에서도 계속된 공출은 급기야 1946년 1월 25일 '미곡수집령'을 발표[11]함으로써 가속화된다. 강탈과 같은 양곡수집은 남한지역의 농민들로부터 심각한 저항을 불러일으킨다.

한편 3 · 8선 이북에서는 소련의 점령 하에 1946년 토지개혁이 본격화되기 시작한다. 이에 공산주의를 신봉하지 않던 일부 작가들, 황순원, 박연희, 김광식, 장용학, 손소희, 안수길[12] 등이 월남하게 된다.

이와 반대로 이태준, 박태원, 지하련 등이 시인 임화와 더불어 문학동맹에서 활동하다가 월북했으며, 홍명희도 월북하여 북한의 정계에 들어갔다. 그리하여 북한에는 한설야, 김남천, 이기영 등 재북 작가와

10) 박세길, 『다시 쓰는 한국현대사 · 1』, 돌베개, 1988, 61~62면.
11) 위의 책, 70면 참조.
12) 김우종, 앞의 책, 298면.

함께 남한에서 월북한 일부 작가로 이루어진 문단이 형성되었다.[13)]

이렇게 좌우 이데올로기의 대립으로 갈등이 심화되자, 미국은 통일정부를 주장하던 여운형, 김구 선생 등의 반대에도 불구하고 이승만을 중심으로 1948년 8월 남한만의 대한민국 단독정부를 수립시킨다.

이에 앞서 1948년 4월 3일, 제주도 4 · 3사건은 찬탁과 반탁, 좌우이데올로기의 대립과 갈등으로 점철된 해방공간에서 촉발되었다. 통일된 단일정부를 세워야 한다는 민족의 열망에도 불구하고 이승만 정권과 미군정은 1948년 5월 10일 남한만의 단독선거를 결행하려 했다. 이에 제주도에서는 미군철수, 망국 단독선거 반대, 투옥 중인 애국자 무조건 석방, 유엔한국임시위원단 철수, 이승만 매국도당 타도, 경찰대와 테러집단 즉시 철수 등을 외치며 봉기를 일으킨다. 이러한 4 · 3사건의 시발은, 1947년 3 · 1집회에서의 경찰발포와 좌익계의 집단파업을 진압하는 과정에서 빚어진 경찰공권력의 과잉행동이 복합적으로 작용하여 일어났다. 이에 미군정과 이승만 정권은 "민중학살 장려금제도"를 만들어 방화, 초토화, 소개 작전을 감행하였다. 결국 4 · 3사건으로 김달삼, 이덕구를 위시하여 8만 6천 명이 살상당했고 만 5천호가 방화되었다. 불과 삼백여명의 좌익 무장폭도를 색출하기 위해 몇만 명의 무고한 인명이 희생된 이 사건은 제주출신의 작가 현기영, 현길언, 오성찬 등에 의해 고발되었다.[14)]

제주도 4 · 3사건은 이후 현기영의 「순이삼촌」, 「도령마루의 까마귀」, 현길언의 「귀향」, 「우리들의 조부님」, 「우리들의 어머님」, 「불과 재」 등으로 형상화된다.

이렇게 해방직후의 정당의 난립, 신탁통치안의 선포, 토지개혁, 미

---

13) 위의 책, 298~299면.

14) 장현숙, 「도령마루의 까마귀 · 해설」, 『몽기미 풍경 외-한국소설의 얼굴 10』, 푸른사상사, 2007, 178면 재인용.

군정 실시, 정치적 이데올로기의 갈등, 남북 분단으로 어지러웠던 해방공간의 모습은 허준의 「잔등」, 엄흥섭의 「귀환일기」, 김영수의 「혈맥」, 지하련의 「도정」, 이태준의 「해방전후」, 황순원의 「술」, 이선희의 「창」, 김동리의 「혈거부족」, 이근영의 「탁류 속을 가는 박교수」 등을 통하여 묘사되고 있다.

특히 작가 지하련은 남편 임화와 함께 1947년 월북하는데, 「도정」에는 작가의 체험이 그대로 투영되어 있다.[15] 지하련이 해방 후 '조선문학가동맹' 에 가담하면서 발표한 이 작품에는, 해방정국에서 올바른 운동가, 사회주의자 혹은 공산주의자의 모습이나 위상에 대한 성찰을 보여주고 있다.[16]

이렇게 해방 후 국토양단은 동시에 문단의 양단을 초래한다. 3 · 8선을 경계로 북한의 평양 · 함흥 · 원산 등을 중심으로 해서 이루어졌던 문단과 남한의 서울을 중심으로 이루어진 문단은 결국 정치적 이념을 배경으로 크게 양극화된다. 즉 프롤레타리아의 계급투쟁의식에 입각했던 문학과 이를 반대하고 문학의 순수성을 주장했던 두 개의 유파[17]로 갈라진 것이다. 이러한 문단의 양극화 현상은 결국 월북문인과 월남문인을 만들어내었던 것이다.

8

1950년 6월 25일에 터진 한국전쟁은 해방 공간에서 야기된 이데올로기의 첨예한 대립이 극대화된 결과라 볼 수 있다. 조국의 무력통일을 위해 북한이 남침을 함으로써 한국전쟁은 민족분단의 냉전체제를

15) 이정숙, 「도정 · 해설」, 『잔등 외-한국소설의 얼굴 1』, 푸른사상사, 2006, 213면 참조.
16) 위의 책, 212면.
17) 김우종, 앞의 책, 297면.

오늘날까지 고착화시킨 계기가 되었다. 동족상쟁의 비극적 사건인 한국전쟁으로 인한 분단과 이산의 아픔은 오늘날까지 우리 민족의 정신적 상처로 상존하게 되는 것이다.

6 · 25전쟁 후 민족의 이념적 분열이 더욱 심화되고 갈등이 고조되었기 때문에 한국사회는 동서 냉전체제의 전개과정 속에서 분단현실을 기정사실화할 수밖에 없는 상황적 모순에 직면하게 된다. 특히 북한에서는 독재체제를 확고히 하기 위해 남북 분단의 상황을 위기로 내세웠고, 남한의 경우에도 안보의 논리를 내세워 민주와 자유를 강제로 유보시키는 위력을 발휘하게 된다.[18] 그 결과 남북 분단의 현실 속에서 정치 · 사회적 모순이 확대되면서 분단논리 자체가 민족의식의 내면에 자리하면서 의식의 편향성과 편협성을 초래하게 된다.

따라서 한국전쟁을 거친 후 남한에서는 남북분단과 이념의 대립에 연관되는 사회주의 사상문제를 문학의 소재로 취급하지 못하였으며 월북문인들의 작품도 금서로 취급되었다. 즉 전후 한국문학은 전후 현실의 황폐성과 삶의 고통을 개인의식의 내면으로 끌어들이고 있지만, 이데올로기의 허구성을 정면으로 파헤치지 못한 채 정신적 위축 상태를 벗어나지 못한다.[19] 그러나 이런 상황에서도 작가들은 전쟁체험을 보여주는 한편 전쟁의 상처를 극복하고, 이데올로기의 허구성을 고발하고, 전쟁의 폭력성을 비판하는 다수의 작품들을 발표하기 시작한다.

곽학송의 「독목교」, 오상원의 「유예」, 김동리의 「흥남철수」 등은 전쟁 중에 겪은 이야기를 다루고 있다. 한편 전쟁의 상처나 이데올로기의 허구성을 우정이나 사랑으로 극복하고자 하는 작품으로는 황순원

18) 권영민, 『한국현대문학사』, 민음사, 1991, 99면.
19) 위의 책, 100면.

의 「학」, 이범선의 「학마을 사람들」, 선우휘의 「단독강화」, 하근찬의 「수난이대」 등을 들 수 있다. 또한 전쟁을 겪으면서 대량학살이나 동족상잔의 비극 속에서 과연 인간이란 어떤 존재인가에 대해 회의하고 질문하는 대표적 작품으로 장용학의 「요한시집」과 박용준의 「용초도 근해」 등을 들 수 있다.

이외에도 손창섭은 「비오는 날」(1953), 「혈서」(1955), 「미해결의 장」(1955), 「잉여인간」(1958) 등을 통하여 전후의 황폐함 속에서 절망과 자조로 무기력하게 살아가는 인간군상들을 특유의 음울한 분위기로 묘파해나간다.

특히 한국전쟁의 참담함을 경험한 작가들은 존재의 무의미와 허무주의, 절망감에 빠진 작중인물들을 자주 묘사하는데 이는 서구의 실존주의의 영향과 무관하지 않다. 장용학의 「비인탄생」, 「요한시집」, 「현대의 야」 등과 김동리의 「밀다원시대」, 「실존무」, 황순원의 「너와 나만의 시간」 등을 들 수 있다.

이외에도 전후 현실의 암담한 사회상을 비판적으로 형상화한 대표적 작품으로, 이범선의 「오발탄」, 박경리의 「불신시대」, 송병수의 「쑈리킴」, 강신재의 「해방촌 가는 길」, 황순원의 「곡예사」 등을 들 수 있다.

9

6 · 25전쟁으로 인한 남북분단과 전쟁의 상흔을 직 · 간접적으로 보여주었던 1950년대 소설의 경향은, 1960년대에 들어서면서 새로운 자태로 모습을 드러내기 시작한다. 순수문학적 경향에 대한 반성이 일기 시작했으며, 전쟁체험을 다룬 감상적 문학에서도 한걸음 물러나, 새로운 시각과 인식으로 역사와 사회현실을 바라보기 시작한 것이다. 즉 6 · 25전쟁으로 인한 정신적 · 물질적 폐해, 권력층의 대두, 그로부

터 소외되는 인간군상과 산업화로 가중되는 분배의 불균형과 부조리 등 제반 갈등이 가속화될 때 작가들은 저마다 다양한 방법으로 현실과 사회와 인간의 본질을 탐색하고 진단하기 시작했다.

이러한 60년대의 문학적 변모는 기본적으로 1960년 4 · 19와 1961년 5 · 16이라는 사회변혁적 소용돌이에 지대한 영향을 받게 된다. 4 · 19혁명이 가져다준 진리와 정의 추구, 자유화의 물결은 구시대의 청산과 새로운 시대의 개화를 예고하면서 당대 현실에 커다란 충격과 각성을 불러일으킨다. "시여, 침을 뱉어라"고 외친 김수영의 시 「푸른 하늘을」(1960), 「육법전서와 혁명」(1960), 「풀」(1968)이나, 좌우이데올로기의 편파성과 허구성을 형상화한 최인훈의 『광장』(1960)은 4 · 19의 피와 자유의 물결 속에서 탄생한 대표적 작품들이었다.

이승만 정권의 부정부패를 몰아내고 1960년 4월이 가져온 새 공화국을 맞아 1960년 10월 최인훈의 『광장』(월간잡지 《새벽》에 발표)은 해처럼 우리 문학사에 찬란하게 떠오른다. 4 · 19혁명이 야기한 자유화의 물결이 아니었다면 결코 등장하지 못했을 것이라는 작가의 말처럼, 이데올로기의 벽 속에서 폐쇄되어 있던 1950년대 전후소설을 뛰어넘으며, 최인훈은 '광장'과 '밀실'이라는 관념을 도입하여 이데올로기의 허구성을 비판하고 자유와 평등의 문제를 제기한다. 나아가 현실참여의식과 영원으로서의 사랑을 구원의 한 양식으로 제시하고 있다.

자유당 정권의 독재와 부정에 항거하여 일어난 4 · 19혁명은 최인훈의 『광장』과 함께 자유의 물살을 타고 현실참여의식을 고취시키면서 기존의 작가들에게 커다란 충격과 반향을 불러일으킨다. 이를테면 김정한, 이호철, 전광용, 하근찬 등이 그 대표적 작가들이다.

김정한은 부조리한 현실에 대해 강한 저항정신을 가지고 몸소 행동으로 실천한 작가이다.

4 · 19혁명의 자유정신에 촉발 받은 김정한은 1966년 「모래톱 이야기」를 발표하면서 중앙문단에 복귀한다. 「모래톱 이야기」에서 작가는 조마이섬이 동양척식회사, 정치인, 유력자, 군대에 의해 침탈당하는 과정을 통해서, 부당하게 착취당하고 수탈 받아온 소외받은 사람들의 삶을 보여주면서 땅을 일구어 농사짓는 자만이 그 땅의 주인이 되어야 한다는 작가의 의식을 보여준다.

한편 4 · 19를 증언한 대표작품으로 박태순의 「무너진 극장」(1969)을 들 수 있다. 이승만 대통령의 하야선언이 있던 1960년 4월 26일 전날 밤, 흥분한 군중들에 의해 임화수가 운영하던 한 극장이 파괴된 사건을 다루었는데, 르포작가와도 같이 냉정한 시선으로 사건의 전개과정을 비평적 분석을 가미하면서 관찰 · 보고하고 있다.

이밖에도 4 · 19혁명의 본질을 다룬 작품으로 오탁번의 「굴뚝과 천장」(1973)이 있다. 이 작품은 4 · 19가 미완의 혁명으로 끝나자 절망감으로 자살해버린 한 대학생의 이야기를 통하여, 혁명을 위한 순결한 열정이 전리품 쟁탈의 추악한 욕망에 압살 당해버리고 마는 현실의 부조리를 보여주면서 4 · 19의 한계를 상징적으로 보여준다. 이외에도 박경수는 「애국자」(1964)에서 자유당정권의 부정부패와 정치적 사기꾼의 행태 등을 역설적 시각으로 보여준다.

그러나 부패한 자유당정권을 몰아내고 자유와 민주주의를 쟁취하려던 4 · 19혁명이 5 · 16군사정권의 발호 속에서 '미완의 혁명'으로 그칠 수밖에 없었을 때, 1960년대 중반부터 작가들은 자신들이 발 딛고 서 있는 현실을 직시하면서 새로운 모색을 위한 고민과 대응책과 치유책을 제기하기 시작한다. 따라서 1960년대의 문학은 1950년대의 문학을 일편 계승 · 발전시키면서도, 실험적 창작기법, 새로운 시대의식, 감성적 묘사를 도입한 일군의 신세대 작가들에 의해 다양하게 꽃피기 시작한다.

이들은 1960년 이후에 등단한 신세대 작가들로, 대체로 대학교육을 받은 세대로서 김승옥(불문학), 이청준(독문학), 홍성원 · 서정인 · 박태순(영문학), 이문구 · 강호무 · 박상륭(창작법 공부) 등이 이에 해당된다. 이들은 의식의 흐름 기법이나, 현재－과거－현재의 직조법이나 회상법 등을 즐겨 사용하는 한편, 1930년대의 모더니즘적 경향을 계승하기도 하면서 정신과 감각, 문체면에서 새로운 형식의 실험을 과감하게 단행함으로써, 신선하고 참신한 감수성의 문학을 일구어 기존의 문학과 구별되는 1960년대의 새 지평을 열기 시작했다.

1962년, 「생명연습」으로 《한국일보》 신춘문예에 당선된 김승옥은 '감수성의 혁명'이라는 찬탄과 함께 신세대의 선두주자로 데뷔한다. 그는 1950년대 작가들이 견지해왔던 엄숙주의, 교훈적 태도 등을 버리고 동인지 《산문시대》를 중심으로 환상과 현실의 조화, 발랄한 기지와 날카로운 분석력, 평범한 일상을 예리한 감성으로 구체화시키는 탁월한 묘사력을 보여준다. 「건」, 「생명연습」, 「무진기행」, 「서울, 1964년 겨울」, 「60년대식」에서 김승옥은 새로운 세대의 감성을 유감없이 토로하고 있다.

한편 1965년 단편 「퇴원」으로 등단한 이청준은 최인훈, 조세희와 함께 우리 현대소설사를 빛낸 가장 지성적인 작가의 한 사람이라 볼 수 있다. 이청준 역시 4 · 19와 5 · 16을 체험하면서 우리의 삶을 왜곡시키고 파괴하는 조직의 폭력성과 자신의 무력감 사이에서 괴로워한다. 자유의 질서가 무너져 내리는 시대 현실 속에서 작가는 부끄러움과 원죄의식 등으로 심리적 고통을 겪으며, 1966년 단편 「임부」, 「줄」, 「무서운 토요일」, 「굴레」, 「병신과 머저리」를 발표하고, 1967년 「별을 보여드립니다」, 「과녁」, 1968년 「이상한 나팔수」, 「침몰선」 중편 「매잡이」를 발표한다. 이들 초기 작품들을 통하여 보여지는 현상 이면에 존재하는 영혼의 본질과 삶의 실체를 탐색해간다. 즉 인간의 심성, 선과 악의 문제, 근대화 · 산업화 속에 소멸되어가는 인간적 가치 곧 믿음과 신뢰와 자유를 억압하는 압제적 삶의 조건들이 무엇인가를 추적한다. 동시에 이청준은 심리주의적 기법 혹은 정신분석학적 기법을 사용하여 현대인의 정신세계를 진단하기도 하는데 그 대표작품으로 「병신과 머저리」, 「별을 보여드립니다」를 들 수 있다.

한편 60년대 소설은 전후의 상처와 분단의 문제 등을 다루고 있는데, 전쟁과 실존의 문제를 다룬 대표작품으로 강용준의 「철조망」(1960)을 들 수 있다. 서기원 역시 「이 성숙한 밤의 포옹」(1960)에서 전후 사회의 혼란상을 그려내고 있으며, 오상원은 「황선지대」(1960)에서 미군 주둔지라는 특수지대에서 독버섯처럼 살아가고 있는 인간군의 삶을 전쟁과 연관시켜 폭로하고 있다. 오유권은 장편 『방앗골 혁명』(1962)을 통하여 6 · 25의 비극적 현실 속에서 산사람 · 토벌군 · 인민군 · 국군 등 좌우의 첨예한 대립과 신분계급의 갈등으로 저질러지는 처참한 살육의 현장을 객관적으로 보여주고 있다.

한편 해방 후 이데올로기의 갈등상황은 주지하다시피 6 · 25를 불러일으키고 이것은 다시 분단의 문제를 야기시키면서 한반도에 미국과 소련이 직 · 간접으로 개입하게 된다. 미국과 소련 등 외세의 개입은 1960년대 소설에 또 한 경향을 낳게 되는데 그 대표적 작품으로 「분지」, 「외인촌 입구」, 「판문점」 등을 들 수 있다. 남정현의 「분지」(1965)는 반공법 위반으로 '분지파동'을 일으키며 60년대에 들어서 현실비판문학의 최정점을 이룬다. 이 작품은 한국의 미국에 대한 우상주의와 반공이데올로기의 허구성을 날카롭게 비판한 수작이다. 이호철은 분단과 통일의 문제를 집요하게 천착하고 있는 작가로, 「닳아지는 살들」(1960)과 「판문점」(1961)에서 분단의 문제와 이산가족의 아픔을 정치하게 보여주고 있다.

한편 황순원, 김동리, 선우휘 등 기존의 역량 있는 작가들도 지속적으로 전쟁을 소재로 한 작품들을 써나간다. 황순원의 장편 『나무들 비탈에 서다』(1960)는 전쟁의 험열함 속에서 상처받을 수밖에 없었던 젊은이들의 사랑과 실존적 허무의식과 자의식이 빚어내는 파멸의 양상을 문제 삼은 작품이다. 선우휘도 「단독강화」(1959), 중편 「싸릿골의 신화」(1962) 등을 통하여 남북의 이데올로기를 극복할 수 있는 구원의 방법이 무엇인가를 그의 작품 속에서 끈질기게 문제 삼는다.

1960년대는 4 · 19와 5 · 16군사쿠데타, 경제개발 5개년 계획에 따른 경제개발과 급격한 도시화, 비상계엄령 선포(6 · 3사태), 1965년 한일협정 조인, 월남파병, 1967년 동백림사건, 1969년 삼선개헌 반대 데모 등으로 점철되는 격동의 시대였다. 또한 '새마을 운동'을 앞세운 근대화는 인구의 도시집중을 가속화시켰으며 이에 따라 농촌의 해체와 농민의 노동자화, 도시 빈민화를 야기시켰다. 이러한 사회현실의 변화 속에서 가치관의 혼란은 사회구성원의 내적 갈등을 심화시킨다. 박태순은 바로 이러한 현대사의 굴곡과 파행에 관심을 집중시킨 작가로 「정든 땅 언덕 위」(1966)를 비롯한 초기 외촌동 연작에서 「독가촌 풍경」(1977)에 이르기까지 도시 변두리의 빈민세계에 대한 탐구를 보여준다.

한편 이호철은 『소시민』(1964.7~1965.8), 「서울은 만원이다」(1967) 등에서 뚜렷한 목표 없이 생존문제에 시달리면서 소시민화 되어가는 삶의 양태와 산업화로 인한 부작용과 사회의 변동양상을 감각적으로 묘파해나간다. 전광용은 우리 사회에 미만해 있는 정신적 병리현상을 「충매화」(1960), 「죽음의 자세」(1963), 「제3자」(1964) 등의 작품을 통하여 날카롭게 분석하기도 하고, 대표작 「꺼삐딴 리」(1962)에서는 시류에 편승하여 부유하는 한 인생역정을 비판적으로 형상화하면서 우리 민족사의 비극을 풍자한다.

이외에도 신선한 감수성으로 무장한 젊은 세대가 다양한 창작기법과 열린 현실인식으로 새로운 단계를 열어가는 한편, 기존의 역량 있는 작가들은 주로 장편을 통해 왕성한 활동을 하고 있는데 그 대표작품으로 안수길의 장편 『북간도』(1967), 『통로』(1969), 황순원의 장편 『일월』(1964), 박영준의 『종각』(1965), 김정한의 중편 「수라도」(1969) 등을 들 수 있다.

이렇게 1960년대 우리 문단을 이끌어가는 작가들은 대체로 황순원, 김동리, 선우휘, 오영수, 김정한, 이호철, 전광용, 하근찬 등을 중심으로 한 기존의 작가들과 1960년대 이후 등장한 신인들 즉 김승옥, 이청준, 서정인, 박태순, 최인호, 신상웅, 이문구, 방영웅, 정을병 등을 들 수 있는데, 기존작가들이건 신인들이건 간에 그들은 4 · 19혁명이 내포한 자유의지와 시대정신의 요구 속에서 새롭게 자신의 모습들을 정립하고 각성할 수밖에 없었던 것이다. 동시에 5 · 16군사쿠데타가 가져다준 억압과 절망감 속에서 새로운 모색을 시도할 수밖에 없었다. 곧 기존작가에게 4 · 19혁명은 문학적 변모의 한 전환점으로, 그리고 새로운 세대에게는 첫 출발의 계기로 자리매김하는 것이다. 60년대를 살아갔던 작가들, 그들은 어느 시대보다도 격렬하게 자유와 억압의 상충지대에서 새로운 탐색을 시도했으며, 이 새로운 탐색의 과정이 새로운 시대의식과 현실비판의식을 내포한 참신하고 다양한 소설로서 열매 맺었던 것이다.

10

1970년대의 문학은 실천적 민중문학과 산업화시대의 소설로 대표된다. 1970년대에 들어서면서 가속화된 새마을운동과 경부고속도로 개통 등에 따른 산업화의 물결은 자본주의의 본격적 형성을 초래하였다. 특히 1970년대에 들어서 군사정권은 더욱 강력한 국가 중심주의 체제를 구축해나가며, 반공 이데올로기를 내세워 장기집권체제를 구축하고자 하였다. 1972년 "조국의 평화적 통일지향, 민주주의 토착화, 실질적인 경제적 평등을 이룩하기 위한 자유경제 질서 확립, 자유와 평화수호의 재확인" 등을 명분으로 내세우며[20] '10월 유신'을 단행한다. 이에 따라 1970년대 유신정권은 독재 권력으로 급진적인 경제발전을 꾀함과 동시에 유신정권에 반대하는 지식인 계층을 억압하기 시작하였다.

급진적인 경제발전은 대기업을 중심으로 과다한 혜택을 줌으로써 빈부의 격차를 발생시켰으며, 자본의 불균등한 배분은 소외계층 등을 양산하며 심각한 양극화를 초래하였다. 1979년 YH사건도 이러한 불균등한 배분과 임금착취가 가져다준 결과에 기인하였다. 한편 체제 이데올로기의 폭력성은 민중 속으로 확대되면서 사회 각층에서 반체제운동이 가열화되는 계기를 마련하였다.

이러한 사회 · 정치적 배경을 바탕으로 1970년대의 민중문학은 도래하게 되는 것이다. 황석영은 「삼포가는 길」, 「장사의 꿈」, 「섬섬옥수」 등으로 민중의 지난한 삶을 리얼하게 묘파하였다. 윤흥길은 「아홉 켤레의 구두로 남은 사내」를 통하여 산업화의 그늘에서 살아가는 소시민의 애환을 다루었다. 특히 조세희의 『난장이가 쏘아올린 작은 공』은 1970년대 한국의 산업 사회화 과정에서 생존의 기반을 빼앗긴 사람들의 비참한 현실과 꿈 그리고 그 꿈을 실현하려다 겪는 절망을 한 난쟁이 일가의 삶을 통해 조명하고 있다.[21] 작가는 당국의 검열을 피하기 위해 '난장이'를 등장시키는 동화적 발상과 비사실적 문체로써 노동자와 도시빈민을 비롯한 기층 민중들의 혹독한 희생적 삶을

20) 박덕규, 「개발독재기의 한국소설의 표정」, 『몰개월의 새 외-한국소설의 얼굴 9』, 푸른사상사, 251면.

21) 장현숙, 「도덕적 각성과 사랑의 회복」, 『한국현대소설의 숨결』, 푸른사상사, 2007, 304~305면 재인용.

섬세한 상상력과 서정적 환기를 통해 형상화했다.

김정한 역시 「산거족」, 「인간단지」, 「사밧재」, 「교수와 모래무지」, 「오끼나와에서 온 편지」 등을 통하여 가난하고 힘없는 민중들의 삶을 여과없이 보여준다.[22] 「산거족」은 반민족적, 반역사적 사회를 비판하는 동시에 사회구조의 모순을 극복해야만 인간다운 삶을 영위할 수 있음을 암시한다. 「산거족」 역시 「사하촌」, 「수라도」, 「항진기」, 「모래톱 이야기」처럼 불의와 사회적 모순에 대결하고자 하는 작가의 저항정신이 돋보이는 작품이다.

이렇게 산업화의 동력이면서도 자본의 배분에서 소외된 인간상들은 황석영 소설의 뜨내기 노동자뿐 아니라, 도시의 부랑잡부(김주영, 「도둑견습」), 노점상(신상웅, 「쓰지 않은 이야기」), 작부(조선작, 「영자의 전성시대」), 직장 부적응자(윤흥길, 「아홉켤레의 구두로 남은 사내」), 철거민(조세희, 「난장이가 쏘아오린 작은 공」), 일용직 근로자(조해일, 「매일 죽는 사람」)[23] 등으로 다양하게 형상화된다.

1970년대 소설은 바로 이같이 산업화의 이면에서 뿌리 뽑힌 채 부랑하는 삶의 모습들을 그려낸다. 이렇게 산업화 과정에서 소외된 농민들의 삶의 모습은, 이문구의 「만고강산」, 「화무십일」, 『관촌수필』 연작을 통해 형상화되기도 한다.

또한 1970년대는 분단이 고착화되는 시기로서, 분단의 상처와 후유증, 이데올로기의 허구성, 은폐된 역사와 권력의 폭력성을 다룬 다양한 작품들이 생산된다. 6 · 25 유년기 체험세대들은 개성적인 자기세계와 창작방법을 창출함으로써 분단소설을 한국소설의 중심부에 자리하게 한다. 그 대표작가에 김원일, 윤흥길, 전상국, 이동하, 조정래,

---

22) 장현숙, 「사회 모순과의 대결 그리고 전망」, 위의 책, 236면.

23) 박덕규, 「개발독재기의 한국소설의 표정」, 『앞의 책』, 2007년, 254면. 참조.

이청준, 김승옥, 오정희, 한승원 등을 들 수 있다.

김원일의 「어둠의 혼」이나 윤흥길의 「장마」는 분단의 의미를 묻고 있는 소설이며, 이청준의 「소문의 벽」은 분단체제의 모순을 비판적으로 바라본 작품이다. 전상국은 『아베의 가족』에서 전쟁의 험열함과 분단의 모순을 비판하였으며, 오영수는 「새」에서 이산의 문제를 담아내었다.

특히 윤흥길은 「장마」에서 이데올로기의 대립을 사랑으로 화해하는 가족의 모습을 통해 분단의 극복을 시도한다. 또한 이데올로기의 폭력성에 대한 비판을 「황혼의 집」, 「무지개는 언제 뜨는가」에서, 권력의 허구성에 대한 비판을 『완장』(1982)으로 작품화시켰다. 특히 전후 개인의 위기와 가족의 해체를 「지친 날개」에서, 실향과 이산가족의 문제를 「무제」에서 심도 있게 다루고 있다. 또한 전쟁의 상흔을 『기억속의 들꽃』으로 형상화시켰다.

한편 박완서는 「겨울 나들이」, 「지렁이 울음소리」를 위시하여 장편 『나목』, 『휘청거리는 오후』, 단편집 『부끄러움을 가르칩니다』, 『배반의 여름』, 『목마른 계절』 등을 중심으로 전쟁의 폭력성과 물신화된 세계의 이기적 인간상, 단절된 인간관계를 비판적으로 바라보고 있다. 또한 현대사회의 병리적 징후와 소통의 단절을 대표적으로 보여준 작품에는 최인호의 「타인의 방」과 이청준의 「가면의 꿈」을 들 수 있다.

최인호는 「견습환자」(1967)로 등단하면서 산업화 과정에서 비인간화되어가는 삶의 양상들을 발랄한 발상과 반전과 역설을 사용하여 재치있게 묘사해나간다. 물신주의의 팽배와 인간성의 마멸, 타인과의 단절, 왜곡된 삶에 대한 풍자는 그의 작품 속에 지속적으로 드러나는데 그 대표적 작품으로 「술꾼」(1970), 「모범동화」(1970), 「타인의 방」(1971), 「병정놀이」(1973), 「죽은 사람」(1974) 등이 있다. 1960년대 중반에 등단한 최인호는 한국소설 문단에 기법과 정신에 새로움을 더해

주면서 70년대가 마련한 매스컴의 대중화와 더불어 최고의 대중적 작가로 부상한다. 그의 도시적 감수성, 섬세한 심리묘사, 극적 사건 설정 등은 소설의 대중성에 대한 인식을 새롭게 확장시켰다는 점에서 그 의미가 있다고 본다.

특히 오정희는 1968년 데뷔작 「완구점 연인」을 시작으로 단편집 『불의 강』, 『유년의 뜰』 『바람의 넋』, 『불꽃놀이』 등을 통하여 일상의 허위성, 삶의 권태로움, 실존에 대한 불안의식, 소외와 단절, 남성중심 사회에서의 폭력과 억압, 성적 욕망과 죽음의식, 여성의 자기정체성 확인과정을 탁월하게 내면화[24]시켰다. 오정희는 상징과 은유, 심리적 기법에 의한 내면성의 추구, 이미지의 탁월한 결합, 예각화된 문체, 다중초점화와 다층적 구성을 가동시키며[25] 70년대 소설 미학을 확장시킨다. 「유년의 뜰」, 「중국인 거리」에서는 남성중심의 가부장적 사회에서 겪게 되는 여성들의 고통을 다루고 있으며, 「번제」, 「봄날」, 「미명」에서는 결혼 전 여성들의 낙태, 영아유기 등을 통하여 빚어지는 정체성의 혼란을 보여준다. 「꿈꾸는 새」, 「어둠의 집」에서는 중산층 가정주부의 권태롭고 우울한 일상을, 「옛우물」, 「파로호」에서는 갈등과 시련을 통하여 자아정체성을 획득해가는 과정을 보여준다. 그리고 가부장제 사회에서 빚어지는 단절과 상처와 갈등의 양상이 「겨울 뜸부기」, 「저녁의 게임」 등에서 형상화되고 있다.[26] 「비어 있는 들」에서는 '그'에 대한 기다림을 보여주고 있는데 이는 유신체제의 암울하고 폭력적인 정치현실 속에서도 미래에 대한 희망을 비유적으로 함의하고 있다고 본다. 이 작품에서 남편의 낚시행은 지식인으로서 어둡고

---

24) 장현숙 외, 「리비도와 에로스와 타나토스의 꽃」, 『한국현대소설의 숨결』, 푸른사상사, 2007, 337면 참조.
25) 위의 책, 337면 참조.
26) 위의 책, 337~338면.

절망적인 시대에 대한 저항과 반항의 의미를 지닌다[27]고 볼 수 있다.

또한 1970년대 한국소설의 또 다른 특징은 최인호의 『별들의 고향』, 조해일의 『겨울 여자』 등의 일간지 연재소설들이 베스트셀러화 되면서 조선작, 송영, 김홍신, 한수산, 박범신 등의 작가들이 대거 등장하였다는 점이다.

나아가 박경리의 대하소설 『토지』가 집필되기 시작하였으며, 김원일의 『노을』, 황석영의 『장길산』, 홍성원의 『남과 북』 등이 출간되면서 문단의 주목을 받았다.

한편 베트남 전쟁을 직접 체험하고 귀국한 작가들에 의해, 전쟁의 폭력성과 미국의 제국주의적 세계질서 재편과정을 다룬 베트남전쟁 소재의 소설이 우리 문학사에 등장한 것도 1970년부터이다.

황석영의 「탑」, 「낙타누깔」, 박영한의 『머나먼 쏭바강』을 위시하여 80년대 박영한의 『인간의 새벽』, 안정효의 『하얀 전쟁』 등이 베트남전쟁을 소재로 다루었다. 박영한은 「쑤안촌의 새벽」(1978)을 개명하여 『인간의 새벽』(1980)으로 출간하게[28] 된다. 『머나먼 쏭바강』의 속편에 해당하는 『인간의 새벽』은 베트남전쟁으로 인한 사회적 혼란과 모순된 민족현실을 객관전인 시각으로 조명하고 있으며, 민족해방전선을 중심으로 전개되는 이념적 갈등과 사회체제의 이질성, 집단과 개인의 갈등을 묘파하고 있다.[29] 베트남전쟁 소설은 80년대에 들어서면서 황석영의 『무기의 그늘』(1987)과 이상문의 『황색인』(1989) 등을 통하여 분단모순의 의미를 다각적으로 성찰하게 된다.

---

27) 박혜경, 「오정희소설연구」, 경원대 박사학위논문, 2010, 74면.

28) 정인숙, 「베트남전쟁의 한국현대소설 수용 양상 연구」, 경원대 박사학위논문, 2010, 45면 참조.

29) 위 논문, 46~47면 참조.

11

1980년대는 10 · 26사태(1979), 5 · 18 광주민주화운동(1980), 전두환 정부성립(1981), 박종철 고문 치사 사건(1987), 6 · 29 민주화 선언(1987), 노태우 정부수립(1988), 베를린 장벽 붕괴(1988), 전교조 결성(1989) 등으로 점철된 역사이다. 따라서 1980년대는 폭압적 현실에 저항하며 변혁에의 열망을 꿈꾸었던 시대였으며, 동시에 5 · 18 광주민주화운동의 좌절이 가져다준 민중의 주체적 역량이 1987년 6월 항쟁으로 결집되어 민주화를 앞당긴 시대이기도 하였다.

폭압적인 국가권력은 언론의 자유를 폐쇄하고 인명살상을 강행함으로써 결국 5 · 18 광주민주화운동의 도화선이 되었다. 따라서 광주민주화운동의 비극과 삶의 분화과정을 형상화한 작품들이 창작되었는데, 임철우의 「봄날」, 「직선과 독가스」, 윤정모의 「밤길」, 문순태의 「일어서는 땅」, 정도상의 「십오방 이야기」, 김유택의 「먼길」, 최윤의 「저기 소리 없이 한 점 꽃잎이 지고」, 홍희담의 「깃발」 등이 여기에 해당한다.[30]

한편 1980년대 소설의 또다른 특징은 노동자 · 농민 문학의 활성화를 들 수 있는데, 이는 노동자와 농민 계급의 입장을 적극적으로 웅변하는 진보적 세력들이 확장되었기 때문이다. 따라서 굴곡진 노동자의 삶과 열악한 노동현장을 비판하고 노동운동의 전망을 제시한 소설들이 대량 생산된다. 대표작으로 정화진의 「쇳물처럼」, 김남일의 「파도」, 정도상의 「새벽기차」, 유순하의 「생성」, 방현석의 「새벽출정」 등을 들 수 있다.[31]

---

30) 이성천, 「'금기'와 '해방' 시대의 문학」, 『물속의 방 외-한국소설의 얼굴 14』, 푸른사상사, 2008, 302면 참조.

31) 위의 책, 304면 참조.

1980년대의 노동소설은 성장 위주의 근대화 과정에서 소외된 사회적 약자들에 대한 관심을 적극적으로 이끌어내는 계기를 마련하였다는 점[32]에서 의의가 있으나, 작품구성의 도식성과 주제의식의 진부성, 미학적 완성도가 떨어진다는 점에서 한계점을 가진다.

특히 김인숙은 1987년 격동기의 학생운동사를 다룬 장편 『'79~'80 겨울에서 봄』 사이를 위시하여 「함께 걷는 길」, 「강」, 「성조기 앞에 서다」 등을 발표하는데, 이들 작품들은 80년대 후반의 정치적 변화와 추세에 대응한 변혁운동 소설들이다. 또한 「부정」, 「구경꾼」 등에서는 1989년 공안정국의 폭압성과 구속력 등에 초점이 맞추어져 있다. 이렇게 작가는 변혁운동세력에 투신하면서 그녀가 체험한 당시의 시대현실인식을 소설화하였다.[33]

또한 김인숙은 참교육을 외치는 전교조의 문제를 시대 · 사회적 배경으로 설정하여 단편 「당신」(1992)을 발표한다. 즉 1960년 4 · 19혁명으로 시발된 교원노조운동이 독재와 비민주로 일관된 독재정권 속에서 억압받아오다 1989년 전교조로 결성되었으나, 정권에 의해 천칠백명 가량의 교사들이 해직되고 구속된 사건을 배경으로 하고 있다. 이 점에서 양귀자의 「슬픔도 힘이 된다」와 김인숙의 「당신」은 전교조 문제를 배경으로 다룬 대표작품이라 볼 수 있다.[34]

양귀자의 「슬픔도 힘이 된다」는 교육현장의 부조리와 비리에 저항하여 참된 교육을 수행하려다 해직된 교사들의 내면적 갈등 양상과 자기 극복 과정 그리고 연대의식을 섬세하게 보여준 작품이다.[35] 작

32) 위의 책, 305면 참조.
33) 장현숙, 「당신 · 해설」, 「샤갈의 마을에 내리는 눈 외-한국소설의 얼굴 16」, 푸른사상사, 2009, 138~139면 참조.
34) 위의 책, 139~140면 참조.
35) 장현숙, 「슬픔도 힘이 된다 · 해설」, 『흐르는 북 외-한국소설의 얼굴 15』, 푸른사상사, 2008, 237~238면.

가는 삶의 현장 속에 있는 구체적인 사건들을 통하여 작중인물들로 하여금 슬픔의 감수성을 일구어내고, 어떻게 슬픔을 힘으로 바꾸어 나아가는지 섬세하게 보여주면서, 참교육의 의미와 필요성에 대해 천착하는 것이다.

한편 80년대 소설 역시 분단의 문제들을 쟁점화하고 있는데 분단의 내재적 · 외재적 원인과 이데올로기의 허구성을 객관적으로 통찰하고 있다. 이문열의 『영웅시대』, 이병주의 『지리산』 등에서는 이데올로기의 대립과 갈등을 다루면서도 분단 이데올로기의 편향성을 극복하고 있다. 이외에도 김원일의 『겨울골짜기』, 조정래의 『태백산맥』은 분단현실의 원인과 과정을 조망하면서 분단모순과 계급모순으로 점철된 한국의 근현대사를 거시적 통찰력과 투철한 작가의식으로 형상화했다.

이외에도 6 · 25전쟁과 분단, 이념 대립의 파장을 다룬 소설로 임철우의 『아버지의 땅』, 이창동의 「소지」, 양선규의 『난세일기』, 유재용의 「어제 울린 총소리」, 정건영의 「임진강」, 조정래의 「유형의 땅」, 문순태의 「물레방아 속으로」, 박완서의 「재이산」 등을 들 수 있다.

또한 베트남 전쟁을 통해 분단모순의 의미를 되짚어 보는 작품들도, 80년대 소설사에서 주목할 만한 성과인데, 황석영의 『무기의 그늘』, 이상문의 『황색인』이 여기에 해당한다.

이외에도 1980년대 소설은 주제와 소재, 기법의 측면에서 다양하고 광범위한 관심을 보여준다.

이문열의 「금시조」 「칼레파 타 칼라」, 윤후명의 「돈황의 사랑」, 한승원의 「불의 딸」, 전상국의 「술법의 손」, 장정일의 「펠리컨」, 서영은의 「먼 그대」, 김국태의 「귀는 왜 줄창 열려있나」, 이균영의 「어두운 기억의 저편」, 최수철의 연작소설 『고래 뱃속에서』, 서정인의 『달궁』, 양귀자의 『원미동 사람들』, 박영한의 『왕룽일가』, 『우묵배미의 사랑』,

유홍종의 「죽은 황녀를 위한 파반느」, 이광복의 「지하실의 닭」, 최일남의 「흐르는 북」, 박범신의 「그들은 그렇게 잊었다」 등이 80년대의 대표적 작품들이다.

12

1990년대에는 1980년대 말 루마니아 등 공산독재정권이 붕괴되고 베를린 장벽이 무너져(1989) 독일이 통일(1990)되기에 이른다. 특히 소연방이 해체(1992)되고 독립국가연합(CIS)이 탄생하게 되면서 한국은 러시아와 중국과도 국교수립을 하기에 이른다. 국내적으로도 김영삼 정부가 수립(1993)되면서, 1990년대는 탈냉전시대와 탈이데올로기의 시대로 돌입하게 된다. 즉 80년대 문학이 문학을 통해 사회의 혁명과 변혁운동을 지향하고 저항성을 담아내었다면, 90년대의 문학은 이념이나 민족 등을 앞세우는 거대서사에서 벗어나 자유로움과 다양성을 강조하게 된다. 특히 자본주의적 문화생산이 활성화되고 포스트모더니즘적 경향이 팽배하면서, 이념이 퇴조되고 개인성을 재발견하게 되는 경향으로 나아가게 된다. 이에 신경숙, 윤대녕 같은 작가들 소위 '신세대 작가'들이 등장하게 된다. 거대서사나 이데올로기 문제가 작품에서 제외되는 이러한 특징은 이른바 '63세대'라고 불렸던 작가들에게서도 공통적으로 드러나고 있다. 신경숙과 윤대녕 이외에도 박상우, 구효서, 한창수, 채영주, 이순원, 주인석, 김인숙, 김소진과 같은 소설가들이 이에 속한다.[36)]

개인성과 내면성에 치중한 작가로는 신경숙과 윤대녕, 은희경, 조

---

36) 이정숙, 「이념의 퇴조와 개인성의 발견 그리고 포스트모더니즘」, 『사랑의 예감 외– 한국소설의 얼굴 18』, 푸른사상사, 2009, 293면 참조.

경란, 하성란 등을 들 수 있다.

신경숙은 초기작인 『겨울 우화』, 『풍금이 있던 자리』, 『깊은 슬픔』에서 인간 내면세계에 대한 탐구를 독특한 문체로 형상화하였다. 신경숙은 그의 소설에서 가족관계의 훼손에서 비롯되는 삶의 부정적 비의와 부재의식을 통한 사랑과 고독, 절망과 결핍을 드러낸다.[37] 특히 「새야 새야」(1993)는 삶에 내재해 있는 운명의식과 고독감을 자연의 세계와 함께 성찰하고 있는 수작이다. 또한 장편 『외딴 방』(1995)에 이르러서는 자전적 글쓰기를 통해 리얼리즘으로 나아가기도 하였다.

윤대녕은 「은어낚시 통신」 등을 통하여 여행과 방랑의 모티프를 통해서 개인성과 내면성을 드러내고 있다.

은희경은 중편 「그녀의 세 번째 남자」, 단편 「타인에게 말걸기」, 「특별하고도 위대한 연인」, 「연미와 유미」, 「빈처」, 「아내의 상자」 등의 작품들에서 낭만적 사랑의 허상을 인식하고 자아찾기의 도정으로 나아가라고 말한다. 은희경은 역설과 반어의 냉소주의를 즐겨 사용하면서 여성과 사랑, 여성의 결혼, 여성과 성, 여성의 사회적 역할 등의 문제에 접근하면서 여성의 자기정체성을 찾아 나아간다.[38]

한편 90년대 문학의 한 특징으로 80년대를 반추하고 성찰하는 '후일담 문학'이 등장하는데 대표적 작가로 공지영과 김소진, 김인숙 등을 들 수 있다.[39] 공지영의 「인간에 대한 예의」, 「무엇을 할 것인가」, 김소진의 「혁명기념일」, 김인숙의 「먼길」, 정찬의 「섬」, 최윤의 「회색 눈사람」 등에서는 유신시대와 80년대의 운동권의 이야기를 그리움 또는 죄책감 등으로 반추하며 형상화한다.

37) 장현숙, 「새야 새야 · 해설」, 『우리 생애의 꽃 외-한국소설의 얼굴 17』, 푸른사상사, 2009, 52~53면 참조.

38) 장현숙, 『현실인식과 인간의 길』, 한국문화사, 2004, 307면.

39) 이정숙, 「이념의 퇴조와 개인성의 재발견 그리고 포스트모더니즘」, 앞의 책, 296면.

특히 90년대에는 박완서, 오정희, 양귀자 등 여성작가들의 계보를 이으면서 신경숙, 최윤, 은희경, 이혜경, 이청해, 김형경, 전경린, 조경란, 하성란 등의 작가들이 일상 속에 내재해 있는 균열이나 존재의 소통문제를 섬세하게 묘파하고 있다.

한편 90년대의 문학적 특질로 도덕적 엄숙주의의 붕괴와 대중문화적 특성[40]을 들 수 있는데, 대표작가로 성석제, 김영하, 송경아, 백민석, 장정일, 이인화 등을 들 수 있다. 이들 작가의 작품들에서는 포스트모더니즘의 여러 특징들이 망라되는데 비현실적 이미지의 반복, 감각적 묘사, 도발적 상상력, 불연속적이며 무정형화된 소설기법 등이 즐겨 나타난다.

또한 90년대 후반에 들어서면서 대중 문화적 감수성을 드러내는 작가들이 등장하기 시작하는데 이는 인터넷과 영상매체의 급속한 발전에 기인한다. 이 시기의 작품에는 대중적이고 소비적인 문화가 도입되고 만화와 그림, 영화 등이 혼재되어 현실과 허구의 모호한 경계를 이미지화한다. 이들은 현실을 반영하는 것이 아니라 대중문화의 다양한 텍스트들을 작품 속에 도입해서 또 하나의 텍스트를 만드는 창작경향을 보여준다.[41] 백민석의 「내사랑 캔디」에서는 만화적 캐릭터와 이미지가 적극 활용되었으며, 김영하는 「호출」, 「나는 나를 파괴할 권리가 있다」 등에서 그림, 음악, 신화, 영화, 게임과 같은 분야의 텍스트들을 즐겨 사용한다.[42]

이외에도 박상우의 「샤갈의 마을에 내리는 눈」, 유순하의 「정말 제 이름이 뭐죠?」, 이상우의 「세상 밖으로」, 김만옥의 「그 말 한마디」, 김영현의 「내 마음의 서부」, 공선옥의 「우리 생애의 꽃」, 구효서의 「깡

40) 위의 책, 298~299면 참조.
41) 위의 책, 300면 참조.
42) 위의 책, 300면 참조.

통따개가 없는 마을」, 김지원의 「사랑의 예감」, 김원우의 「조각달 곁에서」, 이순원의 「영혼은 호수로 가 잠든다」, 김소진의 「자전거 도둑」 등이 90년대를 대표한 작품들이다.

특히 김소진은 「쥐잡기」, 「춘하 돌아오다」, 「개흘레꾼」, 「고아떤 뺑덕어멈」, 「첫눈」, 「아버지의 자리」, 「자전거 도둑」 등을 통하여 아버지들의 일그러진 초상을 소묘한다. 그는 90년대 이후 우리 사회에서 급속도로 실추된 아버지의 위상에 대해 진지하게 탐구하며 현대사회를 살아가는 개개인의 고통과 상처를 입체적으로 부조한다.[43]

이외에도 90년대 문학계에는 출판 자본주의와 결합한 상업적인 이권이 횡행한 점도 지적받은 바 있으나, 박경리의 『토지』 전 5부 16권이 25년 만에 완간(1994)되면서 한국 현대문학사의 한 정점에 서게 되었음도 괄목할 만하다. 또한 최명희의 『혼불』(1996 완간)이 17년 만에 완간되면서 한민족의 정체성 찾기와 한국 전통문화의 계승에 지대한 영향을 끼쳤다. 이들의 업적은 조정래의 『아리랑』 전 12권 완간(1995)과 함께 한국 현대문학사에 길이 빛날 것이다.

43) 이성천, 「자전거 도둑 · 해설」, 『우리 생애의 꽃 외-한국소설의 얼굴 17』, 푸른사상사, 2009, 248~250면 참조.

작품연표

작가	작품	발표지	발표 시기
김동인	감자	《조선문단》	1925년 1월호
나도향	물레방아	《조선문단》	1925년 9월호
채만식	레디메이드 인생	《신동아》	1934년 5~7월호
지하련	도정道程	《문학》	1946년 7월호
손창섭	비 오는 날	《문예》	1953년 11월호
김승옥	차나 한잔	《세대》	1964년 10월호
이청준	전쟁과 악기	《월간중앙》	1970년 5월호
박완서	지렁이 울음소리	《신동아》	1973년 7월호
박영한	쑤안촌村의 새벽	《세계의문학》	1978년 겨울호
윤흥길	무지개는 언제 뜨는가	《창작과비평》	1978년 겨울호
오정희	비어 있는 들	《문학사상》	1979년 11월호
김소진	개흘레꾼	《한국문학》	1994년 3 · 4월 합병호

강의실에서 소설읽기

인쇄 2010년 3월 30일 | 발행 2010년 4월 10일
엮은이 · 장현숙 | **펴낸이** · 한봉숙 | **펴낸곳** · 푸른사상사
등록 제2-2876호
주소 서울시 중구 을지로3가 296-10 장양B/D 7층
대표전화 02) 2268-8706(7) | **팩시밀리** 02) 2268-8708
메일 prun21c@yahoo.co.kr / prun21c@hanmail.net
홈페이지 www.prun21c.com

ISBN 978-89-5640-747-0 03810

값 17,000원